口琴使者

潘・慕諾茲・里安 Pam Muñoz Ryan 著
林育如 譯

Echo

推薦序

經歷千錘百鍊後的生命樂章

文／親職作家　彭菊仙

口琴，在所有樂器中無足輕重，不屬於弦樂，也非列在管樂編制內，在這本小說裡更不時被嗤之爲「稱不上樂器的玩意兒」。

然而，正是一把與眾不同的神奇口琴，精準地揀選了三個舉世無雙的音樂奇才，療癒了三個支離破碎的悲苦家庭，改造了三個受變故摧折的不幸命運。而透過作者縝密的布局，最終又巧妙地把三個音樂奇才的曲折生命串聯在一起，三人最終交會於最高的音樂殿堂——卡內基音樂廳，用飽經風霜淬鍊而成的生命能量交織成磅礡動人的生命樂章。

這把口琴是音樂之神，是天才之心，是慈悲之手，是幸運之神，是希望之燈，是命運之舵。因此看似毫無相關的三個悲絕至極、陰霾至晦、看似永無出口的故事發展過程中，卻不時掠過幾串隱約閃現的光亮音符，或寧靜，或柔情，或溫暖，或激勵，或壯闊，在每一個揪心無解的痛處，那把口琴都會不經意地閃現，讓喘不過氣的讀者乍見一絲希望的曙光。

口琴的樂音儲存著每一個曾經持有者的天才之心，如同一個不斷被大師加持的法器，三個主角的精氣神完完全全被口琴層層交疊的強大能量所灌注，他們注定要在音樂之途上華光四射。

然而在主角走向發光發亮的歷程中，卻都經歷看似無解的重大家變，作者也非常巧妙地把這些家變安排在重大歷史事件中，而更顯得命運捉弄人、無力回天，因而讓劇情不斷在希望幻滅與希望閃現中膠著，讓主角不斷在變故與挫折中透出人性之光輝與活力，讓讀者不斷在憐憫與嘆息中等不及翻頁、等待轉機。

例如，第一個主角是臉上有殘疾的弗烈德，他明明具備渾然天成的指揮才華，卻因為希特勒的種族純淨政策而不斷被人貶斥嘲弄，父親更因寬大為懷而被視為親近猶太人，最終被逮捕，恐遭不測。

第二個故事則安排於美國經濟大蕭條時期，孤苦無依的兄弟檔從離開溫暖的家、到被安置於冷酷無情的教養院，到最終被人領養，此一連串乖舛的命運令人不勝唏噓，空有高超琴藝的哥哥麥克為了與弟弟緊緊相依而策劃逃離領養人之家，卻因而意外受傷。

第三個故事發生在珍珠港事件美國極度仇日的時代背景下，主角艾薇一家人礙於生計只得幫日本人做事，卻遭到鄰人與同學的歧視與排擠，艾薇卻能秉持著堅定的信念，以無私的大愛、不變的良心看待動機純良的日本移民。劇情中艾薇不斷展現堅定的意志，在在打動人心。然而一心想要在管弦樂團裡努力學習的艾薇，卻在追求音樂之路上困難重重。

在劇情的推展中，幾乎看不到三個滿溢著出眾才華的主角有嶄露頭角的機會，同時又被深重的家庭危機壓迫著，一方面得一肩挑起重擔，另一方面又暗自掙扎於自我抱負的犧牲，讀者讀來又是惋惜，又是感佩，又是心疼，又是焦急，又是氣餒，又是期待，心情七上八下，激盪不已。

三個主角在了無頭緒的命運中泅泳著，各自的故事正似乎無法擺脫命運的捉弄時，那把口琴在冥冥之中伸出了慈悲之手，扮演幸運大神。

作者最高超的安排是：三個看似未了的悲劇，一口氣在最終都有了發展，而且是出乎意外的「超連結」！實在不能再說更多，因爲結局太好看，太震撼，終曲太磅礡！還是留給讀者們自己去欣賞吧！

序曲

那是距離第一次世界大戰發生五十年前的事。在一片茂密的黑森林旁，男孩和同伴們在梨子園裡玩捉迷藏。

這回輪到瑪蒂德當鬼了。她坐在一塊大石頭上，把頭埋在膝蓋中間，開始從一數到一百。男孩飛也似地跑開，心裡打定主意，要躲得比其他人都久。他想讓瑪蒂德對他留下深刻的印象，因爲瑪蒂德銀鈴般的聲音已澈底擄獲了他的心。

即便只是數數，瑪蒂德的聲音也像是在唱歌一樣悅耳。「三十六、三十七、三十八、三十九……」

這片黑森林一向是公認的禁地，孩子們的父母親不准他們擅自進入，但男孩管不了這麼多，跑進森林裡躲了起來，每跑幾步就回頭確認梨子園還在自己的視線範圍內。他一直跑、一直跑，直到梨子園只剩一丁點兒大才停下腳步。他環顧四周，在松林裡挑了一棵樹，靠著樹幹坐了下來。

他聽到遠方傳來瑪蒂德微弱的呼叫聲：「躲好了沒，我要來囉！」男孩笑了，腦中幻想著當自己輕鬆回到基地的景象，不禁愈想愈得意。不過現在他得耐住性子，瑪蒂德要把所有人從藏身處一個個搜出來肯定會花上一點時間。

男孩從腰帶裡掏出一本書。今天早上他花了一芬尼①跟一個吉普賽人買了兩樣東西，這是其中一樣。男孩看著封面，指尖滑過印在皮套上的書名：

《奧圖使者的第十三把口琴》

他實在沒辦法抗拒購買這本書的衝動，偏偏這麼剛好，這本書的書名裡有他的名字：奧圖。他打開書本，開始往下讀。

女巫、親吻、預言

曾經，在魔法還沒有因爲人們的懷疑和恐懼而衰落的很久很久以前，有一位國王焦急地等待他的第一個孩子來到人間。

根據規定，國王的第一個孩子是王國的當然繼承人，但前提是他必須是個男孩。假使這第一個孩子是個女孩，總有一天，王位會落入國王的死對頭，也就是他的弟弟手中。

不幸的是，皇后生下了一名女嬰。狡猾的國王將剛出生不久的嬰兒抱走，命令忠心耿耿的產婆將嬰兒帶到森林深處，任憑森林裡的野獸處置。同時，他也威脅產婆，絕對不准向任何人提起這件事。一切安排妥當之後，國王向皇后與臣民宣布了這個令人悲傷的消息：剛出生的小嬰兒不幸夭折了。

產婆抱著嬰兒走進森林，但心地善良的她知道自己絕對不能把嬰兒丟在這兒不管。她穿過一片片帶刺的荊棘，爬過一根根倒下的枯木，口中不斷對懷裡睜大雙眼的寶寶唱著搖籃曲，因爲只要她一停止哼唱，寶寶就會哇哇大哭。她不停哼著搖籃曲的旋律，好不容易終於走到了目的地——一間破爛不堪的小屋。那是她表妹的家，她的表妹是一個生性自私又懶惰的女巫。

「求求你，收留這個孩子好嗎？」產婆拜託她。「你有山羊，不愁沒有奶餵寶寶。留著這個孩子，將來有一天她可以幫你打掃壁爐的。」

「讓我想想，」女巫說，「那我就叫她『阿一』吧。」

產婆覺得拿數字來給孩子命名實在是太刻薄了，但她也明白，這麼做總是勝過讓寶寶變成熊的早餐。於是她低頭親了親懷裡的小包袱，口中喃喃地唸起她送給這個孩子的祝福與預言：

汝之命運仍未定。
至黑夜見孤星、聞鐘鳴，前途豁然自分明。

產婆往地上吐了口口水，確保她的預言終會成眞。接著她便將嬰兒留給女巫，回去交差了。

兩年後，皇后又生下了一名女嬰，國王對產婆下了同樣的命令，產婆只好再次偷偷地抱著小女嬰走進森林。她一路上不停哼著搖籃曲，因爲只有歌聲，才能安撫她懷裡的寶寶。產婆來到森林深處的小屋，再次哀求著女巫。

---

①德國的舊貨幣，自九世紀起流通至二〇〇一年改以歐元為止。

「求求你，收留這個孩子好嗎？留著這個孩子，將來有一天她可以幫你撿木柴的。」

「讓我想想，」女巫說，「那我就叫她『阿二』吧。」

又是拿數字來當名字！產婆開始懷疑自己把孩子抱來這裡到底對不對。不過再怎麼說，這麼做總是勝過讓寶寶變成野狼的午餐。於是產婆低頭親了親懷裡的嬰兒，口中再度喃喃地唸起那個預言：

汝之命運仍未定。
至黑夜見孤星、聞鐘鳴，前途豁然自分明。

她往地上吐了口口水，確保預言終會成真。接著她便將嬰兒留給女巫，獨自回去交差了。

又過了兩年，皇后生下第三個孩子，這一回又是個女嬰。國王下了同樣的命令，於是忠心的產婆只好再次抱著嬰兒走進森林。她一路上不停地唱歌，因爲這個小女嬰就跟前面兩個姊姊一樣，只有歌聲才能安撫她的情緒。

產婆好不容易走到森林深處的小屋，這是她第三次拜託女巫收留她抱來的嬰兒。「留著這個孩子，將來有一天她可以幫你生爐火的。」

「讓我想想，」女巫說，「那我就叫她『阿三』吧。這樣我就不會忘記哪個是老大、哪個是老二、哪個是老三。」她伸出三隻手指頭，一邊數一邊比著：「阿一、阿二、阿三。」

其實產婆早就料想到這個沒有名字的孩子會過著十分悲慘的生活。不過再怎麼說，這麼做總是勝過讓寶寶變成野豬的晚餐。而且，她還有兩個姊姊可以跟她一起做伴。

阿一和阿二已經大到可以讓女巫使喚，她們原本在搬運生火用的木柴，一看到產婆，兩人立刻放下手邊的工作，跑過來看她們的小妹妹。

產婆望著全身骯髒邋遢又瘦骨嶙峋的兩姊妹，她們溫柔地哄著產婆懷裡的小寶寶。產婆低頭親了親懷裡的嬰兒，口中再度喃喃地唸起那個預言：

汝之命運仍未定。

至黑夜見孤星、聞鐘鳴，前途豁然自分明。

她往地上吐了口口水，確保預言終會成真。接著她便將嬰兒留給女巫，獨自回去交差了。

又過了一年又一個月，終於，皇后生下了一名男嬰。國王非常高興，他開心地向大家宣布他的第一個孩子誕生了，而且是個兒子！全國各地所有教堂的鐘聲紛紛響起，讚頌著王位繼承人的誕生，有朝一日，他將成爲統領國家的君王。

奧圖從書本中抬起頭。

他看得太入迷了，根本忘了自己正在玩捉迷藏。

森林裡瀰漫著寒意，而且還刮起了風，樹葉被吹得沙沙作響，樹枝也東倒西歪。奧圖打了個冷顫，轉頭望向梨子園，豎起耳朵聽遠處的同伴們的動靜。他心想，難道他漏聽了那個「剩下的人都自由了」的指令嗎？沒有被鬼抓到的人，只要一聽到那句話就要馬上離開躲藏的地方，回到基地。

奧圖趕緊起身，把手上的書塞回腰帶裡，準備離開黑森林。突然間，一陣怪風吹落了他的帽子。奧圖伸長手臂追過去，等他好不容易撿回了帽子，再次抬頭望向林間，卻發現怎麼也看不到梨子園的蹤影。

奧圖在黑森林裡茫然無助地走了好幾個小時。

他試著大喊，但樹林裡的強風吹散了他的叫聲。他的腦海裡快速地閃過這座黑森林的傳聞：潮濕陰暗的山洞裡住著吃人的大巨怪、危險陡峭的懸崖下方是女巫的巢穴、泥巴沼澤會張開大嘴一口把小孩吞掉，更別說那些隨時可能出現的大熊、野狼和山豬了！

他在樹林裡沒命似地跑著，一心只想找到出去的路，結果一個不留神，不小心被糾結的樹根絆倒，整個人跌在地上，覺得天旋地轉。

不知道過了幾分鐘還是幾小時，奧圖坐了起來，伸手摸了摸額頭，他的頭上冒出一個雞蛋大的腫包。奧圖嚇壞了，把臉埋進雙手裡哭了起來。

就在這個時候，他聽見三個人講話的聲音。「來，過來這裡，我們可以幫你。」

奧圖抬起頭，想要找出聲音的來源，但眼前只有飄動的樹影。他抹掉眼淚站起來，遲疑地往前走，直到來到成排的冷杉木前面，這些樹木圍成一個巨大的圓圈。奧圖側身穿過冷杉木，發現自己來到一處空地。

空地中站著三個女人，她們穿著破爛的衣服，身高從高到矮各差了一個頭。三個女人同時開口說：「總算有人來了！小朋友，可憐的孩子，你一定累壞了。噢，天啊，你的頭受傷了。趕快坐下來休息吧。」

奧圖靠著樹木的殘根緩緩坐下。「你……你們是誰？」

「不要怕，你跟我們在一起不會有事的。我是阿一。」最高的那個女人說，「她們是我的妹妹，阿二，還有阿三。」

奧圖不敢置信地掏出腰帶裡的書，盯著那本書說：「不會吧！你們的名字剛好和書裡的人物一模一樣！」

「那一定是我們的故事！」阿一說。

「故事的結局有沒有說，她們從此過著幸福快樂的生活？」阿二搓著雙手焦急地問道。

阿三指著奧圖的書。「你可以唸這個故事給我們聽嗎？或許，我們就會知道我們的命運了？」

三姊妹立刻圍著奧圖坐了下來，她們身子微微前傾，眼神中流露出渴望的神情。

奧圖用手擦了擦額頭，覺得有些暈眩。他看著阿一、阿二、阿三，她們似乎真的很想知道這個故事。假使這個故事是眞的，這三姊妹與她們的母親硬生生地被拆散，沒有母親在身邊的悲慘日子，她們是怎麼熬過來的呢？一想到自己再也見不到媽媽，他的心裡就一陣刺痛。

「拜託你，」阿三說，「或許我們可以互相幫忙。」

這一切對奧圖來說實在是不可思議，但他待在這個樹木圍成的圓圈裡，內心的確感到安全許多。這三姊妹看起來應該不會害人，而且現在也只有她們能幫助他離開森林了。

他把書本打開，翻到最前面，大聲地從故事的第一章開始唸起。他瞄了她們一眼，阿一、阿二、阿三緊緊握住彼此的手，臉上滿是專注的神情。

奧圖稍微清了清喉嚨，繼續往下唸。

祕密、咒語、善惡報

阿一、阿二、阿三在森林深處的小屋裡長大。

壞心的女巫跟三姊妹說她們是棄嬰，而且每天一再地提醒她們，要對她的慷慨大方心存感激。但是在這樣的狀況下要心存感激，還眞是不容易啊。

小屋裡又濕又冷，破爛的程度讓人懷疑它隨時可能會倒塌，而且壞心的女巫從來不打算換新的茅草屋頂，還讓三姊妹穿著破爛的衣服。她不愛這三個女孩，一點都不愛！她對她們極盡冷淡，在她眼裡，這三個女孩就和小溪裡的石頭沒兩樣。但她們對女巫來說還是有點用處，因爲她們可以幫忙掃地、搬柴火、洗衣服、生火煮飯，從早到晚地不停工作。

所有事情都有人伺候，女巫這下可被寵壞了！

在這麼辛苦的日子裡，有兩件事情讓三姊妹得到一些安慰，唱歌是其中之一。她們能唱出三種不同的歌聲：第一種有如在深林裡縈繞的清亮鳥囀；第二種有如在澗石上奔流的淙淙溪水；第三種有如在樹洞間穿梭的呢喃山風。當她們唱起歌來，她們的歌聲會交織成美妙無比的旋律，整座森林——甚至包括那些巨怪和仙子們——都會深深地陶醉在她們動人的歌聲當中。女巫當然知道女孩們的天賦，但同時也嫉妒得要命。所以她使喚她們的時候，會不懷好意地用樂器當她們的綽號，叫她們「我的小笛子」。

三姊妹的另一個慰藉就是彼此。每天晚上，當她們並肩躺在麥稈堆成的床上、望向破屋頂外的星空時，阿一總會喃喃地唸起那段產婆給她們的祝福，就像是她們睡前的禱告詞：

汝之命運仍未定。
至黑夜見孤星、聞鐘鳴，前途豁然自分明。

接著她們會輪流唱著和小鳥有關的歌曲，她們的歌聲裡，滿是能夠在林間自在飛翔的鳥兒。對阿一、阿二、阿三來說，她們從來沒有放棄離開森林的希望，她們相信總有一天可以離開這裡，擁有一個安全、溫暖的家，還有深愛著她們、真心呼喚她們名字的家人。

年復一年，國王的弟弟，同時也是國王的心頭大患，還來不及奪取王位就過世了。國王之前處心積慮的布局如今只是白忙一場，但他卻從未向別人提起他將自己親生的三個女兒遺棄在森林裡的事，這個祕密成了他心裡的重擔。到了王子十六歲那一年，整個王國都準備籌辦盛大隆重的加冕典禮時，過於內疚的國王竟然一病不起，還等不到王子登基便與世長辭了。

到了登基大典當天，王國內所有大臣、老百姓都受邀前往王宮參加盛會。他們要覲見新加冕的年輕國王，好心的產婆當然也在覲見的行列之中。她走進宏偉的王宮大殿，抬頭望著新任的國王，這一刻，她發現自己再也不需要繼續守著那個深藏多年的祕密，於是便一五一十地將所有事情告訴了國王與他的母親，他們聽了之後欣喜若狂。

年輕的國王立刻請產婆幫他把姊姊們找回來。

產婆再一次走進森林的深處，來到那間小屋前。

當阿一看到產婆，立刻放下手邊的工作跑過去。「你又帶了一個妹妹給我們嗎？」

產婆笑著說：「噢，孩子，我帶來的比你想像的還要多呢。」

接著產婆將王宮裡發生的事告訴三姊妹，阿一、阿二、阿三聽了不禁相擁在一起，喜極而泣。她們夢寐以求的願望總算實現了。她們終於有了眞正的家！她們是公主了！

然而，女巫看她們打算離開簡直氣炸了。她緩緩舉起雙手，整座森林都因爲她的憤怒而顫抖。她用手指著三姊妹，大聲吼著：「你們這幾個忘恩負義的傢伙！看看我爲你們做了多少事，你們竟然拍拍屁股就走？是誰救了你們的性命，如果沒有我的話，你們現在會怎麼樣？只有死路一條！你們想要自由？先付出代價吧。我的小笛子們，給我睜大眼睛仔細瞧。」

女巫一邊揮舞著她的手臂，一邊開始施咒：

使者將會到來，
他必須帶汝等離開。
汝等沒有形體，
只能依附木管存在；
汝等終將凋零，
除非拯弱扶危於鬼門關。

接著刮起了一陣狂風，女巫、產婆、小屋，以及所有物品，包括桌子、茶杯等，全都被捲到天上，消失在另一個時空裡。

當一切安靜下來之後，阿一、阿二、阿三發現身上只剩下自己的衣服，而且被圈禁在一處由石頭與樹幹的殘根圍起來的空地中。這裡環繞著高聳的樹林，雖然依舊有著日出日落，但時間卻似乎靜止了下來。

奧圖把他的視線從書本中移開，望向三姊妹。

阿一伸手抹掉臉頰上的淚水，「這故事說的全都是眞的。」

「後來呢？我們怎麼了？」阿二問，「噢，拜託你趕快唸下去！」

「我們有沒有找到媽媽？或者，我們有沒有見到弟弟？」阿三問。

奧圖翻到下一頁，上頭只有一片空白。

於是他一直翻到最後一頁，結果還是一樣，整本書從那頁之後就沒有半個字。「這本書沒寫完啊，根本沒有中段和結尾。」

「因爲我們目前爲止只經歷了書裡面提到的那些事，」阿一說。「我們被女巫困在這裡，永遠出不去。」

「那個咒語是什麼意思？」奧圖問。

「她叫我們『小笛子』，」阿二說，「她爲了讓咒語更難被破解，我們的靈魂只有依附在木管樂器裡，才能離開這個大樹圍成的空地。我們需要一位使者帶著我們的靈魂離開。」

奧圖看著垂頭喪氣的三姊妹。「如果你們能讓我回家，我就幫你們。」他向她們提議。

「你能幫我們？你身上有帶著木管樂器嗎？」阿一問。

阿二靠了過來。「是巴松管嗎？」

「還是雙簧管？」阿三問。

奧圖搖了搖頭。「我只帶了另一樣東西。」他說著把之前捲到手肘的袖子放下來。「今天早上我買這本書的時候，那個吉普賽人叫我一定要帶走這個，他不多收我的錢。」

他拿出了一把口琴。

三姊妹的眼睛頓時亮了起來。

阿一叫了出來。「是口琴！」

阿二起身，靠到奧圖身邊。「如果你讓我們吹奏這把口琴的話，我們就幫你找回家的路。」

阿三抓住奧圖的手臂。「但是你要答應我們，你會在適當的時機把這把口琴傳給別人。你不這麼做的話，我們就沒有辦法拯救那些在死亡邊緣掙扎的靈魂。」

阿一點點頭。「這是我們破除咒語的唯一希望了。」

「我答應你們。」奧圖很想回家。「但是我怎麼知道什麼時候是適當的時機……還有，我要把它傳給誰呢？」

三姊妹圍著他，異口同聲地說：「到時候你就知道了。」

奧圖把口琴交給阿一。

她先吹奏了一小段旋律，接著她將口琴拿離脣邊，遞給她的妹妹們。阿二吹了另一段不同的旋律，當她在吹奏的時候，奧圖聽見口琴同時傳出了阿一和阿二所吹奏的曲子。然後，阿二再將口琴交給阿三，阿三吹的曲子也與兩位姊姊不同。

「怎麼可能？」奧圖疑惑地說，「我同時聽到你們三個人吹的三段旋律。」

三姊妹心滿意足地說：「當然可能。」

這時天色已暗了下來，夜幕漸漸籠罩大地。

「那現在我要怎麼回家呢？天黑了，我好怕。」奧圖問。

就在這個時候，阿一高聲唸起了那段預言：

汝之命運仍未定。

至黑夜見孤星、聞鐘鳴，前途豁然自分明。

阿三將那把小小的口琴交還給奧圖。

奧圖喃喃說，「但這不過只是一把口琴而已啊。」

「噢，你太小看它了！」阿一說，「當你吹奏口琴的時候，你必須吸氣和呼氣，就和你平常爲了維持生命所做的一樣。你有沒有想過，當一個人在吹奏口琴的時候，他或許也已經同時將他的力量、夢想，以及所知的一切，一併注入了口琴當中呢？」

「所以下一個吹奏這把口琴的人就會有同樣的感覺？」

阿二說，「沒錯。當你吹奏這把口琴時，你會知道該怎麼做。同時，也會有一股力量陪著你勇敢地走下去。」

阿三點點頭。「而你將會永遠與我們同在，命運的絲線會把過去和未來吹奏這把口琴的人牽繫在一起。」

奧圖愈聽愈糊塗。命運的絲線會把所有人永遠牽繫在一起？三姊妹說的話讓他感到困惑，他只覺得頭很痛，而且一陣昏沉。「我好累，我想回家。」

「你會回家的。」阿一說。

「現在好好睡一覺吧。」阿二說。

「願你有個好夢。」阿三輕聲說。

她的話語彷彿具有催眠的魔力，奧圖就這樣昏睡在成片的松針上。

當奧圖醒過來的時候，刺眼的陽光照在他的頭頂上。

他坐起身發現自己在一條小徑旁的灌木林裡，手裡還握著那把口琴，但那本書已經不知去向了。阿一、阿二、阿三也不見蹤影。

是她們把他帶到這裡來，然後把那本書一起帶走了嗎？

這條小路是回家的路嗎？

奧圖感覺自己花了一整天的時間，在這條佈滿了天竺葵和薊草的小徑上踉蹌走著，一直走到太陽落到樹林後面，而他頭上的腫塊又開始痛了起來。整座森林愈來愈暗，奧圖既害怕又疲倦，幾乎快要放棄回家的希望了。就在這個時候，他想起了那把口琴。他連忙將口琴放到脣邊，吹奏了一小段簡單的曲調。

這把口琴發出的獨特聲調，帶給奧圖無比的滿足與幸福感，讓他覺得自己……並不孤單。他一邊走，一邊喃喃唸著：

汝之命運仍未定。
至黑夜見孤星、聞鐘鳴，前途豁然自分明。

這時，奧圖頭頂上的樹枝慢慢地分開，天上灑下點點星光，照亮了奧圖眼前的小路。他一步步往前走，三姊妹眞的在這把口琴中注入了讓他能夠勇敢走下去的力量嗎？她們的靈魂是不是眞的與他同在？

突然間，他覺得自己似乎聽到了什麼聲音，於是停下腳步。

是阿一、阿二、和阿三嗎？還是野狼、野熊、野豬？或者是森林在戲弄他？

奧圖的心跳愈來愈快。

他深吸了一口氣，用力地吹響口琴，那一聲和弦劃破了夜空，森林安靜下來，彷彿整個世界都屏住了呼吸。

奧圖又聽見聲音了，那個聲音在叫著……

他的名字！

有人在叫他的名字！

他看見遠方閃爍著螢火蟲般的點點亮光，加緊腳步向前，一晃眼他已經走進了梨子園，看見鎭上的街坊鄰居們，大家成群結隊提著油燈，正沿著黑森林的邊緣找他。

「喂！我在這裡！」他大喊。

馬上有人高聲通知大家，「找到了！人在這裡！」

兩個男人跑了過來，他們把手臂搭在一起讓奧圖坐在上頭，把他抬回人群當中。當奧圖看見爸爸時，他跑了過去，整個人跌進了爸爸的臂彎裡。人群裡響起了歡呼聲，孩子們也圍了上來，大家紛紛拍著奧圖的背。瑪蒂德也在人群裡，她的目光一直沒有離開奧圖。奧圖一句話都說不出來，他受到的刺激太大了。他能做的只有把臉埋在爸爸的胸膛裡，不斷地哭泣。

回到家之後，奧圖把他如何向吉普賽人買了一本書和一把口琴，以及之後發生的所有一切，全都告訴了他的爸爸媽媽。「阿一、阿二、阿三她們三個救了我。是她們把我帶出森林的。」

他的爸媽睜大著眼睛望向對方。「孩子，聽著，」媽媽說，「最近根本沒有吉普賽人來到鎮上。你撿到的那把口琴，肯定是哪個調皮的小孩之前掉在森林裡的。而且你也沒有在森林裡過夜，你只是失蹤了一整天。瞧你頭上腫了這麼大一個包，還是好好休息吧。」

於是奧圖把口琴握在手裡，沉沉睡了。

奧圖恢復健康之後，他走到哪裡都會帶著那把口琴，把阿一、阿二、阿三的故事說給朋友們和任何想聽的人聽。但過了幾個星期，大家漸漸對這個故事感到厭煩，開始嘲笑奧圖，只要他開口提起這件事，就會把他打發走。唯獨瑪蒂德一直是他最忠實的聽眾，她對這個充滿神祕色彩的故事百聽不厭。

奧圖的爸爸很擔心，把奧圖找來告訴他說，「大家開始覺得你在裝神弄鬼。我說你迷路了，然後用那把口琴吹出信號，救了你自己，事情就是這樣。從現在開始，我不要再聽到任何有關吉普賽、那本書、三姊妹，還有什麼神奇的口琴，我一個字都不想聽！」

爲了不惹爸媽生氣，奧圖只好把口琴收在平常看不見的地方，也不隨身帶在身上。當然，他再也沒有提起過三姊妹和她們的故事。很快地，一家人的生活又回到奧圖迷失在森林之前的日子。

但是每當奧圖感到害怕的時候，他就會悄悄地取出口琴，吹上一首曲子，讓自己掉進如夢似幻的情境裡，感受熟悉的快樂與自在，以及無比的滿足與幸福感。每一次，他都會回想起那本書裡的每個細節，和他在森林裡的遭遇：國王設下的騙局、產婆忠心地前往森林、女巫的咒語、他與阿一、阿二、阿三的相遇，還有他對三姊妹所許下的諾言。

奧圖從來沒有忘記，三姊妹將她們的未來託付在他的手上；他也沒有忘記，這把口琴正乘載著她們最深刻的期望——有一天，她們能夠重獲自由、再次被愛、在樹林之外找到屬於她們眞正的家。有一天，她們的故事能夠寫下圓滿的結局。

他從來沒有忘記，他必須幫助三姊妹拯救那些在死亡邊緣掙扎的靈魂，而唯一的辦法，就是在適當的時機將這把口琴傳出去。

他，奧圖，就是那位口琴使者。

第一部

❖

一九三三年十月

德國

巴登—符騰堡州，特羅辛根

布拉姆斯的《搖籃曲》

曲：約翰尼斯．布拉姆斯
詞：取自《少年的魔法號角》①

5 5 6 5 5 6
寶寶睡 乖 乖 睡

5 6 7 -7 -6 6
粉 紅 玫 瑰 伴入眠

-4 5 -5 -4 -4 5 -5
百 合 盛 開 床 邊

-4 -5 -7 -6 6 -7 7
寶寶睡 得 香又甜

4 4 7 -6 -5 6
靜 靜 地 閉 上 眼

5 4 -5 6 -6 6
願 你 好 夢 連 連！

4 4 7 -6 -5 6
靜 靜 地 閉 上 眼

5 4 -5 6 -4 4
願 你 好 夢 連 連！

1

在德國的黑森林與施瓦本汝拉山區之間的小鎮上，有間半木造的小屋，那就是弗烈德里希・施密特（Friedrich Schmidt）的家。此刻，弗烈德站在家門口，兩腳踏在門檻上，心想著該怎麼樣才可以讓自己看起來勇敢一點。

從他站的位置向遠處看，他的視線越過了特羅辛根鎮上參差不齊的屋頂，望向矗立在小鎮高處、有如城堡一般的工廠。工廠裡有一根高聳入雲的煙囪，沒有任何圍牆擋得住它，於是朝著灰撲撲的天空猛吐白煙的煙囪便成了當地的標誌。

弗烈德的父親站在他身後。「孩子，你知道怎麼走吧，這條路我們已經走過好幾百遍了。記住，你有權利走在這條街道上，就和任何人一樣。甘特叔叔會在大門口等你的。」

弗烈德點點頭，站得更挺了一點。「爸，別擔心，我沒問題的。」他在心裡說服自己：一個人走去工廠沒什麼大不了。他不需要爸爸跟在身邊，不需要爸爸幫他擋掉那些被他嚇到的人，或者帶著他避開路人好奇的目光。弗烈德往街上走了幾步，然後回頭和爸爸揮手道別。

爸爸的頭髮在額頭前捲成一個灰色的波浪，看起來很性格，這髮型眞適合他。他同樣舉起手對弗烈德微笑道別，卻沒有露出往常般開懷的笑容，反倒像是爲了回應弗烈德而笑，並且帶著一絲憂處。他的眼睛裡是不是還泛著淚光？

弗烈德走回爸爸的身邊給他一個大大的擁抱。這時，他聞到爸爸身上那股令人熟悉的松香和茴香糖氣味。「爸，我不會有事的。今天是你退休的第一天呢，你應該好好享受一下。你要不要去公園裡跟著其他人一起餵鴿子啊？」

爸爸笑了，握了握弗烈德的肩膀。「當然不要！我看起來已經像是要在公園板凳上耗一整天的孤單老人了嗎？」

弗烈德搖搖頭，很高興自己稍微緩和爸爸的心情。「那你打算怎麼安排時間？或許你可以考慮回到從前那些演奏的日子。」很久以前，弗烈德的爸爸曾經在柏林愛樂裡擔任大提琴手，但在結婚、有了小孩之後，他便離開樂團，在工廠裡找了份務實的差事。弗烈德的媽媽在他出生不久之後就過世了，留下爸爸一個人獨力撫養弗烈德和他的姊姊伊莉莎白長大。

「我大概沒什麼機會再和交響樂團一起演出了，」爸爸說。「但是你不用替我擔心，光是想看的書、我的大提琴學生，還有一些音樂會，這些就夠我忙的了。而且，我還打算組個室內樂團。」

「爸，你的精力怎麼好像有三個人那麼多啊！」

「這樣不是很好嗎？剛好你姊今天也要回家了。伊莉莎白總是習慣到處指揮，我得準備好應付她呢。我還打算說服她繼續彈鋼琴，這樣我們家每週五晚上的家庭音樂會就可以重新登場了。最好

① 《少年的魔法號角》一書全名為 *Des Knaben Wunderhorn: Alte deutsche Lieder*，中譯為《少年的魔法號角：古老的德國歌曲集》。本書共有三冊，第一冊於一八〇五年出版，另兩冊則於一八〇八年出版。

是今天晚上就可以來一場，我還眞想念我們的家庭音樂會啊。」

不只是爸爸，弗烈德自己也很想念那些充滿音樂的夜晚。從他有記憶以來，每個星期五晚上吃過晚餐之後，爸爸的弟弟甘特叔叔就會到家裡來，說是來用飯後甜點，但他總是會帶著手風琴一起出現。爸爸演奏大提琴，弗烈德雖然也拉大提琴，但這個時候他會改吹口琴，而鋼琴的部分就交給伊莉莎白了。從曲目到演奏順序，爸爸和伊莉莎白兩個人總是有許多不同的意見。弗烈德已經懶得去猜他們會這麼愛鬥嘴，究竟是因爲個性不同，還是根本因爲兩個人太相像了。無論如何，那些夜晚的波卡舞曲、民謠、混雜著笑聲的歌聲，還有不時冒出的拌嘴聲，這一切是他心中最美好的回憶。

終於，今天伊莉莎白要從護理學校回家了，這次她要待上整整三個月呢！他等不及晚上可以和伊莉莎白聊天聊到深夜，或者傳閱同一本小說、輪流把內容大聲唸出來。還有，星期天下午他們都會和爸爸、甘特叔叔圍著餐桌玩紙牌遊戲。少了伊莉莎白在家中打理家務、照料三餐，過去一年家裡的生活幾乎變了樣。現在，他只要一想到伊莉莎白的那些拿手料理，口水都快流出來了。

「你猜，伊莉莎白會不會像我們想她那樣想念我們？」弗烈德問。

爸爸笑了。「怎麼不會？」爸爸對弗烈德指了大街的方向，拍拍他的背。「好了兒子，祝你今天工作愉快。還有，別忘了——」

「爸，我知道，走路要抬頭挺胸。」

2

然而，當弗烈德走到街角的時候，他卻沒有按照爸爸交代的抬頭挺胸。他將雙手胡亂塞進口袋裡，拱起肩膀歪著脖子，讓他的右側臉頰儘量朝向地面。如果爸爸在旁邊，絕對不會允許他擺出這麼奇怪的姿態。不過弗烈德覺得，雖然這個姿勢讓他看起來很好欺負，但至少他不會是個顯眼的目標。再說，當他盯著地面瞧的時候，還常常撿到人家掉落在地上的銅板呢。才走沒幾步路，弗烈德便絆到被送報生丟在店門口的一疊報紙，他瞄了頭版標題一眼，上頭寫著：內閣通過法案。弗烈德咕噥了一聲，新法案，這下爸爸又有得批評了。

弗烈德沒有在一般的學校裡求學，所以爸爸要求弗烈德每天晚上得和他一起讀報，當成是學習的一部分。他已經不記得最近幾個月來爸爸氣得把手裡的報紙丟到一旁幾次了，爸爸對於新任的總理阿爾道夫・希特勒和他的納粹黨可以說是厭惡到了極點。原本爸爸一直是德國自由思想聯盟的成員，但就在幾個月前，希特勒下令將這個政黨列為非法組織，禁止他們進行一切活動。

也就是昨天晚上，他們讀完一篇報紙上的文章之後，爸爸忍不住在廚房裡來回踱步，叫罵著說：「難道這個國家就不能容許有其他的想法和聲音嗎？希特勒把持整個內閣為所欲為，不但剝奪所有公民的權利，而且還放任他的突擊隊員到處找人麻煩。他打的主意就是要清除異己，打造一個純淨的德意志民族！」

這是什麼意思？什麼叫做純淨的德意志民族？是膚色要潔淨無瑕，還是輪廓完美嗎？弗烈德摸了摸自己的臉頰，心中感到擔憂，胃也揪結了起來。因爲他兩者都不是。

他下意識地將手指伸進頭髮裡。弗烈德和爸爸一樣擁有一頭濃密的金色捲髮，他甚至可以感覺到自己的頭髮在濕潤的空氣裡微微捲曲。只是，捲髮對他來說一點好處也沒有。不論他的頭髮長得多長，它們只會往外捲，從來不會垂下來。他總是在想，假使他有一頭直髮那該多好，這樣他就可以拿頭髮來蓋住臉頰了。但現實就是如此，他臉上的胎記藏也藏不住，彷彿有人從他的額頭往下到脖子畫了一條線，在線的一邊，他的皮膚和其他人沒什麼兩樣；但另一邊，看起來就像有人拿了紫色、紅色，還有咖啡色的顏料抹在他臉上，讓他那一側的臉頰看起來就像顆斑駁的李子。他知道自己看起來有多嚇人，又怎麼能去責怪別人總是用異樣、驚恐的眼光盯著他呢？

他轉過下一個街角，來到大馬路上，當他經過音樂學院的時候，聽見樓上傳來鋼琴聲。那是貝多芬的《給愛麗絲》。他不禁停下腳步、抬起頭，完全沉浸在鋼琴的旋律中。

他不自覺地揚起手，跟著歌曲的拍子揮動。當弗烈德幻想著鋼琴家正按著他的指揮演奏時，忍不住露出微笑。他閉上雙眼，想像音符灑落在他的身上，洗淨他不完美的臉龐與心靈。

突然間，一陣刺耳的汽車喇叭聲響起，倏地讓他從幻想中驚醒。

他趕緊將雙手塞回口袋，再度低下頭往前走。他踢著路上的小石子，一股混合著希望與擔憂的感覺油然而生，那是他相當熟悉的感覺。新年過後，他就要參加音樂學院的甄試了。自從有記憶以來，他就一直在準備音樂學院的入學考試，如果到時候他的表現不夠理想，那該怎麼辦呢？就算通過甄試，結果眞的會比被拒絕入學來得好嗎？或者其實更糟？這些沉重的問題不斷湧現，他的心頭有如被一顆大石頭壓著。爲什麼他會對同一件事物感到強烈的渴望，同時卻又如此害怕呢？

弗烈德深吸了一口氣，繼續往前走。當他距離校園愈來愈近，他像平常一樣在心裡暗自祈禱：「拜託，不要看我，不要注意我。」他多麼希望爸爸過去說的那些話可以幫他壯膽。「一步步往前走，不要停。別把人家的愚蠢無知當一回事。」但現在爸爸不在身邊，弗烈德只覺得心臟差點蹦出胸口，呼吸也愈來愈急促。他緊張地四處張望。

階梯上一群男孩子對他指指點點，有人在竊笑，還有人裝模作樣地露出害怕的表情。弗烈德用手遮著臉，垂著頭，大步繞過人群。他愈走愈快，幾乎就要跑了起來。

「弗烈德！」

他差一點就撞上了甘特叔叔。

「早啊，我的姪兒。」甘特叔叔伸出手臂摟著弗烈德的肩膀，把他拉向自己身邊。

弗烈德喘著氣說，「早……早安。」

「看到我不高興嗎？我可是很開心可以見到你呢。來吧！」他領著弗烈德走進工廠大門。「我今天要換到你爸爸那一桌工作，這樣我們就是鄰居了。你覺得怎麼樣？」甘特叔叔還是一派樂天的模樣，這讓弗烈德覺得安心許多。

「當然好，」他說，「我就希望這樣。」

當他和甘特叔叔穿越地面鋪滿鵝卵石的廣場時，弗烈德感覺到自己的心跳和呼吸漸漸緩和了下來。對他來說，工廠裡高聳的廠房、石子路、拱型門廊就是安全的象徵；巨大厚重的水塔宛如這一方天地的忠實警衛，同時也是弗烈德心中的守護神。

有時候，他心裡會希望自己最好可以永遠留在工廠裡工作，哪兒都別去。但其他時候，他又希望自己過著完全不同的生活——可以正常上學，有年紀相近的好朋友，而且有一張乾淨、沒有胎記的臉。

然而命運之神並沒有眷顧他。他在八歲那一年來到這間全世界最大的口琴工廠，成爲年紀最小的學徒。

3

四年前的某個早晨，弗烈德和往常一樣，跟著伊莉莎白到學校的遊樂場玩耍。

通常伊莉莎白會讓他坐在一旁的長凳上，和其他人保持一點距離。弗烈德知道自己該怎麼做，他得乖乖在椅子上坐好。

但就在前一晚，爸爸帶他去聽了芭蕾舞劇的音樂會，樂團所演奏的音樂就如同往常一樣在他腦海裡盤旋不去，柴可夫斯基《睡美人》的每個樂章、每段反覆出現的主題是如此清晰，尤其是圓舞曲。

一、二、三，一、二、三，一、二、三……

弗烈德一路哼著圓舞曲的旋律到學校，不管伊莉莎白如何制止，他就是沒辦法停下來。當伊莉莎白幫他張羅午餐、把他身上的毛衣穿好時，弗烈德開始揮舞雙臂，彷彿對著一整個交響樂團指揮。

伊莉莎白抓住他的雙手，用懇求的眼神看著他說：「求求你，弗烈德，你不要再給自己找麻煩，你的問題已經夠多了。」

「我有聽到音樂啊。」他說。

「我也聽到人家怎麼叫你了——如果你還一直對著空中亂比劃的話。你想讓那些男生再拿石頭來丟你嗎？」

他搖搖頭，看著伊莉莎白。「伊莉莎白，他們叫我怪胎。」

「我知道。」她的手輕輕撫摸著弗烈德的頭髮。「不要理他們。你還記得我怎麼說的嗎？」

「他們不是我的家人，家人對我說的才是眞話。」

「沒錯。我還說過你是個有天分的音樂家，總有一天你會成爲眞正的樂團指揮。但是現在，你只能在家裡自己練習。記得我教你的小祕訣嗎？」

弗烈德點點頭。「如果我在學校的時候很想揮手，就把手塞到大腿和椅子中間，然後坐在兩隻手上頭。」

「就是這樣。」伊莉莎白說，「你在這裡乖乖坐好，等老師敲上課鐘好嗎？我得走了，再不走，我上課要遲到了。」她親了親弗烈德的臉頰。

弗烈德看著伊莉莎白往中學部走去的背影，她的金色捲髮在腦後甩動。

他把兩手塞進大腿下方。但昨晚那場音樂會的旋律仍然不斷在他腦海裡迴盪，最後他實在忍不住把手抽回來，掐著那支看不見的指揮棒開始揮動。他閉上眼睛，完全沉浸在華爾滋的節拍裡。

一、二、三，一、二、三，一、二、三……

他完全沒有意識到自己已經成了眾人注目的焦點，操場上所有的孩子們都在盯著他。

他已經陶醉在音樂的世界裡，沒有聽見身後傳來的竊笑或嘲諷。

也沒有發現有一群男孩聚集在他身後。

直到一切為時已晚。

隔天早上第一節上課鐘響前，爸爸怒氣沖沖地帶著弗烈德進了校長辦公室。弗烈德的狀況看起來不太好，走路一拐一拐的。

「看看你的學生昨天對我兒子做了什麼好事！他的嘴唇腫到沒辦法講話、前面額頭縫了好幾針，還有他的手腕骨折。他現在得吊著臂帶好幾個禮拜。」

校長將身體靠回椅背，雙手擱在臃腫的肚子上。「舒密特先生，這起事件不過是男孩們的惡作劇，遊樂場上打打鬧鬧的情形是很常見的。話說回來，弗烈德自己應該要更強悍一點。這種小衝突對他來說反而是好事，他可以從中學到怎麼樣保護自己。我們會監督這類的狀況，但考量到他的缺陷……」

「那只是胎記，不是什麼缺陷。」爸爸的口氣緊繃。

「好吧，隨你怎麼說。但考量到他本身帶有的瑕疵，還有他喜歡在空中揮舞雙手的怪動作……」校長將頭倒向爸爸。「你不得不承認，他的確是個怪胎。他已經怪到讓其他人感覺不舒服、甚至害怕了。」校長露出不以為然的表情。「他還說他聽到了些什麼東西。」

爸爸漲紅了臉，看起來隨時都會爆發。「他聽到的是音樂，不是什麼東西。他只是個假裝在指揮交響樂團的小男孩！從他三歲開始，我就帶他去聽音樂會，而且他能記住整場音樂會所演奏的曲目。你哪個學生有這樣的能耐？難道他們從來沒有假裝自己是交響樂團的指揮？」

校長的笑容僵住了。「話是這麼說，但他的問題不光只是揮手而已。他的老師跟我抱怨過，說他總是提早別人好幾步把數學習題寫完，然後開始和隔壁的人講話。」

爸爸看著弗列德，弗列德點點頭。

「如果他寫得比別人都快，」爸爸說，「老師可以多出些習題給他做，或者讓他自己在旁邊看書。只要他有事做，應該就不會去找別人講話了吧？」

「你還是搞不清楚狀況。」校長看著弗列德說：「告訴我們，你旁邊坐的是誰？」

弗烈德的嘴脣腫得跟香腸一樣，只能含含糊糊地說出一個名字：「韓賽爾。」

校長轉向爸爸，露出詭異的笑容。「舒密特先生，他的隔壁根本沒有人啊。座位是空的。他說的韓賽爾到底是誰？」

爸爸心裡很清楚。弗烈德在家裡也會和韓賽爾說話，韓賽爾是童話故事《糖果屋》裡那個聰明的哥哥，他和妹妹兩個人同心協力掙脫巫婆的魔掌，逃出了危險的黑森林。在弗烈德心目中，韓賽爾是他的好朋友，他也希望自己能具備韓賽爾那樣的勇氣。

「那是他想像出來的朋友！」爸爸大吼著。

「你兒子跟別人不太一樣，他應該是哪裡有毛病。」校長說。

「有件事你倒是說對了，」爸爸說。「他是跟別人不太一樣。去看他的考試成績吧，他一點毛病也沒有。不過我不是要來跟你爭這些的。我是要來告訴你，從現在開始，我會自己在家裡教他。到年底的時候，你再派老師來家裡幫他考試。」

校長的笑容消失了。「這我們沒辦法接受。」

爸爸重重在校長的辦公桌上敲了一拳。「我也沒辦法接受你的學生對我兒子所做的事！我已經打算去跟你的老闆談談了。」

校長聽了有點緊張，他從桌上拿起一份檔案夾，打開來看。「好吧，假使你眞要這麼做的話。我看看……他的醫生是布勞恩醫生。我會寫封信給他，請他替這個孩子做一份進行精神狀態評估的建議報告。我認爲他的問題比我們所討論的來得嚴重，像他這樣的孩子適合送去仁濟之家。」

「那是瘋人院！」爸爸說。

弗烈德緊緊抓住爸爸的衣角。伊莉莎白跟他提過那個地方，裡頭關的全是瘋子，他們全身上下會被脫得精光，除了內衣褲之外什麼都不准穿。難道他眞的會因爲假裝自己是交響樂團的指揮，或者和一個想像出來的朋友交談，而被送去那樣的地方？弗烈德的頭一陣抽痛。

爸爸的聲音顫抖著。「就因爲他和別人不一樣，你們就這樣對待他？我受夠了。」爸爸伸出手臂一把摟住弗烈德，把他帶離辦公室。外面的走廊上擠滿了其他學生。

弗烈德注意到他們的目光，還有他們對他的評論。

「怪胎滾蛋了……智障……回動物園去啊……」

接下來該怎麼辦？伊莉莎白整天都在學校，爸爸又得去工廠上班。爸爸會把他一個人丟在家裡嗎？或者會把他送走？

弗烈德心裡很不安，當他們走下校門口的階梯時，他拉了拉爸爸的袖子。

爸爸停住腳步，彎下腰來。

弗烈德湊到爸爸的耳邊，悄聲問道：「爸爸，如果我沒辦法上學了，我還能去哪裡呢？」

爸爸的眼眶裡滿是淚水。他在弗烈德的額頭上輕輕親了一下。「不要擔心，我會處理的。我們現在先到工廠一趟，我得告訴他們……我今天沒辦法上班。」

弗烈德坐在辦公室外等待。玻璃窗內，爸爸正在跟幾個穿著白色外套、主管模樣的人講話。雖然他聽不見爸爸在說什麼，但他可以看見爸爸激動的手勢和懇切拜託的表情。不久，爸爸和每個穿著白外套的人握手，其中一個人還掏出手帕擦了擦自己的眼睛。

辦公室的門打開了，裡面的人走出來，剛才掏手帕那一位先生彎下了腰，將他的手搭在弗烈德的肩膀上。「我叫恩斯特。你爸爸會先帶你回家休息，從明天開始，你就到工廠來，歡迎你成爲我們的一份子。」他握了握弗烈德沒有受傷的那隻手。

弗烈德其實還搞不清楚狀況，但他低聲回答：「是的，先生。」

在回家的路上，爸爸向弗烈德說明他接下來的計劃。「從現在起，我會負責監督你的課業。平常日的早上，你來工廠裡當學徒，學習怎麼製作口琴。下午的時候，我會在我的工作區旁邊擺一張桌子，你就在那裡寫我交代的作業。然後到了週末，你還是繼續跟我上音樂課。這樣懂嗎？」

弗烈德只是覺得自己的傷口和頭很痛，沒有回答。

爸爸停下腳步，在弗烈德面前蹲了下來。「弗烈德，你聽懂我說的了嗎？我去哪裡，你就去哪裡。」

他不敢置信地看著爸爸。他不會被送去瘋人院，也不必回學校？他再也不需要猜想走哪條路到教室最安全，不需要閃躲午餐時間不知道從哪裡丟向他的食物，也不必在操場上尋覓一個能夠提供他最多庇護的角落？他笑了，淚水從他的臉頰上不斷滑落。

爸爸小心地抱起弗烈德，繼續往前走。

大街上，一輛汽車按了三聲喇叭。

弗烈德腦海裡再次響起柴可夫斯基的圓舞曲旋律，他從爸爸的肩膀上向後看，用那隻沒有受傷的手舉起了想像的指揮棒，開始指揮他的交響樂團。

當微風拂過他的臉頰時，弗烈德覺得壓在心裡的重擔似乎一點一點減輕了，那些讓他喘不過氣來的恐懼與擔憂好像正隨風消逝。

如果爸爸沒有抱緊他，說不定他也會像蒲公英的白色冠毛種子一樣，輕飄飄地隨風飛揚呢。

4

工廠裡，到處生氣勃勃的。

機台發出隆隆的運轉聲，齒輪不停地咬合轉動。弗烈德和甘特叔叔走進工作大廳，這裡一部分是倉庫，一部分是產品的組裝生產線。鋸子來回移動發出咻咻聲，夾雜著規律的金屬撞擊聲；測試室的門總是開開關關的，就在開關的那一瞬間，可以聽見壓縮機把空氣打進口琴裡發出的嘶嘶聲，與口琴發出的各種音高。弗烈德將目光移向那把巨大的A型梯，它足足有兩層樓那麼高，他經常想像自己站在那裡，盡情地指揮這一場打擊樂器的交響樂。

他走到自己的工作台前，穿好圍裙，眼睛往釘在牆上的紙張瞥了一眼。

「那是什麼?」甘特叔叔問。

「史丹威太太要我學的新字，」弗烈德說，「她星期五的時候會把我該學的新字貼上來，然後下星期四再測驗我記住了多少。」

會計部門的卡爾先生走了過來。

弗烈德把手伸進口袋，掏出一張折得小小的數學作業。他把作業小心翼翼地打開、弄平整，然後交給卡爾先生。

卡爾先生面露微笑。「弗烈德，等一下吃過午餐之後到我那兒來。我們來看看你寫得如何。」他說完便揮揮手離開了。

卡爾先生前腳才走，安瑟姆後腳就跟著出現。安瑟姆是工廠裡另一名年輕的員工，他抱著一箱口琴來到弗烈德的桌邊。「三樓的艾希曼先生要我提醒你，下午記得過去他那邊讀《奧德賽》給他聽。喂，弗烈德，上班時間還有專屬的私人家教幫你上課，感覺很棒吧？」

弗烈德迴避他的目光。安瑟姆對他有意見嗎？自從他到工廠，他們只不過聊了幾次天，但是安瑟姆似乎特別喜歡對他說些刺耳的話。「那不是我的上班時間。我只有領半天的薪水。」

「但是艾希曼先生領的可是全日薪喔。現在正是大家要團結一致，爲德國的美好未來與全民福祉努力奮鬥的時刻。你這麼做就是在干擾他爲國家奉獻，不是嗎？」

「他聽我唸書的時候一邊也在工作。」弗烈德說，「而且，老闆同意我們這麼做。」

「隨便你怎麼說。」安瑟姆說，「反正你在這裡很受歡迎。但你知道，我們新德國是不喜歡有人得到特別待遇的。所有人都應該全心全意爲了國家、擁護希特勒，只有他才能帶領我們走出黑暗。」安瑟姆說完便吹著口哨、大搖大擺地離開了。

甘特叔叔靠了過來，壓低聲音說：「別理他，他愛怎麼說就怎麼說，你不需要被他的話影響。這傢伙是個傲慢自大的希特勒信徒，我才不把這種拿希特勒當神看的毛頭小子放在眼裡呢。」

「爸爸也不會理他們的。」弗烈德說。

「沒錯，這我們都知道。」甘特叔叔笑了。「不過弗烈德，安瑟姆倒是說對一件事，你在這裡很受歡迎。貨運部門的阿德勒先生和恩格爾先生，爲了究竟誰比較適合教你中學歷史吵了起來，他們都搶著當你的歷史家教呢。弗烈德，不要被別人的閒言閒語影響。」甘特叔叔舉起一隻手指頭擺了擺，對他眨眨眼。「還有，不要忘了你身邊的家人。是誰教你騎腳踏車的啊？」

「是你。」

「是誰教你吹口琴的啊？」

「是你。」

「那……又是誰爲了你在工廠裡面成立了口琴社啊？」

弗烈德笑了。「我都記得，甘特叔叔。你別擔心。」他看著甘特叔叔踩著墊腳箱，伸手把工具掛在隔壁的工作台上方。甘特叔叔的身材比爸爸來得矮胖一點。「你今天晚上會來家裡吃點心，對嗎？」

甘特叔叔用一臉不可置信的表情看著他。「開玩笑，我怎麼可能錯過伊莉莎白的水果餡餅？你以爲我的手指會跟肉腸一樣圓滾滾，是怎麼來的？」

弗烈德帶著微笑開始工作。他最近被分派的工作是檢查每一件即將出廠的樂器是否有瑕疵，如果他所檢查的口琴沒有問題、品質很完美，那麼他就會把它擦得亮晶晶的，放進一個加蓋的長盒子裡。他拿起一把口琴，放在手掌上仔細端詳。

誰能夠想像這樣一個看似簡單的樂器，其實本事還不小呢。他一邊翻轉著口琴、一邊打量它發亮的金屬外殼與上了黑漆的梨木，大拇指輕輕滑過整齊排列的孔洞。從一棵梨子樹到貯木場，接著進了工廠的組裝生產線，最後竟然變成一種能吹奏出音樂的樂器，這眞是一趟不可思議的旅程。

每隔幾個小時，就會有人來把弗烈德檢查完畢的口琴收走，接下來這些口琴會被裝在長盒子裡，每十二支裝一盒。然後，裝有一打打口琴的長盒子會被放進箱子，箱子再被整齊地放進木條貨運箱、搬上馬車，由馬車拉往電車站。電車會把成箱的口琴交給蒸汽火車，經過一段轟隆隆的旅程後來到不來梅港、搭上貨輪，展開它們最長的一段旅程，最後這款「馬利樂團」型號的口琴將會飄洋過海，抵達終點站美國。

弗烈德擦亮了手上的口琴，把它安穩放進了口琴盒中，低聲對它說：「祝你一路順風。」

弗烈德的主管、同時也是工廠老闆之一的恩斯特先生雙手插在長袍口袋裡走了過來。他在工廠走動時，身上總是會罩著一件白色長袍。「不得不稱讚你們舒密特一家。你們對待每一把口琴就像對待老朋友似的。」

「早安，先生。」弗烈德說。

「希望這樣的安排對你有幫助，弗烈德。」恩斯特轉頭對甘特叔叔示意。「你叔叔他是我們工廠裡最出色的師傅之一，我們在想，既然你爸爸馬丁退休了，那麼讓你跟在他身邊應該最合適。」

「謝謝您。」弗烈德說著拿起另一把口琴。

「不知道這還能維持多久。」恩斯特對著口琴點了點頭。

「您的意思是？」

「口琴上的星星。我們的標誌看起來很像猶太人的大衛星。現在希特勒被任命爲新任總理，反猶太的聲浪愈來愈熱烈了。已經有人叫我們把這個星星標誌拿掉，我實在不願意看到這件事情發生。」

弗烈德將手上的口琴轉了個角度，想把這間公司的品牌標誌看個清楚，那是被一雙手從左右兩側握著的圓形，圓形裡有一顆六角星。

他聽過很多關於這顆星星的說法。有人說星星的六個角代表了公司創辦人馬蒂亞斯·霍納和他的五個兒子，有人說星星是仿自教堂門上的圖案，還有一種說法：星星只是霍納過去所收購的某間公司留下來的品牌標誌，就像梅斯納爾或魏斯一樣。難道其中某間被收購的公司是猶太人開的？那眞的是大衛星嗎？

恩斯特嘆了口氣。「但爲了公司好，我想，或許我們不得不把星星拿掉。其實我們沒本事冒犯客人，不論客人來自世界上的哪個地方。再者，大家對猶太人有各自的看法，而我們做生意的……」

甘特叔叔皺起眉頭，一臉不悅地說：「是啦，做生意的就是政治的犧牲品嘛，最近很多事情都是這樣。」

恩斯特先生漲紅了臉。

甘特叔叔把一隻手搭在恩斯特先生的肩膀上。「先生，不要誤會我的意思。很多人對於你所做的一切充滿了感激。我們不能沒有工作，是你讓我們有飯吃的。」

「謝謝。」恩斯特先生禮貌性笑了笑。「那麼，甘特、弗烈德……你們繼續加油。」

恩斯特離開之後，弗烈德問，「本來有人會丟掉工作嗎？」

甘特叔叔靠了過來，小聲說：「希特勒的手下找上了恩斯特先生。他們說，除非他正式加入納粹黨，不然就別想讓工廠繼續運作下去。我認識他很多年了，他根本不是納粹那一掛的。」

「如果他不加入納粹的話，會怎麼樣呢？」弗烈德問。

「你是說公然和希特勒作對嗎？他會被送到達豪，那裡囚禁了許多希特勒的反對者，被人稱作『工作與再教育營』，但事實上，那是要你做苦工做到死的集中營。那邊的大門上有塊牌子寫著：工作讓你自由，我看應該改成：工作讓你下地獄。話說回來，假如你是他，你又能怎麼辦呢？」甘特叔叔搖搖頭走回工作台。

弗列德繼續手邊的工作，心想：他能怎麼辦呢？他和爸爸一向深信世界上不會只有一種思想，若換成是他，他會背叛自己信仰的眞理加入納粹黨，以求保住好幾千名員工的飯碗嗎？他會爲了逃過牢獄之災或保住性命，而甘願成爲納粹黨員嗎？他過去從來沒有想過這些問題。當他發現自己或許會和恩斯特先生做出同樣的選擇時，一種遺憾與罪惡的感覺襲上了他的心頭。

從那一刻起，當弗列德在檢查、並且仔細擦亮手中的口琴時，他都會特別留意金屬蓋上的星星標誌，在心裡記掛著它們終將消逝的命運。

「也願你們一路順風。」他悄聲說。

5

「你不跟我們一起吃午餐嗎？」當午餐時間的笛音響起，甘特叔叔問弗烈德。

弗烈德急急忙忙脫下他的工作圍裙，抓了餐盒就要離開。「不了，叔叔，謝謝你的邀請。不過我中午有一起用餐的朋友。」

甘特叔叔搖搖頭，揮手示意讓他離開。「你爸爸有跟我提過。快去吧，或許哪天我也可以會會牠們。假使能在晚餐餐桌上見到牠們，那就更棒啦。」

弗烈德知道這是甘特叔叔的玩笑話，於是他對甘特叔叔笑了笑，便快步跑出工廠外。他繞過工廠大樓，穿越一大片草地，來到一處池塘邊。在池塘的另一頭，有一片濃密的樹林。

弗烈德鑽進灌木叢裡，找到他最喜愛的祕密地點，在一棵倒在地上的樹旁坐下。他才剛坐定，林子裡就冒出三隻搖搖擺擺的赤頭鷓鷉，一看見他便爭先恐後地圍了過來。弗烈德趕緊丟了幾塊麵包給牠們，他的朋友看起來餓壞了。

在他用餐的時候，樹林裡開始起風了。烏雲慢慢聚攏，遮蔽了陽光，鷓鷉響亮的叫聲不時在空中迴盪。

「女士們，準備好欣賞我的演出了嗎？請拿出你們最佳的音樂會禮儀。」弗烈德說。鷓鷉沒有理他，自顧自地嘎嘎叫著，啄食地上的麵包屑。

被風吹拂的松樹沙沙作響，不遠處的貯木場，也隱約傳來鐵鎚敲打金屬的乒乓聲。

嘰嘰、嘎嘎

颼颼、嘩嘩

乒乒乒、乓乓乓

隨著他所感受到的節奏，弗列德彷彿聽見了……布拉姆斯的搖籃曲。他一邊哼唱搖籃曲的旋律，一邊撿起一根樹枝，閉上眼睛，舉起了雙臂。霎時間，一整個交響樂團浮現在他的面前。他的右手拿著指揮棒打拍子，左手則忙著給提示——先是畫了個美麗的弧度帶進弦樂器，接著揮舞手勢引導木管樂器加入，銅管樂器在他彈動手腕的時候進場，而他輕輕一指，豎琴的琴音便優雅地揚起。

他張開眼睛，突然間，他意識到那些音樂不是來自他的腦海，而是眞實的聲音。有人在吹口琴。每個音符清清楚楚，曲調完整而複雜。當他放慢了拍子，音樂會跟著慢下來；當他加快速度，音樂也變得急促。

有人在跟著他的指揮演奏！但是那個人在哪裡？

他張望四周，沒有看見半個人影。他索性把因爲指揮而舉著的手臂放下，但音樂仍然持續響起，那旋律緩慢悠揚，動人心弦。有時候像是長笛，有時候像是單簧管，然而當它轉入低音時，他似乎聽到了大提琴的琴聲。

弗烈德從來沒有聽過這樣的演奏。他聽得入迷，不停用耳朵和眼睛努力尋找聲音的來源……是從草地另一邊、倉庫頂樓那扇敞開的窗戶裡傳來的。他忍不住倒吸一口氣，那是人稱墳場的地方。

弗烈德從來沒去過那裡，但是關於墳場的傳言他可聽多了。那是老舊機器送終的地方，裡頭黑漆漆的，什麼怪事都有。曾經有人看見裡面閃爍著微光，也有人說那裡會鬧鬼，甚至有人上樓之後就再也沒下來了。

弗烈德有些猶豫。但這旋律是如此吸引人，勾起他的好奇心。「應該可怕不到哪裡去吧？再說，那些也都只是傳言而已。」弗烈德心想。於是他收拾午餐往倉庫走去，走到門口處，他將午餐盒暫時先擱在門邊。「不論是誰，能演奏出這麼美妙的旋律的人一定不會傷害我。」

接著他便推開沉重的大門，踏進了大廳，但那旋律似乎來自於上方，於是他小心翼翼地爬上了昏暗的樓梯間。

弗烈德走到頂樓，打開一扇門，眼前是一間又大又深的房間，房間的兩側有著大片的拱型落地窗，但因爲玻璃窗上覆蓋著經年累月的灰塵，光線只能從灰塵的縫隙間透進來，整個房間顯得十分陰暗。

老舊的設備、大型的鋼鐵機具幾乎占據了所有空間，許多輪子從天花板垂掛而下，下方的地板或桌面上擺放著一些對應相合的零件，這些輪子都是過去從工廠裡精密的滑輪組上拆解下來的。還有那些從機器上卸下、已無用武之地的皮帶，它們吊在屋梁上，活像一條條黑蛇。

「那是老舊機器送終的地方。」

弗烈德感覺現在音樂比之前更大聲，但是他卻遍尋不著演奏者的蹤影。

他忍不住打了個噴嚏，房間裡的霉味與灰塵實在太重了。

音樂戛然而止。

「有人在嗎？」他喊道。房間裡響起了回聲：「在嗎……」

沒有人回應，只有一隻老鼠從他的腳邊竄過。

不一會兒，搖籃曲的副歌旋律又再度響起，聲音似乎是從房間的角落傳出來的。由於這旋律實在是太動人了，弗烈德不由得一直往聲音的方向走去，臉上的淚水也開始不停滑落。究竟是誰帶著如此豐沛的感情，演奏出這麼美妙的音樂？

他小心翼翼地在許多設備殘骸間移動，直到來到一台蓋著破油布的大型機台前方。

音樂又一次停了下來。

「請出來吧！」弗烈德大聲喊著。

同樣地，除了再度響起的搖籃曲旋律，他沒有聽到任何回應。

他直直盯著眼前昏暗的角落，沒錯，那美妙的旋律就是從這裡傳出來的。

但是，人呢？

弗烈德環顧四周，找到他在樹林裡看到的那扇窗後走過去。奇怪，這扇窗戶剛才明明是開著的，現在怎麼關上了？這玻璃也和其他的窗戶一樣，髒到幾乎不透光，角落還布滿蜘蛛絲。從地毯上積的灰塵來看，應該已經有好一段時間沒有人站在窗邊了。

「曾經有人看見裡面閃爍著微光，也有人說那裡會鬧鬼。」

難道，他聽見的音樂是鬼魂發出來的？或者有人在裝神弄鬼捉弄他？

弗烈德轉身打量偌大的房間，唯一的出路似乎就是他剛才進來的那扇門。換句話說，沒有人能夠在不被他發現的情況下悄悄離開。

弗烈德再次面向那扇窗戶。窗戶前擺了張老書桌，他俯身橫過書桌，伸手抹掉窗戶玻璃上的一點灰塵，好看清楚窗外的景色。他看到那棵倒下的樹，剛才他就是坐在那裡吃午餐的，還有那幾隻東晃西晃的鷦鷯。沒錯，就是這扇窗戶呀。他拉長身子試圖打開窗門，卻一個重心不穩撞上書桌。書桌裡發出了聲響，好像有什麼東西在裡頭晃動。

弗烈德打開最上層的抽屜，裡頭有一個口琴盒，他拿起來端詳上方的蓋子。

馬利樂團口琴

德國霍納牌出品

No 1896

他打開盒蓋，拿出盒子裡的口琴。按型號來看，這應該是一把銷往美國的口琴。口琴盒上的數字標示了這把口琴款式的問世年分，但口琴盒的上蓋看起來比較新，而口琴本身似乎又比較老舊。與口琴吹孔相對的另一側，上了黑漆的邊緣有一個小小紅色的M。

弗烈德百思不得其解。剛才他所聽到的音樂，就是這個樂器發出來的嗎？如果是的話……它又是怎麼發出聲音的？

他確實聽到了音樂，不是嗎？

弗烈德感到背脊一陣涼意，他的目光在屋內的黑影間來回移動。

工廠響起休息時間結束的笛音，弗烈德跳了起來。

「裡頭黑漆漆的，什麼怪事都有……有人上樓之後就再也沒下來了。」

弗烈德用最快的速度將口琴放回盒子，再把盒子塞進上衣口袋，接著便循著原路跑出房間，三步併兩步下了樓梯，跌跌撞撞地衝出門外。

他彎著腰，調整好一會兒呼吸，才拎起之前擺在門邊的午餐盒，快步跑回工廠。

「弗烈德，你還好嗎？怎麼一張臉蒼白得跟鬼一樣？」甘特叔叔在弗烈德回到工作台時問道。

「我好像聽到了什麼。」弗烈德一邊穿上工作圍裙，一邊向甘特叔叔描述了剛才發生的事件。

「這不難解釋，」甘特叔叔說，「聲音的傳送就像水流動一樣，它可能來自於四面八方。你聽到的聲音很有可能是從工廠的其他樓層傳出來的。」

弗烈德不這麼認爲。他聽到的音樂是如此眞實清晰，彷彿是這把口琴在召喚他，要他去尋找它。

「我可以留著這把口琴嗎？」

「當然沒問題。公司每年都會給我們每個人好幾把口琴。」

弗烈德挨近甘特叔叔身邊，把口琴上那個小小紅色的M指給他看。「你覺得這是什麼？」

甘特叔叔拿起口琴研究。「看起來像是製作這把口琴的師傅留下的記號，這樣的作法很少見。這不會影響口琴的音色，而且它的外觀看起來保存得很好，上蓋還被換過了呢。誰知道它到底在那書桌抽屜裡躺了多久，或許它屬於多年前的哪一位員工也說不定。你就拿去清理一下，調個音吧。」甘特叔叔拍拍他的背。「弗烈德，要是大家知道你自己一個人去過墳場，你肯定會變成大英雄的。這裡許多人可沒那個膽量啊！」

傍晚回家的路上，弗烈德把口琴從口袋裡掏了出來，放到嘴邊。

他先試吹了幾個和弦。甘特叔叔說的沒錯，這把口琴是需要調音。不過弗烈德不以爲意，試吹了一小段《春神來了》的旋律。

口琴豐潤輕柔的音色，就和他之前在墳場裡聽到的那段動人旋律一樣，而且他愈吹奏，愈覺得這把口琴彷彿帶有某種能量，身旁的空氣好像也隨著節拍而振動。弗烈德感覺到自己吹奏出的音樂就像斗篷在周圍保護著他，好像沒有事物可以阻擋他前行。是不是因爲伊莉莎白就要回來了，他對於一家人的團圓感到興奮？或者有其他原因呢？

弗烈德陶醉在口琴的音色中，他吹著旋律簡單的搖籃曲走過學校的大門前，心中沒有感到絲毫焦慮。當他轉過最後一個街角時，他才意識到，原來自己這一路上都是抬頭挺胸走回家的，沒有遮遮掩掩，也沒有彎腰駝背。他甚至不在意與正在打掃門前花圃的凡格伯太太打照面。凡格伯太太就住在隔壁，經常跟他說三道四，要不就是一直熱心提供他去除胎記的各種祕方。以往弗烈德看見她總是想辦法閃躲，今天他竟然主動開口和凡格伯太太打招呼：「您好，凡格伯太太！」

她停下手邊的工作，用驚訝的眼神看著弗烈德。「你好呀，弗烈德……」

弗烈德揮了揮手中那把神祕的口琴，順勢把它放進胸前的口袋。

弗烈德每往家門口走一步，口袋裡的口琴就在他的胸口撞擊一下，彷彿像是他的心跳。

6

弗烈德一進家門，烤肉、蘋果、和肉桂的香味便撲鼻而來。

他把外套掛在衣帽架上，臉上不自覺露出笑容，滿心期待地走向屋內。

牆上掛了一只老舊的咕咕鐘，下方附有松果造型的吊錘，小小的鐘門上著裝飾著椴木葉與森林裡的動物，鐘門打開後，一隻小布穀鳥滑出來對著弗烈德咕咕報時。

「太遺憾了，老朋友，」弗烈德說，「你沒辦法和我們一起享用晚餐。」

「我們在這裡。」廚房裡傳來聲音。

弗烈德走向廚房，看見爸爸坐在餐桌邊，而穿著白衣灰裙的伊莉莎白站在爐子前，腰間繫了條圍裙，她正拿著木匙攪拌著一鍋燉肉。弗烈德環視著小小的廚房：胡桃木櫥櫃裡擺放著媽媽心愛的手繪餐盤；餐台上，大大小小的金屬罐排列得很整齊；綠色的百葉窗……還有伊莉莎白，她終於回家了！

他跑到伊莉莎白身後，攔腰將她抱起來。

「弗烈德！放我下來啦！」

爸爸大笑。

弗烈德放開她。「伊莉莎白，你想不想我啊？」

伊莉莎白今年要滿十八歲了，她比弗烈德高沒多少，一雙湛藍的眼睛和她弟弟、爸爸一模一樣。她有一頭金色長髮，帶著酒窩的雙頰因為屋內的暖意而泛著紅暈。桌上擺著新鮮麵包，鍋子裡盛著的麵條香氣四溢，撒著糖粉的水果餡餅也擺在爐子旁等著放涼。

弗烈德伸手去拉伊莉莎白的圍裙繩子，伊莉莎白笑著閃躲，揮舞手中的木匙作勢抵擋。

「你有沒有試著拿鞋刷把病人的胎記刷掉？」弗烈德問。

她雙手叉腰，「你怎麼老記得這事啊？」

「我怎麼會忘呢？你記得嗎？每次我們玩捉迷藏，只要我被你抓到，你就會把我全身上下用繃帶綁成一個木乃伊。」

爸爸點頭。「你那時候就想當護士了。」

去年伊莉莎白獨自一個人搬到斯圖加特與媽媽的表哥一家同住，這位表舅、舅媽、同樣在護校唸書的表妹瑪格麗特，是他們除了甘特叔叔之外僅有的親人。不過伊莉莎白最後這三個月的護理訓練，會回來家鄉的醫院，跟著他們的家庭醫生布勞恩醫師實習。

「真高興你回來了。」弗烈德舉起手做了個敬禮的動作，「弗烈德在此靜候差遣。」

伊莉莎白用木匙指了指一旁的椅子。「去坐在爸爸旁邊，我要把麵端過來了。爸，你先開始，告訴我你退休前那幾天發生了哪些有趣的事，還有你打算怎麼安排你的黃金退休生活。」

他們圍坐在餐桌旁，爸爸滔滔不絕地講著他正式退休前的最後那幾個禮拜，老同事們是如何地依依不捨，大家紛紛送上祝福，午餐、晚餐的歡送會邀約不斷。他還提到自己準備要找幾個音樂家組一個小型的室內樂團。「當然，我還是比較喜歡我們自己客廳裡的小型音樂會。我等著你坐在鋼琴前面彈波卡舞曲給我聽呢。」

伊莉莎白望向弗烈德，對他使了使眼色。「那你呢？」

「爸爸把我的入學申請表送去音樂學院了。」

「他一月的時候要參加甄試。我知道他很緊張。」爸爸說，「伊莉莎白，你跟他談談吧。」

「那很好啊，你當然要去。這就是你一直想要的不是嗎？」伊莉莎白說，「你在擔心什麼呢？」

弗烈德聳了聳肩。他擔心什麼難道還不夠明白嗎？

「評審只有八個人而已。」爸爸說。

爸爸說得可輕鬆，又不是他得站在一群陌生人面前演奏，同時還要假裝對自己的一張怪臉毫不在意。假如他通過甄試了，接下來會怎麼樣呢？他能夠和一群素未謀面的同學在同一間教室裡上課嗎？就算他能夠忍受別人有意無意的異樣眼光又怎麼樣呢？難道他有辦法站到觀眾面前嗎？或者，他眞的敢指揮一整個交響樂團嗎？這些念頭讓他的胃裡一陣翻攪。

「能有像你這樣的天才加入是他們走運。」伊莉莎白說，「況且，德國現在正需要眞正的好國民發揮潛能，成爲全民表率。」

爸爸皺起了眉頭。「對，這是一種說法，但是……」

「那你在醫院的工作怎麼樣？」弗烈德不想再談音樂學院的事了，而且，他感覺到爸爸和伊莉莎白之間已經出現一些煙硝味。

「還不錯。我不久前才跟了一台手術，是幫一個小男孩重建脣部。那是一場震撼教育啊。我希望自己以後能夠直接參與小兒科手術的工作。」

弗烈德注意到她眼前的食物根本吃沒幾口，倒是手中的餐巾已經被揉成一團了。「伊莉莎白，你怎麼了？」

她看看爸爸，又看看弗烈德，最後放下餐巾，雙手交疊在餐盤前面，深吸一口氣。「趁甘特叔叔還沒到之前，有件事我想先跟你們兩個說。我希望你們都能了解……」她坐直了身子。「我被重新分發到柏林的醫院實習了。意思是，我不會留在特羅辛根，也不會跟在布勞恩醫師身邊工作。」

「柏林？」爸爸的眼裡滿是失望。「怎麼會這樣？我們以爲你會待在家裡，一切都幫你打理好了。」

「我知道，」伊莉莎白說。「我也是幾天前才得到消息的，布勞恩醫師已經收到通知了。」

弗烈德盯著眼前的餐盤，一顆心往下沉。這麼一來，他期待已久的深夜談心、輪流讀小說，或者星期天下午的紙牌遊戲時間，現在全都沒了。他望向爸爸，不知道爸爸比較爲自己感到難過還是爲他感到難過。

爸爸一臉頹喪。「你會在家裡待多久？」

「就這個週末。星期一清早我就會搭第一班火車離開。」

「但是我們這麼久沒見面了。」爸爸的眼眶裡似乎噙著淚水。

「爸，我知道這一切很突然，這一點我很抱歉。但這樣的安排對於我未來的發展來說，不論是在醫院內還是醫院外，都是有好處的。」

「你沒有辦法去拜託什麼人，讓你留在特羅辛根嗎？」弗烈德問。

「不行。是我……是我自己要求重新分發的。」

在那瞬間，空氣似乎凝結了，全世界彷彿只聽得到牆上咕咕鐘的滴答聲。

爸爸一臉憂愁與不解。「你自己要求的？」

「爲什麼？」弗烈德問。難道她不想和他們在一起？

「這段時間以來我改變很多。現在，我有很多活動都會以柏林爲中心。我上次回家時就該告訴你們，只是我一直找不到適當的時機開口。其實，我搬到斯圖加特去之後，我就和瑪格麗特一起加入了……德國女青年團。」

爸爸的頭向後一倒，好像有人賞了他一巴掌。「伊莉莎白，你不是認眞的吧。」

弗烈德差點被嘴裡的那口麵噎到。「你是納粹份子？」

7

餐桌上，坐在他對面的那個人眞的是他姊姊嗎？弗烈德不敢相信自己的耳朵。

「不要用這種不屑的口氣說什麼納粹份子，」伊莉莎白說，「沒錯，我參加了希特勒女青年團。我們的宗旨是要提倡德國傳統的音樂、文學，還有價值觀。」

「提倡？那你們反對什麼？」爸爸問。

「非傳統的所有事物。比方說，口琴。很抱歉，我必須說口琴並不屬於德國傳統的一部分，我們應該要屏棄它。」

「你說口琴？」弗烈德笑了出來。

「伊莉莎白，我們都是靠口琴才有今天的。你上學唸書、到斯圖加特和瑪格麗特一起生活，這些都是拜口琴所賜。它從中國古老的樂器『笙』一路演變而來，我們沒有理由輕視它或屏棄它。」爸爸說。

「但是爸，你也不吹口琴啊。」

「我吹。」弗烈德從口袋裡掏出了那把從墳場撿回來的口琴。「我還參加了口琴社。」

「不是樂器本身的問題。」伊莉莎白說，「我說的是人們用口琴所演奏出來的那種音樂。那種音樂讓人難以忍受。」

「我不懂你的意思。」弗列德說。

「就是黑鬼的音樂啊。爵士樂。那種音樂會讓人墮落。」

「音樂沒有種族和性向之分！」爸爸說，「每一種樂器都有它動人的聲音。音樂是一種共通的語言，是全人類共同的信仰，而且無庸置疑的是，我是它忠實的信徒。人與人之間再怎麼有差異，在音樂之前都是平等的。」爸爸說。

「爸，有些人不這麼想。再說，我們本來就應該要遵從納粹黨的領導：不應該去聽，或者演奏猶太音樂家的作品。」

「這是什麼蠢話！」爸爸說。

這時，牆上的咕咕鐘叫了。

「你這隻小鳥最好安靜點，」弗列德低聲嘀咕，「不然等一下就換你被修理了。」

「才不會呢！」伊莉莎白說，「黑森林咕咕鐘可是我們德國工藝的特產。希特勒要將德國特有的文化與精神發揚光大，我們都應該支持他。別忘了，他可是我們的總理啊。」

「但是興登堡才是我們的總統！」爸爸的手用力在桌子拍了一下。

「大家都說希特勒很快就會當上總統了。爸，只有他才能帶我們解決這個國家的問題。而且，現在只有納粹黨是德國唯一合法的政黨。」

「你看過他寫的那本《我的奮鬥》嗎？」爸爸問。

伊莉莎白眼神堅定地看著爸爸。

「坦白說，沒有。納粹是反對理智主義的。希特勒是勞工、是社會大眾、是純正德國人的領袖。我很清楚了解他對這個國家的期望、他的思想，還有——」

「他想要建立純種的世界。他說除了德國人以外，都是他的敵人！」爸爸說。

伊莉莎白望向爸爸的眼神流露出憐憫。「爸，他只是希望能維護我們的國家自尊罷了。女青年團是一個正向的組織，我們成員都是承襲德國優良傳統的健康女孩。」

「承襲德國優良傳統的健康女孩……難道你們還要提出證明？」爸爸問。

「受洗紀錄、健康紀錄、結婚通知書……只要能夠證明同一血統的祖先裡非德國人的比例不到八分之一，任何人都可以加入。它才不像你所想的那麼不堪。而且，比當一個『眞正的德國人』糟糕的事可多了。」她轉向弗烈德：「你一定得加入希特勒青年團。我們附近有很多和你年紀差不多的孩子都會參加，你們會有座談、聚會、戶外活動和各種競賽，一定會很好玩。」

弗烈德摸了摸自己的臉頰。難道伊莉莎白忘了附近那些青少年是怎麼對待他的？希特勒打算進行的種族淨化又是怎麼一回事？弗烈德算得上是「眞正的德國人」嗎？他夠純淨嗎？於是他輕聲說：「我猜他們不會喜歡我的長相。」

「噢，弗烈德，你應該放下你的自尊心。所有德國人都要爲了國家上下齊心，這才是最重要的。國家和人民的利益至上啊。」

弗烈德感覺自己被狠狠敲了一記。伊莉莎白說的話幾乎和安瑟姆如出一轍，他們是去參加了同一場會議嗎？

「弗烈德不會去的。」爸爸說。

「爸，你眞的很固執又不講道理。還好有瑪格麗特支持我，她懂我在想什麼，也了解我的感受。她爸媽也站在我們這邊。」

「她爸媽？」爸爸問。

伊莉莎白揚起下巴說，「是他們建議我們參加第一次集會的。」

爸爸表情痛苦地往後靠在椅子上。「我們自己的親人竟然……你把時間都花在這上面？」

「我只有在星期三晚上和星期六參加女青年團的活動。」伊莉莎白說，「而且，現在我在醫生和護士的圈子裡更有分量了。」她把椅子往後一推，倏地站了起來。「爸，我熱愛這項活動。我們會一起去爬山、郊遊、唱歌。我很積極參加青年團的事務，幫助需要幫助的人。他們都很看重我的醫護專業。我現在是青年醫療服務隊裡的一員，而且立志成爲團體的領袖，我要做年輕女孩們的表率。」

「你太天眞了。」爸爸說。

伊莉莎白沒有理會。「接下來的日子我會更少回家，因爲要是我打算成爲青年團的領袖，我就得把大部分時間投入在團體事務上。爸，我需要我的受洗紀錄，還有你和媽媽的，或是你們的結婚通知書。如果我運氣夠好，你還留著爺爺奶奶的文件的話，也請幫我找出來。噢，要是這些資料都還留著，讓我可以證明自己擁有純正的德國血統，那就太棒了。這樣一來，我要當上領袖應該不成問題。」

青年團的領袖？他的姊姊立志把別人訓練成希特勒的追隨者？

這時，前門響起了敲門聲。

「一定是甘特叔叔帶著他的手風琴來了。」伊莉莎白說，「說不定他會替我感到高興呢。」她急忙跑去開門。

爸爸起身往房間的方向走去，口中一邊喃喃地說：「甘特叔叔才不會替你感到高興。我要先回房間休息了。」

「你不吃水果餡餅了？」弗烈德問。「還有我們的家庭音樂會呢？」

但爸爸沒有回頭，只是繼續往前走。「我的胃不太舒服。」

不一會兒，甘特叔叔一手攬著伊莉莎白的肩膀走了進來。「終於呀，弗烈德！我們又團聚在一起了。」

弗烈德幫甘特叔叔拉了張椅子，讓他在餐桌旁坐下。「是啊……團聚在一起，除了爸爸之外。他說他胃痛，先進去休息了。」

「啊，那太不幸了。不過這麼一來我就可以多吃一點囉。」甘特叔叔盯著那盤甜點說。

伊莉莎白替甘特叔叔盛了水果餡餅，開始和他閒聊。她說得眉飛色舞，完全無視爸爸不在和弗烈德的心情。

一開始，甘特叔叔非常和藹親切，問了伊莉莎白許多工作上的問題。但隨著她往下說，弗烈德發現甘特叔叔愈來愈沉默，最後甘特叔叔推說自己今天很疲倦，便穿上大衣、拎起手風琴，早早打道回府了，盤子裡他最愛吃的點心甚至還剩下一半。

在離開之前，甘特叔叔看了弗烈德一眼。弗烈德說不太上來他的眼神裡藏了什麼，是遺憾、恐懼，還是憂慮呢？

他是在替伊莉莎白擔心嗎？
或者，他擔心的是弗烈德和爸爸？

8

第二天一大早，弗烈德發現爸爸整個人癱坐在客廳的椅子上。

爸爸看起來瘦小又乾癟，彷彿身體裡的空氣都被擠了出來。他腿上擺了一個帽盒，文件和照片散落在他四周，盒蓋躺在一旁的地上。

「爸，這是什麼？」

「伊莉莎白昨天要的那些東西。」

「你爲什麼要幫她？假使你不給她這些東西的話，她就當不上領袖，或許……或許她的腦袋會比較清楚一點。」

「弗烈德，這些都是公開的資料。就算我不給她，她還是有可能會拜託哪位律師幫她弄來。我相信她是被別人影響的……」爸爸搖搖頭，「是被我們自己的親戚！」

爸爸撿起幾份文件。「這是她要的受洗和結婚紀錄，總算被我找到了。」他向那個圓形的帽盒點點頭。「我從來沒有打開過這個帽盒，我一直以爲裡頭放的是頂帽子。自從你媽……」他停頓了一下繼續說，「我就沒碰過這些東西了。」爸爸垂著頭，用手輕輕磨擦著前額。「看到這些讓我的心很痛。」

「伊莉莎白呢？」弗烈德問。

「她去隔壁凡格伯太太家裡了。等她回來時，就會對整個特羅辛根瞭若指掌，知道的比我們還多。你可以幫我把這些東西收進盒子裡，然後把它放回我的房間嗎？我的學生馬上要來了，不過我得先喝杯茶才行。」爸爸起身走進廚房。

弗烈德撿起四散在地上的照片，但收拾到一半卻停了下來，望著手上那張爸爸的獨照。照片裡的爸爸約莫十二歲，站在他的大提琴旁邊。弗烈德很驚訝，他和那時候的爸爸原來長得這麼像。他輕輕撫摸著那張照片，如果他的臉上沒有胎記，他的人生又會變得怎麼樣呢？

在另外一張學校交響樂團的照片裡，弗烈德在大提琴部找到了爸爸，他是大提琴首席。但那位年輕的樂團指揮更加吸引弗烈德的目光。他站在所有樂團成員前面，手上握著指揮棒。弗烈德心想，他能夠站上那個位置嗎？

他將這兩張相片放進口袋，打算待會兒收到自己房間的抽屜，之後便繼續整理其他文件和相片，把它們一一擺進帽盒裡。等到收拾得差不多，他拿起盒蓋準備蓋上，卻發現盒蓋內側貼了一個信封，裡面有一張紙。弗烈德將那張紙抽了出來，上頭是一個嬰兒的腳印，腳印下寫著他的名字：弗烈德．馬丁．舒密特。再往下一行是他的出生年月日，後面寫著：死因，癲癇。

他的心臟簡直快要從胸口跳出來了。他再仔細看了一遍。

那的確是他的名字和出生日期，所以那腳印也肯定是他的沒錯。但是他沒有癲癇啊，而且還好好地活著！這是誰寫的？他們爲什麼會認爲他已經死了？弗烈德看著那張紙上的腳印，雙手不由自主地顫抖。

他完全沒聽見前門打開的聲音，一抬頭看見伊莉莎白站在前面，正在取下脖子上的圍巾。

「凡格伯太太果然很了解這附近所有人的一舉一動，只要去一趟她那兒，就可以知道鄰居們最近發生了哪些事。她對我選擇留在柏林感到很高興，她還說，雖然我沒辦法跟著布勞恩醫生實習，但是當布勞恩醫生知道自己照顧過的病人要投身醫界，也開心得不得了呢。她很懷念我做的溫桲果醬，我答應她會儘快做一些寄回來給她。」伊莉莎白雙手叉腰，盯著弗烈德。「你還好吧？怎麼臉色這麼蒼白？」

弗烈德將手上那張紙拿給她看。

伊莉莎白看了之後驚訝地張著嘴，一句話也說不出來。過了好一會兒，她才吐出幾個字：「這一定是弄錯了。」

「上頭寫的是我的生日和我的名字。」弗烈德說。

「這其中一定有什麼原因。弗烈德，跟我來。」

弗烈德的腦子裡一團混亂，他跟著伊莉莎白走進廚房，爸爸正站在水槽邊替茶壺加水。

「爸？」伊莉莎白將那張紙遞給他。

爸爸看著那張紙，先是一臉疑惑，接著露出恍然大悟的表情。「你在哪裡找到的？」

「是弗烈德在帽盒裡找到的。」

爸爸點點頭。「那是好久以前了，我都已經忘了。」

「爲什麼上面會說我死了？」弗烈德問。

爸爸看看弗烈德，再看看伊莉莎白。「好吧，我來解釋。你們……都先坐下。」

9

爸爸將剛裝好冷水的茶壺放在餐桌上，拉張椅子坐了下來。弗烈德和伊莉莎白坐在他對面。

他深吸了一口氣。「生弗烈德的那個晚上，你們的母親在半夜開始陣痛，布勞恩醫生和他的護士很快就趕來了，但弗烈德一出生便出現癲癇的症狀，布勞恩醫生說情況很不樂觀，應該活不過那個晚上。在他們離開之前，護士用墨水幫弗烈德留下了腳印，說要給你們的母親留作紀念，希望至少能夠帶給她一點安慰。不過弗烈德活了下來，第二晚、第三晚，也都撐過去了。幾個月之後，你們的母親就……她就病倒了。」說到這裡，爸爸的眼眶裡充滿淚水。

「你怎麼從來都沒提過？」弗烈德不解，「關於癲癇的事？」

「你們的母親躺在病床上的時候，她要我答應她絕對不會向任何人提起這件事。隨著時間過去，你臉上的胎記愈來愈明顯，也惹來許多流言和迷信的猜忌。凡格伯太太一口咬定你們的母親在懷孕的時候打翻了酒杯，紅酒剛好灑在她的肚子上；前面那間麵包店的店員說你們的母親在生弗烈德之前受到驚嚇，才在臉上留下了疤痕。」

「對，我記得，」伊莉莎白說，「路上的吉普賽人還說那是一個家族祕密的標記，我們家的祖先一定有什麼不爲人知的祕密。」

「全都是一派胡言。」爸爸說，「你們的母親根本不喝酒，也從來不曾害怕過什麼，更不要說背負著家族不可告人的祕密了。她只擔心你，弗烈德。她有個阿姨，臉上也有和你一樣的胎記，她知道那種日子有多辛苦。如果讓你身上再多個癲癇的汙名，你可能會受不了。」

「汙名？」弗烈德一頭霧水地望向伊莉莎白。

「那是無稽之談。有些人不知道癲癇是一種醫學上的疾病，他們以爲癲癇發作時，全身不斷抽搐是惡靈作祟，或是精神錯亂造成的。但這是沒有常識的說法。」

「所以你知道你母親爲什麼會要我和布勞恩醫生從此絕口不提這件事了吧。我們也答應她了。老實說，我根本忘了這件事，因爲你從周歲後就再也沒有發作過了。」

弗烈德唸幼稚園的時候曾經看過癲癇發作。當時他正站在畫板前畫畫，隔壁的男孩突然碰一聲倒在地上，手中的筆刷甩到教室另一頭，喉嚨裡發出乾嘔的聲音，全身不斷痙攣、抖動，他的雙手向內扭曲握拳，還像動物一樣不停嚎叫。有好一會兒，他看起來就像發狂一樣，或是被魔鬼附身，但整個過程來得快去得也快，沒多久男孩便平靜了下來。後來，老師命令所有人離開教室，等他們回來，那個男孩已經不見了，從此弗烈德再也沒有見過他。

弗烈德心想，會不會在他最擔心出狀況的時候，他的癲癇症就剛好發作了？假使是在他參加音樂學院甄試的時候呢？這樣他們還會要他嗎？他是不是眞的精神錯亂了？他揉了揉自己的太陽穴。

爸爸把茶壺遞給他。「我們都先喝點茶吧。」

弗烈德接過茶壺，走到爐台邊點燃爐火。

伊莉莎白皺著眉頭說，「癲癇的發作有可能是因爲一種熱病所引起的，但就算如此，我相信布勞恩醫生還是一五一十地把發生過的所有狀況都記錄下來。這是標準作業程序。」她從椅子上起身，開始在屋子裡踱步。因爲過於專心思考，額頭上還擠出了好幾條紋路。

爸爸搖搖頭。「那有什麼關係呢？布勞恩醫生答應過我們他什麼都不會說，他也一直守口如瓶到現在啊。」

「爸，不管怎麼樣，我們就是留下紀錄了。你還不了解嗎？」伊莉莎白說，「我們現在知道弗烈德臉上的胎記是會出現在家族成員裡的一種毛病。你剛才說媽媽的阿姨也有同樣的胎記，現在又多了一條癲癇的紀錄，這也被認爲是一種遺傳性疾病啊。新法律裡的規定可是很明確的。」

「什麼新法律？」弗烈德問。

伊莉莎白看著爸爸，「爸，你還沒跟他說嗎？我好幾個月前就在信裡跟你提過了。」

茶壺裡的水漸漸沸騰。

「你寫的信我讀了。他不會在名單裡的。」爸爸說。

「只要他臉上有那個胎記，他就會在名單裡。」伊莉莎白說，「現在再加上癲癇這一條，那就更加肯定了。我在醫院的時候，就已經很仔細地了解過那條法律了，再者……」

弗烈德伸手往流理台上用力一拍。「夠了，你們不要把我當成像空氣一樣自顧自地討論！我早就不是小孩子了。什麼新法律？是要把我向上呈報嗎？」

伊莉莎白的雙手在胸前交叉。「《遺傳病病患後代防治法》。七月通過的新法律。所有醫生必須在一月之前回報身體畸型或有遺傳疾病的病患名單。這些病患大部分必須接受手術，避免他們日後有生育能力，把不好的基因流傳到下一代。」

弗烈德望向爸爸。「接受手術？」

「你不會去動手術的！」爸爸說。

伊莉莎白看著爸爸的眼神彷彿他還只是個孩子。「他沒有選擇的餘地。所有醫生都被下令必須回報患有各種殘疾的病人，包括身體殘障、酒精中毒、精神疾病、眼盲、耳聾、癲癇等。法律上規定得清清楚楚。」

「弗烈德沒有犯罪！」

「一旦這些毛病遺傳給下一代，」伊莉莎白繼續說，「未來就會製造出有問題的德國公民。這就是爲什麼我們需要訂定這條新法律，我們必須避免這些狀況繼續發生。」

弗烈德的胃裡一陣翻騰，就和之前他在遊樂場上，意識到有人正準備狠狠揍他一頓時的感覺一樣。他的腦海裡不斷冒出許多疑問：他的長相犯法了嗎？難道除了臉上的胎記，和後來不曾再發作過的癲癇之外，他這個人沒有任何存在的意義或價值嗎？如果納粹把他這樣的人視爲眼中釘，他會有什麼下場？

「你支持這條新法律？」爸爸問。

「我理解這條法律。」伊莉莎白說，「布勞恩醫生會把弗烈德呈報上去的。我也會這麼做，畢竟有胎記和癲癇的是我自己的家人。我會自願參與弗烈德的手術，這是我能爲國家盡的一點心力。而且如果我這麼做的話，大家一定會覺得我很了不起。弗烈德也應該這麼做。」

弗烈德不敢置信地盯著伊莉莎白。難道她眞的把這個手術當成是表現她對納粹展現忠誠的機會？而且眞心希望他接受這個手術？

爸爸的臉頰漲紅，厲聲說道：「大家都在猜手術之後到底有幾個人能夠活下來。希特勒一心想要創造所謂的『純種民族』，誰知道他們會不會趁機把那些在納粹眼裡造成妨礙的人給殺掉？」

弗烈德臉色蒼白。「爸爸……」

「不要擔心，弗烈德。我會直接找布勞恩醫生談一談。」

「這主意倒是不錯。」伊莉莎白緊握著自己的椅背。「還有爸爸，我在家的時候，我希望你多說點認同希特勒的好話，或者乾脆什麼話都別說。你得讓我相信你會考慮加入納粹黨，這樣當我的上級向我調查家人的狀況時——我是肯定會被調查的——我才沒有理由懷疑你有任何反動的可能。假使我必須向上頭承認你不是個納粹的擁護者，那可不是什麼好事。」

「你說什麼？」弗烈德不敢相信自己的耳朵。「你打算去舉報你自己的爸爸？」

伊莉莎白抬起下巴。「納粹黨會獎勵那些誠實的人。假使我的家族中有異議份子，而我被調查時卻什麼都沒說，我在青年團裡的地位就不保了，連帶也會對我在醫院的工作造成影響。那樣一來，我的職業生涯就完了，這輩子大概也毀了。」

「你說你這輩子毀了，」弗烈德說，「那爸爸呢？他們會把那些不認同希特勒的人關進牢裡，然後讓他們工作直到老死。還有我呢？他們會趁著幫我進行麻醉的時候順便把我殺了，就因爲我不夠完美。」他覺得喉嚨裡有一種說不出來的苦澀。

「弗烈德，不要再說了。」爸爸說。

這是什麼意思？難不成爸爸也瘋了嗎？

爸爸的雙手在頭髮間不停摩挲，然後他站起來，挺直了身子。他先望向伊莉莎白，再看著弗烈德，眼神裡充滿堅定。「弗烈德，仔細聽好。伊莉莎白說的沒錯，我們要當忠誠的德國公民。」

「但是——」

「以後家裡不准再有任何反對希特勒或納粹的言論。」爸爸說，「我說不准就是不准。」

弗烈德驚訝得倒抽了一口氣。「爸爸，你不能——」

爸爸的聲音充滿了憤怒，「閉嘴！聽懂了沒？」

打從有記憶以來，弗烈德不記得爸爸曾經這樣大聲吼過他。他囁嚅地說：「聽懂了。」

爸爸拿起桌上的一疊文件，用力丟在伊莉莎白面前。「你要的文件都在這兒：你的受洗紀錄，我和你母親，還有你祖父母的結婚通知。這下你可以宣稱自己是百分百純正的德國人了。我的學生馬上就會過來，現在我得先去準備了。」爸爸怒氣沖沖地離開了廚房。

一會兒後，客廳的門被啪一聲大力關上。

伊莉莎白拿起那些文件，哼著歌走出廚房。

弗烈德盯著廚房門口，直到伊莉莎白的身影消失在門外。

留下爐子上的茶壺發出刺耳的笛音。

10

弗烈德回到樓上的房間裡，滿腦子都是剛才發生的一切。

他試著做點別的事轉移注意力，在桌上攤開一條擦拭布，把整理口琴所需要的工具一字排開。他拿起一把小螺絲起子，拿掉口琴兩側的固定柱，拆下金屬蓋。

樓下傳來熟悉的大提琴聲，爸爸的學生開始上課了。不久後，弗烈德聽見了《巴哈第一號無伴奏大提琴組曲》前奏的旋律。他抬起頭聆聽琶音的演奏。

在分解和弦裡，弗烈德彷彿聽見了爸爸和伊莉莎白的聲音。那些轉折的曲調，就像是兩人的爭執般你來我往；而音樂的進行，也如同兩人的對話愈來愈尖銳。弗烈德從音樂中感覺到逐漸增強的緊繃，那是一種無以名狀的焦慮。在第一樂章結束之後，空間裡仍然迴盪著深沉的哀傷，揮之不去。

弗烈德回過神來，開始檢查那支口琴的梨木琴格和簧板。他把它們一一拆卸下來，整齊擺放在擦拭布上。他拿起一塊乾淨的軟布，沾了些酒精，仔細地擦拭著每個零件，接著再用一把小支軟毛刷清潔琴格，等簧板乾了之後再把它鎖回琴格上。等完成後，弗烈德把口琴拿到嘴邊，對著吹孔呼了一口氣，吹出一連串音階。

他反覆試吹了幾次之後，把口琴放在手上端詳。

「第三音和第八音。」伊莉莎白站在弗烈德的房門口說。

「沒錯。」弗烈德抬頭看著她，「它們降了半音。你的耳朵還是這麼敏銳。」

「不管我是不是眞的喜歡彈琴，好歹我也被爸爸逼著彈了這麼多年。我能進來嗎？」

弗烈德聳聳肩。

她走進來在他的床邊坐下，看了看房裡的擺設。「一切都和從前一樣。」

弗烈德環顧自己的房間。她說的對。床上鋪著他從小用到現在的毯子，成疊的散譜堆在斗櫃上，而爸媽的結婚照也依舊擺在書桌上。「我喜歡這樣。」

「你當然會喜歡這樣。你不是喜歡改變的人。」她的聲音很溫柔。

她覺得自己可以裝作剛才什麼事都沒發生嗎？

樓下斷斷續續傳來爸爸低沉的聲音，他正在指導學生。接著，前奏的旋律再度響起，弗烈德拿起一把小銼刀，在簧片上面輕輕磨了幾下，之後他拿起口琴吹了幾聲又再繼續磨，直到他滿意口琴的音高，便把金屬琴蓋放回去，鎖上螺絲。

然後，弗烈德再次吹起口琴，反覆滑出八度音階。

伊莉莎白歪著頭說：「聽起來和一般的口琴不太一樣。」

弗烈德也這麼覺得。它的聲調聽起來特別溫暖、輕柔。「可惜天地之間沒有它的容身之處……就像我一樣。」

伊莉莎白整個人緊繃了起來。「到底要我怎麼說你才懂？我信仰希特勒和他所代表的一切。他就像是仁慈偉大的父親，他會帶領我們貧窮的國家走出黑暗，他會讓我們衰弱的民族重返榮光。」

又是這一套。伊莉莎白聽起來像是和安瑟姆背了同一份講稿。

「我會把我所有心力奉獻給女青年團。她們欣賞我。欣賞我的護理專業和我的品格，她們認爲我的言行可以成爲大家的表率。對她們來說，我……我是一個重要的人。」

「你對我們來說也很重要。而且你根本不需要什麼都聽她們的，你一向都很有自己的想法和主見啊。」

「這些就是我的想法。更何況，她們就像是我的姊妹一樣，那是我從來沒有過的感覺。我們是一家人。」

「你已經有自己的家人了。」

「不，不一樣。那是一個更大的家庭。女青年團是一個群體，我好高興自己能成爲其中的一份子。」伊莉莎白怔怔地盯著弗列德床上的那條毯子，彷彿毯子上的花樣是她所見過最有意思的圖案。「弗列德，你有沒有想過我的童年是怎麼過的？」

「和我差不多吧。」弗列德說。

「不完全是。媽過世的時候我才六歲。我和她一向很親密，所以她不在之後，我整個人好失落。那時爸爸辭掉交響樂團的工作，開始到工廠裡上班。白天有個護士會來家裡照顧你，但晚上，照顧你就變成爸爸和我的責任。等你長大一點，我得陪你一起走路上學，放學時再接你回家，同時我還要整理家務，替大家準備三餐。所有母親的工作都落在我身上，但我根本不是母親，我還只是個女孩啊。到了週末，爸爸要教琴，我又得繼續照顧你，我根本沒有機會去外面走走、和朋友出去玩，或者去參加學校的一些課後活動。誰會來約我？根本沒人理我。誰叫我的弟弟是……」伊莉莎白突然抿住嘴唇，沒有把話說完。

「怪胎？」弗烈德接下去。

「抱歉，我不是故意要傷害你的。」

一陣憤怒與難過的情緒同時湧上弗烈德的心頭，他用力地吐出每一個字。「那你為什麼要這麼說？這就是你所謂的『誠實』？你這麼說在這裡又得不到什麼好處。伊莉莎白，你到底是怎麼了？你難道看不出來嗎？你不但傷透爸爸的心，也傷害了我。你好像變成一個我們完全不認識的人！」

伊莉莎白起身走到窗邊往外看，她的眼神直視著遠方，堅定而有力，彷彿要將什麼東西看穿。接著她轉過身來，面對著弗烈德。「我現在已經脫胎換骨，不再是過去那個我，也過著不一樣的生活了。這樣難道錯了嗎？」

弗烈德沒有回答。伊莉莎白搖搖頭，嘆口氣說：「今天下午我會去參加一個青年團的活動，如果你願意的話，可以過來看看。我們要幫忙附近的農家種一些作物。你看，弗烈德，我們會在地方上做許多好事，這都是為了國家啊。」

弗烈德張大眼睛，不敢置信地看著她，然後搖搖頭。

於是伊莉莎白離開了房間，把身後的門帶上。

弗烈德拿起那把口琴開始吹奏，他試著吹出剛才從樓下傳來的那段旋律，也就是爸爸的學生所演奏的那首巴哈作品。這眞是一把不尋常的口琴，它所發出的聲音，似乎承載了他心裡所有的痛苦——震驚、失望，還有深深的哀傷。但同時，口琴溫柔優美的音色，又緊緊地籠罩著他，帶給他無比的安慰。

他完全沒有想像過伊莉莎白的童年。

原來他的臉對伊莉莎白來說一直是個負擔。

爲什麼他過去從來沒有察覺呢？

弗烈德放下口琴，走向擺在斗櫃上的鏡子前面，看著自己右臉上那塊該死的胎記，一把無名火在他心裡猛然升起。

他將手上的口琴摔了出去，把斗櫃上的東西全部掃了下來，一張張的散譜飛散空中。

爲什麼他生下來就有這樣的缺陷呢？

11

星期天，家裡一片寂靜，只有咕咕鐘發出規律的滴答聲，偶爾以一陣鳥鳴報時。甘特叔叔找了個理由待在自己家裡，爸爸在客廳裡看書，而弗烈德待在房間裡。

伊莉莎白已經完全變成另外一個人了。她換下合身的衣服，穿上老派的圓裙和農婦工作服，然後把頭髮編成兩條長長的麻花辮。她的房間也調整過擺設。雖然床上還鋪著媽媽親手織的那條毯子，但牆上原來那幅美麗花田的油畫已經不知去向，取而代之的是一張大海報，上頭是穿著制服、擁有天使般容貌的女孩和男孩。他們仰望著天空，納粹黨徽的光芒在他們金色的頭髮與完美無瑕的臉龐上閃耀。

那天晚餐，伊莉莎白做了爸爸和弗烈德最愛吃的德國肉腸鍋，三個人圍坐在餐桌旁。爸爸和伊莉莎白的話題裡沒有政治，也沒有爭執，兩人淨說些不著邊際的客套話。但伊莉莎白卻連一句話都沒對弗烈德說，當然弗烈德對伊莉莎白也是。面對桌上那一鍋他們一向會爭食的燉肉腸，伊莉莎白陷入沉默，爸爸有一口沒一口地吃著，弗烈德更是完全沒有食欲。他勉強吃了一點便起身上樓，回房間去了。

那天稍晚，大家都上床睡覺後，弗烈德聽見爸爸刻意放緩的腳步聲，還聽見他輕輕打開伊莉莎白的房門。不一會兒，爸爸走過來開了弗烈德的房門，探頭看了看之後，又走回自己的房間。

接著，弗烈德聽見點燈的喀噠聲，椅子在木頭地板上拉動時發出的磨擦聲，還有大提琴的弓隨意在弦上輕輕劃過的幾聲短音。爸爸準備要拉琴了。

當他聽見爸爸演奏起布拉姆斯的《搖籃曲》時，弗烈德覺得自己的心一陣刺痛。

他和伊莉莎白小時候，每當他們晚上睡不著覺，姊弟倆就會擠到爸爸的房間裡，拜託爸爸演奏一場晚安音樂會。爸爸總是會裝睡，但只要他們不斷地親吻爸爸的臉頰，要不了多久他就會舉手投降。爸爸會先把他們趕回各自的房間，叫他們跟所有擔心、害怕的事物說再見，因爲它們即將乘著音樂的翅膀飛走了。

「再見！再見！」他們總是會這麼叫著回到自己的床上，任憑房門敞開，讓爸爸演奏的美妙音樂流瀉進來。

今晚，弗烈德多麼希望爸爸說的話成眞，多麼希望壓在心頭的重擔能就此飛去。

這首曲子讓他想起伊莉莎白過去陪伴在他身邊的那些日子，她總是會在他耳邊輕聲說：他們不是你的家人；家人對你說的才是眞話。

這些年，她對他說的話都是眞話嗎？

爸爸連續拉了三次《搖籃曲》，一次比一次更緩慢溫柔，也更深沉憂鬱。

弗烈德拉起毯子把頭蒙住。

這些年，伊莉莎白是不是也一如弗烈德愛她那樣愛著他呢？

等樂曲進入尾聲，爸爸的琴音聽起來就像是在哀悼這個四分五裂的家。

最後一個音符顫抖著。

而弗烈德的眼睛裡盈滿淚水。

他已經無法停止哭泣了。

12

第二天一大早，伊莉莎白沒有道別就離開了。

弗烈德的確還在睡，但她沒有大聲說再見，沒有留張字條，也沒有請爸爸幫忙傳話給他。難道她眞的就這樣不留隻字片語地從他們的生活裡消失嗎？

「她不會再回來了，對不對？」用過晚餐後，爸爸在客廳裡爲稍晚的大提琴課做準備時，弗烈德問了這個問題。

「是的，弗烈德，至少短時間內她不會回來了。或許有一天會吧。會變成這樣都是我的錯。她太能幹了，所以我對她期望很高。可能是因爲我一直沒辦法從失去你母親的傷痛中走出來……我竟然從來沒有考慮過她的需要。我總是想著，等我退休了，我就可以多花點時間陪她。現在看起來，恐怕一切都太遲了，她已經投向……那個極端又狂熱的理想主義懷抱裡了。」

弗烈德轉緊自己的琴弓，並塗上松香。「我以爲你不希望在家裡聽到任何反對希特勒的言論了。」

「弗烈德，你應該知道我之所以會那麼說，都是因爲伊莉莎白的關係啊。我們必須讓她相信我們會成爲希特勒忠實的追隨者，這樣才能確保我們所有人的安全。只要能保護你和伊莉莎白，我願意做任何事，即使必須加入納粹黨。雖然我不想承認，但伊莉莎白的確說對了一件事——假使我們對希特勒有任何不滿，我們最好把這種想法藏在心裡。你懂嗎？我們只能默默觀察局勢，不能相信任何人，尤其要留意我們的鄰居和工廠裡的同事們。當然，這不包括甘特叔叔。」

弗烈德搖搖頭，「爸，我不會——」

爸爸舉起手，示意他不要再往下說。「我知道，我知道。我講話一向太直接，也太容易激動了。不過我已經發誓，從現在起我要保持沉默，把想法放在心裡。我的意思是，我們往後說話時要更小心謹慎，但不代表我們要連思想都封閉起來。」

弗烈德把手伸向裝滿了茴香糖的糖果碟。「不過你還是會去猶太雜貨店裡買東西，不是嗎？」

爸爸嘆了一口氣。「是啊，弗烈德。你也知道，我的茴香糖只有在那裡才買得到。那間雜貨店是我的學生家長開的，今天早上，納粹的突擊隊員在那間店的門上噴了黃色的星號噴漆，還掛了個牌子寫著：『猶太人是德國的禍根』。我親眼目睹三個客人原本打算走進去，後來卻轉身離開了。這是不對的。」

「你不是說……」

「我說我會把想法放在心裡，弗烈德。我的確是這麼做的。我在店裡什麼都沒說，只是買了一些民生必需品。他們不能這樣就逮捕我。至少現在還不能。」

爸爸走到鋼琴旁邊，按下了A音。

弗烈德拿起弓，一邊在A弦上來回拉弓，一邊旋轉琴栓調整音高。在正式開始練習之前，弗烈德看著爸爸。「爸，爲什麼你還站在猶太人這一邊？如果我們也跟著一起抵制猶太人，這樣不是比較安全嗎？」

爸爸走到弗烈德身邊，把手放在他的肩膀上。「弗烈德，我這麼做不只是爲了猶太人，也是爲了你。現在納粹對猶太人所做的那些不公義的事，將來也會加諸在你身上，或任何他們不喜歡的人身上。這太荒謬了！」

「我……我必須接受那個手術嗎？」弗烈德問。

「我已經和布勞恩醫生約好時間了。下個星期五，我們會好好談一談。爲了確保我們的安全，從現在起我們兩個都必須……」爸爸夾起大拇指和食指，從嘴角一側比劃到另一側，好像拉上一條隱形的拉鍊。爸爸緊閉著嘴，露出微笑。

弗烈德點點頭。「我知道。」

但他心裡懷疑爸爸是不是眞的能說到做到。

13

下星期五，弗烈德下了班之後在工廠門口等待，十月的空氣已經透著一些寒意，他在冷風中來回踱步。

他用手拍打著雙臂讓自己溫暖一些，也稍微減輕心裡的焦慮。不知道爸爸和布勞恩醫生談得如何？爸爸跟他約好，從布勞恩醫生那邊離開後會到工廠跟他碰面，之後再一起走回家，不過爸爸遲到了。

這時安瑟姆走出工廠大門，一個箭步擋在弗烈德前面。「真巧！我才在想要找你談一談呢！」

難道安瑟姆就不能離他遠一點嗎？

「我下星期三要去參加一場希特勒青年團的聚會，」安瑟姆說，「我現在是團裡的領袖。要是我那天能帶一個朋友去參加，我就可以受到表揚。」

「謝謝你，我沒興趣。」弗烈德說，一邊迴避安瑟姆的眼神。

「你姊姊和我姊姊是好朋友，她希望……」

所以這就是伊莉莎白正在做的事？「那個地方不適合我。」弗烈德往旁邊挪了幾步。

安瑟姆跟了過來。「反正你遲早都要加入。但是如果你跟我去，對我來說就特別有意義，讓我在上級面前爭取表現的機會。來吧，到時候你就知道你有多喜歡那裡。」

弗烈德當然知道他會有多喜歡那裡。但他也記得自己和爸爸約定好要保持沉默。

「好吧，那下一次吧。」安瑟姆用力戳了戳弗烈德的肩膀。「弗烈德，我發誓，總有一天我會把你拉進青年團。」說完，安瑟姆便吹著口哨離開了。

弗烈德的雙手緊緊交握著。安瑟姆眞的會這樣鍥而不捨嗎？還有伊莉莎白。難道他對伊莉莎白說得還不夠明白，他一點都不想加入青年團嗎？看來下星期他得再想個理由回絕安瑟姆了。

他的思緒被兩個學生打斷了。一個女生、一個男生，他們正拎著樂器箱朝他的方向走過來。弗烈德知道，他們兩個一定是剛從音樂學院放學、正要返家的學生。他們經過他身邊的時候，弗烈德聽見他們提到「貝多芬的作品」。但是他們說的是哪一首作品呢？是交響曲還是協奏曲？他好想對著他們大喊：「我也知道貝多芬的作品！」但現在，他只能看著他們的背影愈走愈遠。如果他可以通過一月的音樂學院的甄試，他們會和他做朋友嗎？他們會在意他的外表嗎？還是他們會像許多人一樣嘲笑他？他已經算不清是第幾次，心裡同時充斥著渴望與恐懼的情緒。

爸爸到底上哪兒去了？在等待爸爸出現的同時，弗烈德掏出他一直放在胸前口袋裡的口琴，吹奏了一小段貝多芬《第九號交響曲》第四樂章的段落。握著口琴的手遮住了他部分的臉頰，在微暗的天色下，弗烈德看起來就只是個在街頭開心地吹奏著音樂的普通男孩。他甚至不在意別人看他的眼光，因爲路人似乎沒有察覺到他臉上的胎記，他們只是微笑、點頭，彷彿弗烈德用口琴吹奏出來的是大家都能心領神會的一種語言。

如果換成是別人演奏也是如此嗎？音樂本身遠比演奏者的長相重要，不是嗎？如果他的演奏就像音樂家一樣出色，人們可不可以只重視他的才華，而忽略他的外表？音樂學院的評審們會這麼做嗎？當他哪一天有機會站在台上時，觀眾們又是否願意這麼看待他呢？

口琴豐厚飽滿的音色帶給弗烈德無比明亮的感受，他覺得自己像是透過清晰的鏡頭觀看這個世界。在弗烈德心裡，希望如同微小的餘燼般堅定燃燒著。當他吹奏完畢放下口琴的那一刻，他感到一種心滿意足的平靜。

一個男人走過來，給了他一枚銅板。「你演奏得眞棒。」說完他便離開了。

弗烈德笑了出來。他可不是爲了賺錢而演奏的呢！

「弗烈德！」

他轉頭看見爸爸大步走向他，內心原本愉快的感受頓時消失得無影無蹤。即便還有一段距離，弗烈德也看得出來爸爸臉上憂慮的神情。

「抱歉，我來晚了。」爸爸走到弗烈德身邊時說，「我在布勞恩醫生那裡耽擱了一會兒。」

弗烈德緊張問道：「你們討論出該怎麼辦了嗎？」

爸爸深吸了一口氣說：「我們談了很久，但不幸的是，他也束手無策。一月的時候，他就必須向上呈報關於你的所有資料，但最後做出判定的人不會是他。有個單位叫做『遺傳健康法庭』，他們會審核所有的個案，最後做出判決。你的胎記和癲癇病史的確受到這項新法律的規範。」

「爸……這個意思是？」

爸爸伸手抓了抓頭髮。「我有跟他談到我對手術的顧慮，也提到假使你進了音樂學院後的大好前程——他知道你從小就對音樂特別有天分。他說，如果你先向單位坦承，我們可以請音樂學院的負責人替你寫一封信。一封請求豁免信。看起來，希特勒和納粹對於『具有獨特天分且忠誠、純正的德國人』有一些特別的禮遇。或許你的音樂天分可以救你一命。」

弗烈德抓著爸爸的手臂，感覺就像抓著必須靠音樂天分拯救自己的微小機會。他們慢慢地走回家。「如果我沒有通過音樂學院的甄試，我就必須去做那個手術？」

爸爸點點頭。「必要的話，他們甚至會強迫你做這件事。但倘若這件事非走到這個地步不可，弗烈德，你放心，我一定會去找上級單位理論的。」

如果爸爸眞的和那些人起衝突，會發生什麼事？弗烈德搖頭。「爸，這回你沒辦法像我小時候那樣去拍人家的桌子。這是法律規定啊。他們會把和政府作對的人關進牢裡的。」弗烈德儘量壓低嗓子說，「爸，要是我沒有通過甄試，你一定要答應我你不會……」

「弗烈德，我沒辦法眼睜睜看著這種事情發生。」爸爸的聲音愈來愈激動。「你不但有才華、善良、負責，而且那麼有天分！現在……現在竟然因爲這條法律……爲什麼人們就是沒有辦法接受你，欣賞你的內在？如果他們眞的對你……我也沒有辦法苟活下去！」爸爸的臉色一沉。「我一定能找到什麼辦法……」

弗烈德伸出手臂摟著爸爸，假裝自己很平靜。「你可以好好指導我，監督我練琴。今天晚上我們就來研究樂譜，一起想想甄試的時候我要拉什麼曲子，好嗎？」

爸爸點點頭。「但除此之外，一定還有什麼我可以做的……」他的聲音沒入黑暗的夜色中。

一直以來，爸爸總是在守護他、保衛他，替他開啓一扇又一扇的門。但現在，一股強大且不可控制的力量捍動了爸爸的力量與決心。

陌生的恐懼感襲上了弗烈德的心頭，讓他覺得自己彷彿從很高很高的地方一直往下掉。
如果這次爸爸沒有在下方接住他，他有辦法接住自己嗎？

14

「這首不要……不要……這首也不要……」弗烈德喃喃自語。

過去這兩個星期來，弗烈德每天晚上都坐在餐桌旁，從成堆的樂譜中挑選他在甄試上所要演奏的曲子。

爸爸通常會和他一起挑，但今晚爸爸坐在餐桌的另一頭寫信給伊莉莎白。

弗烈德用手指輕敲桌上的樂譜。「這首怎麼樣？海頓的《第二號大提琴協奏曲》。」

爸爸抬頭看他，點了點頭。「這首有點難度。把它和其他我們列入考慮的曲目擺在一起吧。還有，我一直不斷提醒你和我的學生們記住這件事：不論你選了哪首曲子，你都要有本事讓聽眾專注在你的演奏上，讓他們不由得用心聆聽。」

弗烈德把這份樂譜放在另一小疊樂譜上，然後推開椅子，起身離開餐桌。他需要稍微休息一下。他從口袋裡掏出口琴，開始吹奏布拉姆斯的《搖籃曲》。

弗烈德吹完這首曲子之後，爸爸看著他，帶著讚賞的表情搖頭。

「這就是我剛才說的啊，弗烈德。你剛才的演奏真的是太……太動人了。我這裡……」爸爸將一隻手放在胸前，「……感受到了。還有你那把口琴，音色實在太美了！聽起來就像是你同時在吹奏三種樂器，而不是只有一把口琴。」

弗烈德露出困惑的表情。「沒錯，我自己也有這種感覺。我用這把口琴所吹出來的任何一首曲子，聽起來都好像……是在和我的內心合奏一樣。」

爸爸點點頭。「有些樂器會具備一些難以言喻的特質。說不定你找到了口琴裡的史特拉第瓦里[1]名琴。」

弗烈德看著手上的口琴。「假使它的地位眞的像史特拉第瓦里小提琴那樣受人看重就好了。眞可惜，我沒辦法在甄試的時候演奏它。」

爸爸微笑著說：「以大家現在對口琴的看法，我想你要是眞的在甄試的時候吹奏口琴，恐怕只會在音樂學院裡引起一陣騷動吧。」然後爸爸把信紙折好，放進信封，寫上地址，將信交給弗烈德。「你明天去上班的途中，可以順道幫我到郵局寄信嗎？」

弗烈德接過信封就把它丟到一旁。「她已經離開一個月了，中間一點消息也沒有。你爲什麼還是每個星期都寫信給她？難道她的決定還不夠明顯嗎？」

爸爸將手上的筆放下。「我知道你對她很生氣，但畢竟我是她的爸爸。我之所以繼續寫信給她，是因爲我愛她，而且我希望她能夠記住我的聲音。」

弗烈德朝那封信點點頭。「你在信裡有沒有跟她說我們的牙醫丟了工作，因爲又有一條新法律禁止猶太人從事醫療行爲？你有沒有問她，柏林那邊在焚燒那些違背希特勒理念的書本時，場面壯不壯觀、營火好不好玩？或者你有沒有跟她提起，已經有許多德國人因爲反對希特勒而被迫逃離家園？」

爸爸一臉嚴肅地看著他。「弗烈德，留意你的態度。你的話中帶刺，我怕你講起話來變得跟我一樣了。還有，我當然沒有跟她提那些事情，我再也不會跟伊莉莎白談政治。我在信裡只會跟她聊關於你們兩個的事，還有你們的童年，那是我回憶裡最美好的一部分。我跟她說，我以她在護理專業上的表現爲榮、我們晚餐吃了些什麼。你懂嗎？我從來沒有放棄希望，或許有一天她會回到我們身邊，做我的好女兒、你的好姊姊。就像我也絕對不會放棄你一樣。現在我能爲她做的事情實在很有限，我能做的，只有讓她知道我會一直在這裡，還有放手讓她去做她自己。或許你也該這麼做。」

弗烈德皺起眉頭，雙手在胸前交叉。

「我知道你一時很難理解，」爸爸說，「但如果有一天……我不在了，甘特叔叔也不在了，你會需要她在身邊。或許你們兩個必須相依爲命。」

這些話是什麼意思？「爸，我不需要她，除非她的想法改變了。」

「弗烈德，我是說或許有一天……」

「別說了，爸！」他揮手把那封信從桌面掃到地上，然後氣沖沖地站起來、走了出去，回頭大喊：「你和甘特叔叔哪裡都不會去！」

---

① 史特拉第瓦里（Antonio Stradivari, c. 一六四四～一七三七），義大利人，為史上最著名的弦樂器製琴師。

15

星期四傍晚，弗烈德從工廠下班回家時，發現客廳裡的傢俱已經被搬到牆邊，四張廚房的餐椅和譜架在客廳中央排成一個半圓形。

一旁的小茶几上擺著茶具、奶油酥餅，還有一碟茴香糖。

「爸，這是要做什麼？」

爸爸拍了拍手說：「有好事要發生了，弗烈德。我找了幾個朋友，邀請他們今晚來家裡和我一起演奏一些即興室內樂，他們答應了。」他往茶几的方向點了點頭，「我去買了些東西，這樣看起來就很完美了。今天晚上會有一位小提琴手、一位中提琴手，我可以拉另一支小提琴，雖然我已經很久沒碰小提琴了。你可以幫我們拉大提琴嗎？就今晚。」

弗烈德摘下帽子、拿掉羊毛圍巾，接著脫掉大衣。「我不知道，爸……」他猶豫著不知道該不該答應。

「是魯道夫和喬瑟菲。你見過他們兩個，不必覺得不自在。」

魯道夫的女兒是爸爸的大提琴學生，來過他們家好幾次了；喬瑟菲則是爸爸的老朋友，他們以前都是柏林愛樂的團員，現在他在斯圖加特大學擔任音樂教授。每回喬瑟菲到家裡來，他都會特別注意弗烈德，除了聆聽弗烈德的演奏之外，還會給他一些改善演奏技巧的建議。

「我希望你和我們一起演奏有一個很重要的理由，我要讓他們對你留下好印象。」

「留下好印象？」

爸爸臉上浮現笑意。「我發現魯道夫是音樂學院董事會的成員。你想想看，要是你們熟識的話，對你一定有幫助。而喬瑟菲是音樂學院出身，對甄試的流程相當熟悉，我已經請他幫忙看看我們最近挑的這些曲子，看哪首曲子比較能迎合評審的喜好。」

弗烈德兩手叉腰，挑著眉說：「你該不會想動什麼手腳吧……」

爸爸舉起手來，示意他別往下說。「弗烈德，我保證，這一切都是出於巧合。我邀請魯道夫來家裡之後，才知道原來他是音樂學院的董事會成員之一。而我最初找喬瑟菲一起過來的原因也只有一個……我知道他需要一些安慰。他的工作沒了。」爸爸低聲說道，「因為希特勒又頒布了新法律：《公職恢復法案》。」

「那是什麼？」弗烈德問。

「這項法律明文禁止猶太人擔任老師和教授。喬瑟菲是猶太人，也是一名傑出的教授，同時是我所知道最棒的中提琴手。我打電話給他的時候，他告訴我，早在好幾個星期前的一個晚上，他就已經把他的妻子和小孩送到親戚家去住，因為他再也負擔不起房租。喬瑟菲的父親身體不好，他必須留下來照顧他。我鼓勵他今天晚上過來和我們一起演奏，音樂是療癒靈魂的良藥啊。」

「爸，你人真好。」

「我希望你用口琴來幫我們開場。就吹上星期你吹給我聽的那首吧，布拉姆斯的。我想我們的客人一定會喜歡你的演奏，還有那把口琴絕妙的音色。」爸爸的眼裡閃爍著光芒。

自從伊莉莎白離家的前一天起，他就再也沒有看過爸爸如此充滿活力的模樣了。他怎麼忍心拒絕爸爸呢？弗烈德點了點頭。

「好，現在動作快，去廚房把晚餐吃完，然後上樓準備了。客人很快就會到。還有，別忘了帶你的口琴下來。」

弗烈德拍拍胸前的口袋，他怎麼會忘記呢？或許爸爸說的對，今晚好運即將降臨。

16

弗烈德剛下樓不久，大門便傳來訪客的敲門聲。

先到的是魯道夫，他的個子高大粗壯，手上拎著小提琴。不久後，喬瑟菲也帶著他的中提琴進門了。坐定後，他從口袋裡拿出一支黑框眼鏡戴上。

在簡短的自我介紹之後，兩位客人便各自取出樂器，替弓抹上松香。

「在我們討論今天晚上的曲目之前，」爸爸說，「我請弗烈德先爲我們來段表演。」

弗烈德難爲情地笑了笑，刻意將有胎記的那一側臉別開，從口袋裡掏出口琴。他先試吹了幾個和弦，覺得心跳逐漸加快。爲什麼明明是在自己家裡的客廳，他卻感到如此緊張呢？

他閉上眼睛，開始吹起了布拉姆斯的《搖籃曲》，口琴熟悉而溫暖的聲音再次撫慰了他不安的心靈，他在副歌的地方還多做了一次反覆，等吹奏完畢，他轉頭望向兩位訪客。假使他想讓誰留下好印象的話，他希望那個人會是魯道夫，因爲不久之後魯道夫將在甄試會上擔任他的評審。

但開口的卻是喬瑟菲。「太美妙了。這聽起來好像不只是一把口琴而已，有時候聽起來像是單簧管，有時候又像是短笛。」

「它的音色的確很獨特。」爸爸說完看向一旁抿著嘴的魯道夫，「你不喜歡這首曲子嗎？」

「馬丁，口琴只是玩具，算不上是樂器。」魯道夫說，「而且它並未受到政府認可，它是不入流的東西。」

弗烈德感覺爸爸有些不悅。

「這……好吧……」爸爸皺起了眉頭。

弗烈德清了清喉嚨，很快地說：「我們來看看今天晚上要演奏什麼曲目吧。」

魯道夫說，「我提議演奏貝多芬或布魯克納的曲子，或者巴哈。他們都是納粹黨提倡的音樂家。」

弗烈德看見爸爸臉上驚訝的表情。魯道夫是納粹黨員，而爸爸完全不知情。魯道夫知道喬瑟菲是猶太人嗎？

喬瑟菲在椅子上挪動了一下，看起來有點不太自在。「我……我沒問題，這幾位音樂家的作品都可以。」

「那就這樣吧。」魯道夫說完對喬瑟菲點了點頭，眼光在喬瑟菲的臉上來回掃視。「我們以前見過面吧？你過去和馬丁一起在交響樂團裡，我有沒有記錯？」

喬瑟菲把他的中提琴擺在腿上。「沒錯。」

「你現在還在柏林愛樂嗎？」

「沒有，過去這幾年我都在斯圖加特大學裡教音樂，」喬瑟菲說，「最近才離開。」

魯道夫突然露出恍然大悟的神情。「不過你的老家在特羅辛根。你爸爸和叔叔開了一間叫做『柯恩兄弟』的裁縫店，對吧？但這家店最近關門了，因爲……一些敏感的問題。」

「沒錯。」喬瑟菲說。

魯道夫轉頭看著爸爸。「我沒辦法和猶太人一起演奏音樂。」

爸爸站起來，伸出雙手，似乎想懇求什麼。「魯道夫，我們現在是在我家的客廳裡演奏，難道不能為了自己喜愛的藝術，先把那些感覺擺到一邊去嗎？喬瑟菲是個音樂家，也是我所認識最出色的中提琴手。你也是個音樂家……我們都有共同熱愛的事物啊。」

魯道夫起身，手上的弓指向爸爸，並且拉高了音量。「老天爺，馬丁，我哥是新任的納粹警察地區指揮官。你不懂嗎？我絕對不能冒這種被人認為同情猶太人的風險，我甚至不應該和猶太人待在同一間屋子裡。假使有人認為我和猶太人在共謀什麼事……」他往窗外看了看，「我哥哥的兒子安瑟姆，他和弗烈德在同一間工廠裡工作，如果弗烈德跟他提起我曾經在這裡……」

弗烈德皺起眉頭。原來安瑟姆是納粹警察地區指揮官的兒子？難怪他總是那副德性。「先生，我絕對不會跟他提起任何事的。」

魯道夫把他的小提琴和琴弓收回琴盒裡。「納粹是不會輕易放過那些同情猶太的人。」

爸爸忍不住脫口而出。「我們之前討論過政治很多次，你從來都不是新政權的支持者啊！只能演奏希特勒希望我們演奏的音樂、只能讀希特勒同意我們讀的書、只能看希特勒要我們看的東西，你也不贊同這些荒謬的法律吧！」

弗烈德真想對著爸爸大喊，叫他別再往下說了。難道他忘了自己已經不能像以往一樣依照自己的想法行事了嗎？難道他忘了他答應過會把真實的聲音放在心底嗎？難道他忘了今天應該要讓弗烈德在評審心中留下好印象嗎？

「一切都已經改變了。」魯道夫說著將樂器盒關上。「爲了德國、爲了家人的未來，我會服從新法律。」他向弗烈德揮了揮手。「馬丁，看看你兒子，或許新法律是有它的道理的。」

弗烈德感覺臉上一陣刺痛，好像被人家賞了一個耳光。還好有新法律。這就是現在人們看到他的胎記時，心裡所想的嗎？

「我該走了。」喬瑟菲起身說。

「不！」爸爸喊，然後又放輕聲音說，「你們都是我的客人啊。」

魯道夫拿起他的外套。「你已經選邊站了，馬丁。我希望你能諒解，我必須和我哥談談你的狀況。」他搖搖頭。「我對你感到相當失望，相信我哥也是。你到底在想什麼？」然後他便轉身離開，碰一聲把大門關上。

爸爸癱坐在椅子上，喃喃地說：「我以爲我們可以一起享受音樂的。」他看看喬瑟菲，再看看弗烈德。「我沒想到事情會變成這樣。我以爲我們大家可以相處得很愉快。我們都是音樂家啊……」

喬瑟菲伸出一隻手，搭在爸爸的肩膀上。「我說兄弟，你太天眞了。這件事恐怕不會就這樣結束，但我也幫不上什麼忙……」

「應該伸出援手的人是我。」爸爸說。

喬瑟菲開始收拾他的中提琴。「我也該走了，你知道別人會說些什麼閒話的。弗烈德，給你個建議，在參加音樂學院的甄試時，記得不要挑選猶太作曲家的作品，華格納是個不錯的選擇。希特勒喜歡華格納，他的追隨者們也一定會喜歡華格納，而且撇開政治不說，華格納本身就是一位了不起的作曲家。保重了，朋友們。」喬瑟菲說完便一把抓起外套，匆匆地離開了。

弗烈德轉頭看著爸爸。「接下來會發生什麼事?」

爸爸深吸了一口氣，「我會被找去問話，這是一定的。至於接下來會怎麼樣，我不知道，我實在不應該多話的……」爸爸癱坐在椅子上，整個人看起來好渺小。「我和魯道夫的交情超過二十年。我教他的女兒拉大提琴，我們也會一起去聽音樂會……弗烈德，所有事情都變得不對勁了。鄰居會彼此舉發，朋友也不再值得信賴……所有人都活在恐懼之中，接下來還會有什麼可怕的事情發生?」

弗烈德把爸爸扶到沙發上躺下，然後走到茶几倒了杯茶給他。「爸，你好好休息。我去甘特叔叔那邊一趟。」

17

甘特叔叔在房間裡來回踱步，聽弗烈德和爸爸說著那天晚上稍早所有事情的經過。

聽完之後，他拉了張餐椅坐在沙發前面，正對著爸爸和弗烈德，一臉嚴肅地看著他們。

「你知道該怎麼做了嗎？」

爸爸點點頭。「我們得離開。」

「離開特羅辛根？」弗烈德問，「不過等這些問題解決之後，我們很快就會再回來的對不對？在我參加一月份的音樂學院甄試之前？」

爸爸一臉沮喪。「我很抱歉。」

甘特叔叔搖搖頭，臉色凝重。「弗烈德，我想你還沒搞懂。我們不只是得離開特羅辛根，我們得離開德國。」

「弗烈德，爲了確保大家的安全，沒有其他方法……」

「從現在起，他們會監視我們所有人的一舉一動。」甘特叔叔說。

弗烈德整個人陷進了沙發裡。要離開德國？離開他從小到大唯一的家？爸爸和甘特叔叔的聲音一直在他耳邊嗡嗡作響。

得快點行動……明天……我和弗烈德會照常去上班……去銀行把錢領出來，但不能讓人家起疑心……打包行李做好準備……得找個藉口……說去柏林探望伊莉莎白……在甘特家碰面……晚上趕路，白天找地方睡覺……往南……到瑞士的伯恩……

弗烈德看著爸爸，再看向甘特叔叔。這一切是眞的嗎？事情眞的發生了嗎？

他把他們留在客廳裡，自己慢慢地走回房間。爸爸和甘特叔叔壓低嗓門討論計劃的聲音，不斷在他耳邊縈繞。

弗烈德沮喪地在床邊坐下，他的希望、夢想，還有帶給他安全感的那個世界一下子消失無蹤了。爲什麼他的生活會出現如此劇烈的轉變？

他伸手摸了摸靠在床邊的那把大提琴。他們明天晚上會把這些樂器送到甘特叔叔家。甘特叔叔家裡有間儲藏室，可以把這些樂器鎖在裡頭，確保它們的安全。但這些樂器得在儲藏室裡待上多久呢？幾個月？幾年？還是永遠？

他從口袋裡拿出口琴，開始吹起巴哈第一四七號清唱劇中最後的合唱曲《耶穌，吾民仰望的喜悅》。在音樂中，他回憶起自己第一次聽見這首曲子時的情景。

那時候他還在讀幼稚園。有一天，他跟著爸爸到樂器行買松香，看見店中央有一只大約指揮台高度的木箱，上頭擺了架留聲機，留聲機正在播放巴哈清唱劇的合唱曲。弗烈德聽了之後，把整首樂曲都記下來，當曲子播放完畢，弗烈德拜託老闆再播放一次，老闆照做了。那天晚上，弗烈德站在爸爸面前，手裡拿著一把梳子假裝是指揮棒，像在背誦故事一般，把整首曲子哼了出來。那是他記憶中第一次指揮，他還記得爸爸和伊莉莎白幫他用力鼓掌時，臉上那種驚訝與開心的表情。

他躺在枕頭上，直視著眼前的一片漆黑。

伯恩也有音樂學院嗎？在那裡，他也能過著像在特羅辛根時一樣，和爸爸、甘特叔叔、工廠裡的叔叔阿姨們一起度過的美好日子嗎？

他聽見樓下傳來咕咕鐘的小門打開、布穀鳥滑出來報時的聲音。只是這一回，報時的咕咕聲聽起來不再讓人感到心情愉快，反而像是一聲聲的警告，迴盪在黑暗裡。

18

第二天一早，弗烈德照常到工廠上班。但一路上，弗烈德心裡充滿了不安與焦慮。他幾乎整夜沒睡，就算睡著了，也是恍恍惚惚、半夢半醒。

就在快走到工廠大門口的時候，他聽見安瑟姆的聲音。

「弗烈德，等一下！」

他今天沒時間應付安瑟姆。他繼續往前走，假裝沒聽見安瑟姆的呼喊。

但突然一股力量抓住他的手臂，逼得他不得不向後轉身。

「我叫你等一下！」一開始安瑟姆看起來十分生氣，但他臉上的表情立刻換成笑容。「我說過會帶你去參加希特勒青年團的聚會，記得嗎？今天晚上就有一場，你一定要來看看到底有多好玩。晚上七點鐘，我去你家接你。」

爲什麼安瑟姆就不能放過他呢？弗烈德把手臂從安瑟姆手中扯開。「我已經告訴過你了，我沒興趣。」他試著讓自己的口氣和緩一點，同時加快腳步往工廠大門移動。

安瑟姆立刻跟上。「你現在不感興趣沒關係，等你參加這次的聚會之後你就會覺得有趣了。你知道嗎，你姊姊要我姊姊答應她，叫我想辦法讓你去加入青年團，說這是爲了你和你的家人好。我受人之託，忠人之事啊。弗烈德，這一切對你爸來說為時已晚，但你還來得及啊。」

弗烈德停下腳步，他的身體因為激動的情緒而變得僵硬，忍不住握緊拳頭。

「沒錯，弗烈德。昨天晚上深夜我叔叔來找我爸爸，跟他提到關於馬丁·舒密特和你們家猶太朋友的事。就我所聽到的，我想你爸接下來的日子恐怕不太好過。」安瑟姆把手放在弗烈德的肩膀上，用力一捏。「但你還有希望。所以今天晚上過來吧？為了救你自己，也為了德國。」

弗烈德從安瑟姆的手中掙脫。「今天晚上我沒辦法參加。我有別的事情。」

「什麼事情？還有什麼更重要的事情？」

「我……我得外出一趟。」

「你要去哪裡？告訴我！」

為什麼安瑟姆老是糾纏著他？他真想對著安瑟姆大喊，叫他少管閒事，但弗烈德知道他是不會放棄的，於是他脫口而出：「我們週末會在柏林和我姊碰面，這是家庭活動。」

安瑟姆歪著頭盯著弗烈德。「真的是這樣嗎？」接著他好像突然想起了什麼，點點頭，露出一抹奇異的笑容，之後便轉身跑步離開，丟下一句：「隨你怎麼說，弗烈德！」

為什麼安瑟姆會突然輕易放過他？還有，為什麼他是往鎮上的方向跑，而不是進工廠裡去呢？

傍晚弗烈德從工廠下班回到家，所有行李和大提琴都已經整理好，擺放在門邊，不知道爸爸有沒有漏了什麼東西？

他和爸爸安靜緩慢地吃了晚餐，現在這個時刻去甘特叔叔家似乎早了點。晚餐後，爸爸洗了碗盤，他把濕漉漉的餐具一件件遞給弗烈德。弗烈德將碗盤擦乾、收好。雖然他的手一直沒停下來過，但他的思緒早已不知飄到何方了。

這時響起一陣猛烈的敲門聲，把弗烈德嚇了一跳。他看著爸爸，問說：「有誰要來家裡嗎？」

爸爸搖搖頭，走到客廳，掀開窗簾一角往外看。「是政府派來的人。弗烈德，聽好，不論他們指控我們犯了什麼罪，你一句話也不要說。」

「爸……」弗烈德覺得胃裡一陣翻攪。

爸爸轉身，一把將弗烈德拉進懷裡。「對不起，弗烈德，這一切都是我造成的。不論發生什麼事，你千萬別開口。」爸爸放開他，走到門邊，把大門打開。

兩名穿著褐色制服的突擊隊員站在門口，直盯著他們。這兩個人，一個看起來身材矮胖，另一個至少比他的同伴高上二英呎。

「舒密特先生，」高個子說，「我是艾菲爾上尉，這一位是——」他向他的同伴點了點頭，「法柏上尉。我們可以進來嗎？」不等爸爸開口，他們便一腳踏進了玄關。

艾菲爾看著爸爸放在門邊、打包好的行李。「你們要出遠門？」

「是的，我要去柏林看我女兒。」

兩名軍官走進客廳，四處查看。爸爸尾隨在他們後面，弗烈德也緊跟在爸爸身邊。沒有人坐下。

「舒密特先生，問題來了，」法柏說，「我們聽說你要去柏林看你女兒，但是你女兒根本不在柏林。她現在正和指揮官的女兒在慕尼黑籌備一場大型的集會活動，她整個週末都會待在那裡。」

「我……我們還要拜訪其他親戚。」爸爸說。

「他們也會去慕尼黑參加集會，」艾菲爾說，「去柏林只是一個藉口，對吧？」

當弗烈德把從今天早上到現在所發生的一切湊在一起時，不禁感到一陣暈眩。難怪安瑟姆突然之間不再糾纏他。安瑟姆早就知道慕尼黑有集會活動，而且伊莉莎白會在那裡。他識破弗烈德的謊言，然後跑回去告訴他的指揮官爸爸。現在，爸爸的謊言也被拆穿了。

「我們要請你和我們走一趟區指揮部。我們有些問題想請教你。」艾菲爾說。

「我想，你的旅行恐怕得延期了，因為你沒有什麼必須前往柏林的理由。」法柏說。

「要做什麼？」爸爸說。

「你去了就知道。你會跟我們走吧？」法柏對著門口的方向做了個「請」的手勢。

「當然。」爸爸轉身對弗烈德說：「我想我應該不會去太久。」

艾菲爾走近弗烈德，把臉湊到離他的臉只有幾吋的距離。

弗烈德不由得往後退。

「這小子有缺陷。他生病了嗎？」艾菲爾明明就站在弗烈德面前，那是弗烈德連他的呼吸都可以感受到的距離，但他卻說得好像眼前沒人似的。

「那不是缺陷，他也沒有生病。他是個天才，」爸爸說，「那只是胎記而已。」

「那個東西難看得要命，讓人渾身不舒服，」艾菲爾說，「有人照顧他嗎？」

「有，」爸爸說，「我照顧他。我幾小時後就可以回來了，不是嗎？」

兩名軍官交換了一個眼神。

法柏露出不以爲然的表情。「如果這一趟不只是幾個小時，除了你之外，還有其他人能照顧他嗎？或者我知道有個地方可以送他過去。你聽過仁濟之家吧？」

那個瘋人院？弗烈德像個孩子一樣緊緊抓著爸爸。

「沒有這個必要。」爸爸握著弗烈德的手，看著他。「別擔心，弗烈德，我相信這中間一定有什麼誤會。在我回來之前，你先去甘特叔叔家。」

法柏轉身看向弗烈德。「你有叔叔啊。他對政治的看法和你爸爸一樣嗎？通常一家人的想法會比較接近。我猜他大概也是站在猶太人那一邊的吧？你叔叔叫什麼名字？」

弗烈德睜大眼睛，目光從軍官移向爸爸，爸爸對他輕輕地搖搖頭。

「算了。我們會從你爸爸口中問出來的。」

「別管小孩了，先把這傢伙帶走再說。」艾菲爾說。

爸爸緊緊握了弗烈德的手，然後鬆開。

法柏在原地立正，大聲宣告：「根據一九三三年二月二十八日頒布的《人民與國家緊急保護命令》第一條，由於你涉嫌進行危害國家的活動，爲維護公共安全與秩序，你必須接受保護管束。」

兩名突擊隊員一人站在爸爸一邊，押著他走出大門，坐上一輛黑色大車。

等車子開走，弗烈德立刻抓起他的外套，頭也不回地往外跑。

19

弗烈德不記得自己是怎麼來到甘特叔叔家的。

他抵達甘特叔叔家門前，因爲奮力的奔跑胸口隱隱作痛、氣喘吁吁。他用力敲著大門。

甘特叔叔一把門打開，弗烈德就衝進屋子裡。

看到弗烈德的模樣，甘特叔叔不禁臉色發白。「他們來過了？」

弗烈德點點頭，仍不停喘氣。

甘特叔叔趕緊把門關上，帶著弗烈德到廚房的餐桌旁坐下。「他們說了什麼，你一五一十地告訴我。」

弗烈德的腦子裡一片混亂，但他還是把兩名軍官與他們的對話盡可能轉述給甘特叔叔聽。

「他們身上穿的是突擊隊員的褐色制服，還是地方警察的制服？」

「褐色制服。」

甘特叔叔的手磨擦著額頭。「情況比我們所預期的還要糟。如果是地方警察的話，他們還比較有同情心一點……」

「爸爸說他幾個小時內就會回來，」弗烈德說著站起身，「我得趕快回家等他。」

甘特叔叔搖搖頭。「不，弗烈德，他是沒辦法在幾個小時內回家的。你也不能待在那裡，他們很快就會回去你家搜索。」

「他們要搜索什麼？」弗烈德問。

「資訊、證據、任何有價值的東西。假使你們家被搜出不被納粹認可的書或音樂，他們就會沒收這些東西，然後把它們全都燒掉。」

弗烈德把手放在頭上。「這全都是我的錯。我告訴安瑟姆我們要去柏林看伊莉莎白。我怎麼會知道伊莉莎白根本不在柏林，而是跟指揮官的女兒——安瑟姆的姊姊——一起待在慕尼黑？」

「弗烈德，我們沒有人知道。這不是你的錯。但是現在我們沒有時間討論這是誰的問題了。我們得趕快回你家，收拾你的東西。」

走在路上，特羅辛根一向令弗烈德感到熟悉與親切的街道，突然間似乎變得危機四伏。他們是不是已經被人家暗中監視了？有人去舉發他們嗎？什麼時候會輪到甘特叔叔被抓去問話？

一回到家裡，弗烈德很快地拿了他放在抽屜裡的爸媽的合照、他爲音樂學院甄試所準備的自選曲樂譜，還有他的大提琴和弓。他拍了拍胸前的口袋，確定他的口琴還在那兒。

甘特叔叔一手拎著爸爸的大提琴，一手提起先前已打包好的行李。他關掉所有的燈，把門鎖上。

就在他們匆忙離開之際，弗烈德回頭望了他們的小屋一眼。那間曾經洋溢幸福與歡笑的房子，現在只是眾家燈火裡的一個小黑點。

即便他們帶著樂器與行李，走起路來步伐蹣跚，但甘特叔叔還是催促著弗烈德走快一點。弗烈德的心裡滿是恐懼。假使納粹發現他們該怎麼辦？他們會不會被誤認爲是付不出房租而流落街頭的猶太人？喬瑟菲的家人被迫離開時，是不是也是這麼狼狽？他和爸爸會再回到他們的家嗎？

稍晚，甘特叔叔替他在壁爐前鋪了張床。弗烈德躺在床上，眼睛環顧著這間小小的兩房公寓，多了他和爸爸的行李與大提琴，整個空間顯得非常擁擠。

他把口琴緊握在胸前，頭埋進枕頭裡哭泣。接著，他聽見音樂在他耳邊響起……他發誓他眞的聽見了……布拉姆斯！先是如孩子般純眞安詳的搖籃曲，接著是哀淒的輓歌，最後，伴隨著軍靴踏地聲出現的是斷奏進行曲，不祥的預感湧上弗烈德的心頭。

這一切會不會只是他的幻想？或者是一個預兆呢？

20

整個週末，弗烈德是在失神與焦慮當中度過的。

他和甘特叔叔都希望爸爸能在被帶去問話後的幾個小時內——或者隔天也好——就被釋放。當他們發現爸爸沒能如他們所願返家，他們心裡開始不斷反覆出現這些問題：爸爸是被關在鎮上嗎？或者他已經被送到很遠的地方去了？他會被釋放嗎？還是會被無止盡地囚禁下去？他一切平安嗎？或者……

星期一一早，在上班之前，弗烈德和甘特叔叔先繞回家裡看看狀況。弗烈德忍不住在心裡期盼著他們一進門就發現爸爸已經回家，正好端端地坐在廚房的餐桌旁，翻看著那天他們還沒挑完的樂譜。

他們到了的時候，隔壁的凡格伯太太正在打掃家門口的台階。她對他們點點頭。「弗烈德，前幾天晚上我看到軍官把你爸爸帶走了。有什麼消息嗎？」

弗烈德搖搖頭。他不知道凡格伯太太是眞的關心他們，或者只是想探聽八卦。

「很不幸，舒密特先生被政府誤認爲是敵人，」甘特叔叔說，「他只是一個眞性情的音樂家。」

「他總是那個樣子，」凡格伯太太說，「從來不掩飾他的情緒，喜怒哀樂全都表現在臉上。不像伊莉莎白，她眞的是你們家和新政府的榮耀！」她抬頭看了看掛在她家窗戶外的納粹旗幟。「我會向她好好學習的。我可不想惹上什麼麻煩。」她的眼睛往街道上來回掃視，拿著掃把再掃了一回便進屋去了。

弗烈德盯著那面旗子看。「凡格伯太太她……」

甘特叔叔拉住弗烈德的手臂。「不要太過相信你眼睛看到的事物。來吧，去看看屋子裡的狀況怎麼樣。」

當弗烈德和甘特叔叔走到門口時，發現大門的門框已經被人破壞了，他們交換了一個擔憂的眼神慢慢走進去。屋子裡，牆上掛的照片歪歪倒倒，外套和帽子被丟在衣帽架旁的地板上，咕咕鐘則是毫髮未傷，仍然盡著迎賓報時的本分。

「或許狀況還不算太糟。」弗烈德說。

甘特叔叔站在通往客廳的走廊上，臉上的表情證明了弗烈德的想法太過天眞。

弗烈德走到甘特叔叔身邊，瞪大了雙眼。整個房間看起來像是廢墟一樣，所有傢俱都被推開，大提琴的弓被折成兩段，樂譜散落一地，書本也被丟得到處都是，只有希特勒的著作《我的奮鬥》封面朝外擺放在書架上。

弗烈德和甘特叔叔開始巡視整間屋子。所有房間都像是被澈底翻了一遍，每個抽屜、衣櫃都被打開來搜過，到處凌亂不堪，除了伊莉莎白的房間之外。那張穿著納粹制服的少男少女海報完好如初地掛在她的房間裡。

「弗烈德，我要你今天照常去工廠上班。你幫我告訴恩斯特，我今天人不舒服得請假，但是我明天一定會去，絕對不要向任何人提起家裡被人搜過的事。知道嗎？」

「我想跟你在一起。」弗烈德說。

甘特叔叔搖頭。「我要去看看能不能找到什麼答案，但是我得祕密進行。我有一個信得過的朋友，他和本地警察有一些往來。他之前欠我人情，我想請他去地區指揮部那邊探聽一下消息。現在，我要你照常去工廠上班，並且裝成什麼事情都沒發生。我們今天晚上家裡見。」

爸爸被帶走的消息很快就傳開了。

當弗烈德踏進工廠的時候，他比平常更加感到不自在，所有人的注意力彷彿都集中在他的身上。有些人的眼神中流露出擔心，有些人的目光似乎在說爸爸遲早會有這種下場，當然還有他最熟悉不過的遺憾神情，只是這一次爲的不是他臉上的胎記。

他垂著頭，加快腳步走向他的工作台，準備開始工作。當恩斯特巡視到他桌邊時，弗烈德告訴他甘特叔叔今天身體不太舒服，明天才能來上班。

恩斯特點點頭。「弗烈德，我聽說馬丁的事了，我眞的很難過。」他的聲音是如此眞摯，弗烈德深怕自己一抬頭看著恩斯特，眼淚就會流下來。

安瑟姆送口琴過來的時候，趾高氣昂的神態活像隻戰勝的公雞。「你下回拒絕我的邀請之前，應該會先仔細想想後果是什麼吧，弗烈德？」

弗烈德根本不想與安瑟姆的眼光有所接觸，只顧著繼續工作。

安瑟姆挨近弗烈德，「下個月有個青年團的冬至聚會，你要跟我一起去。你總不希望你叔叔跟你爸爸有同樣的遭遇吧？」他說完便吹著口哨走開了。

安瑟姆的威脅讓弗烈德的內心充滿了憤怒。他緊咬著牙，好不容易才忍住沒讓那些會造成遺憾的話脫口而出。

21

下班之後，弗烈德回到甘特叔叔家，他發現叔叔已經坐在餐桌旁等他了。

弗烈德拉了張椅子在他身邊坐下來，看著他一臉不安的表情。「不是什麼好消息，對不對？」

甘特叔叔搖搖頭。「他和一票政治犯一起被送上開往達豪的火車了。他會被囚禁在那裡。」

達豪。工作讓你自由。弗烈德身子一顫。「是那個集中營？」

「沒錯。」甘特叔叔說。

「爸爸會被關多久？」弗烈德輕聲地問。

「我不知道。我去找了一些家人被送到達豪去的朋友，他們說有人被判刑幾個月，有人則是好幾年，就看納粹覺得你需要多長的時間才能被再教育成納粹的信徒。」

弗烈德伸手抹了抹臉上的眼淚。「被關的那些人不能說自己已經被『再教育』了嗎？」

「他們自有一套方法測試你說的是不是真心話。」甘特叔叔說，「納粹會在集中營裡安插間諜，他們會假扮成其他的囚犯，偷讀別人的信件，監視他們與家人之間的行動。他們巴不得多抓一些異議份子到集中營裡去。」

「他們也會盯上你，把你抓去集中營嗎？」

甘特叔叔雙手環抱在胸前說：「也許吧。不過現在我們應該先煩惱你爸爸的事。或許有方法可以縮短他的刑期。」

弗烈德將身子向前傾。「什麼方法？」

甘特叔叔向四周張望，深怕隔牆有耳。「囚犯被關進集中營裡一個月之後，他的親人可以帶一大筆贖金去達豪的指揮部，讓這名囚犯有機會改判緩刑，被釋放出來。」

「贖金？」弗烈德彷彿看見一線生機。「我工作存了一點錢，本來是打算拿那筆錢來買音樂學院的課本的，但是……」他聳聳肩。音樂學院？反正現在看起來也沒機會去唸了，而且爲了爸爸，他願意做任何事。「那筆錢大概是我三個月的工資。」

「我手邊可以加進來的錢大概是你的兩倍，」甘特叔叔說，「但這樣還是不夠。如果……再加上伊莉莎白呢？」

「伊莉莎白？絕不。」弗烈德說。伊莉莎白這下可高興了，之前爸爸不聽她的勸告，讓自己身陷囹圄。還有，她那時候是怎麼教訓弗烈德的？

「弗烈德，拜託考慮一下吧。」甘特叔叔說。「你可以寫封信給她，寫些她想聽的話。像是馬丁和我都很想加入納粹黨，還有你會去參加青年團什麼的。但是在這之前你需要她的幫忙，只有你父親平安回來，他才能眞正投入國家的懷抱。沒錯，我們是需要耍點心機，但只要能救得了馬丁的命，那又怎麼樣呢？而且假使這筆錢是她拿出來的——她可是這個家庭的好榜樣呢——他們一定會釋放你父親。」

「我們不能找瑪格麗特的父母幫忙嗎？」

甘特叔叔搖搖頭。「你父親從來不信任他們。況且，贖金這回事……並不是公開被允許的。」

「那是非法的？」弗烈德搖搖頭。「這樣伊莉莎白是絕對不可能加入我們的。」

「別這麼篤定。那也是她的爸爸呀！伊莉莎白有權利知道她的父親現在人在哪裡，還有他目前的處境。」甘特叔叔說，「而且你不是跟她要贖金；你是要請她資助再教育津貼。再說，我們也找不到其他人幫忙了。要是你不願意寫信給她，那我來寫，不過由你開口當然比較好。寫封信傷不了你什麼的。」

弗烈德深吸一口氣，閉上雙眼一會兒。他知道該怎麼做了。「傷的只有我的自尊心罷了。」

「有人試過這個方法，而且也成功了。我們愈快把你爸爸救出來愈好，他們會讓囚犯不斷地工作，直到……我……我沒辦法眼睜睜看著這件事發生在我哥身上。」甘特叔叔擦掉眼眶裡的淚水。

「弗烈德，在我們把你父親弄出來之前，我們一定要表現得絕對忠誠。明天我就去登記加入納粹黨，先拿兩面旗子回來再說，一面掛在你家，一面在我家。這麼做的話，短時間之內我應該還不會被找去問話。」

弗烈德嘆了一口氣。「好吧，今天晚上我就寫信給我們家那位忠貞的希特勒信徒吧。」

22

特羅辛根到處都是準備過節的氣氛，但是弗烈德一點也開心不起來，甚至擔憂到快生出病來了。

爸爸被送到達豪去已經一個多月，而他們到現在還沒收到伊莉莎白的回音。他和甘特叔叔寄了好幾封信給爸爸，一樣石沉大海。爸爸是不是生病了？他的衣服夠暖嗎？吃得飽嗎？他……還活著嗎？

甘特叔叔看了看桌上的晚餐。「你晚上睡得很少，三餐沒怎麼吃，在工廠裡工作的速度也變慢了。我已經好幾個禮拜沒聽見你的口琴聲。弗烈德，吃點東西吧，你得保重自己的身體。」

弗烈德正要拿起叉子，外頭就響起一陣急促的敲門聲。他的心揪了一下。難道又是突擊隊員？他跟著甘特叔叔走到門邊，緊抓著甘特叔叔的手臂。

還好這回不是突擊隊員，門外站著的是穿著羊毛大衣的凡格伯太太，她手上拎著一個購物籃。

「請進。」甘特叔叔說。

她進了屋子後說：「我就不坐了，我只是拿個包裹來給弗烈德。這個包裹被放在寄給我的箱子裡一起送來。我親愛的伊莉莎白還記得要寄幾罐溫桲果醬給我呢！她請朋友親手幫她送過來，裡頭附了張紙條說果醬罐易碎，所以她才沒有用郵寄的方式送給我。然後她問我能不能在收到東西後儘快把這個拿給你。」她從一整袋的雜貨下方掏出一個四四方方的褐色包裹，外面還用繩子牢牢綁著。凡格伯太太將包裹拿給弗烈德。「她交代我要特別小心。」

「謝謝你。」弗烈德說。

凡格伯太太對甘特叔叔點點頭，刻意放低音量說：「他們每天都在監視這間房子，昨天還向附近的鄰居打探消息。他們探問你的事情，像是你的性情如何、你對猶太人有什麼看法。我跟他們說我只知道你是伊莉莎白和弗烈德的好叔叔，就這樣而已。他們離開我家之後還在門外逗留了一會兒，站在台階上抽菸。我忍不住聽了他們的對話，其中一個人說：『星期三把他找來跟其他人一起問話，假如他思想不正確的話，就把他送去他哥那裡。』」

甘特叔叔握住凡格伯太太的手。「你人眞好……」

她立刻把手抽回來。「我得走了，我還得去拜訪朋友，我是藉這個機會才出來的。」她很快地閃出門外離開。

甘特叔叔立刻把門鎖好，也把窗簾拉上。

「叔叔，他們要找你去問話了……」

「我早就預料他們會這麼做，不過我的思想不會有問題的，我知道該說什麼話討他們開心。我們先來瞧瞧伊莉莎白送了些什麼東西吧。」他看了看那個包裹。

弗烈德坐在桌邊，拿著刀子小心翼翼地割開包裹的綑繩，並拆掉褐色的外包裝紙。裡頭是一個方型的馬口鐵盒，盒蓋上躺著一封信。他深吸一口氣，拆開信封，拿起信閱讀。

親愛的弗烈德，

謝謝你的來信。我要先祝你冬至快樂，而不是聖誕快樂。假使你要慶祝聖誕節的話，我會建議你不要在樹上放星星。六芒星是猶太人的象徵，而五芒星是共產黨的象徵，這兩者都與納粹的理念不合，任何樣式的星星都不是很適當。

我的工作進行得很順利……

弗烈德很快地把整封信掃視過一遍，伊莉莎白在信中談的全都是關於她在青年團裡做了些什麼事，還有她多麼希望弗烈德也能加入青年團等等。他打開馬口鐵盒一看，「納粹標誌形狀的餅乾！老天，她腦子裡只有這個嗎？」

他把椅子往後推、站起身，把伊莉莎白的信丟在桌上，開始在廚房裡來回踱步。

「我寫信告訴她爸爸在達豪！我請她幫忙，她竟然整封信都在跟我說星星的事！她甚至完全沒有問起爸爸現在怎麼了！」弗烈德的眼淚奪眶而出。

甘特叔叔拿起那封信，仔細地閱讀。

「弗烈德，你看看最後面的附注是什麼意思。『我希望你喜歡這些餅乾。這些餅乾都是我特別爲你和甘特叔叔親手做的，別像以前一樣一口氣把它們全部吃光，我現在可沒辦法在你身邊把餅乾藏起來。』」

弗烈德兩手往空中一甩，試著回想從前的情景。「我小時候……曾經一口氣吃掉整盤的餅乾。

她氣得要命，就把下一批餅乾藏在麵包盒裡的碎屑盛盤下面。」

甘特叔叔挑了挑眉毛，仔細打量這個馬口鐵盒，接著小心翼翼地將餅乾一片片從盒子裡拿出來。等盒子清空之後，他拿起一旁的小刀戳進盒底的縫隙，然後將底部撬起來。

原來那一層盒底是假的。

弗烈德倒抽了一口氣。

藏在假盒底下方的是成堆的德國馬克①。弗烈德張大了眼睛，他將鈔票取出來，攤放在桌上。「這樣夠了嗎？」

甘特叔叔點點頭。「很夠了。要把這些錢送出來，伊莉莎白也是冒了很大的風險啊。要是凡格伯太太不可靠的話，下一個要被抓去問話的就是伊莉莎白了。我想我們可以相信她不會去告密。我們應該把錢裝在這個餅乾盒裡，和餅乾擺在一起，就像伊莉莎白的做法一樣。這樣包裝很不錯，而且還挺愛國的呢。還得想想怎麼把錢送去，現在先準備上床睡覺吧，明天早上再來打算該怎麼辦。」甘特叔叔笑著說，「就這件事來看，或許伊莉莎白並不是那麼納粹，凡格伯太太也是。」

甘特叔叔回房間休息之後，弗烈德獨自坐在狹窄的廚房裡，盯著伊莉莎白寄來的德國馬克。他從口袋裡拿出口琴，吹起了《聖誕樹》。

他閉上雙眼，讓自己的思緒回到了過去。那年伊莉莎白十二歲，她坐在客廳裡的鋼琴前面一邊

---

①一九二四年至一九四八年於德國流通的法定貨幣。

彈琴一邊唱歌。她的手指在琴鍵上飛舞，她的頭也隨著音樂的起伏而輕輕擺動。

弗烈德記得自己那時候看伊莉莎白看得出神。

伊莉莎白發現他在旁邊便停了下來。她拍拍椅子，讓弗烈德爬上來坐在她身旁。然後她又從頭開始，兩個人一起唱著：

噢，聖誕樹，噢，聖誕樹，
你的枝椏多美麗，
常綠在明亮夏日裡，
常綠在銀白冬雪裡，
噢，聖誕樹，噢，聖誕樹，
你的枝椏多美麗。

唱完之後，兩人相視而笑。接著伊莉莎白用雙手捧起弗烈德的臉蛋，然後在他兩側的臉頰上各親了一下。不管伊莉莎白這幾個月來對他說了些什麼，她都曾經那樣愛著他。現在呢？她還是那樣愛他嗎？

他把口琴擺在桌上，成疊的德國馬克旁邊。

然後他拿了紙和筆，開始回信給伊莉莎白。他先謝謝她告訴他有關星星的事，再謝謝她特別寄了餅乾回來，說他們一定會好好地過個有意義的冬至佳節。他提到一些工作上的小事、他和甘特叔叔吃了些什麼當晚餐，還說很久以前，有一回伊莉莎白在他臉上抹了芥末醬，想把他的胎記蓋掉。

在信末，弗烈德祝福她一切平安順利，並在信封上收件人的位置寫下「莉莎貝・舒密特」，只有弗烈德會這麼叫她，這樣，她就不會忘了他的聲音。

23

離天亮大約還有一個小時，弗烈德突然醒來，從床上坐起身。

隔壁房間裡，傳來甘特叔叔微弱而均勻的打鼾聲。

其實在前一晚弗烈德入睡前，他便開始盤算著一項計劃，現在已經規劃得差不多了。他躺回床上，將所有可能會發生的狀況、行動的先後順序，都細細想過一遍。然後，他發現自己的雙手正在空中指揮著。

他掀開身上的毯子，這個計劃得先說服甘特叔叔才行。

「我不喜歡這個提議，弗烈德。我一點都不喜歡。」

甘特叔叔坐在床邊，換上工作褲，再套上工作鞋。「我們先吃點麵包，吃完就準備上班了。」

他往廚房走去。

弗烈德跟在甘特叔叔身後，試著解釋自己的想法。「叔叔，就算伊莉莎白願意替我們送贖金——實際上她也沒有同意——她人在北邊的柏林，光是搭個火車就得耗上至少十二個小時。達豪離我們這裡不過半個小時的車程，而且是在東邊。怎麼想都應該是我去啊。再說，他們現在正在監視你的一舉一動，你非走不可，就像爸爸還沒被帶走之前我們所計劃的那樣。」

「我答應過你父親我絕對不會——」

「如果你被逮捕了，你終究還是會丟下我一個人。你也聽到凡格伯太太說的了，他們星期三就會來抓你去問話。被他們帶走的人，能有幾個被放回來？他們不會讓你離開的。那接下來我會怎麼樣呢？」

「弗烈德，假使他們抓我去問話時找不到人，只要一通電話，你就別想把你父親救出來了。」

「那倒不一定，我只要在那之前搞定這些事就行了。」弗烈德停頓一下，深吸了一口氣。「我想好了。今天是星期五，待會兒到工廠的時候，你要先想好一個理由，告訴恩斯特你星期一沒辦法來上班。然後今天晚上深夜，你就離開前往伯恩。這樣你有三天的時間可以走到伯恩，白天休息、晚上走小徑，就和爸爸被帶走之前我們所計劃的一樣。接下來剛好是週末，不太會有人注意你的行蹤。星期一的時候我會照常去工廠上班，不過午餐時間就會離開。我會編個理由跟艾希曼先生說我那天沒辦法讀《奧德賽》給他聽。然後搭下午的火車去達豪，星期二一大早就把贖金送過去。」

甘特叔叔揚起眉毛。「然後當星期二早上我們兩個都沒去上班？」

「工廠那邊就會派人來找我們，」弗烈德說，用手輕輕撫摸房間裡的擺設。「這我也想好了。他們來的時候，會以爲我們發生了什麼事，但他們錯了。」

在弗烈德解釋的同時，甘特叔叔一邊切著麵包。

最後，甘特叔叔呼出一口氣，搓著下巴。「這主意還眞聰明。」

「你今晚非走不可。」

甘特叔叔走到水槽旁，倚著窗邊向外凝望。「但是萬一我們誤判了情勢……我們不知道馬丁現在的狀況，要是他的健康情形不允許他長途跋涉呢？」甘特叔叔像是突然想到什麼，伸出一隻手指頭。「等等，我有個信得過的朋友在慕尼黑當醫生。如果馬丁需要治療，你就帶你父親去找他。」

弗烈德露出微笑。「告訴我那位醫生朋友的聯絡方法吧。」

「沒錯……沒錯……這做法可行。」他轉頭看著弗烈德。「你身上不能帶著任何敏感，或者看起來有價值的物品。當然，除了那些馬克之外。否則一定會被納粹沒收。現在剛好快要過節了，這個時間點不錯，大多數人忙著來來往往，沒什麼心思注意別的事。而且我猜想，聖誕節就要到了，達豪那邊的指揮官應該也會比較好講話才對。」

甘特叔叔看著他，整間房子裡充滿了嚴肅與危險的氣氛。

「弗烈德，我們這次離開，就再也不會回來了。你懂嗎？」

「是的，叔叔，我懂。」

「弗烈德……你怎麼會有這麼堅定的信念呢？」

「是爸爸和你教我的啊，還有伊莉莎白。如果她能夠爲了救爸爸，就算失去生命中重要的東西也在所不惜，那麼我有什麼理由做不到呢？」

甘特叔叔點點頭。「好吧，等一下去上班的時候，我會跟恩斯特說我的牙齒已經痛了好幾天，但是牙醫那邊最快也得等到星期一才能幫我看牙。我猜那顆牙齒得拔掉，所以星期一我恐怕沒辦法來上班了。」

弗烈德笑著說：「那麼我會告訴艾希曼先生，因爲我得去牙醫那邊帶你回家，所以星期一下午我沒辦法讀書給他聽。」

甘特叔叔深吸一口氣，一張臉因爲擔憂而皺了起來。

弗烈德不自覺地拍了拍放著口琴的口袋。「我們一定會成功的，叔叔。一步一步來吧。」

24

那天入夜之後，甘特叔叔站在門邊打理自己，準備在寒冬中夜行。

他在脖子上包裹了厚實的羊毛圍巾，頭上戴了頂針織毛帽，並且戴上手套。「記得要弄得像眞正發生過一樣。」

「還有要記住我們討論過關於達豪的那些事。」

弗烈德點點頭。「我會的。」

「叔叔，我們已經確認過好幾十遍了。」

「我知道。弗烈德，我爲你感到驕傲，我相信你爸爸也是。」他再一次、也是最後一次把弗烈德攬進懷裡。「別忘了最疼你的叔叔。是誰教你騎腳踏車的啊？」

「是你。」

「是誰教你吹口琴的啊？」

弗烈德笑了，他試著讓自己忍住不要掉下淚來。「是你。我不會忘記的。」

「運氣好的話，我們一個禮拜後就可以再見了。自己一切小心。」甘特叔叔拿起行李走出門外，隨即把門關上。

「我儘量。」弗列德喃喃地說。

星期六早晨弗烈德醒來時，全身冷得不住顫抖。

他生了火，把自己的床鋪拉到壁爐邊，兩眼怔怔地望著上下跳動的火苗。他想到，這是他有生以來頭一次獨自生活。不僅如此，他的手中還掌握著全家人的命運。假使這趟任務出了差錯，他們一家人會怎麼樣呢？

接下來發生的事讓弗烈德感到沉重的壓力。他得先買車票、搭火車、與陌生人面對面坐著。他必須忍受售票員、搬運工、列車長，還有一大群他不認識的人們目光。

他將雙手靠近壁爐取暖，心裡反覆練習甘特叔叔和他所討論的每一個細節。他必須先搭火車到斯圖加特，再轉車到慕尼黑。這一路上他都得小心不要引起別人的注意，以免節外生枝。

最重要的是那筆錢。他千萬不能把錢給弄丟了，或被別人扒走。等他到了慕尼黑之後，他得一路步行前往達豪。等他走到達豪集中營的大門口，他就會認出哪一棟是指揮官辦公室所在的行政大樓，拜託守衛讓他見指揮官的助理，他有關於他的父親馬丁．舒密特的事情想拜託他們幫忙。

他得讓自己看起來非常卑微、有禮貌，而且表現得真誠。他身上不能帶著任何敏感，或者看起來有價值的物品，因爲他們一定會澈底搜過他的袋子，然後把那些看上的東西沒收。假使守衛或指揮官問起他臉上的胎記，他會告訴他們，他自願接受手術，以證明他對國家的一片忠誠。

他會把話說得非常漂亮。

他不斷練習著獻上贖金時該說的話：「我們全家都已經準備好迎接我的父親回來，和我們共同投效希特勒總理的德意志世界，擁抱納粹偉大的理想。爲了表示我們的效忠與敬意，我們特地準備了一點心意送給指揮官。」

那些字在他的嘴裡，就像彈珠一樣又硬又滑，弗烈德眞希望自己能把那些字給一口吐掉。但他還是不斷反覆地練習，一遍一遍，再一遍。

25

星期天晚上，弗烈德打包好自己的隨身行李，放在門邊。餐桌上放著兩人份的晚餐，他把這兩份晚餐各吃了一些，接著，他拿了一疊報紙，把報紙撒在房間各處。他打開櫥櫃，拿出餐盤，用毛巾將餐盤包起來敲碎，以免發出聲響。他把燈和桌椅翻倒——爲了不驚動鄰居，刻意放輕動作——弄亂舊信件，把衣服從抽屜裡拖出來丟在地上。他在餐桌上留了一些剩菜剩飯，彷彿他和甘特叔叔是用餐到一半時被人打斷。到了深夜，他拿了把螺絲起子，悄聲地從玄關這一側把門框挖壞。然後，他便去完成他的數學作業。

當一切布置妥當，弗烈德坐在床邊，拿起口琴，開始他的晚安音樂會，讓美妙的音樂與歌詞撫慰他的心靈。

寶寶睡，乖乖睡，粉紅玫瑰伴入眠……

他輕輕搖晃身體，彷彿在哄著特羅辛根和鎮上一幢幢的木屋入睡。他今晚的演奏，是要獻給那支高大的石造煙囪，給音樂學院，給灑落在他身上、洗淨他不完美臉龐的音符。他要獻給工廠裡那片鵝卵石廣場、成群的廠房，還有守護著他的巨大水塔。他想起那幾隻貪吃的鷳鶺同伴、連大人都不太敢獨自前往的墳場，還有那把讓他可以站在高處、盡情想像指揮一場機器打擊交響樂的A型梯。他在心裡默默向史丹威太太、卡爾先生、艾希曼先生道晚安，當然還有阿德勒先生和恩格爾先生，這兩人到現在都還在爭論到底誰適合教他中學歷史。

還有這棟房子。廚房裡的胡桃木櫥櫃、媽媽收藏的手繪餐盤、擺放得高矮有序的瓶罐、綠色的百葉窗、客廳裡的松香味、爸爸的茴香糖。他的房間一直都是照他喜歡的樣子布置，伊莉莎白的房間裡，床上鋪著媽媽親手編織的毯子，而那幅美麗的花田油畫也回到原來屬於它的地方。

百合盛開床邊，寶寶睡得香又甜

靜靜地閉上眼，願你好夢連連……

他也將演奏獻給咕咕鐘，那隻總是在小門後休息、等待整點報時的布穀鳥。

……願你好夢連連。

他換上明天出門時該穿的衣服，然後躺到床上，蓋好毯子。明天早上他還得記得把這張床翻過去才行。

「晚安了。」他悄聲地說。

26

在工廠裡，弗烈德儘量表現得就像以往任何一個星期一早晨一樣。

他把行李掛在手上，上面拿外套蓋著，看起來就和平常拎著外套去上班一樣稀鬆平常。進到工作區，他將行李收在工作台下的櫃子裡，明明幾百塊的馬克就擺在腳邊，他卻必須裝得若無其事。當他請實習生幫忙傳話給艾希曼先生，說今天下午他得到牙醫那兒帶甘特叔叔回家，所以沒有辦法讀書給艾希曼先生聽時，也必須故作鎮定。而當卡爾先生走到他的工作台旁，弗烈德交出完成的數學作業，他又以同樣的理由拜託卡爾先生明天再批改——因爲他今天必須提早下班。

他低著頭專心工作，仔細地檢查擦亮每一支口琴，直到他看見安瑟姆抱著一箱口琴向他走來。

「弗烈德，這個星期四有青年團的冬至聚會。我們兩點下班後可以一起過去。這一回如果你再拒絕我的話，我會恨你……」

「我會去。」弗烈德說，臉上強擠出一絲笑容。

「你當然要去！你絕對不會失望的。我答應你姊姊的事總算是辦到了。當她聽到這個消息，我相信她一定會很驚訝我竟然可以成功地說服你。不過，我的確很有說服力，對吧？」

弗烈德點點頭，低頭繼續手上的工作。「對，沒錯。」

整個早上，他一直注意著牆上的時鐘。

然後，終於到了最後的時刻。他從口袋裡拿出那支口琴，花了比平常更長的時間仔細地把它擦亮。他原本要讓甘特叔叔幫他把口琴帶走的，但那時候他滿腦子裡想的都是接下來要進行的計劃，結果就忘了交給甘特叔叔。他想起甘特叔叔一再叮嚀的那句話：你身上不能帶著任何敏感、或者看起來具有價值的物品，否則一定會被納粹那一票人沒收。於是他左右張望，確定沒有人在注意他，然後最後一次，他對著這把總是帶給他信心與決心的口琴吹了一口氣。雖然僅僅是一個和弦，但那一聲聽起來卻是如此充滿希望。他擦了擦口琴側邊的紅色M字，把它裝進盒子裡。在他蓋上盒蓋時，心裡隱隱作痛。他將這個口琴盒與其他口琴盒一起放進箱子裡，接下來這個箱子會被放入木條貨運箱，經由馬車送交給電車，電車再轉給蒸汽火車，最後從港口離開德國，飄洋過海抵達另一個新世界。

「一路順風，我的老朋友。」弗烈德輕聲送上祝福。不知道下一個吹奏這支口琴的人是誰？這支口琴是否能帶給那個人同樣的欣喜與安慰呢？

午餐的笛音響起。弗烈德等到大部分的人都離開工作區之後才從櫃子裡拿出行李，一樣掛在手上拿外套蓋著。接著，他走出工廠。

外頭下著小雪。當弗烈德呼氣的時候，嘴巴前方的冷空氣化成一團團的白霧。在大門外，弗烈德停下腳步，穿上外套。他發現自己的手在發抖。是因爲緊張，還是天冷的緣故？他將毛帽的邊緣往下拉，蓋住兩邊的耳朵，再將羊毛圍巾裹在脖子上，整張臉只露出一個小縫。他拿起行李，快步走向火車站。

弗烈德買了張車票。一天當中，這個時間要搭火車的乘客通常比較少，他坐在候車亭的長椅上，望著漫天飛舞的雪花。站員拿著長柄掃把將積雪從月台上掃開發出唰唰聲，坐在隔壁長椅上的兩名年輕女子咯咯笑著，搬運工將手推車推過木板地時發出一陣喀啦喀啦的聲音。弗烈德將自己的手緊緊壓在大腿底下，以免又情不自禁地指揮了起來。

火車準點到站，停下來的時候吐出了一大口蒸汽。

他爬上火車，緊挨著窗邊坐著。

這時，火車前方出現了兩名軍官。「文件！文件檢查！所有乘客出示文件！」

弗烈德的心砰砰跳著。他認出那個聲音了！那個聲音和那天來家裡把爸爸帶走的那兩名軍官一樣，就是那兩名覺得他長得醜、又惹人厭的軍官！把他們家搜得天翻地覆的也是他們吧？他們現在要來找他的麻煩了嗎？

艾菲爾和法柏沿著車廂走道，一個乘客接著一個乘客檢查，終於，法柏來到弗烈德的面前。

「你的文件！」

弗烈德顫抖著從口袋裡拿出他的身分證明文件，交給法柏。

「你這一趟旅行的目的是？」

「趁過節的時候探望親戚。」

法柏看了他的文件一眼，然後把文件交還給他。「好了。」說完法柏便繼續往前走。

弗烈德鬆了一口氣。

但他放心得太早了。艾菲爾走到他的座位旁邊，停了下來。「等一下！」

法柏轉過頭來。

艾菲爾橫過座位上方，一把扯下弗烈德頭上戴的毛帽和圍巾。

「嘿，嘿，嘿，」艾菲爾說，「看看這是誰啊？這可不是我們那位猶太愛好者的醜八怪兒子嗎？就像我常說的，有其父必有其子。」

弗烈德緊緊抓住行李，眼神從艾菲爾掃到法柏，喉嚨因爲恐懼而一陣緊縮。

法柏站直身子。「弗烈德．舒密特，我以希特勒總理與第三帝國之名，命令你立刻交出你的袋子，站到走道上接受檢查。」

弗烈德的呼吸愈來愈急促。難道他的旅程還沒有正式開始，就要劃上句點了嗎？

蒸汽引擎開始發出運轉聲。

他慢慢地從座位上站起來，挪動身子，站到走道中央。

這時，一陣狂風吹向火車，連帶降下驟雪。所有人的目光都望向窗外，無數的雪花漫天飛舞，就像柴可夫斯基芭蕾舞劇裡輕盈曼妙的芭蕾舞伶。

此時，弗烈德彷彿聽見有交響樂團演奏《睡美人》當中的圓舞曲——弦樂、木管、銅管、打擊樂器——這是由百人編制的浩大陣容所演奏出來的音樂。就在這個時候，奇妙的事情發生在弗烈德的身上，不知道是出於保命本能、打算拖延時間，或者是因爲一時的念頭想分散他們的注意力，弗烈德自己也說不上來，他就像是沒辦法控制自己的雙手一樣，鬆手將行李丟在地上，開始指揮起來。

法柏用嫌惡的眼光看著他，一把抓起他的行李，開始在裡頭東翻西找。

「你給我停下來。」艾菲爾對弗烈德吼著，試著要搜他身上的口袋。「你很快就會吃牢飯了，瘋子！」

即便艾菲爾和法柏已經架著他的後頸，一步步將他推向火車車門，弗烈德腦中的畫面仍然只有雪白的芭蕾舞伶，就像是一顆顆微小、純白無瑕的星星，在催眠的音樂中不停地旋轉、跳躍。

一、二、三，一、二、三，一、二、三……

第二部

❖

一九三五年六月

美國

賓夕法尼亞州，費城

《美麗的美利堅》

曲：山繆 · A · 瓦爾德
詞：凱瑟琳 · 李 · 貝蒂絲

6 6 5 5 6 6 -4 -4
噢多 美麗天空無 垠

5 -5 6 -6 -7 6
金黃麥 浪 搖 曳

6 6 5 5 6 6 -4 -4
紫山 巍 巍 氣 象萬千

-8 -8 -8 8 -6 -8
靜守 沃 土 連 天

6 8 8 -8 7 7 -7 -7
啊，美利堅！啊，美利堅！

7 -8 -7 -6 6 7
上 天恩 澤 加被

7 7 -6 -6 7 7 6 6
天 之驕 子 行 義 之路

6 -6 7 6 -8 6
四海內 皆 手 足

1

在主教之家孤兒院，夜晚的燠熱總是令人難以忍受。麥克・弗蘭納里（Mike Flannery）幾乎整夜輾轉難眠，直到窗外涼風好不容易開始送進少年部的宿舍，他才磨蹭著枕頭，準備入睡。深夜裡一片寂靜，四周迴盪的只有哀鴿咕咕的叫聲、水龍頭的滴水聲，和院童們在狹窄的睡床上翻身、彈簧變形發出的嘎吱聲。

麥克在恍惚中，聽見他和法蘭奇（Frankie）專屬的口哨聲——《美麗的美利堅》的最後六個音，那是他們的緊急信號。

他勉強用手肘把自己撐起來，揉揉幾乎要睜不開的眼睛，希望剛才只是他自己的幻聽，但麥克又聽到同樣的口哨聲，他心裡甚至浮現了歌詞：「……四海內皆手足。」他掀開身上的薄被，躡手躡腳地走到二樓窗邊，往樓下探視。

他的弟弟法蘭奇站在一株繡球花旁邊，指向緊挨著這棟磚造建築的那棵橡樹。

麥克迅速地溜回自己的床邊，穿上他的短褲和上衣，繫好褲子的吊帶，他得小心翼翼不要驚醒房間裡正在熟睡的另外十九個男孩子。他伸手撥了撥頭上僅剩的短髮，昨天有位理髮師來院裡幫院童們義剪，麥克的頭髮被剪得好短，左側眉毛上方的那撮捲髮因爲被剪得太短而往上翹，看起來像個驚嘆號。身高將近一百八十公分的十一歲男孩頂著一頭紅髮已經夠難堪了，現在這個髮型讓他看起來更糟。他拿了頂帽子戴上。

他光著腳，踮著腳尖輕聲穿過走廊，經過舍監戈弗里太太的房間時，他聽見房裡傳出鼾聲，這表示戈弗里太太會安靜好一陣子。他打開樓梯間的門，把門帶上後，他便兩階一步、快步走向樓層之間的平台。他站到窗邊，將窗框往上推開，把頭探了出去。

法蘭奇已經爬上那棵橡樹了，他在大樹枝和主幹分叉的地方停了一下，對著麥克揮揮手，然後繼續往上爬。

麥克不敢看。他有懼高症，而且每次只要他往下看，馬上就會覺得暈頭轉向。他向後退了一步，眼神轉向遠處的賓州鄉間。從主教之家開車到費城只要短短幾小時，但由於四周環繞著一望無際的玉米田，感覺上這裡就是個鳥不生蛋的地方。

現在法蘭奇已經在他對面了。法蘭奇一手抓著頭上的樹枝好讓自己保持穩定，同時腳踩著另一根樹枝，像走鋼索般往窗戶移動。這傢伙眞的是天不怕地不怕。麥克屏住呼吸，直到法蘭奇的一條腿跨過了窗台，一個踉蹌跌進樓梯間，他才鬆了一口氣。

麥克把法蘭奇從地上扶起來。「你這麼早過來幹嘛啊？要是德蘭西太太發現你在晨鐘前擅自離開宿舍，她一定會去跟潘妮威勒告狀，然後你又會被關進地下室了。」麥克說著把法蘭奇頭上的樹枝撥掉。法蘭奇昨天也剪了頭髮，不過是小男生的西瓜皮髮型。「我不喜歡你爬樹上來找我。」

「這是緊急狀況。」法蘭奇小聲說，一雙大眼睛透露著眞誠與急切的神情。「再說我也不得不爬上來。側門現在還鎖著，如果你開大門讓我進來的話，一定會發出很大的聲音。」

「到底怎麼了？」麥克問。他把法蘭奇拉到樓梯邊，讓法蘭奇坐在樓梯上，自己則在下面兩階坐下，這樣他才不會比法蘭奇高出太多。

這兩個人毫無疑問是兄弟。法蘭奇看起來就是小四歲的麥克，不過他的髮色不是紅色的，而是他勉強願意接受的紅褐色。他們臉上都有雀斑，但是法蘭奇稍微少一點。兄弟倆和同年齡的人相比都算高，但麥克看起來比較細瘦、遲鈍，也比較安靜；而法蘭奇比較結實、敏捷，而且愛說話。

「昨天晚上，我跟其他幾個人在玩捉迷藏，德蘭西太太趕我們上床睡覺時，拉著我的手臂跟我說，她等不及要把我趕出去了。她說潘妮威勒告訴她，我和你星期五就會被找去。星期五，就是明天了！到時候會有一些家庭要來領養小男孩。」

麥克倒抽了一口氣。「我們就要被領養了？」

「如果有人看上我們的話。萬一潘妮威勒又要把我們拆散呢？」

「我之前就跟你說過，」麥克說，「我們兩個絕對不會被拆散的。記住，我和你，絕不分離。」

麥克握起拳頭。

法蘭奇也跟著照做，兩個人的拳頭輕輕互敲了一下。「沒錯，我和你，絕不分離。」

麥克把他從地上拉起來。「你最好在德蘭西太太醒來之前趕快回去。你要怎麼回宿舍？」

「詹姆士會在窗戶旁等我。」

麥克把法蘭奇抱到窗台上，讓他爬下去。他往兒童部的方向看去，那裡住的是都是五歲到九歲之間的孩子。兒童部宿舍的外觀和少年部一模一樣，都是巨大的磚造建築，每一扇門窗旁邊都有著繁複的人字形裝飾。或許有些人會覺得這兩棟建築物很雄偉，但是對麥克而言，與其說這裡是他們的家，不如說是狗屋還差不多。

他和法蘭奇來到主教之家才剛滿五個月，和其他的院童比起來時間算是相當短。平常的週一到週五原本該是他們上學的日子，但是從五月一日開始，他們就因爲得去附近的田裡幫忙，而中斷了學校的課業。麥克眞希望自己能夠在教室裡上課，而法蘭奇也需要繼續學習，他現在認的字還不夠多。

麥克在樓梯間來來回回地走著，直到他聽見窗外傳來了口哨聲，那是法蘭奇安全落地，向他報平安的信號。他趕緊靠到窗邊，看著法蘭奇匆匆穿過走道，敲了敲一樓的某扇窗戶。接著窗戶打開，裡頭負責接應的詹姆士立刻把法蘭奇拉了進去。麥克讚嘆地搖搖頭，這傢伙顯然比他懂得如何交朋友。

麥克說不上有什麼朋友，但他覺得無所謂。由於他長得高，少年部的院童沒有人敢找他麻煩，但也沒人把他當成一夥的。這不能怪他們，他不擅長運動，總是獨來獨往，而且他也試過了，但就是改不掉正經八百的老毛病。

他答應過外婆，一定會好好照顧法蘭奇。這份責任就像是他身上的一層肌膚，在他覺得可以稍微放鬆、喘口氣，或者笑得更開懷的時候，將他緊緊地包裹起來。每次只要有狀況發生，麥克首先想到的就是可能會出什麼差錯，再來就是萬一眞的有什麼差錯，他該怎麼保護法蘭奇。

麥克躡手躡腳地回到房間。隔壁的鼠哥睡成了大字形，幾乎占到他的床位。麥克小心翼翼地從他身旁跨過，爬回自己的床墊。在昏暗的光線下，麥克靠著床頭，眼睛直盯著天花板上那些斑駁的老舊壁畫。

或許，明天來的那些人會是他們遠離這個鬼地方的一個機會；或許，那些人家裡會有一架鋼琴。麥克揉揉額頭，雖然覺得心痛，但他願意捨棄鋼琴，只要收養他們的是好人家，而且他和法蘭奇可以不被拆散的話。

但他又忍不住想，假使收養他和法蘭奇的人是個大壞蛋呢？天曉得會出什麼差錯。

2

星期五下午三點鐘，潘妮威勒派人把兩兄弟找去。

麥克和法蘭奇在與她辦公室相鄰的會客室裡等待。會客室裡窗簾敞開著，室內灑滿陽光，房間裡的一切看起來是如此明亮、充滿希望。房間中央擺了張長桌，兩側各有一張長凳，桌上擺了一盤閃閃發亮的蘋果和一瓶漂亮的花束。潘妮威勒總是不會忘記打理門面。

辦公室的門開著，所以麥克可以聽見她和別人在電話中的談話。

「樂器？有，我們有架鋼琴……這裡有幾個孩子會彈……當然，我有考慮過……是，您可以來聽聽看。是直立式的，狀況很好。沒問題。下星期同一天，一點鐘，您聽了之後如果喜歡的話，您就可以安排……好的，再見。」

麥克皺起眉頭。潘妮威勒打算把鋼琴賣掉嗎？

那架擺在餐廳裡的直立式鋼琴，經過這些年來被院童們拳打腳踢，早就已經嚴重走音，踏板還壞了一個。雖然如此，它還是可以彈。兄弟倆來到主教之家的第一天，麥克便狼吞虎嚥地用完餐，迫不及待跑去彈琴。但是潘妮威勒卻阻止了他。她說用餐時間碗盤的鏗鏘聲和孩子們的笑鬧聲就已經夠吵了，她不想再聽到更多的噪音。

於是麥克想到一個對策。當孩子們吃完晚餐，潘妮威勒就會離開，這時麥克便自願留下來幫忙清理大家餐盤裡的食物殘渣，並且把餐盤堆疊整齊交給輪值洗碗的院童。如果他動作夠快，在宿舍的門禁之前他大概還有半小時、或者更多的時間彈琴。有時候法蘭奇也會留下來，和他一起來一段四手聯彈。剛開始的時候，輪值洗碗的孩子們會拿麵包屑丟他們，但他們很快就發現這兩兄弟的琴聲很動聽，現在反倒會點歌了。正因爲如此，即使這架鋼琴的狀況很差，麥克還是不願意看見它被搬走。話說回來，假使他們被領養，這架鋼琴在或不在也與他們無關了。

潘妮威勒走進會客室。

法蘭奇跑到麥克身邊，緊抓著他的手臂不放。

她站在他們面前，身上穿著一件海軍藍的高領洋裝，看起來非常削瘦。她將一頭灰髮梳成一個髮髻，扎實的髮髻讓她兩隻眼睛都瞇起來了。麥克心想，這種髮型綁起來應該很痛。

「站好，不要動來動去的。」她說，「拉特里奇夫婦等一下就會到了，他們是今天最後一組訪客。等一下叫你們說話時才能說話，儘量表現出討人喜歡的樣子。他們打算同時收養兩個男孩子，你們知道，這樣的機會並不多。」

麥克的一顆心撲通撲通地狂跳。他們想要「兩個」男孩子？

他看著法蘭奇，法蘭奇也正抬頭對他微笑。他伸手抹掉法蘭奇臉上的髒汙。法蘭奇的褲子破了，也沒有穿襪子，而他自己的襯衫看起來骯髒又破爛。當初外婆幫他們準備的那些乾淨整齊的衣服，在進了主教之家的大洗衣間之後便不知去向，所有衣物只要進到這裡，全都會被洗成灰灰暗暗的，看起來都是一個模樣。

「我看起來還好嗎？」法蘭奇問。

「鼠哥跟我說，我們看起來穿得愈破爛，被領養的機會就愈大，因為人家會覺得我們很可憐。」麥克小聲說。假如鼠哥說的沒錯，那麼他和法蘭奇差不多可以準備打包離開主教之家了。

門打開，一對夫妻走了進來。男的身上穿著連身工作服和一件藍色襯衫，手上抓了頂寬邊草帽，看起來是個農夫。但麥克心想，只要這對夫妻人夠和善，做粗活倒是無所謂。

女人手上掛了個小皮包，戴著白手套的手一直撥弄著印花襯衫上的鈕釦，看起來似乎有點煩躁。

「拉特里奇先生、拉特里奇太太，」潘妮威勒堆起臉上的微笑說，「歡迎你們來到主教之家……」

「就是這兩個男孩？」男人出言打斷了潘妮威勒。

「是的。麥克．弗蘭納里和法蘭克林．弗蘭納里。」

「我知道我之前說過想要兩個男孩。但是我來這裡之前先去了教養院，在那邊挑到兩個體格健壯、可以下田幹活的男孩。找成年人來幫忙農事得付薪水，但我這裡頂多就是有得吃、有得睡。你也知道，大家現在的日子都不好過。話說回來，我的太太希望家裡能有年紀小一點的孩子，既然她這麼想，那就這樣吧。」

女人稍微往前站了些。「即使年紀小，也得做些養雞、拔雜草的家務。」

男人走到法蘭奇身邊，捏捏他的上臂，似乎是在確認他的肌肉結不結實。「他好像滿瘦弱的。」

法蘭奇連忙把自己的手臂抽開。

「噢，拉特里奇先生，我向您保證，他絕對比外表看起來強壯。」潘妮威勒說，「而且要是您想要再找一個和法蘭奇同樣年紀的男孩，您可以一次帶走兩個，讓他們做同樣的事，就像我們之前在電話裡討論過的那樣。」

「就這麼辦吧！老婆，你覺得怎麼樣？」

女人聳聳肩。「有時候兩個孩子會比一個孩子好帶，就跟養小狗一樣。」

麥克的心臟怦怦跳著。他們打算帶走兩個兒童部的孩子，而不是帶走他？

他伸出手臂環抱住法蘭奇。「我們兩個是兄弟，我們不會分開。」

男人用手摩挲著下巴，上下打量著麥克。「你有什麼特別的技能嗎？你會修屋頂？築籬笆？還是會開拖拉機嗎？」

麥克一時說不出話。「我……我會彈鋼琴。」

「那對我來說一點用處都沒有，不必了。我已經找到可以幹粗活的傢伙了，現在我只要小男孩。」

潘妮威勒走到麥克身邊，惡狠狠地瞪著他。「這可是法蘭奇的大好機會……」

「不！」法蘭奇大叫，緊抱住麥克的大腿不放。

「好了！」男人說，「再這樣下去，我們一個都不要了！」他伸手抓住法蘭奇的手臂。

麥克用力地推開男人。「你不要碰我弟弟！」

拉特里奇先生往後踉蹌了幾步。「嘿，小子！管好你的髒手！」

法蘭奇衝到男人身邊，一把抓起他的手，張開嘴就往那隻手咬了下去。

「啊！」男人發出一聲慘叫。

潘妮威勒伸手要抓法蘭奇，但沒抓到。「法蘭奇！」

他快速地閃到麥克身後。

「他流血了！」女人尖聲叫著。

男人的手不斷滲出血來。他從口袋裡掏出一條手帕，包紮傷口。

法蘭奇爬到麥克的身上，躲在哥哥的臂彎裡用雙腿勾住他，把臉埋在他的脖子裡。

「先生，你強迫他也沒有用，」麥克抱著法蘭奇說，「只要一有機會，他就會逃跑。沒有我的話，他對你一點用處也沒有。」

「我長這麼大沒看過這種事。」男人說完轉頭看著潘妮威勒，「你這裡到底是養了什麼東西？野獸嗎？老婆，我們走。」他替自己的太太開了門，嫌惡地看了他們一眼，然後啪一聲把門甩上。

麥克把法蘭奇放下來，看著潘妮威勒。她滿臉怒容，表情極度扭曲，眉毛都要擠到髮際線了。她氣呼呼地走到門邊，把門打開，對著法蘭奇說：「去外面等著！」

她用力地把門關上，轉過身面對麥克。

麥克感覺自己的臉頰發燙，待會八成又要泛紅起疹子了。每次他只要覺得不好意思、受到責備，或是感覺憤怒，他的臉頰就會像測量到高溫的溫度計一樣泛紅。外婆說紅頭髮、白皮膚的人就是會這樣。

「自從你們來這裡之後，你弟弟已經錯失兩次機會了。第一次，他把口水吐在那位太太的小嬰兒身上。這一回又來了！我看，像他這樣的野孩子就該送去那些比主教之家更悽慘的地方。」

麥克急忙接話。「他不是故意的，他會那樣做只是因為他想和我在一起。他和其他同伴都處得很好啊。只要我們兩個在一起，他不會有任何問題的。」

潘妮威勒交叉著手臂說：「要人們領養一個小孩已經夠困難了，更何況是兩個！」

麥克挺起身子，用懇求的眼光看著潘妮威勒。「你答應過我們的外婆的。」

「我答應她我會儘量讓你們在一起，但我可沒那個義務非做到不可。」潘妮威勒的目光中仍帶著怒火，但她的表情變了。她露出了微笑。「反正接下來也沒差了。蒙哥馬利郡的海瑟威之家現在已經快被十四歲以上的青少年給塞滿了，他們說只要我這裡能騰出空間收留那些傢伙，就會給我一些好處。九月之前，我會讓兒童部那些孩子轉到教養院去，這樣就有床位讓給海瑟威之家的那些大男生了。」

麥克突然覺得好像有人一把抽走他腳下的地毯，讓他幾乎站不穩。他扶著桌子說：「那我就跟法蘭奇一起走。」

「只要我把你放到待僱名單當中，你就走不了。」

「那是違法的，我還沒十四歲！我甚至還要再六個月才滿十二歲。」

潘妮威勒搖搖頭。「你長這麼高，誰會相信你還沒滿十四歲？我只要說你來這裡的時候，出生證明早就已經遺失了，這種情形很常見啊。說不定你會被送到五十哩外的某個農場裡幹活呢。你最好祈禱九月之前會有哪個家庭看上法蘭奇，而他也乖乖讓人家把他帶走。否則，下場就是他被送進教養院，而你得去某個不知名的地方做粗活。現在你們給我到地下室裡待著，好好反省。」

打從他們來到主教之家那一天起，麥克就一直在擔心萬一他和法蘭奇被拆散該怎麼辦。雖然前方籠罩著烏雲，那種威脅感如影隨形，但至少他覺得自己還有時間可以慢慢想辦法。

但現在，他已經沒有兩年半的時間。一場暴風雨似乎已經近在眼前，隨時會向他襲來。

3

所謂的地下室，就是在廚房下方一個像地牢一般的房間。以前地下室房間的牆面曾經被刷白過，但現在那些白漆早已斑駁，老舊的磚頭外露出來。上方大約地面高度的位置開了一扇窗，光線會從那裡透進來。房間後面立著一排櫥櫃，中間擺了張長形的木桌，一張長凳靠在牆邊。

「至少這裡涼快多了。」法蘭奇說。

麥克坐在長凳上，身子向後靠著磚牆。

法蘭奇走到他身旁坐下。「對不起，我咬了他。」

麥克撥了撥法蘭奇的頭髮。「我不覺得你需要道歉。」

法蘭奇盯著那幾個被上了鎖的櫥櫃。「你覺得裡頭放了些什麼東西？」

「她可能把從我們身上沒收的東西都藏到這裡來了。」麥克說。

「像是外婆給我們的口琴？」

「對，像是外婆給我們的口琴。」麥克說。

他們來到這裡的第一天，潘妮威勒就把他們的口琴沒收了。她說要是每個孩子都有一把口琴，她肯定會被那些噪音吵到發瘋。她把口琴丟到一個盒子裡，然後他們就再也沒見過那兩把口琴。

法蘭奇躺在長凳上，兩手枕在頭底下，眼睛直瞪著天花板。「再跟我說一遍那個故事。」

麥克根本不必問他說的是哪個故事，法蘭奇想聽的故事就只有那一個。

「這回輪到你說了。」麥克回答。其實他知道大部分的時間總是法蘭奇在說。

「好吧，我們的爸媽在一個小鎮上開了一間木材廠。」法蘭奇說。

「艾倫鎮。」麥克說。

「嘿，是我在說故事，記得嗎？」法蘭奇說，「艾倫鎮。我還很小很小的時候，木材廠發生了一場意外，爸爸在意外中過世，因為我們一毛錢也沒有，領主把我們趕到馬路上，媽媽只好帶著我們去找外婆。」

「是地主。」麥克說。

「對。然後媽媽在餐廳裡找到一份工作，我們就和外婆一起住，四個人擠得要命。」

「那是在哪裡？」麥克問。

「費城。大家都覺得費拉德爾菲亞唸起來太長一串，所以簡稱費城。」

麥克點點頭。他還記得外婆那間位於三樓的小公寓，前面正對著馬路的窗戶上還掛著個手寫的招牌，上面寫著：教授鋼琴。客廳裡擺了架直立式鋼琴，每回外婆教琴的時候，麥克就得待在臥房裡照顧法蘭奇。等法蘭奇睡著之後，麥克就會輕聲走到外面的門廊上吹口琴。雖然他那時候年紀還小，但已經能將收音機上聽到的任何一首曲子吹奏出來了。

「媽媽也會和我們一起唱歌。」法蘭奇說。

「每天晚上都會唱。像是《小星星》、《乖，寶寶乖》、《你在睡覺嗎？》……」

「但是媽媽後來得了肺核。」

「是肺結核。」麥克說。

「沒錯。她整天一直咳嗽，而且人變得好瘦。有一天她去醫院看醫生，連醫生都說救不了她。大家都很難過，雖然我那時候只有兩歲，很多事情記不得，但是你記得很清楚，因爲你已經六歲了。」

「對，我記得。」麥克輕聲說。

那天外婆在幫對面的瑪麗貝絲．弗拉納根上鋼琴課。瑪麗貝絲彈完《美麗的美利堅》之後，外婆搖搖頭說：「瑪麗貝絲，假使你能好好地學這首曲子，稍微用心一點，那我肯定會高興到跳起來。這個禮拜好好練習，希望下次我再聽你彈的時候，你的表現會讓我爲你感到驕傲。」

就在這個時候，媽媽從餐廳下班回家，她進門之後先是看了看外婆和瑪麗貝絲、再看向麥克，接著她就暈了過去。外婆看到媽媽倒下，連忙跑了過去，後來外婆請弗拉納根太太照顧麥克和法蘭奇，自己便急急忙忙將媽媽送去醫院了。後來，只有外婆自己一個人回來。

日子一天天過去，麥克每天都會站在窗戶前面，期待媽媽回來。外婆會溫柔地將他從窗邊拉開，但他總是會回到同個地方，就像隻傳信鴿，再怎麼飛都會回到牠固守的崗位上。麥克待在窗邊不是短短的幾分鐘或幾小時，而是一整天。他就這樣等了兩個星期，直到有一天外婆告訴他，媽媽抵擋不了病魔，離開了人世。

另外一個世界是什麼樣子呢？那個世界又在哪裡呢？

在媽媽過世之後，外婆試著用故事書、遊戲勾起麥克的興趣，但所有努力都只是白費力氣，直到她讓麥克和她一起坐在鋼琴旁邊，情況才慢慢變得不同。當外婆在幫學生上鋼琴課時，麥克就靜靜地坐在旁邊，那是他的新崗位，他默默看著其他孩子們的手指在鋼琴鍵盤上舞動，聽著節拍器滴答作響。

有一天，在兩堂鋼琴課中間的休息時間，外婆讓麥克自己一個人坐在鋼琴前面。他像其他鋼琴學生一樣把手伸向鍵盤、手指頭放在鍵盤上，然後用力地往下壓。這時鋼琴所發出的不是悅耳和諧的和聲，而是刺耳又椎心的聲響，彷彿他的傷痛全都透過手指頭傳到了鋼琴鍵盤上，那些聲音就是他內心深處的哀鳴。他把手指張開，一遍又一遍地猛力敲打琴鍵，屋子裡滿溢著他的哀傷。

當外婆回到房間，看見麥克臉上扭曲的表情，還有他撐開雙手不斷敲擊的樣子，忍不住跌坐進椅子裡哭了起來。

從那天晚上開始，外婆教他彈琴。每次他新學了一首曲子，那首曲子就好像能表達出他的喜怒哀樂。外婆說他有音樂天分，但他內心偷偷想著：那天分一定是他媽媽送給他的，這樣她就能在另外一個世界聽到他的演奏了。有時候，他甚至會感覺到媽媽跟著他彈奏出的旋律哼唱。

「麥克，你有沒有在聽啊？」法蘭奇從長凳上坐了起來，搖了搖麥克的手臂。

「有啊，我在聽啊。」

「外婆把我們撫養長大，她很愛我們。」

「沒錯，她很愛我們。」麥克說，「雖然我們很窮，但是能和她在一起，我們就很滿足了。」

但他們與外婆一起生活的最後幾年，事情卻發生變化。大環境的經濟每況愈下，附近許多人不得不到外地討生活，上鋼琴課變成一種奢侈的消費，能負擔得起的人愈來愈少。外婆的鋼琴課學生只剩下少少幾個，即便他們還會來上課，但這些家庭也經常拿食物，或者給麥克或法蘭奇穿的二手衣來抵學費。有好幾個月，外婆甚至得拖欠房租才能勉強度日。但就算如此，只要天氣允許，星期天下午她就會把前面的窗戶打開，然後她和麥克兩個人輪流爲附近的鄰居演奏。曲目可能是布拉姆斯、蕭邦、莫札特，也可能是德布西。她說，在艱困的時候，所有人都應該讓一些美好的事物滋養他們的生命，不論他是否負擔得起房租，或者是靠救濟過活。外婆說一個人生活貧窮，不代表他的心靈也是貧窮的。

「後來外婆年紀實在是太大了，再也沒有體力照顧我們，於是他就把我們送到主教之家，因爲這裡是唯一有鋼琴的地方。」法蘭奇說。

麥克閉上眼睛。在腦海中，他還能看見外婆站在潘妮威勒的辦公室裡，一位護士陪伴在她身邊。外婆支撐著老邁的身體，給了兩兄弟最後一個擁抱。她聲音顫抖地說：「我心愛的寶貝孫子，答應我你們會好好照顧彼此。我知道總有一天會有對的人帶你們走，他會想要兩個好男孩。相信我，在我內心深處，我就是知道。」

麥克感覺地下室的牆壁向他逼近，幾乎讓他喘不過氣來了。「是啊，法蘭奇，」他伸手抹掉臉頰上的淚水，「她就是因爲鋼琴才幫我們選了主教之家。」

「然後外婆去了安養院，不久就在安養院裡過世了。他們讓我們去參加外婆的葬禮，但我們還是得再回來主教之家。」法蘭奇說，「我好想她。」

麥克伸出手臂攬著法蘭奇。

「這就是故事的結局。」法蘭奇小聲地說。

「不對，這不是結局。」麥克說，「後面還有。記得嗎？總有一天我們會離開主教之家，然後我們要去……嘿，拜託，是你在講故事吧。」

「紐約市！」法蘭奇興奮地揮舞著手臂。「大蘋果紐約！外婆曾經去過那裡，她愛死那個地方了。」

「我們會住在那裡，」麥克說，「那裡會是屬於我們的城市。」

「我們要搭火車去。還有，我們會穿上最漂亮的衣服，去卡內基音樂廳聽音樂會，就跟外婆一樣。」法蘭奇說。

「沒錯，」麥克說，「她一直很想帶我們去那裡看看。」

「那裡會有很大台、閃亮亮的黑色鋼琴，對不對？」法蘭奇問，「還有很有名的鋼琴家和交響樂團。」

「對，」麥克回答，「整個音樂廳座無虛席，連最上面的包廂都坐滿了觀眾。外婆說過，那裡的包廂都是金色的，裡頭擺著紅色絨布座椅。台上所有的音樂家穿著黑色的服裝，然後到終場的時候——」

「我來說！」法蘭奇搶著往下說。「我們會起立鼓掌，還會大喊著：『太棒了！』」

麥克點點頭。他沒有告訴法蘭奇，當他腦海裡浮現卡內基音樂廳的畫面時，他看到的不是自己坐在紅色絨布椅上用力鼓掌叫好；他看到的是自己穿著黑色禮服，站在舞台上的大鋼琴旁，正在向觀眾鞠躬致意。

「等音樂會結束之後，我們兩個會去找間餐廳好好吃頓晚餐。我想點烤牛肉和冰淇淋。一切都會和這裡的生活不一樣，對不對，麥克？」

麥克低頭看著法蘭奇，他身上穿著一身破爛，肚子裡還傳來因爲沒有吃晚餐而發出的咕嚕聲。

「對。我保證，一切都會和這裡的生活不一樣。」

4

等潘妮威勒讓他們從地下室出來，晚餐時間早就已經過了，麥克和法蘭奇立刻被趕回宿舍去。麥克宿舍裡，大部分的男孩子正擠在收音機旁，收聽廣播劇《地球保衛戰》。他們必須在晚餐時間表現良好，戈弗里太太才會允許他們在這個時段聽收音機。麥克回到宿舍之後，一頭倒在自己床上。

鼠哥拿著好幾個星期前的舊報紙，他正在看上頭刊登的連環漫畫。他坐了起來，從枕頭下面拿出兩顆蘋果和一大塊麵包，遞給了麥克。「你只錯過了奶油雞，其實也就是不知道怎麼調出來的肉汁而已。我讓法蘭奇的朋友也幫他帶了點食物回去，那些小子把這件事當成他們這輩子最重要的任務。」

「謝了。」麥克說著接過食物，狠狠啃了一口蘋果。鼠哥已經快要十六歲了，是主教之家裡年紀最大的幾個院童之一，大部分的院童都不喜歡他，他們覺得他是潘妮威勒的寵物，但是麥克認為鼠哥這個人還不錯。鼠哥本名叫做史蒂芬，但是從來沒有人這樣叫他。他的皮膚蒼白、眼神暗淡，加上一頭白髮剃得短短的，一眼就可以看見他頭頂的粉紅色頭皮。說起來，鼠哥並沒有辜負人家幫他取的這個外號。

「丹尼．莫里亞蒂今天在保健室裡待了一會兒，」鼠哥說，「他聽到隔壁會客室裡發生的事。你眞的揍了那個傢伙一拳？法蘭奇還把他咬到流血？」

麥克點點頭。「那不算是揍他，只是推了他一把。不過法蘭奇的確在他手上留下一排齒痕。」

「我聽說潘妮威勒要把你放進待僱名單中。」

「我離十四歲還差得遠呢。」麥克說。

鼠哥聳聳肩。「醒醒吧。主教之家根本就是工人集散地。去年的這個時候你還沒來，不過你等著看，要不了幾天，農夫們每天早上就會來這裡把我們這些比較大一點的男孩載去田裡工作，要是他們的田比較遠，我們可能一去就是幾個禮拜，等我們把該犁的田犁完、該拔的草拔完、該堆的麥稈堆完，他們才會把我們送回來，再加減補貼一點費用給潘妮威勒，說是要給我們買衣服和學校用品的。見鬼了，你什麼時候看過我們有新衣服和新文具？」

「爲什麼都沒有人告訴——」

「不會有人說的。」鼠哥說，「雖然老主教才是這個地方的老闆，但是他住在大老遠的城裡。我聽廚房的阿姨說過，潘妮威勒只要每個月寄一筆錢討老主教開心，剩下的錢全都進了她自己的口袋。那些人哪敢開口啊，她們的老公一個個都是窮光蛋，而且大部分都到外地工作了，她們可不想弄丟飯碗啊。我問你，潘妮威勒眞的說她要把兒童部的孩子送走，然後讓海瑟威之家的男生住進來？」

麥克點點頭。

「少年部的可以幫她賺錢，兒童部的只會占了她的床位，她可眞會精打細算。」鼠哥抿著嘴脣點了點頭。「這對我來說可不是什麼好事，這麼一來，我就不是主教之家裡年紀最大的了。我看，差不多是時候了……」

麥克皺起眉頭。「我還以爲你混得很不錯呢。你不是潘妮威勒的……」他說到一半突然閉上嘴巴。

「你是說寵物嗎？沒錯，我承認，我在潘妮威勒面前乖得不得了，爲的就是從她那裡得到一些好處。這有什麼問題嗎？說到這個，我們那輛貨車故障了，所以明天早上我會用馬車送一些東西去四角，她說我可以找個人跟我一起去。你要來嗎？中午以前就會回來了。兒童部明天要去歐提斯的田裡幫忙除草和搬石頭，你要跟我去的話，可以找個小傢伙知會法蘭奇一下。」

麥克盯著手上的蘋果核心裡盤算著，自從他們來到主教之家，除了參加外婆的葬禮之外就沒有離開這裡一步，加上週末不曾有過任何領養活動，所以法蘭奇應該不會被潘妮威勒臨時找去。法蘭奇很喜歡去歐提斯的田裡幫忙，因爲每次工作告一個段落，歐提斯先生就會在每個孩子的手裡塞個一分錢。於是麥克最後點點頭。「好，我跟你去。」

隔天一早天還沒亮，麥克和鼠哥已經駕著平板馬車，駛上主教之家外頭那條長長的道路。道路的兩旁淨是無邊無際的玉米田，放眼望去，只見成片綠油油的玉米稈和灰濛濛的天空。空氣帶著涼意，馬蹄規律地踩踏，達達的聲響讓人不自覺地想打瞌睡。有好一陣子，兩個男孩一句話也沒說。然後天漸漸亮了，玉米田慢慢消失在他們眼前，取而代之的是天寬地闊的大草原。

「看，多美啊！」鼠哥用手肘頂了頂麥克。

「不管是什麼都比主教之家來得美。」麥克看向馬車後方的平板。他和鼠哥之前小心翼翼地把十來個箱子堆疊在上面，事先還拿了毯子墊在底下，以免路途顛簸，把箱子裡的東西給撞壞了。

「裡頭都裝了些什麼？」

「沒有人知道她的祕密。不過有一次，我在潘妮威勒打包好之前去了地下室，地下室的櫥櫃門開著。你知道嗎？裡頭塞得滿滿的都是水蜜桃罐頭、洋李罐頭，還有果醬，就是你想得到的那些東西。罐頭上面貼了標籤，寫著：衛理公會婦女服務團。你知道每個月都有一群教會的太太們到主教之家來嗎？」

「你是說那群臉上帶著微笑、手裡的籃子用布蓋著的太太們？」麥克問。

鼠哥點點頭。「她們每次都會做很多罐頭送給我們這些可憐的孤兒。潘妮威勒把上面的標籤偷偷換掉，然後把罐頭送到外面去賣，賺到的錢全都放進自己的口袋。有一次，我發現一個罐頭上面少了密封環，就問潘妮威勒那個罐頭能不能給我，反正那個罐頭也沒辦法拿去外面賣，而且我真的很喜歡水蜜桃。我還告訴她，大家都說她做人很公正無私，然後她就讓我把整個罐頭吃掉了。」

「所以潘妮威勒也是有慈悲心的……」

鼠哥點點頭。「每個人都有慈悲心，只是有時候你得花上一番工夫才能發現。我學到一件事，如果你想要向大人要些什麼東西或希望他們告訴你什麼的話，你自己得積極一點，很有禮貌地開口發問。我的意思是要主動爭取，多試幾次，你總會得到你想要的。你聽過這句話吧，用蜜抓到的蒼蠅比用醋抓到的多？」

當然聽過，外婆說過不止千百遍了。「意思是說你待人和善有禮貌，人家就會對你好；但要是你待人尖酸刻薄，結果當然就是相反了。」

「沒錯。這句話讓我在主教之家的日子好過很多。喂，哪一天你離開主教之家的話，你會想要做什麼？」

麥克皺起眉頭。「法蘭奇的事情沒搞定，我想不了那麼遠。」

「你告訴他潘妮威勒的打算了嗎？」

麥克搖了搖頭。「我沒打算告訴他。」

「聽著，」鼠哥說，「你絕對不能讓法蘭奇去教養院，那種地方連河狸都待不下去。那裡的孩子身上都有虱子和跳蚤，去年還被隔離了，因為有兩個小孩發高燒，後來都死了。死了耶！比起來，主教之家還真像是間豪華旅館。下次如果他有機會被領養的話，你一定得讓他走。潘妮威勒必須讓你知道他被帶到哪裡去了，這是法律規定的。你可以寫信給他。而且我還聽說有些人會讓兄弟姊妹在假日的時間去拜訪探親。面對現實吧，你在滿十八歲之前是離開不了主教之家的，但是法蘭奇多的是機會啊。想想看該怎麼做，你要拿定主意。」

這時他們經過了一塊指標，上面寫著：往四角，兩哩。

在一個十字路口，鼠哥停下馬車，接著將手上的韁繩交給麥克。「好了，我要在這裡下車。我要走了。」

「什麼？你要去哪裡？」麥克的腦子突然一片混亂。「嘿，等等！我可不想給自己惹上什麼麻煩。」

「別緊張。你先把這些箱子送去四角，收了錢之後，把錢送回去給潘妮威勒。你就跟她說我跳車，根本來不及阻止我。她一定會去舉報我，但是在被那些訓導員逮到之前，我早就已經跑得遠遠的了。再說，她只在意有沒有人幫她收錢而已。」鼠哥說著從馬車上一躍而下。

「但是……你要去哪裡呀？你要怎麼生活呢？」

「別擔心，我都打算好了。等我滿十八歲，我就有兩條路可以走：一個是去加入美國陸軍，一個是去參加樹林大隊。」

「什麼大隊？」

「公民保育團。大家都叫它樹林大隊，這是總統為了挽救經濟危機所推行的一項新政。它會提供像我們這樣的年輕人工作機會。我可以去很多地方工作，種樹、護漁、蓋公園，每個月大概可以領到三十五美元的薪水。我想大概可以做個一、兩年吧，等我去過美國好些地方之後，我就會去從軍，我想看看這個世界。我認識一個當海軍的傢伙，他跟我說不管什麼時候，世界上總會有地方在打仗。」

「那滿十八歲之前呢？」

「我已經快滿十七歲了，這一年混一混也就過去了。我有個朋友在費城火車站工作，他會想辦法讓我搭上前往紐約的火車。到了紐約，我就睡在街上，反正我以前也幹過這種事，大概知道哪裡是可以安全睡覺的地方，哪裡有免費的食物可以吃。我甚至還有辦法溜進洋基隊的球場看球，或者進劇院裡看表演呢。」鼠哥咧開嘴笑了。

麥克覺得自己的心揪了一下。紐約市！那也是他心中嚮往的城市啊，那是他和法蘭奇共同的夢想。

鼠哥爬上了馬車後方的平台，把上頭的箱子搬開，然後拉出原本墊在箱子下方的毯子。他把毯子捲起來塞進腋下，然後跳下馬車。「如果法蘭奇順利被人領養了，而你有興趣加入我的話，你可以去火車站找我的朋友，他叫做麥克艾利斯特。你就跟他說是我叫你去找他的，他會想辦法讓你搭上火車，然後告訴你我在哪些地方出沒。」

說完，鼠哥便頭也不回，吹著口哨走了。

麥克坐在馬車上，望著鼠哥漸漸遠去的背影。他試著想像那種毫無牽掛，只有一個人和一條毯子，整個世界在你眼前展開的感覺。搭著火車進入大都會裡討生活、居無定所，溜進劇院裡看表演，這些光是用想的就讓人覺得興奮不已。麥克當然願意跟鼠哥一起去，如果不是因爲法蘭奇的話……以目前的狀況而言，他根本什麼都做不了，要是想讓事情變得容易……

一陣罪惡感襲上麥克的心頭。

我心愛的寶貝孫子啊，答應我，你們會好好照顧彼此。

他的腦海裡怎麼會冒出丟下法蘭奇的念頭呢？法蘭奇這麼愛他，他也深愛著法蘭奇。麥克搖搖頭，心裡對自己感到嫌惡。怎麼會有他這樣的哥哥？

等他抬起頭，鼠哥的身影已經消失在遠方的一個小坡後面了。

麥克輕輕甩動手上的轠繩，馬兒開始前進。鼠哥說的沒錯，世界上不管任何時候，總是有地方在打仗。麥克也有自己的仗要打，他要爲了法蘭奇而戰。他把一車的箱子送到了四角，收了錢，然後駕著馬車回到主教之家。

一路上，他覺得自己像隻被關在屋子裡的野鳥，不斷地飛上飛下，用翅膀拍擊著窗戶，只爲了尋找一條出路。

5

星期一早上，麥克從惡夢中驚醒，他夢見到處都是虱子、跳蚤，自己因爲發高燒而奄奄一息。他從床上猛然坐了起來，心臟撲通撲通地狂跳。當他回過神，正準備再躺回床上時，他聽見法蘭奇的口哨聲。這個信號只代表了一件事。

麥克掙扎著爬下床，腦海裡響起了鼠哥的聲音：你絕對不能讓法蘭奇去教養院……你要拿定主意。如果這回法蘭奇被人選中，麥克要怎麼說服法蘭奇，叫他非走不可呢？

麥克還沒走到樓梯間打開窗戶，法蘭奇已經爬上樹枝，等麥克接應他進去。

麥克把法蘭奇拉了進來，一手搭著他的肩膀，然後對他說：「不論發生什麼事，我都會想辦法的。我保證。好嗎？」

法蘭奇聳聳肩。「好……你看。」他從腰帶裡掏出一張對摺了好幾次的報紙，然後盤腿坐在地上，把那張報紙打開、攤平，報紙上大大的跨頁標題寫著：霍克西的口琴奇才們。

「我保證你絕對沒看過這麼大的口琴樂團。有六十個男孩子啊！昨天晚上德蘭西太太唸了這篇報導，還讓我們聽樂團在廣播上的演出呢。她把這張報紙丟進垃圾桶的時候，我搶在別人前面先把它撿回來。麥克，這個口琴樂團眞的是太特別了，他們聽起來就像是在演奏各式各樣的樂器，而不是只有口琴而已！」

麥克倚著牆，滑坐在地板上，深深地嘆了一口氣。他朝著那張報紙點點頭。「法蘭奇，你這算是什麼緊急狀況？你記得我們說過什麼時候才使用這個信號？是非常、非常重要的時候。」

「麥克，你看上面寫的。」法蘭奇拍拍報紙上那張占去大半版面的照片。「約翰·菲利普·蘇沙在過世之前特別幫這個樂團寫了一首曲子，叫做《口琴奇才進行曲》，他還在某一場音樂會裡親自指揮過這個樂團。他們會在閱兵遊行的時候表演，有三位總統看過他們的演出！」法蘭奇伸出手指頭，一隻隻算著。「柯立芝、胡佛，還有我們唱著《幸福的日子又到來》的法蘭克林·德拉諾·羅斯福。他們甚至在皇后的面前演奏過呢！是真的。現在大家都叫他們口琴奇才——」

「法蘭奇，慢慢說。你聽起來就像個電台播音員。」

法蘭奇低下頭，咬著嘴唇。「你看，假使我有六十五分錢，我就可以買他們樂團出品的口琴了，但是我現在只存到二十三分錢。」

麥克忍不住笑了出來。「法蘭奇，上個月你從廣播裡聽到麥片廣告之後，就想要麥片盒子背後附的那張魯·賈里格棒球卡，之前還說想要巴克·羅傑斯[1]的行星地圖呢。」

「我想要還要不到，」法蘭奇說，「因爲你得先買別的東西。想要棒球卡，你得先買一盒麥片；想要行星地圖，你得先拿到阿華田的外罐標籤。但是口琴不一樣，你不需要先買什麼別的東西，只要直接下訂就好了。懂嗎？」

「法蘭奇，這件事有緊急到你需要吹口哨叫我嗎？」

法蘭奇幾乎連氣都沒換便說：「夏天結束之前，他們會舉辦一場比賽，表現最棒的參賽者可以加入他們的樂團。如果能進入樂團，那日子就好過了。樂團的指揮霍克西先生會幫你支付所有的開銷，像是制服、新的口琴、音樂課……還有很多你想得到的。他們甚至還有自己的巡迴巴士呢。每年夏天，他們還會舉辦口琴夏令營，全部免費！」他指著那張報紙。「他們看起來很帥吧？我打賭我們兩個一定可以進入這個樂團。」

麥克看了看照片下方的說明文字，「由亞伯特·N·霍克西領軍的費城口琴樂團，招收十至十四歲的男童。法蘭奇，你才七歲而已。」

法蘭奇指著照片上站在前排的一個小男孩。「他看起來年紀比我還小。」

麥克靠近細看。法蘭奇說的沒錯，那個小男孩看起來大概只有五歲。「他們把他當成樂團裡的吉祥物，他可能是其中某個人的弟弟，本身口琴吹得還不差，制服穿起來也還滿像樣的。」

「你可以去試試看。如果你能進樂團的話，搞不好他們也會讓我在樂團裡當個吉祥物。」

麥克搖搖頭。「你以爲潘妮威勒會讓我去參加樂團的甄試嗎？你要怎麼樣把報名表寄出去，而不被她發現？再說，就算我們拿到口琴，她也不會讓我們把口琴留在身邊的。她早就把我們身上所有的東西全部沒收了。」

「我已經想好該怎麼做了。」法蘭奇說，「兒童部每天都會有人去幫忙收信。我們會兩個人一組，一起結伴走到巷子底的信箱拿信，然後把信送去潘妮威勒的辦公室。我會請人幫我把我們的信留下來，我會把信藏好的。我們兩個可以利用去農田裡幫忙的時候輪流練習吹口琴，在那裡練習潘

①影集《地球保衛戰》的男主角。

妮威勒就聽不到了。」

法蘭奇拍拍報紙繼續說：「上面寫著，霍克西甚至會幫失去家人的孩子找領養家庭呢……假使他們在樂團裡的表現夠好的話。我們可以偷偷參加徵選，趁……趁九月之前。」他盯著報紙，眉頭皺了起來。

麥克突然覺得喉嚨好像被東西哽住，一時之間說不出話。他早該想到法蘭奇會知道潘妮威勒在打什麼算盤。在主教之家裡，任何消息就像接力救火的水桶一樣，一個個迅速傳開。「所以你已經知道兒童部的床位要清出來讓給海瑟威之家的院童，還有我會被放進待僱名單的消息？」

法蘭奇仰頭看著麥克，嚴肅地點了點頭。

麥克摟著他。「這個口琴樂團……是個不錯的點子，法蘭奇。」麥克趴在報紙上，唸出刊在照片旁邊的回函表格內容。「霍納牌口琴，口琴奇才指定用琴，你也能成為音樂家，內附教學說明手冊。」他看著法蘭奇。「我手上也只有三十分。我們得先存夠錢才行。」

法蘭奇將報紙交給麥克。「你可以先幫我保管這張報紙和我的錢嗎？我下面兩床的艾迪會偷錢。」他說著從口袋裡掏出一把一分錢的硬幣。

「沒問題，我會好好保管的。」麥克把法蘭奇從地上拉起來。

當法蘭奇一腳伸出窗框時，他特別回過頭來對麥克說：「這件事非常、非常重要。」

麥克點點頭。「我知道，小子。待會見。」他目送法蘭奇爬出窗戶，直到聽見法蘭奇傳來平安落地的口哨聲才放心離開。

麥克回到寢室坐在床邊，開始研究報紙上的口琴訂購單。

交貨時間：約需四至六個星期。

他用手捂住臉，磨擦著自己的額頭。等他和法蘭奇存夠錢、寄出口琴訂購單、再等口琴到貨，一切都已經太遲。那時候，法蘭奇老早就被送去教養院了。

麥克從床墊的縫隙中拿出一個細長的金屬盒子。有一天麥克在無意中發現了這個盒子，多半是之前睡這張床的某個孩子忘了帶走的。麥克的運氣不錯，每次潘妮威勒檢查寢室的時候都沒有被她發現，潘妮威勒可是會把她找到的所有私藏物品全部沒收。麥克把報紙和所有硬幣都放進盒子裡，再把盒子放回原來的地方，然後重重嘆了一口氣。爲什麼他和法蘭奇就是沒辦法過著安穩的生活呢？

麥克的目光飄向鼠哥的床位。鼠哥現在肯定已經到紐約了吧。或許麥克和法蘭奇也應該逃離這個鬼地方。他們可以去火車站找麥克艾利斯特，他會幫他們找到鼠哥。要是麥克夠聰明，他就有辦法在潘妮威勒舉報他們之前逃得遠遠的。

但是到底該怎麼做呢？他們又該在什麼時候行動呢？

6

接下來的一整個禮拜，麥克滿腦子都掛念著他們的逃亡計劃。在過去短短的幾天之內，已經有四個兒童部的孩子被送出去了。潘妮威勒對待這些小院童，簡直就像雜貨店老闆舉辦清倉大拍賣一樣。麥克還有多少時間？在潘妮威勒發現他們逃跑、舉報他們之前，他們究竟能逃多遠？假使他們不幸眞的被訓導員逮到，下場會怎麼樣呢？

星期五下午，麥克一邊在樓梯間拖地，心裡一邊盤算著這些問題。就在這個時候，戈弗里太太出現在樓梯下方的門口。「麥克，潘妮威勒太太要你現在立刻去餐廳找她。你弟弟已經在那裡了。」

麥克一聽將拖把丟在地上，三步併兩步地跑下去。他氣喘吁吁地跑進餐廳，看見一個穿著工作服的男人正在收拾工具，潘妮威勒拿著檸檬油擦拭著鋼琴，三把椅子在一旁排得整整齊齊的。

法蘭奇坐在鋼琴椅上，兩條腿在空中晃來晃去。

潘妮威勒望了他一眼說：「麥克，去和你弟弟坐在一起。」

他按照潘妮威勒的指示在法蘭奇身旁坐下。法蘭奇靠過來小聲說：「潘妮威勒幫鋼琴調過音，她要我們彈首曲子。」

麥克嘆了一口氣，試著讓自己幾乎要跳出胸口的心臟穩定下來。「就這樣？」

法蘭奇點點頭。「她是這麼說的。」

所以不是法蘭奇要被人領養了？麥克說不上來自己此刻的心情是失望還是鬆了一口氣。

男人闔上工具箱。「都搞定了，潘妮威勒太太。我把踏板也修好了。現在這架鋼琴的音色很美。你不必付錢給我，就當作是我對這些可憐的孤兒們一點小小的心意吧。」

潘妮威勒露出了笑容。「您眞好心，感激不盡。」

調音師傅走了之後，潘妮威勒兩手叉腰，看著麥克和法蘭奇。「等一下會有人來看這架鋼琴。他們問我們這裡有沒有人會彈琴，可以幫助他們判斷這架鋼琴的品質好壞。」她搖搖頭，「眞搞不懂他們爲什麼不自己試一試。好吧，不管怎麼說，這裡也只有你們兩個不會在這架製造噪音的機器上亂打亂敲的。廚房阿姨說你們每天晚上吃過晚餐之後都會在這裡彈一些曲子，她們常常都會聽到感動落淚，眞是感情用事的蠢蛋。反正你們就照平時那樣彈，沒有彈好的話，我就把你們兩個再關到地下室去。」她說完便轉過身繼續擦亮鋼琴的琴蓋。

法蘭奇拉拉麥克的袖子，悄聲說：「可是外婆就是因爲鋼琴才幫我們選了這裡啊。」

麥克把頭倒向法蘭奇。「噓……我們最好別讓潘妮威勒不開心。」

這時，兩名穿著正式西裝的紳士走進餐廳，其中個頭比較高的灰髮男士手上拎著公事包。「我想您應該就是潘妮威勒太太吧？我是高定律師，這位是我的同事，豪爾德先生。」

比較年輕的那位男士和麥克差不多高，頂著一頭金髮，臉上有些雀斑。「我同時也是委託人的家庭友人。我被授權在此爲委託人代行決定。」

兩位男士脫下了帽子。

「先生們，」潘妮威勒對他們點了點頭，「不好意思，但是我有個疑問，這件事爲什麼需要律師出面呢？」

高定先生皺起眉頭。「潘妮威勒太太，假使我們需要簽約，一切過程都必須合乎法律才行。」

潘妮威勒聳聳肩，她看起來有點困惑。

「好吧，那就這樣吧。這兩位是麥克．弗蘭納里和法蘭克林．弗蘭納里，我們這裡最會彈琴的兩個孩子。既然你們之前提出這項要求，我就請他們兩位過來。」

「很好，」高定先生說，「我們想聽聽他們的演奏。」

「沒問題。」潘妮威勒說，「兩位先生，這邊請坐。孩子們？」

麥克和法蘭奇很快地就定位，在琴鍵前面坐好。

「彈《美麗的美利堅》吧，」麥克小聲說，「你在『金黃麥浪搖曳』之後加進來，就像我之前教你的那樣。但是你剛進來的時候要像搖籃曲那樣甜美緩慢，直到接近結尾的時候……」

「我知道，」法蘭奇接著說，「那時候就要像狂風暴雨一樣，然後到了『四海內皆手足』之後再恢復平靜。」他把手放到鍵盤上做好準備。

麥克開始彈奏了。幾個小節之後，他對法蘭奇點點頭，法蘭奇便加入演奏。

麥克簡直不敢相信這就是之前那架鋼琴。它的音調不再刺耳，音高也準了。調音師傅說的對，這架鋼琴原本的音色很美。麥克讓自己完全沉浸在鋼琴的樂聲裡，彷彿正在享用美味的食物，滋味一口更勝一口。有那麼一小段時間，全世界只剩下音樂，沒有煩惱，沒有潘妮威勒，只有他和法蘭奇。麥克覺得自己彷彿回到了外婆家的客廳，回到了星期天的下午，那段打開窗戶與街坊鄰居共享美好音樂與生活樂趣的日子。

麥克踩下鋼琴踏板，美妙的和弦在空中迴盪著。

在最後幾個小節，麥克停了下來，讓法蘭奇單獨為這首曲子劃下簡潔、甜美的句點。

麥克抬起頭環顧房間四周，在餐廳遙遠的一角，廚房阿姨們走出來，正在輕輕擦拭著眼淚；少年部的院童全都圍在窗邊，靠著窗框凝神傾聽；而兒童部的孩子們在走道上互相推擠，紛紛想往餐廳裡多看幾眼。

潘妮威勒皺起眉頭，似乎不敢相信自己所聽到的。高定先生挑起眉毛看著豪爾德先生。

在法蘭奇彈下最後一個音符之後，全場先是陷入一片長長的靜默，接著所有孩子們爆出熱烈的掌聲與口哨聲，直到潘妮威勒站起身，揮手把圍觀的院童們趕出餐廳。

麥克和法蘭奇挪動身子，慢慢地從鋼琴座椅上下來。

豪爾德先生走近問：「麥克，你今年幾歲？」

「先生，我十一歲。」

「你是跟誰學鋼琴的呢？」他的聲音既溫柔又親切。

「我的……」他看了看法蘭奇，「我們的外婆。她是鋼琴老師。」

「麥克是我所知道最棒的鋼琴家。」法蘭奇接著說。

豪爾德先生露出微笑。「那麼法蘭克林，你今年幾歲呢？」

「大家都叫我法蘭奇。先生，我今年七歲，不過我快滿八歲了。我是第二棒的鋼琴家，但麥克可是個出生奇才喔。」

豪爾德先生聽見法蘭奇把天生奇才說成出生奇才，覺得他很可愛。「你說的沒錯，法蘭奇，他眞的很厲害。你也很棒喔。」接著他轉頭看向麥克。「這曲子是你編的嗎？」

「是的，先生。」

「這曲子聽起來……非常動人。」他清了清喉嚨。「你們兩個來這裡多久了？」

「五個月又幾個禮拜。」麥克說，「我們之前和外婆住在一起，直到……直到我們被送來這裡。」

「外婆幫我們選了這裡，因爲這裡是唯一一間有鋼琴的孤兒院。」法蘭奇說，「我們一定要有鋼琴才行。」

潘妮威勒拍拍手，打斷他們的對話。「先生，我們可以開始討論正事了嗎？孩子們，請離開。」

「實際上，我希望他們兩個留在這裡。」豪爾德先生說。

潘妮威勒噘起嘴脣，「我覺得沒有必要——」

高定先生沒有讓她繼續說下去。「潘妮威勒太太，我們事務所代表尤妮絲．陶．斯特布里奇，她是湯瑪斯．陶的女兒。請問你聽過湯瑪斯．陶先生嗎？」

「在賓州，哪個人沒聽過他的大名？」潘妮威勒說，「陶先生是一位經營輪胎公司的企業家，對嗎？我看報紙上說他去年過世了。」潘妮威勒兩手在胸前交叉。「但這件事和他有什麼關係？」

「陶先生過世，留下他的女兒，沒有其他的家人，」豪爾德先生說，「所以她必須……她希望能領養一個孩子。」

潘妮威勒瞪大眼睛看著豪爾德先生，又看向高定先生。「我以爲你們是要來買鋼琴的。」

「噢，老天，當然不是。」高定先生說，「假使我們之前的說法讓你誤解的話，我很抱歉。我們當時是問你，這裡有沒有鋼琴，以及有沒有孩子可以爲我們彈首曲子，幫助我們判斷他的程度。我們要找的是會彈鋼琴的孩子。」

豪爾德先生點點頭。「斯特布里奇太太本身是位非常出色的鋼琴家。你應該可以了解她希望收養一個擁有相同特質的孩子吧？我們打算著手領養的程序了。就是今天。」

7

麥克的思緒轉得飛快。

他們打算領養一個孩子，而且是今天就要？

斯特布里奇太太很有錢。假使她領養了法蘭奇，他就可以有自己的家了。他會很安全，還能擁有一切，或許他會去唸私立學校也說不定。而且麥克會知道他住在哪裡。這是法蘭奇的大好機會。

「我已經把相關文件都準備好了，」高定先生把公事包擱在大腿上打開。「我今天下午就可以去法院送件。另外我們打算捐一筆錢給孤兒院，也會致贈你一點酬勞，謝謝你協助打點這一切。」

潘妮威勒的臉上浮現了笑意。「我很樂意接受這筆餽贈……我是說我要替孤兒們謝謝兩位。」她對著麥克和法蘭奇比了個手勢。「現在要討論的是你們想領養哪個孩子。我會建議你們領養法蘭奇。兩位倒不必擔心麥克，他弟弟運氣這麼好，他高興都來不及了。」她對麥克微笑，但麥克知道，那其實是一個警告的信號。

「我不要和麥克分開。」法蘭奇說。

麥克的手臂環抱著法蘭奇。

「我想私下和兩個孩子談談。」豪爾德先生說。

潘妮威勒站起來。「抱歉，這恐怕不行。」

豪爾德先生也站了起來，同時間，高定先生關上了他的公事包。「那麼我們就去海瑟威之家看看再說吧。」

「等等！兩位先生，請別急著走。我想我可以爲你們破例一次。」潘妮威勒說完便走進她的辦公室，把門帶上。

一看到潘妮威勒離開，法蘭奇立刻叫道：「他們不能拆散我們兩個！」

麥克看向高定先生和豪爾德先生。「先生，如果你們打算從我們兩個當中挑一個帶走，那個人應該要是法蘭奇，他是這裡年紀最小的孩子。潘妮威勒太太打算把我放進待僱名單當中，雖然我年紀還不夠大，但我想我的體型已經夠壯了。這也是爲什麼她並不希望我被人領養。我必須到外地去工作，好幾個月才會回來一趟，這樣我就沒有辦法照顧法蘭奇，他還這麼小……」

「麥克，我不要！」法蘭奇嗚咽著說，眼眶盈滿淚水。「我們倆，絕不分離。記得嗎？我們講好要一起存錢買口琴，然後去參加霍克西的樂團，然後他會幫我們找到一個家，然後……」法蘭奇愈哭愈傷心。

麥克單腳跪地，把法蘭奇拉近自己身邊。「法蘭奇，你別著急。想想看，如果你今天被他們領養了，我會知道你被帶到哪裡去，而且你就不會被送進教養院了。」他強忍住淚水，看著高定先生說：「我可以寫信給他，或者去看他嗎？」

「當然，」高定先生說，「我甚至可以把它寫成條文，放進文件裡頭。」

法蘭奇搖頭，抽噎著說：「不要，我不要。」

「我打賭，那裡一定有鋼琴。」麥克看向豪爾德先生。

他點點頭。「那裡的鋼琴很需要有人去彈。」

麥克拍拍法蘭奇的背。他知道這麼做才是對的，但他還是沒辦法正視法蘭奇的眼睛與其中的傷痛。「你看，那裡眞的有鋼琴。而且我一定會常常去看你。沒問題的，我答應你。」

麥克看著豪爾德先生，他需要豪爾德先生給他一個安心的保證。

豪爾德先生沒有回應麥克的目光，而是轉身走到窗邊。過了一會兒，他走了回來，眼神裡閃爍著光芒。他清了清喉嚨，對著高定先生說：「這個地方沒什麼未來可言，對吧？」

「沒錯。」高定先生說，「而且名聲也不是太好。不過豪爾德先生，我們的任務相當困難，時間寶貴啊。這已經是我們星期以來拜訪的第五間孤兒院了，目前爲止，沒有其他孩子能像這兩個孩子那麼出色。他們有禮貌、討人喜歡，而且就我剛才所聽到的演奏，他們眞的很有天分。假使要從他們兩個當中挑選一個，我們現在就應該趕快辦理領養手續。」

豪爾德先生兩手叉腰，在餐廳裡來回踱步。

這時辦公室的門打開了，潘妮威勒回到餐廳裡。「兩位先生，意下如何？」

「就我們的了解，麥克最近就要被放進待僱名單之中？」豪爾德先生說。

「是的。」潘妮威勒說。

「讓孩童擔任僱工是違法的。」

「那叫做『助養』，豪爾德先生。假使企業的老闆或農場主人來我們這裡『助養』孩子，這個孩子得要做些什麼才能獲得『助養』就不干我的事了。你要說這是僱用、助養，還是領養，反正對我來說都一樣。」

法蘭克抬頭看著麥克，臉頰上兩行淚水不停滾落。「我不要離開你。」

麥克勉強擠出一絲笑容。「以後你會住在很棒的大房子裡。我去看你的時候，我們可以一起彈鋼琴。我敢說那裡一定也有可以讓你爬上爬下的大樹、很大的院子，還有好多好吃的食物。我想他們一定會有你喜歡的早餐麥片和可可亞。你還會去上學……」

「我才不要什麼麥片和可可亞。我只要跟你在一起！」法蘭奇把臉埋進麥克的手臂裡哭泣。

麥克動搖了。他跪在法蘭奇的面前，緊緊地抱住他。

豪爾德先生用手抓著頭髮，然後他走到高定先生身旁，在律師耳邊低聲說了幾句。

「你是本案的代表人，」高定先生說，「你真的決定了？」

「是的。」豪爾德先生說。

「很好。」高定先生說。他轉身面對潘妮威勒。「我們到你的辦公室談談，同時把文件簽一簽吧。」

「我想你們會很高興收養了法蘭奇。」潘妮威勒笑著說，「我們也可以順便談一下你們打算給這些不幸的孤兒們多少捐款，還有我那份微小的酬勞。」

高定先生回她一個微笑。「噢，潘妮威勒太太，你太小看我們了。我們一出手，就是做大事呢。」

8

高定先生把他的黑色福特轎車暫時停在艾默若里道上，他們前方的這棟房子和附近的住宅和街道保持了相當的距離。

他們步下車外，高定先生說：「祝你好運，豪爾德先生。我現在就去法院送文件，眞高興必須向她報告的人不是我！」接著他按了按喇叭，便把車開走了。

法蘭奇向駛離的車子揮揮手。

豪爾德先生笑著搖搖頭，推開一旁的鑄鐵大門。

在長長的步道盡頭座落著一幢焦糖色的房子，房子鑲著白邊，上頭有一些紅色的裝飾。正面可以看見沿著階梯挑高的門廊，門廊下，一樓的兩側鑲有木造的格狀柵欄。屋子左側遠端有一座兩層樓高的圓塔，塔頂上頭擺了一只風向計，尖聳的山牆直指入雲。

法蘭奇在房子前停下腳步，嘴巴張得大大的，看得目瞪口呆。

「很漂亮的房子，對不對？」豪爾德先生說。他牽起法蘭奇的手，「這是安妮女王風格的建築。屋內可能需要稍微重新裝潢，但房子本身還是很漂亮。」

「有多少人住在裡面呢？」法蘭奇問。

豪爾德先生笑了。「本來只有一位女士，現在又多了你和麥克。」

麥克的眼睛逐一望向寬闊的草皮、邊院的老榆樹，還有修剪整齊的樹籬。

「麥克，我們就要住在這裡了！」法蘭奇笑得合不攏嘴。他放開豪爾德先生牽著的手，蹦蹦跳跳地跑向房子。「我們眞的被領養了，不是助養！」

麥克也希望自己像法蘭奇那樣高興，但他內心有個直覺告訴他，這一切似乎來得太容易了。不過幾個小時的時間，他們已經打包好隨身物品，被帶到這裡。助養是一回事，但領養又是另一回事。領養的意思是他們會永遠成爲某個家庭的一份子，然而從來沒有人在領養前，完全沒見過孩子一面的。

外婆總是說，太過容易的事物很可能是一場騙局。有一回外婆帶他上市場，指著那些擺在水果攤最上層、上了蠟，而且閃閃發亮的漂亮蘋果，告訴他下面其實藏了許多受傷、甚至開始腐爛的蘋果。這間美麗的豪宅，會不會在下面藏了什麼東西呢？

一個膚色黝黑的男人正跪在門廊旁的花圃邊。當他們走近時，男人將手上的小鏟子擱在一旁，站了起來，他看上去又高又壯。

豪爾德先生對他揮揮手。「波特先生，這是麥克和法蘭克林，他們是斯特布里奇太太剛剛領養的孩子。」

波特先生看著他們，雙手在身上的綠色圍裙上抹了抹，對他們點點頭。「很高興見到你們。」

豪爾德先生轉頭對麥克和法蘭奇說：「波特先生是這裡的園丁，也是斯特布里奇太太的司機，負責駕駛和保養那輛帕卡德①。他的太太是這裡的管家。波特先生，你要不要進來屋子裡幫我們做介紹？」

波特先生搖搖頭。「我最好繼續種我的天竺葵，那樣比較保險。豪爾德先生，您這鍋子攪得還眞是用力②啊。」他對著兩個孩子眨了眨眼。

「什麼鍋子？」法蘭奇問。

豪爾德先生笑了。「他的意思是說從現在開始，這裡的一切都和以前不一樣了。」

麥克和法蘭奇跟著豪爾德先生走上門廊的台階，豪爾德先生按下門鈴。「孩子們，我們進去吧。」

一位穿著灰色洋裝、白色圍裙的婦人出來應門。她頭上戴了頂打褶的女傭帽，看起來就像是一彎新月掛在那裡；褐色的皮膚幾乎與頭髮同色，頭髮往後梳得很整齊，在後頸的地方綁成一個小圓髻。

「你好，波特太太。」豪爾德先生說，「我來介紹一下。這是麥克，這是法蘭奇。孩子們，這間屋子裡的大小事都歸這位女士掌管。」

波特太太挑起眉毛，瞅著豪爾德先生。

「我知道你要問什麼，」豪爾德先生說，「沒錯，是男孩子，而且是兩個男孩子。她在哪裡？」

「小姐在圖書室裡，先生。我得說您眞的很有勇氣。」

……眞高興必須向她報告的人不是我……那樣比較保險……您這鍋子攪得還眞是用力……很有勇氣……

爲什麼這些人講起話來語帶玄機？他和法蘭奇已經被領養了，難道斯特布里奇太太不想見他們嗎？

他們跟著豪爾德先生走進屋內，這棟房子光是玄關就有外婆家整層公寓那麼大，地板鋪著有如西洋棋盤般的黑白兩色大理石方磚，搭配著深色木造欄杆的寬階梯倚著左側牆面延伸至二樓。

「哇，」法蘭奇脖子向後仰，手指著頭上那盞鑲有三層淚滴水晶的鍍金大吊燈。「她一定很有錢。」

「噓……」麥克趕緊阻止法蘭奇，雖然他自己心裡也是這麼想的。原來有錢人過的是這種生活啊。過去麥克從來不覺得自己貧窮，但他也不知道「有錢」究竟是怎麼一回事。和外婆住在一起的時候，他們不愁吃穿，也有安全的地方可以睡覺，而且還有愛他們的外婆，所以其他的事情對他們來說並不重要。外婆常說，她從來不曾奢望過著富裕的生活，只要有鋼琴和他們兩兄弟陪在身邊就夠了。假使外婆看到這一切肯定會說：除非屋主的心腸和房子一樣美，否則再怎麼奢華也和其他房子沒兩樣。

---

① 帕卡德（Packard Motor Car Company）是美國一家生產豪華汽車的車商，該公司一八九九年成立於底特律，後於一九五八年倒閉。

② 英語中“stir the pot”有「煽風點火」、「惟恐天下不亂」之意。

「麥克，法蘭奇，你們先待在這裡。」豪爾德先生指著一張軟墊長椅，接著便走進左側的雙扇門，在身後把門關上。

波特太太往門廊盡頭走去，搖搖頭說：「這下肯定會掀起一場風暴了。」

麥克坐在長椅上，看著法蘭奇爬上樓梯。

「男孩？」門後突然傳出女人的叫喊聲。「我要你去幫我找一個女孩，結果你帶了兩個男孩子回來？你怎麼可以這麼做？」

麥克覺得胃裡一陣翻攪，抬頭看法蘭奇是否也聽見了剛才那句話，不過顯然法蘭奇正非常專心地玩著樓梯的扶手。

「你委派我擔任你的代表，所以我就做了這個決定。」豪爾德先生說，「這個決定是對的，文件也已經送到法院歸檔了。他們是兄弟，我不忍心拆散他們兩個，你有一天會了解的。再說，照顧兩個孩子比一個來得容易，至少他們兩個有伴。現在過來見見他們吧，他們在玄關那裡。」

女人的聲音非常刺耳。「你到底做了什麼？」

「就是你交代的那些，」豪爾德先生說，「你拖到最後一刻才找人幫忙處理的那些事。」

「我從來沒想過會變成這樣，我曾試著努力不讓它發生啊！」

「恐怕你已經沒有時間了。」豪爾德先生說。

麥克聽見有東西被砸在牆上，接著就是玻璃碎了一地的聲音。

法蘭奇立刻從樓梯上狂奔到麥克身邊。

「沒事的，法蘭奇。」麥克小聲說。他希望眞的沒事。

她想要領養一個女孩，但豪爾德先生把他們兩個帶回來了。假使斯特布里奇太太這麼在意這一點，為什麼她不自己去選小孩呢？整件事似乎不對勁。

麥克把法蘭奇拉到自己面前，嚴肅地看著他說：「我們得要注意自己的一舉一動，記住要有禮貌，千萬不要惹她生氣。知道嗎？」

法蘭奇還沒來得及回答，豪爾德先生已經走出圖書室。他在門邊停下腳步，隨後一個女人走了出來，她的嘴唇緊閉、一臉漲紅，麥克不確定那是因為生氣還是哭泣，但他還是可以看見在她褐色眼睛裡閃爍著淚光。她頂著一頭咖啡色的鮑伯式捲髮，身上穿著過膝的黑色洋裝，因為腳下踏著高跟鞋，身高看起來和麥克差不多，只是這個女人非常瘦，身上還散發著一股淡淡的香草香味。法蘭奇抬頭望著她出神，麥克從法蘭奇的眼神可以看出來，他對他們的領養人深深著迷。

「麥克、法蘭奇，這位是尤妮絲．陶．斯特布里奇。」豪爾德先生說。

麥克點點頭。「夫人，謝謝您領養我們。」

法蘭奇不假思索地脫口而出：「你會當我們的新媽媽嗎？你比我們想像的漂亮，而且你聞起來也比潘妮威勒太太香多了。」

斯特布里奇太太看著他們的時候眼眶裡都是淚水，但她隨即露出一個彷彿在路邊水溝裡看見死掉的小動物那種表情。她轉過身去，快步走上樓，接著站在樓梯頂端，探出欄杆對著他們大喊：「立刻把他們帶去波特太太那邊！」不一會兒，她的身影便消失在走廊盡頭。過了幾秒鐘，一扇門被重重地關上，連玄關那盞大吊燈都被震得叮咚作響。

「孩子們，不論你們信不信，」豪爾德先生說，「這情況還不算太糟。」

9

爪足浴缸裡放滿了熱水，一塊肥皂漂浮在蒸氣氤氳的水面上。

波特太太站在麥克和法蘭奇前面，兩手交叉在胸前，她正仔細地打量這兩兄弟身上乾不乾淨。她看起來似乎不太滿意。

麥克看過那個表情。以前每到星期六他們要洗澡的時候，外婆臉上都會出現同樣的表情。那個時間一到，不論他們到底髒不髒都得洗澡。

「等一下我出去之後，你們兩個就把衣服全部脫掉，然後輪流到浴缸裡，把自己從頭到腳刷一遍。你們換下來的衣服就丟進洗衣籃裡吧，明天我再幫你們洗。」

「我們沒有別的衣服可以穿。」法蘭奇說。

麥克盯著地板，臉頰漲紅。「之前和外婆一起住的時候，我們有比較多，也比較好的衣服……」

「但是那些衣服在主教之家全被搞丟了。」法蘭奇說。

「那我今天晚上就先把你們的衣服洗起來。」波特太太說，「謝天謝地，幸好小姐在這裡擺了一台新型的乾衣機，說是要應付緊急狀況。雖然衣服聞起來不像新的一樣，但至少會是乾乾淨淨的。我先請豪爾德先生幫你們帶幾件睡衣過來。等一下我會把衣服掛在門的另外一邊，洗完之後自己把衣服穿上。」

「豪爾德先生也住在附近嗎？」麥克問。

「是的，他就住在這條街的街底。他的父親是陶先生的律師。陶先生是小姐的爸爸，我想這你們已經知道了。現在換豪爾德先生擔任小姐的律師了，不過說是律師，豪爾德先生更像是小姐的家人。他從小姐很小的時候就認識她了。」

法蘭奇開始解開身上的鈕釦。「你爲什麼要稱她爲小姐？」

「波特先生和我自從她出生那一天就在這裡工作了。我們一直都是這樣稱呼她。」

「她是好人還是壞人？」法蘭奇又問。

波特太太把毛巾遞給他們。「唉，自從一年前陶先生過世之後，她就完全變了一個人。不過想想她所經歷的那一切，她會有這樣的轉變也是可以理解的。即便如此，我還是會說，藏在她外表下的，是一個仁慈又充滿愛的靈魂。」

「她不喜歡我們現在的樣子。你覺得如果我們把自己刷乾淨了，她是不是就會喜歡我們？」法蘭奇問。

「那得看情況。」波特太太說，「看來有很多『如果』和『或許』的問題得解決呢。」

麥克把法蘭奇拉向自己身邊，幫他解開衣服上的鈕釦。「如果」和「或許」。「如果」他們是女孩子……「如果」他們看起來不像是街頭上撿回來的流浪動物……「如果」他們不是那麼窮的話……「或許」她會喜歡他們？

「波特太太，你也住在這裡嗎？」法蘭奇問。

她點點頭。「我和波特先生住在花園旁邊的小屋子裡。」

「你們家有和我同年紀的小男孩嗎？」法蘭奇問。

她笑了。「沒有。我們有一個女兒，她已經成年了，現在在大西洋城工作。她是和小姐一起長大的，現在在當老師，我們只要有機會就會去看她。」

「波特先生喜歡下西洋棋嗎？」法蘭奇問。

「他的確喜歡下西洋棋，豪爾德先生也是。孩子們，你們一直問，是打算把我問倒嗎？」

「他太興奮了。」麥克說，「我們從來沒想過有一天我們會來到這麼豪華的房子裡，而且我們還能夠繼續在一起。」

波特太太的表情變得柔和。「今天對我們大家來說都是充滿驚奇的一天。現在進浴缸裡清洗吧。今天的晚餐有烤雞和馬鈴薯，但是因爲你們現在還沒有適合穿到餐廳用餐的衣服，我會先用盛盤把晚餐送到房間給你們吃。」

「用盛盤？」法蘭奇說，「我從來沒有用盛盤吃過晚餐！」

波特太太忍住笑意。「等一下我會帶你們到塔樓的房間去。」

法蘭奇睜大眼睛。「我們要睡在塔樓裡？」

「你們快點洗吧。」波特太太說完把門帶上。

「她人很好。」法蘭奇說。

麥克點點頭。波特太太讓他想起了外婆。雖然她是在做她的工作，但同時卻又像母雞呵護小雞那樣照顧他們。

那天晚上睡覺前，麥克躺在四柱豪華雙人床上，背靠著枕頭。波特太太說的「塔樓的房間」就是他們的臥室，位於尖塔屋頂下的二樓。桃花心木的衣櫥立在其中一面牆邊，硬木地板上鋪著織毯，窗邊的座椅上則擺了幾個刺繡抱枕。這裡和主教之家根本就像是兩個完全不同的世界。

門打開，法蘭奇溜了進來。他身上穿著豪爾德先生借給他們的睡袍，因爲尺寸不合身，袖子只能捲起來。他跳上床，擠到麥克的身邊。

「你刷牙了嗎？」

法蘭奇點點頭，鑽進被子裡。

麥克轉身把燈關掉。

窗外傳來蟋蟀唧唧的叫聲。

「這裡安靜得有點恐怖耶。」法蘭奇說。

「我也在想同一件事。」

「麥克，我覺得很害怕。」

「你要我把燈打開嗎？」

「不，我不是怕黑。」法蘭奇往麥克靠得更近了些，一隻手橫放在他胸前。「我是怕，要是我閉上眼睛睡著……等我醒來時又會回到主教之家了。」

「我懂，」麥克說，「但是我向你保證，你醒來的時候還是會在這裡。」

麥克的眼睛望向暗處，腦子裡不斷閃過這一天所發生和自己聽到的一切。

……她本身是位非常出色的鋼琴家……必須領養……就是你交代的那些……你已經沒有時間了……她就完全變了一個人……她所經歷過的那一切……「如果」和「或許」……

麥克聽見法蘭奇的呼吸聲變得平緩，代表他已經熟睡。他輕輕抬起法蘭奇的手，幫他把被子蓋好。這小子身上還有肥皂和晚餐雞肉料理的味道，而且不是奶油雞，而是肥美多汁的烤雞腿。

這一切會不會只是夢呢？

爲了以防萬一，麥克打算睜著眼等天亮，但終究還是敵不過眼皮的重量沉沉睡去。

10

一開始，麥克還搞不清楚自己身在何處。

他從床上坐起身，眨了眨眼看著房間，昨天的事情一幕幕地回到他的腦海裡。躺在旁邊的法蘭奇翻了個身，依然睡得很熟。

他們的衣服已經清洗乾淨，而且被摺得整整齊齊地放在床尾的椅凳上。麥克把衣服穿好之後走下樓，屋子裡一片悄然無聲。

麥克看見通往圖書室的雙扇門敞開著，於是走了進去。這個房間像洞穴一般昏暗，每一扇窗戶都裝了木頭百葉窗，卻緊緊地闔上。他仔細地研究了房間裡的護牆板、流蘇燈罩、擺在角落的大書桌，最後他的目光飄向一個個大型的落地書櫃，裡頭擺滿了書，還有一把梯子斜靠在最頂層的書架上，一旁的小圓桌上展示著屋子主人收藏的各種節拍器。

但是鋼琴在哪裡呢？

他循著剛才的腳步折返，穿過玄關，走到另一側的雙扇門前。他才剛推開一邊的門，就立刻屏住了呼吸。

清晨的陽光透過高大的落地窗灑進屋內，照得飄浮在空中的微塵閃閃發亮。房間的角落擺設著棕櫚樹盆栽，而矗立在房間正中央的，是麥克所見過最華麗、最高貴的樂器——一架平台鋼琴。

他從來沒有看過標準的平台鋼琴，它從鍵盤這端到另一端應該有九呎。有一回，外婆帶他去買樂譜，店裡擺了一台小型平台鋼琴，好心的老闆還讓麥克彈了一會兒。當他在彈琴的時候，音符彷彿從鋼琴裡跳了出來，在空中飛揚。這架鋼琴也是這樣嗎？

麥克的手輕輕撫過發亮的黑檀木，他掀開琴蓋，把支撐架立起來固定住。有好一會兒，他只是仔細地研究鋼琴內部精密的結構，調音釘、高音和低音弦、響板、琴槌。他坐上鋼琴椅，先是握緊拳頭，再把手鬆開，然後將手指盡可能地向外張開。豪爾德先生不是說這架鋼琴很需要有人來彈？他和法蘭奇在主教之家被相中，不就是因爲他們會彈鋼琴？假使斯特布里奇太太聽到有人在彈琴，或許她會比較開心。這是不是其中一個「如果」和「或許」？

鋼琴架上擺著一本樂譜，他一頁頁地翻過，直到翻到蕭邦《夜曲》第二十號。他把雙手擺上鋼琴，隱約感覺內心有一股強烈的渴望，彷彿有塊磁鐵要將他的手指頭吸引過去。

他彈了最前面幾個和弦，霎時間，屋子裡充滿了鋼琴豐潤的音色與渾厚的曲調。這和他之前所聽過的任何一架鋼琴都不同，它的高音更明亮，而低音則更加幽暗。

他把開頭的部分反覆彈了幾次，剛開始的時候，因爲疏於練習，他彈奏得相當生硬。但漸漸地，麥克感覺自己融入音樂之中。他想起九歲那年，外婆教他彈的這首曲子，當他第一次完整地彈完，外婆對他說：「再彈一遍，麥克。不過先等我把窗户打開，這樣附近的鄰居就可以聽見你的琴音了。」

麥克讓自己沉入充滿憂思的琴音中，隨著迂迴盤旋的旋律、精巧細緻的裝飾音，慢慢地進入尾奏……直到最後一個深刻動人的音符。他幾乎可以感覺到外婆就和他一起坐在鋼琴椅上，而媽媽也在他身旁哼唱……

突如其來的一陣嘎吱聲與喘息聲嚇了他一跳，他抬起頭來。

斯特布里奇太太站在門口，用手摀著胸口，看起來彷彿像是見到鬼似的。

麥克還來不及開口，波特太太已經一個箭步衝進房間。「小姐，對不起，我沒聽見他下樓。」她拉著麥克的手臂把他帶進廚房，然後讓麥克轉過身來面對她。「雖然你的彈奏讓我心裡非常感動，但我還是必須忍痛告訴你，你不能去碰那架鋼琴。絕對不可以。」她的眼神充滿了遺憾。「好可惜，那麼漂亮的樂器，就在那裡等著有人去彈它。以前它曾經帶給大家許多美好的音樂啊。」

「我不懂。」麥克問，「豪爾德先生說——」

波特太太舉起手打斷他的話。「這裡有很多事不對勁了，你慢慢就會習慣的。現在去叫你弟弟起床，下來廚房吃早餐吧。豪爾德先生等一下會過來帶你們去城裡買些新衣服。」

「她會跟我們一起去嗎？」麥克問。假如會的話，他就有機會爲鋼琴的事向她道歉，也可以跟她解釋他和法蘭奇原本是乾淨整齊的小孩。

波特太太搖搖頭。「她有別的事，晚餐之後才會回來。再說，她目前還不打算和你們倆在一起。現在快去吧。」

麥克上樓叫法蘭奇起床。如果斯特布里奇太太不想和他們在一起，爲什麼要領養他們呢？這裡還有什麼事情不對勁？

11

豪爾德先生吹著口哨、快步走在艾默若里道上，麥克牽著法蘭奇的手緊緊跟在他身後。他今天有件輕鬆愉快的任務。

豪爾德先生停下腳步，指著街角的那棟房子。在通往屋子的步道兩旁各有一棵高大的榆樹，它們的枝枒幾乎在空中交會。「這棟房子的屋齡、風格都和斯特布里奇太太那棟一樣，不過我已經把它整個重新翻修過了。」他從口袋裡掏出懷錶。「來吧，孩子們，如果我們直接穿越公園，而且加快腳步的話，應該可以趕上下一班電車。」

麥克邁開步伐，跟上豪爾德先生的速度。往下走了兩個街區之後，豪爾德先生對他們指著公園廣場中央的涼亭，接著他們便快速地穿過公園，走到另一側的大馬路上，正好趕上進站的電車。

電車行駛過幾站後，街道兩旁的建築物便從舊式豪宅變成一般大小的平房。漸漸地，街上的建築物愈來愈高，電車一路駛進繁忙的費城，他們在市中心的車站下車。

這裡的街道擁擠狹窄，加上空氣不流動，顯得比較炎熱、潮濕。即便如此，麥克卻感覺自在多了。這裡讓他想起外婆住的地方：沒有電梯的公寓、女孩們在人行道上玩跳繩、男孩們在大馬路上丟球、來往的汽車和貨車猛按喇叭。他抬起頭，心想或許能在哪扇窗戶上看見一個手寫的「教授鋼琴」招牌。但其實他心裡清楚，那個從小長大的地方已經離他很遠了。

當豪爾德先生帶他們走進海蘭德百貨公司的旋轉門，所有街道上的喧嘩也隨之消失。這裡所有的東西——玻璃櫃、商品、店員的臉——都是閃亮亮的，甚至連空氣聞起來都有奢華的味道，而顧客們彷彿都把他們衣櫃裡最好的衣服穿在身上。麥克摸了摸身上的衣服，覺得自己格格不入。

「孩子們，你們先到三樓的小紳士部門去。」豪爾德先生說，「我待會去找你們，我得先去他們的辦公室幫斯特布里奇太太處理一些個人帳戶的事。」

麥克和法蘭奇在擺設著手套、圍巾、雨傘、皮夾、帽子、香水的玻璃櫃之間徘徊。法蘭奇停下腳步，著迷地看著成排展示中的玻璃小雕像。一位女店員趕緊靠過來，臉上露出不悅的表情。

麥克拉著法蘭奇走向電梯。「我們要到三樓。」他對電梯操作員說。

電梯操作員看著他們抽抽鼻子，用手拍了拍藍色制服的衣領，好像想拍掉身上的灰塵。「小朋友，你們不可以在這裡到處亂跑。」

「我們沒有跑。」法蘭奇說。

「你們有打算要買什麼東西嗎？」男人問。

「有的，先生，」麥克說，「我們要去小紳士部門買衣服。」

電梯操作員的眼睛打量了他們一會兒，接著他對著某個男店員做了個手勢，那個人趕緊過來，兩個人開始交頭接耳。

麥克隱約聽見他們對話中的幾個字。

沒有錢……已經相中目標……小偷。

麥克覺得臉頰愈來愈燙，他知道自己臉紅了。

那個男店員一把抓住麥克的手臂說：「小朋友，跟我到外面去，我想你們來錯地方了。」

法蘭奇把男人的手臂推開，緊緊靠著麥克。「不要過來！」

另外兩個男店員湊了上來，張開雙臂，把麥克和法蘭奇包圍起來。其中一個人一手抓住麥克的襯衫衣領、另一手將麥克的右手臂扭到身後，用力地將他推往大門口。

麥克慌張地大叫：「放開我！你們想幹嘛？」他從來沒有被人這樣粗暴地對待過。他試著要從男人的手中掙脫。

但男人的手抓得更緊，他在麥克的耳邊說：「去找別間店偷吧。」

法蘭奇開始大叫。「住手！你住手！」他衝上前去，用拳頭拚命搥著抓住麥克的男人。

「叫警察！」電梯操作員喊著。

這時，豪爾德先生的聲音響起：「放開你的手，站到一邊去！否則，我就請負責人士過來。我不是指警察，我是指你們的老闆，海蘭德先生。」

男店員立刻放開麥克，退到一旁去。

麥克全身不停發抖，淚水刺痛了他的雙眼。這些人以爲他是小偷？他這輩子從來沒有偷過任何東西。

豪爾德先生站到他們身旁，一手各摟住一個說：「你們還好嗎？」

「他們要把我們趕出去！他們要把麥克帶走！」法蘭奇哭了起來，「我們根本沒有做什麼。」

「讓我們看看這件事要怎麼處理。」豪爾德先生盯著其中一名店員。「立刻請店經理過來！」

在小紳士部門裡，豪爾德先生在軟沙發椅上坐著，腿上抱著法蘭奇，麥克坐在他身旁。

「眞的很抱歉，豪爾德先生。」身材矮小、蓄著短髭的店經理走到他們面前，「這是一場誤會。我們不知道這兩位小朋友是和你一起來的。」

豪爾德先生不以爲然地說：「就我所知，這些年來，我的委託人斯特布里奇太太在貴店有過不少消費。」

「噢，是的，的確如此。」

「她是這兩位小朋友的監護人。」豪爾德先生說，「這兩個孩子整潔又有禮貌。的確，他們穿的衣服是有些破爛，但他們有因爲這樣就變成小偷嗎？沒有，他們只是需要買些新的衣服，而這就是我們來這裡的原因。他們完全按照我所說的做，卻被以非常糟糕的方式對待。你覺得我是不是應該找海蘭德先生談談這件事？」

「噢，不不不，豪爾德先生，」店經理結結巴巴地說。他彈了一下手指頭，一位年輕的男店員上前一步。「查爾斯會全力協助您。請您不要再提起這件事，我會把店員都找來好好談一談，並且針對這次的事件特別召開一場會議。我保證。」

「好吧。」豪爾德先生說，「我要幫他們兩個各挑選一些衣服。四件襯衫、三件長褲、長襪、穿在裡頭的連身衣、褲子的吊帶，還有一頂帽子——羊毛或毛氈的都可以。其中一件長褲和襯衫要稍微正式一點的樣式。然後給他們一人一件背心和一條領帶。噢，對了，我們還需要鞋子。」他看著他們的腳。「一個人兩雙。咖啡色綁帶皮鞋平常穿，黑色牛津鞋留著正式場合穿。」

法蘭奇給了麥克一個開懷的笑容。

但是麥克笑不出來。剛才發生的事依然讓他覺得很難堪，他的臉色也因爲被羞辱而不太好看。查爾斯引導他們進入更衣室的時候，麥克一直低著頭。斯特布里奇太太第一眼見到他們的時候，她是不是就和那些百貨公司店員有著同樣的感覺？她會不會也認爲他們兩個是小偷？

「孩子們，我坐在這裡看一些文件。」豪爾德先生說，「換好衣服之後，記得走出來讓我看看。」

走進更衣室的門簾後，麥克才放鬆了下來。他和法蘭奇光是換衣服、給豪爾德先生看，便在更衣室裡進進出出一個多小時。當兩人單獨在更衣室裡，他們互相對著鏡子做鬼臉，玩得不亦樂乎。等試完衣服，他們跟著豪爾德先生提著大包小包走出海蘭德百貨。

「謝謝您，豪爾德先生，」麥克說，「謝謝您帶我們來這裡。我們從來沒有買過這麼多又新又好的東西。也謝謝您爲我們挺身而出。」

豪爾德先生笑了。「你們本來就和其他人一樣有權利逛百貨公司，所以別客氣。不過，你們倒是該謝謝尤妮幫你們買了這些衣服，她才是金主呢。」

麥克點點頭。「我會的，先生。只要有機會，我就會向她道謝。」

「尤妮？」法蘭奇皺著鼻子說。

「斯特布里奇太太的名字叫尤妮絲，」豪爾德先生說，「但我都叫她尤妮。」

「那我們應該怎麼叫她呢？」法蘭奇問，「上次我問她會不會當我們的媽媽時，她不太高興。」

「不……這個……我們再給她一點時間吧。」豪爾德先生說，「現在稱呼她夫人或斯特布里奇太太就可以了。」

當他們走在街上的時候，麥克忍不住一直從店家的玻璃窗上看著自己的倒影。這真的是他嗎？他看起來一點都不像是在鄉下裡長大的孩子。他現在看起來乾淨又時尚，就像豪爾德先生一樣。

不知道斯特布里奇太太，或夫人，還是其他什麼的，會不會也這麼想？

12

在走回電車站的路上，原本蹦蹦跳跳地跑在麥克和豪爾德先生前面的法蘭奇，突然在一間店面的展示櫥窗前停下了腳步。

他轉過身來，瞪大了眼睛，拚命揮手示意麥克和豪爾德先生過來。

麥克跑到他身邊說：「怎麼了嗎？」

「是他們耶！」法蘭奇指著貼在威爾金森音樂廣場櫥窗上的大海報說。「是那些口琴奇才！」法蘭奇幾乎把整張臉都貼到玻璃櫥窗上去了。

麥克看著那張海報，上面有六十幾個穿著軍裝樣式制服、斗篷和羽毛帽的男孩。

一個穿著紅圍裙、身材矮小的男人從店裡走了出來。他的灰色鬍子上過蠟，兩頭翹起像老式腳踏車的把手。「您好，紳士們。」他向海報點了點頭。「很神氣吧？他們是有名的費城口琴樂團。兩個小朋友想要參加比賽嗎？現在還有時間準備喔。」

「請問這是什麼活動？」豪爾德先生問。

「全費城有好幾千個小朋友在上口琴課。八月會有一場全市比賽，獎品很豐富，還有樂器呢。說是比賽，其實這也是一場甄選，前五名的得獎者會獲邀加入樂團，跟著他們到各地巡迴演出。樂團裡的婦女服務團會幫忙募款，不但制服免費，還會幫忙無家可歸的孩子們尋找領養家庭，甚至資助他們上大學呢。」

法蘭奇也跟著點點頭，彷彿他是這方面的專家。「我們本來打算要去參加比賽，看看是不是能有機會離開孤兒院，不過現在不需要了，因爲我們已經被領養了。」

「那太棒了。不過你們還是可以爲了興趣參加。」威爾金森先生說。

「但是你得先有一把他們指定的口琴，而且至少要年滿十歲，除非你是他們樂團裡的吉祥物。你看！」法蘭奇指著海報上的那個小男孩。

「沒錯。這個小男生就像是樂團的一個噱頭，只有在費城本地演出的時候才會一起登台，並不會跟著他們到各地巡迴表演。樂團訂定了很多諸如此類的規矩，不過這個小傢伙穿起制服來眞可愛，觀眾都很喜歡他。」男人對法蘭奇眨了眨眼睛後又說，「還有，口琴的事你也說對了。參加比賽的人必須使用霍納馬利樂團的C調口琴。我昨天才剛進了一批貨，非常熱賣，而且一把只要六十五分錢喔。」他說著從圍裙口袋裡掏出一條條紋手帕，擦拭著額頭上的汗水。「提到熱賣，這天氣就像是熱氣騰騰的廚房，眞讓人受不了。」

法蘭奇抬頭看著豪爾德先生。「潘妮威勒太太把外婆買給我們的兩把口琴都拿走了。」

豪爾德先生微微一笑。「威爾金森先生，我們大概不會有興趣參加比賽，不過我們需要兩把口琴。」

「那麼請往這邊走。」威爾金森先生說著打開店門，門上掛著的門鈴叮噹作響。

豪爾德先生和法蘭奇跟著老闆走到收銀櫃台旁邊。

「留心你們的腳步，腳下可能會有小貓咪走來走去。我們養了三隻店貓。」威爾金森先生說。

麥克沿著店中央的狹長走道往裡面走，他一邊留意腳下，一邊嗅著瀰漫在空中的各種氣味——松香、皮盒，還有護木油。店裡的空間擺滿了各式各樣的樂器，看得麥克目不暇給：玻璃盒裡的小號、站得直挺挺的大提琴、從天花板懸掛而下的小提琴、碎音鈸和小鼓、附有踏板的大鼓……這裡讓他想起外婆曾經帶他去買樂譜的那家店。這不是太美妙了嗎？她一定會這樣說。音樂正等著要從這些樂器裡逃出來呢！麥克笑了，那時他總是期待著會從低音號或伸縮號的喇叭處看見一連串的黑色音符。

法蘭奇跑向他，一手抱著一隻花斑小貓，另一手則拿著一把新口琴。「麥克你看，這把口琴附送一本教學說明手冊，裡頭有很多曲子。你聽。」法蘭奇的嘴巴滑過口琴。「聽起來很棒吧？收銀台的最後一把被我拿走了，不過威爾金森先生說你可以到後面的櫃台，從他剛才打開的箱子裡自己挑一把。」法蘭奇說完又晃回豪爾德先生和威爾金森先生站著聊天的地方。

麥克往店的後方走去，在被布簾圍住的儲藏室前方櫃台停了下來，櫃台上擺了一個已經拆開的大箱子，裡頭塞滿了長型的小箱。麥克打開其中一個，裡面整整齊齊地躺著一排十二個口琴盒，每一個上頭都印著一張「美國馬利樂團」的照片。

他的手指在口琴盒上輕輕滑過，下面最後一個盒子特別引起他的注意。這盒子上的藍色邊框似乎比其他盒來得明亮，紅色的字體特別粗，馬利樂團的照片好像也格外鮮明。當他拿起那個口琴盒的時候，他可以發誓，他絕對聽見了一聲和弦，聽起來就像是高音的鐘聲。他朝四周張望，心想，那一定是從威爾金森先生的收銀機發出來的。

麥克打開口琴盒，取出口琴放在手上把玩，這時他注意到這把口琴的一側有個手寫、小小紅色的M。所有的口琴都有這個標誌嗎？他將這把口琴拿到嘴邊，滑過一個音階，然後吹出《美麗的美利堅》最後六個音。當他吹到最後一個音的時候，店裡所有樂器全部一起奏出了一聲悠長迴盪的合音。

麥克停了下來，眼睛盯著這些一動也不動的樂器。這裡沒有其他人，四周安靜無聲。店裡的空氣不太流通，讓麥克覺得有點頭昏腦脹。他用手拍了拍自己滿是汗珠的額頭，把口琴放回盒子裡。他握著口琴盒，往店前方的櫃台走去。

走向櫃台的途中，他感覺被許多聲音簇擁——單簧管的笛音、小鼓窸窣的打擊聲，還有小提琴和大提琴的撥弦音，當他經過小號的時候，響亮的喇叭聲嚇了他一跳。

他再一次回頭看那些樂器，一切毫無動靜。難道外婆說的是眞的嗎？音符眞的會自己逃出來？或者這些都是威爾金森先生的小把戲？一隻小貓跟在麥克旁邊，正用爪子拍打著他的腳踝。麥克每走一步，就覺得屋子裡的空間更顯得擁擠，空氣也更加混濁。

「我已經付錢了，」豪爾德先生在麥克走近時對他說，「我看到你挑了一把口琴。」

麥克點點頭。

威爾金森先生對麥克眨眨眼。「我都說是樂器會挑主人，不是人在挑樂器。」接著他對豪爾德先生點頭致意。「謝謝您的惠顧。」

當他們步出店外、店門在身後關上時，門鈴發出了一陣急促而興奮的短笛聲。

麥克擦拭著額頭上的汗水。

或許炎熱的天氣也快讓他受不了，連他手上握著的口琴都是微溫的。他靠近法蘭奇問：「你剛才在裡頭有聽到什麼奇怪的聲音嗎？」

「沒有啊，不過你知道嗎，豪爾德先生說波特先生是他這輩子看過最棒的口琴家，而且他明天剛好休假，或許可以教我們吹幾首曲子呢！」

在他們走去電車站的這一路上，麥克和法蘭奇不斷吹著口琴。

麥克的口琴聲音聽起來和法蘭奇的不太一樣。他不太會形容那種音色……似乎比較古老、圓潤。當他在吹奏一些自己原本就熟悉的曲子時，他覺得自己的腳步愈來愈輕盈，而他的內心似乎也充滿了過去許久未曾有過的感受。那是幸福快樂的感覺嗎？

電車到站，電車鈴聲噹噹響起。

豪爾德先生笑著說：「來吧，孩子們，該是回家的時候了。」

法蘭奇抓住麥克的手用力握了一下。

麥克看著法蘭奇的笑臉，也用力地回握了一下。

豪爾德先生說的可是**回**家呢。

或許這一回，他們總算可以好好歇一歇，一切將會愈來愈美好。

13

波特先生可以用口琴吹出各式各樣的聲音，像是在軌道上行駛的火車、嬰兒的哭聲，或者是風中飄落的雨絲，這些都難不倒他。

波特家的小屋旁有一棵大樹，星期天下午，麥克和法蘭奇就坐在樹蔭底下的長椅上，出神地聆聽波特先生的演奏。

麥克的眼睛離不開波特先生的雙手和嘴巴，還有他隨著音樂搖頭晃腦的模樣。波特先生吹奏的旋律全是麥克所熟悉的，只是其中又多加了一些反覆出現的節奏變化。這些旋律讓麥克彷彿掉進了另外一個時空——一個古老又樸實的時空。音樂的節奏時快時停、有來有往，麥克從來沒聽過。當波特先生吹奏到一個段落時，麥克問：「這是什麼音樂？」

波特先生點點頭，開心地笑著說：「打動你了，對不對？這叫做藍調。」

「爲什麼叫做藍調？」法蘭奇問。

「你有聽過有人用藍色[①]形容自己的心情嗎？」波特先生問，「這個意思是說他們感到難過，

---

① 英語中「憂鬱」與「藍色」同為blue一字。

或者感到憂鬱。藍調音樂表現的是人們在生活中遭遇各種試煉與磨難時的內心世界，還有那種想要卻不可得的苦。藍調是在爲生命唱出他們的乞求。」

「但是這音樂聽起來並不是全都那麼傷心難過。」麥克說。

「沒錯，這些曲子裡還有很多其他的感情。」波特先生說，「生命也是如此，不論你覺得多麼匱乏，總會有你可以擁有的。所以不論這首曲子多麼悲傷，都同時會讓你懷抱著『或許一切很快就會漸入佳境』的希望。」

「你可以作出藍調的曲子嗎？」麥克問。

「不一定，但是你可以把大部分的曲子藍調化。」

法蘭奇笑了出來。「藍調化？聽起來很有趣。」

「意思是說，你可以爲大部分的曲子增加一些藍調的色彩。」波特先生將口琴拿到嘴邊，開始吹起《小星星》。波特先生的《小星星》旋律和以前媽媽常常唱給他們聽的一樣，但其中有幾個小節反覆了幾次。到了結尾，這首曲子像是一種如泣如訴的哀鳴。

「你是怎麼辦到的？」麥克問。

「簡單。」波特先生笑了笑。「你先把曲子拆成幾段，反覆其中的某些樂句，然後把你內心那種悲苦憂傷的心情一點一點加進來。你的吹奏就像是在反映內心深處的感覺——快樂、悲傷，還有憤怒。麥克，你跟著我做。」他吹了兩個和弦。

麥克也吹了兩個和弦。

接著波特先生先吹了一個音，然後做了壓音。

麥克同樣跟著照做。

波特先生所吹奏的每一段樂句都和前一段有些不同。就這樣，他們兩個人一來一往，先是波特先生，然後再換麥克。他們先從短短幾個音開始，聽起來像是在說一個個單字，接著換成長一點的樂句，彷彿是在陳述一個句子，最後他們開始吹奏完整的樂曲段落，就好像兩人在彼此對話一樣。

當他們的吹奏告一個段落之後，法蘭奇拍手叫好，躍躍欲試地說：「現在換我了。」

於是波特先生把樂句改得簡單一點，重新帶著法蘭奇試了一次。

等法蘭奇進入狀況後，麥克跟著加入吹奏。在大樹下，三把口琴的琴音彼此交織、相互呼應。麥克回想起過去這幾天內發生的一切，他開始讓幸福的感覺一點一滴地滲入心裡。

波特太太站在主屋的後門呼喚著法蘭奇和麥克，揮手示意他們進來屋子裡。

法蘭奇自己先跑了回去。

波特先生指著麥克的口琴。「你的口琴很特別，那種音色我之前從來沒聽過。」

麥克點點頭。「我……我在吹奏的時候，也有一種奇妙的感覺。」

波特先生笑著說：「有時候樂器的確會讓人有那種感覺。它會讓你覺得這個世界似乎變得更明亮、充滿希望。」

麥克明白波特先生的意思，他的確有同樣的感覺。他拿起口琴，指著他昨天在梨木側邊上發現的M字。「波特先生，這是什麼意思？」

「嗯，我也不知道，我從來沒見過。法蘭奇的口琴上面也有嗎？」

麥克搖搖頭。「沒有，我看過了。」

「或許是製作這把口琴的人自己加上去的也不一定。不只這把口琴很特別，你也是非常有天分的孩子。波特太太跟我提過你的鋼琴演奏，現在我知道她的意思了。你等我一下。」

波特先生轉身走進小屋裡，不一會兒又走了出來，將一大本口琴譜交給麥克。「這個借你，希望它能激起你更大的興趣。你明天再過來，我們可以多嘗試一些即興演奏。」

麥克點點頭。「謝謝您，先生。」

他一邊走回主屋，一邊吹著新學會的曲子。突然間，他用餘光瞥見到有東西在移動，於是抬起頭望向二樓的窗戶。斯特布里奇太太正站在窗邊注視著他。但就在他舉手向她打招呼之前，她的身影便消失了，窗簾也被一把拉上。

他還沒機會爲了昨天彈鋼琴的事向她道歉。不知道她是不是還在生氣？或者有其他的事情讓她不高興？

斯特布里奇太太的行爲還是很怪異。

這兩個星期以來，他們一直很少見到她。

波特太太幫他們安排的活動相當緊湊，用餐、玩樂，還有幫忙一些家務。法蘭奇像隻小狗一樣，老是跟在波特先生後面轉。豪爾德先生每隔一、兩個晚上就會來和他們一起吃晚餐，晚餐之後他們會在草皮上玩鬼抓人，或者在門廊下幾盤棋。每到週末，他還會帶著他們到公園玩耍，但這段時間以來，她從來沒有參加過他們的活動。

麥克試著告訴自己：沒關係的，只要他和法蘭奇能在一起就夠了。但每當斯特布里奇太太從他們身旁快速走過，麥克都會看見法蘭奇緊盯著她的目光。他能夠感覺到法蘭奇心中那股對家的渴望，其實有些時候，麥克的內心深處也是這麼期望著。

麥克在藍調的世界裡得到一些安慰。他盡可能找時間跟著波特先生一起練習，吹奏樂譜上的曲子，同時也試著將這些曲子藍調化。每次吹口琴的時候，都令他感到積極振奮，彷彿這世界充滿無限可能。他就好像站在某種未知力量的肩膀上，緩緩前進。他可以感受到內心有股正向樂觀的能量，而他所吹奏出來的音樂也由內而外閃耀著燦爛的光芒。

只是，在沒有吹奏口琴的時刻，麥克還是經常感到困惑與不安。在艾默若里道的生活，某些地方讓他覺得愈來愈不對勁。

七月四日的前一晚，麥克坐在床上，一邊翻看波特先生借給他的樂譜，一邊練習其中幾首曲子，先是《晚安，女士》，還有《他是個好夥伴》和《噢！蘇珊娜》。

法蘭奇回到臥房，爬到床上挨在麥克身邊。「吹首曲子給我聽，拜託。」

麥克順著他，開始吹奏起《肯達基老家》。

「眞好聽。」法蘭奇說，惺忪的雙眼已經快要張不開了。「麥克，你想明天……」話還沒說完，法蘭奇的眼睛已經閉上。他皺著眉，看起來像是誠心祈求某件事。

不需要等法蘭奇把話說完，麥克也知道他想問什麼問題。每個晚上，他都會重覆同樣的問題。

「……你想明天她會花點時間和我們在一起嗎？或者她會讓我們和她一起在餐廳吃飯，而不是待在廚房裡？」

麥克靠過去輕輕撫平法蘭奇緊皺的眉頭。

「說不定她會帶我們去公園看七月四日的國慶煙火……」法蘭奇喃喃著說，「剛好豪爾德先生出城去了。」

「是啊，小子。」麥克輕聲說道，「現在先好好睡一覺，或許明天她就會跟我們在一起了。」

14

七月四日到了，也過了，斯特布里奇太太並沒有帶他們去公園。緊接而來的星期六，麥克用完早餐後坐在臥房裡吹口琴，他和法蘭奇正在等豪爾德先生。

法蘭奇原本坐在地上畫畫，突然站起來，走到梳妝台的鏡子前面。「麥克，你覺得我需要剪頭髮嗎？」

麥克停止吹奏口琴，打量法蘭奇。「可能再一、兩個禮拜就得剪了，不過現在看起來很好啊。」

「那你會覺得我很吵嗎？」

「不會啊……爲什麼這麼問？」

「因爲大家都很喜歡我們……除了她。我常常把花園裡摘的花放在她的房間門口；我還畫了幾張畫，放在餐桌上她的位置上送她，但是她還是從來不跟我們說話。所以我才想，如果豪爾德先生帶我去剪頭髮，如果我再乖一點……如果……」他聳聳肩。

「法蘭奇，你聽著，就像我每天不斷告訴你的一樣，她還在慢慢熟悉我們。她原本沒有預料到自己領養的是男孩，而且還是兩個男孩。有些人需要比較長的時間調整自己的心情。至少現在我們離開了主教之家，而且我們還是在一起，對吧？」

法蘭奇點點頭。「沒錯。」

「你知道嗎？有時候我會因爲我們現在日子過得這麼好而有一些罪惡感。有好多孩子他們什麼都沒有。」麥克說，「你也會有這樣的感覺嗎？」

法蘭奇又跟著點了點頭。「我會想起詹姆士。他還待在主教之家，他的鞋子已經小到穿不下了，而我卻有兩雙新鞋。」

「我也是。我會想到鼠哥，他現在在街頭流浪，我眞不知道天氣變冷時他要怎麼辦。而我呢，我有舒服的睡床和好幾條毯子。我常常想到這些事，爲什麼在這裡的會是我們，而不是其他的孤兒？我們眞的很幸運啊，小子。」

法蘭奇給了他一個微笑。

麥克希望自己也能相信這些從他口中說出來的話，但儘管他們已經擁有這麼多，卻總是覺得少了一些什麼。即便波特太太說他會慢慢習慣這裡一些莫名其妙的狀況，但三個星期過去了，他並沒有習慣，而這讓他覺得憂心。這裡顯然有比那架等待人們去彈的鋼琴更令人費解的問題，而這個問題一天比一天更折磨他。

波特太太站在門邊。「豪爾德先生來了。法蘭奇，我先帶你去梳洗一下。」

「她會一起來嗎？」法蘭奇問。

麥克望向波特太太，他看見她帶著憐憫的眼神，然後幾乎難以察覺地搖了搖頭。

但她隨即換上了笑容。「今天不會。但國慶日剛過，公園裡還有很多攤販，你們一定會玩得很開心。」她牽著法蘭奇的手把他帶出房間。

麥克聽見窗外傳來交談的聲音，他靠近窗邊，發現是斯特布里奇太太和豪爾德先生站在前院的步道上講話。她仍舊穿著一襲黑色洋裝，手上戴著手套，拿著小提包，就和她平常進城時的打扮一樣。

豪爾德先生兩手叉在腰後。「你今天要去高定那裡？爲什麼不跟我們一起去逛逛？」

「我正在試著將已經發生的事復原。」

「尤妮，他們兩個都是好孩子，而且很有天分。只要你給他們機會，你就會了解了。」

斯特布里奇太太的聲音很微弱，麥克聽不太清楚，她的眼睛總是直視著地面。

豪爾德先生搖搖頭。「尤妮，我知道你很痛苦，但孩子們也是。我很抱歉讓你面對超乎預期的情況。但時間緊迫，我已經盡力了。你知道……你父親最希望的就是這間房子能夠充滿孩子的笑聲與音樂，讓你再次打開心房。」

她抬起頭來看著豪爾德先生。「就算我打開心房又怎麼樣？我在意的每個人都會離我而去啊！」

「不是這樣的，我從來沒有離開過你身邊。小時候你的母親過世，我在遊樂場上一直陪著你；你要嫁給你父親不同意的對象，我也沒有離開過你；我一直在你身旁，不論是後來小亨利……還有你父親……」豪爾德先生說著，聲音竟哽咽了起來。「不論發生什麼事，我都沒有離開你，而我現在也仍然在這裡。但假使你是用這種方法告訴我，我對你來說可有可無的話，那或許該是我離開的時候了。」他說完便轉身走進屋子裡。

斯特布里奇太太望著豪爾德先生離去的背影，當她不經意抬起頭，剛好看見麥克站在窗邊看著她。

麥克覺得臉頰又紅又熱。斯特布里奇太太發現他在偷聽，會不會很生氣？但她的表情似乎不是生氣，而是難過得快哭出來了。只是麥克還來不及看仔細，斯特布里奇太太已經轉身大步走向那輛帕卡德。波特先生站在開啓的車門邊，正等著她上車。

麥克望著車子漸漸駛離，心中生起了更多疑問。

她已經過世的父親和他們被領養有什麼關係？

誰是亨利？

還有，她又試著想復原什麼呢？

15

他們走往公園的路上，豪爾德先生沒有說話，沒有吹口哨，腳下的步伐也不再輕盈。

當他們經過豪爾德先生家的時候，法蘭奇問：「你爬過那些樹嗎？」

他搖搖頭。「我長大之後就沒爬過了。不過你們兩個隨時都可以去爬。」

「麥克才不會去爬，他怕高。」

「眞的嗎，麥克？」

麥克點點頭。

「我怕蜘蛛。」法蘭奇說。「豪爾德先生，你怕什麼東西？」

「法蘭奇，這些日子以來，我一直害怕會失去自己在意的……」他看看法蘭奇、再看看麥克，「……還有我開始在意的一切。」

「像我們嗎？」法蘭奇問。

豪爾德先生笑了，但看起來依然很悲傷。

麥克的心裡感到一陣刺痛。

「你知道，我一直期待著，有一天尤妮和我，我們兩個能……」豪爾德先生皺起眉頭。

「結婚？」法蘭奇問。

豪爾德先生聽了立刻臉紅，連臉上的雀斑都變得明顯。

「你愛她嗎？」法蘭奇問。

他揮一揮手，「那不重要了。年底的時候，我可能會因爲事務所業務的關係搬到舊金山去。我還沒回覆他們我去還是不去。」

法蘭奇連忙牽起豪爾德先生的手。「拜託你不要去。」

「我沒辦法答應你我一定會留下來，一切還是要看這裡的狀況。」

麥克覺得疑惑。是什麼樣的狀況才能讓豪爾德先生留下來呢？

他們快到公園的時候，法蘭奇興奮地衝過去和其他男孩玩球。麥克和豪爾德先生在一旁的長椅坐了下來。

假使豪爾德先生眞的離開了，他和法蘭奇的日子會變成怎樣呢？他們不會在星期六出遊，不會在草皮上追逐玩球，也不會在晚餐後下棋對弈了。少了豪爾德先生，他們住的地方會顯得更加空蕩，他們的生活會更加空虛，尤其是……斯特布里奇太太幾乎不會和他們說話。

麥克深深吸了一口氣，一個疑問卡在他心裡已久，他今天非問不可。

「豪爾德先生，我想請問您，爲什麼斯特布里奇太太要領養我們？自從我們到這裡來之後，幾乎很少見到她。即使我們現在看起來乾淨又整齊，她好像還是不想跟我們在一起。」

豪爾德先生摘下頭上的帽子，盯著它出神，彷彿那頂帽子就是所有一切問題的答案。「我猜你們一定會有那種感覺。我想，你的年紀夠大了，應該可以理解、也有權利知道到底發生什麼事。麥克，你和法蘭奇是她父親最後的心願。」

「您的意思是，他過世前的心願？」

豪爾德先生將身子向後靠。「不完全是。尤妮二十歲的時候，她嫁給了在紐約一場交響樂團的公益音樂會上遇見的一位小提琴手。她先生經常出國演奏，一去就是好幾個月，所以尤妮還是住在她父親的這間大房子裡，而她先生總是來來去去。幾年之後，他們生了一個男孩，也就是亨利，有了他之後，這間大房子變得完全不同，大家先是看他跌跌撞撞地學走路，後來每個人滿屋子追著他跑。想起來，那段日子還眞是充滿了笑聲與歡樂。亨利讓尤妮和她父親的生命充滿了希望，他們兩個眞的非常寵他。」

「對了，你在小紳士部門那裡說過。」麥克回想起來。「現在亨利在哪裡？」

「只能說上天捉弄人吧，有天尤妮的先生帶亨利去附近的湖邊玩，那時候亨利只有三歲，還不會游泳，而她先生沒有把亨利看好——他剛好遇到朋友，他們一聊起來讓他分神了——結果發生了意外，亨利他……不幸喪生了。」

麥克聽完恍然大悟，輕聲說：「難怪她不想要再領養小孩……尤其是男孩。」

豪爾德先生看著前方的公園說：「她沒辦法原諒她的先生。他們的婚姻又勉強維持了幾年，但實際上他很少在家，而且他開始拿她的錢到處揮霍。後來他們終於離婚，從此之後，尤妮就把自己封閉起來，很少再踏出家門。」

「但至少她父親還在她身邊。」麥克說。

「是的，五年。他那時候已經必須依靠輪椅了，因爲小兒痲痺的關係。照顧父親至少讓尤妮的生活有個目標，但是當陶先生的身體愈來愈虛弱，他開始擔心尤妮會孤單終老。他希望尤妮能夠重新感受到歡樂和愛，於是偷偷地改了遺囑，除非尤妮在他過世後的一年之內開始進行領養孩子的程序，而且這個孩子必須懂音樂、會彈琴，否則她就無法繼承他的遺產，所有遺產都將捐贈給慈善機構，包括那棟房子。尤妮已經有好幾年沒有跟著交響樂團一起演出了，所以如果她沒有照做，她將會一無所有。」

「她知道的時候有沒有很驚訝？」麥克問。

「驚訝已經是比較委婉的說法了。生氣、驚訝、憤怒，另外再加上對於父親過世的悲痛。一開始，她說拿別的孩子來取代亨利是對亨利的侮辱，試著更改遺囑的內容，但是她父親很聰明，把條文訂得滴水不漏，根本沒得修改。所以尤妮一再拖延，直到距離一年的期限只剩下幾個星期，她才要我去幫他找個孩子，好讓她不至於違背父親的遺囑……也讓她多爭取一些時間。」豪爾德先生看著麥克，眼神裡帶著歉意。

「我以為領養我們的事已經確定了。」

「領養文件的確已經歸檔了沒錯，但還需要再經過三個月的時間才會正式生效。你們是在六月的第二個星期被領養的，要到九月的第二個星期，才能算是正式領養完成。」

麥克的胃開始痛了起來。所以她才會說：我正在試著將已經發生的事復原。這就是為什麼他們很少見到她。她根本不想花任何時間在他們身上，一心只想擺脫掉他們。

「麥克，你還好嗎？」

麥克緩緩地說：「所以我們被帶來這裡，為的是替律師們再爭取三個月的時間，看看有什麼方法可以讓她中止對我們的領養嗎？」

豪爾德先生緊張地轉動手中的帽子。「我很抱歉。」他將一隻手搭在麥克的肩膀上。

麥克把身子抽開，哽咽著說：「她多快會把我們送回去？豪爾德先生，請告訴我，我必須知道情況。」

「就合法性來講，她只需要領養一個孩子就夠了，當然她也有可能會考慮把你們兩個都送回去，然後再重新領養一個小孩。只要領養程序一直處於進行中的狀態，就符合遺囑的規定。不過我想事情應該不至於演變成這樣。」

麥克覺得自己像是在懸崖邊往上爬，眼看就要爬上崖頂了，卻不知爲何腳下一滑，重重摔回地上。「所以她只要每三個月、等期限快到的時候，再換一個男孩領養就行了？然後在這三個月之中，讓這個孩子感覺他從此可以住豪宅、吃美食、穿漂亮的衣服，還有和你一起過著快樂的日子？最後，在他覺得美夢成眞的時候，再把他送回主教之家？」

「麥克，我不認爲事情會演變到那個地步。」

麥克的思緒轉得飛快，心裡的話有如連珠砲般脫口而出。「我得先替法蘭奇想辦法。九月之後，主教之家就會把兒童部的小孩全部送出去，我絕對不能讓法蘭奇去教養院，他會死在裡面的！」麥克握緊拳頭。「你明明知道她的盤算，當初爲什麼要選我們？如果不是你，搞不好這時候已經有其他家庭領養我們了啊！搞不好已經有眞正想要我們、在意我們的家庭……」說到這裡，麥克覺得喉嚨好像被東西哽住，讓他沒辦法繼續說下去。

「麥克，你聽我說。我一見到你和法蘭奇，就知道你們很特別。我的哥哥死在戰場上，如果可以的話，我願意用所有一切換回他的生命。我就是沒辦法眼睜睜看著你們兩個被拆散。那天在主教之家，那裡的負責人很顯然已經打算這麼做了。我想，如果我把你們兩個帶回來，至少這個夏天你們還可以安安穩穩地在一起，甚至可能的話，你們在一起的時間還會更久也說不定。」

麥克垂著頭。「我就知道這一切美好得太不眞實了。」

豪爾德先生輕聲說：「到最後，我們一定能看到眞實的美好。我是這麼期望的。」他長長嘆了一口氣後又說：「你知道嗎，麥克，她以前不是這麼自我封閉、冷漠的一個人，這一切都是她心裡的哀痛造成的。她曾經是一個充滿愛的母親，當她和亨利在一起的時候，她洋溢著滿滿的幸福與快樂。她過去曾經是……也有可能會是……一個很棒的人，而且她非常有才華。她是一名鋼琴家，當她站上舞台的時候，我的心和整個世界都會因爲她而靜止。我承認，領養你和法蘭奇是一步險棋，但我還是相信這個決定是對的。我們能不能樂觀看待這件事，懷抱著最好的希望呢？」

眼看最糟的狀況很可能就要發生了，麥克怎麼有辦法樂觀？他沒有回答豪爾德先生的問題。

豪爾德先生嘆了一口氣，拍拍麥克的背。「要是法律同意單身男人領養孩子的話，我一定會領養你們的，無奈法律不允許。」他從長椅上站了起來，走向推車小販。等他回來時，手上多了三支好幽默雪糕。他呼喊著法蘭奇的名字，揮揮手要他過來。

法蘭奇爬上長椅咧嘴笑著，一張臉因爲玩得太開心而紅通通的。「謝謝你，豪爾德先生。」他接過雪糕，趁融化前快速舔著雪糕，然後他抬頭看向麥克。「你都沒有吃，怎麼了嗎？」

「沒什麼，小子。」麥克不打算現在就拿教養院的事來嚇法蘭奇。況且，那是他該操心的事，和法蘭奇無關。

法蘭奇吃完雪糕後，便拉著豪爾德先生去幫他推鞦韆。

麥克坐在長椅上，眼睛直盯著手中的雪糕，外層的巧克力正沿著中間的香草冰淇淋餡慢慢滑落。他把雪糕拿到草地上吃，因爲雪糕已經由外到內開始崩解融化了，就像他一樣。

16

那天晚上，麥克輾轉難眠。

他遭遇的問題就如同漫漫長夜一般，似乎永無止盡，令他心裡一片茫然。他望著天花板上的光影，那是透過窗外那棵榆樹的枝椏灑進的月光。他爬下床，在房間裡來回走著，兩隻手反覆握緊又鬆開，現在的他，就和在主教之家時一樣無助。他看著睡得香甜、安穩的法蘭奇，這小子連睡覺都在微笑呢。

麥克拿起他的口琴走到窗邊。他望向窗外，在遠方北極星耀眼光芒下，他緩慢輕柔地吹起《甜蜜的家庭》。他好想念外婆，他多麼希望自己能夠回到小時候，坐在鋼琴椅上靜靜聽外婆幫學生上課。他到底該怎麼做呢？外婆說，她相信對的人會找到他們。但誰才是對的人？他的下一步又該怎麼走呢？

他又吹了一回《甜蜜的家庭》。這一次，他按照波特先生教他的方式將曲子拆解開來，然後注入內心感受到的試煉與磨難。他心中浮現了波特先生告訴他的話：

這音樂表現的是人們「想要」卻「不可得」的苦。不論你覺得生活多麼匱乏，總會有你可以擁有的……會讓你懷抱著「或許一切很快就會漸入佳境」的希望。

他心中的那團雲霧似乎漸漸變淡了。

法蘭奇想要一個家，斯特布里奇太太需要完成她父親最後的遺願，因此她需要一個小孩。她只期待有一個小孩。如果麥克離開了，她會不會願意把法蘭奇留在身邊呢？

除了正在吹奏的音樂之外，他的腦海裡還多了一些想法。他把口琴抽離脣邊，放在手上把玩，月光把它照得閃閃發亮。他用指尖輕輕地觸摸著口琴上的M字。

他閉上眼睛心想：自己能去哪裡呢？

如果他回到主教之家、被送出去工作，或者一聲不響地逃走，法蘭奇一定會崩潰的。但要是麥克採取其他行動……比方說去參加口琴徵選、加入樂團，這小子一定會樂翻了。

他從窗台上滑下來，到梳妝台的抽屜裡找出他的金屬盒子。他拿出那張之前仔細收好的《費城詢問報》，用手指找到報紙標題——〈霍克西的口琴奇才們〉。麥克的眼睛在報紙上來回掃視著，搜尋他此刻需要的資訊。

> 該樂團由專屬的婦女服務團提供支持與公益贊助。若遇有無家可歸或有安置需求的孩童，霍克西先生與婦女服務團會爲表現特別優異的孩子安排庇護家庭，好讓他們在體會參加樂團所帶來的各項好處與同袍情誼之餘，也能夠生長在正常的家庭環境裡。

如果麥克進了樂團，也不需要立刻告訴法蘭奇他打算去和另一個家庭一起生活，他可以等到九月，學校開學了之後再說。他會讓法蘭奇以爲這是他夢寐以求的大好機會，他要假裝他一直非常想加入口琴樂團，然後他會告訴法蘭奇，他會在每次巡迴表演間的空檔回來看他。他會讓法蘭奇感覺不出破綻。

要說服法蘭奇容易，但剩下的就要看他是否能被選中。還有斯特布里奇太太是否能重新打開心房。

鼠哥那時候是怎麼說的？

每個人都有慈悲心，只是有時候你得花上一番工夫才能發現……如果你想要向大人要點什麼東西或希望他們告訴你什麼的話，你自己得積極一點，很有禮貌地開口發問……要主動爭取。

麥克回到床上躺下，用一隻手臂護著好夢正甜的法蘭奇，然後自己帶著那種熟悉的壓力感入睡。這一切安排，會不會又有哪裡出錯呢？

17

麥克很高興自己想到了因應的計劃。只是，這個計劃執行起來，遠比他所想像的要困難許多。

這一整個禮拜，他一直在等待斯特布里奇太太出現，但她的身影總是在他們面前一閃而過。當她在家裡的時候，不是待在自己的臥房就是在圖書室，房門總是緊閉，不讓任何人有打擾她的機會。當她在花園裡，而麥克也走到屋外，她就會立刻回到屋子裡。只有當晚上麥克和法蘭奇上樓休息之後，斯特布里奇太太才會下樓來。

每當麥克問波特太太她上哪兒去了，波特太太總是搖搖頭說：「小姐去跟律師們開會。」

星期六一大早，麥克覺得憂心忡忡。現在已經是七月中了，這個夏天過得太快，眼看他就要沒有時間了。終於，在豪爾德先生帶他們去公園玩之前，麥克好不容易逮到了機會。他深吸了一口氣，然後伸手敲了圖書室的門。

「進來。」

麥克走了進去。斯特布里奇太太坐在書桌前，手中握著一支筆。

「有什麼事嗎？」

「夫人……我……我……」麥克的呼吸因爲緊張而變得急促。他拍了拍襯衫的口袋，口琴傳來的震動令他感到莫名的安心。

「到底什麼事，麥克？我很忙。我待會得出門去赴一個約會，我手邊還有……」

麥克低頭看著地板，覺得胸口緊繃，他試著把腦中的句子重組一遍。「我知道您爲什麼讓我們來這裡，」他小心翼翼地說，「豪爾德先生告訴我您父親有一個遺願。他說您是被迫要領養我們的。他還告訴我關於您兒子的事情，我猜那應該是您不想要領養男孩的原因。」

她皺起眉頭，將手中的筆放回桌上。「豪爾德也太多嘴了，這裡還輪不到他來說三道四，我要再找他談談。」

「不是豪爾德先生的錯。是我直接問他爲什麼我們會被領養，我知道一定有哪裡不對勁。其實從您跟我們互動的方式，不難看出來您並不想領養我們。」他深吸一口氣。「我想知道您是不是眞的像波特太太和豪爾德先生口中說的那樣。」

斯特布里奇太太揚起了眉毛。「喔？那他們是怎麼說我的？」她從座位上站起來，走向窗邊。

「波特太太說在您的外表下，有一個仁慈又充滿愛的靈魂。我猜她的意思是，您太難過了，沉重的悲傷掩蓋住您的本性。當我母親過世的時候，我非常難過，外婆跟我說悲傷是最沉重的東西。我知道那種感覺。」

斯特布里奇太太側身站在窗邊，她看著庭院，眉頭深鎖。麥克說的話已經讓她感到不悅了嗎？

主動爭取。麥克想起鼠哥的話，決定繼續說下去。

「豪爾德先生說您曾經是一個充滿愛的母親，當您和您的兒子在一起的時候，總是洋溢著滿滿的幸福與快樂。他還說您非常有才華，是一個很棒的人。如果他們說的都是眞的，我在想……或許您會願意考慮把法蘭奇留下來。您知道，要是您將我們兩個送回主教之家，他們會立刻把法蘭奇送去教養院，那可是個連河狸都待不下去的地方！我不敢想像假使法蘭奇被送去那裡會變成怎樣。他還那麼小，需要有人照顧。瞧，我比他幸運多了，至少我還記得自己的母親。」

麥克咬著臉頰裡的肉，努力不讓自己的眼淚掉下來。「……但是法蘭奇完全不記得。」他又再深吸一口氣，語帶哽咽地說：「還有我們的外婆。除了媽媽之外，她是對我們最好的人，但是現在她也不在了。法蘭奇需要一個媽媽。我看過他注視您的眼神。他一直希望您能夠注意他、喜歡他。這就是爲什麼他常常會畫圖送給您、把鮮花留在您的門邊，而且每天晚上問我明天您是否會陪他。」

斯特布里奇太太轉過身來面對麥克，緩慢地搖搖頭。

麥克的思緒不斷湧出。「我保證，他絕對不會試著取代您的兒子，而且也絕對不會非要叫您媽媽。或許您可以當他的阿姨，從來沒有人當我們的阿姨。」

麥克不知道這些話是從哪裡冒出來的。「豪爾德先生告訴我，您只需要領養一個孩子。我考慮了很久，我想，我可以離開。我會試著加入霍克西口琴樂團。如果有無家可歸的孩子加入了樂團，指揮霍克西先生就會幫忙那個孩子尋找一個願意領養他的家庭。波特先生說我的口琴吹得很棒，所以或許我有機會被選上。等我進了樂團，我就可以在新的領養家庭住下來，直到我的年紀大到可以去從軍。您不必擔心我，只要照顧法蘭奇就好了。」

斯特布里奇太太輕聲問道：「麥克，這是你想要的嗎？」

「如果這麼做可以讓法蘭奇留下來，那麼是的，這是我想要的。如果我沒能加入口琴樂團，您可以再將我送回主教之家，只要讓我有機會回來這裡探望他就好了。我只需要偶爾見到他……而他也需要見到我。」麥克抹了抹眼睛。「只要他能在這裡和您在一起，不管我是回去主教之家、到哪個農場工作，還是加入口琴樂團，至少我不必擔心他的安全，怕他被人家欺負。」

斯特布里奇太太用手摀著嘴。

他剛說的話讓她覺得不舒服嗎？麥克雖然這麼想著，但他已經停不下來了。「法蘭奇也很喜歡波特先生和波特太太，還有豪爾德先生。對法蘭奇來說，他幾乎有了一個爸爸，但這個前提是豪爾德先生沒有搬到舊金山去。其實他根本不想去。只要你開口，他就會永遠留在這裡。他……他愛你。」

斯特布里奇太太的眼睛裡不斷湧出淚水。

就在這個時候，門鈴響了。

「豪爾德先生來了，他要帶我們去公園玩。」麥克說。

她點點頭，輕聲說道：「你快去吧。」

「夫人，法蘭奇再也找不到比這裡更棒的地方了——對任何人來說都是。我外婆說，豪宅再怎麼奢華也不過就是房子，除非屋主有著漂亮的心腸。所以，如果眞的如他們所說，您是位仁慈、充滿愛的女士，是個非常棒的人……那麼您可以把法蘭奇留下來嗎？」

她轉過身去面對窗戶，像尊雕像般靜靜站在那兒。但是麥克非常確定，他看見淚水沿著她的臉頰流下。

他眞希望自己知道那淚水代表了什麼。

18

在往公園的路上，麥克一直覺得自己好像忘了什麼東西。

到底是什麼呢？他摸摸頭，確定帽子正戴在自己頭上，再把手伸進口袋裡，口琴也帶出來了。還是，他忘了說什麼嗎？他不敢確定斯特布里奇太太會不會願意把法蘭奇留在身邊，還是他把事情弄得更糟？他是不是應該要為自己說了讓她傷心難過的話，或是自己的魯莽，而向她道歉？他是不是至少應該要告訴波特太太斯特布里奇太太現在情緒很低落？

「豪爾德先生，我要回去一趟，」麥克說，「我忘了一件事。」

「你確定要自己回去？」豪爾德先生問。

麥克點點頭，給了他一個確定的微笑，轉身往回走。「我們待會兒見。」他大聲說。

麥克快走到屋子的時候，發現那輛帕卡德還停在前門口。波特先生不是應該載斯特布里奇太太赴約了嗎？他繞到廚房那一頭去，然後悄悄走進屋子。

波特先生坐在廚房的小餐桌上，兩眼出神地歪著頭，臉上掛著微笑。波特太太站在水槽邊一動也不動，兩隻眼睛睜得大大的，一隻手還擱在胸口上。

麥克走向他們。

當波特太太看見麥克的時候，立刻伸出手指放在嘴巴前面，意思是要他保持安靜。

怎麼了嗎？爲什麼他必須……

突然他懂了。

是鋼琴。

有人在彈蕭邦的《夜曲第二十號》，就是他來到這裡的第一天早上彈的那一首，只是這次的演奏聽起來……這是大師級的演奏啊。是她嗎？

麥克覺得自己被琴聲吸引過去了，他小心翼翼地往玄關的方向走了幾步。

琴房有一側的門是半掩著的。麥克走到門後，從門與門柱之間的隙縫往琴房裡面看，斯特布里奇太太坐在鋼琴前面，神情從容優雅，她的雙手與頭隨著鋼琴縈繞的旋律而擺動。麥克在呼吸中感受琴聲的情緒，幾乎與它同聲嘆息。豪爾德先生說的沒錯，此刻，整個世界似乎都靜止下來了。他不由自主地閉上眼睛，好讓自己更專心地融入這首曲子中。

一會兒後，一陣狂暴的嘈雜聲將他從凝神中驚醒。他再一次往琴房裡窺探，發現斯特布里奇太太正猛力敲打著琴鍵。麥克的心裡湧上一陣似曾相識的感覺。

他的腦海裡浮現了當年在外婆家客廳裡的畫面。他不斷敲打著琴鍵，悲痛從他的內心傳到手指上，屋子裡滿溢著他的悲傷。麥克噙住眼眶裡的淚水。他知道那種痛的感覺。

斯特布里奇太太倏地起身，舉起她的手臂掃向琴蓋的支撐柱，琴蓋轟然一聲闔上。接著，她跌坐回椅子，俯身趴在琴鍵上，將頭埋在自己的臂彎裡。她的身體因爲啜泣而顫抖，鋼琴也隨之發出一連串不和諧的音調。

麥克緊靠著牆，覺得兩眼刺痛。波特太太從他身旁匆匆走過時，他一動也不動，直到波特太太攙扶著像布娃娃般癱軟的斯特布里奇太太上樓休息，麥克仍然僵立原地。

這一切是他的錯嗎？他是不是對斯特布里奇太太做了過分的要求？

19

接下來的這個禮拜，波特太太一直在廚房和斯特布里奇太太的臥房之間來回穿梭。她忙著將裝著食物的盛盤送到房間給她，並且管理屋內的秩序要大家安靜，因為小姐需要好好地靜養。

麥克心中的罪惡感一直揮之不去。他沒有告訴任何人他和斯特布里奇太太之間的對話。他很想向她道歉，卻沒有適當的時間和機會。

法蘭奇放在斯特布里奇太太房門口的花束凋謝了，他為她畫的圖畫也在餐桌上愈堆愈多。豪爾德先生前來探望她，卻遭到拒絕，在那之後，豪爾德先生做起事來變得心不在焉，不論是在草地上玩鬼抓人，還是在門廊前下西洋棋，贏的都是法蘭奇。

到了星期四，波特太太說，要是小姐再不趕快恢復精神的話，她就要打電話請醫生來家裡一趟了。麥克擔心斯特布里奇太太的病情會嚴重到必須住院，於是將自己和她的談話告訴了豪爾德先生。豪爾德先生聽了之後，拍了拍麥克的肩膀，說他已經給斯特布里奇太太送上最有效的藥方了，但麥克不太懂豪爾德先生是什麼意思。

當天稍晚，麥克總算聽見圖書室裡傳來交談的聲音，似乎是斯特布里奇太太和豪爾德先生在對話。由於交談的聲音被壓得很低，他聽不太清楚對話的內容，斯特布里奇太太是不是已經決定好他和法蘭奇的去留？麥克感覺胃糾結了起來。

隔天晚上，正當麥克和法蘭奇準備上床睡覺時，臥房門口傳來了一陣敲門聲。麥克原本以爲是波特太太，打開房門一看，沒想到站在門口的是斯特布里奇太太。她穿著睡袍、披著披肩，雙眼透露著疲倦。

「麥克，我能跟你談談嗎？」

麥克走出房間，將房門順手帶上。在斯特布里奇太太開口前，麥克先說話了。「夫人，那一天我很抱歉，要是我讓您覺得很沮喪——」

她舉起一隻手，搖搖頭。「你不需要道歉。我想過你對我提出的要求，我一直沒有去考慮你和法蘭奇的處境，我現在了解了……」她皺著眉，一邊不自覺地撥弄著披肩上的流蘇。「我是要來告訴你，如果那樣的安排是你眞心想要的，那麼我同意這麼做。但是，我也想讓你知道，不論樂團那邊的結果如何……」

這時，臥房的門突然打開。法蘭奇站在門邊，眼睛裡閃爍著希望。「你也要跟我談一談嗎？」斯特布里奇太太的眼神變得柔和。「事實上，我也想要來謝謝你送我那些漂亮的花和圖畫。」

她看向麥克，對他點了點頭。

不論結果如何……

她會讓法蘭奇留下來。

他小聲地說了聲：「謝謝您。」

星期六傍晚，法蘭奇在接近晚餐時急急忙忙地衝進臥房裡，兩隻眼睛瞪得大大的。

「波特太太說要我們十五分鐘之內下樓到圖書室去，豪爾德先生要過來一起吃晚餐。還有你猜怎麼樣？她現在覺得身體好多了，而且要跟我們一起在餐廳裡吃晚餐呢！波特太太說，這裡的一切大概要開始改變了。噢，對了，我們得趕快整理一下。我們要換上乾淨的襯衫、梳頭髮，讓自己看起來整齊一點。」

麥克笑了，開始幫法蘭奇梳頭髮。看起來，一切事情正在往好的方向發展。自從他與斯特布里奇太太談過話之後，他注意到還有其他事情也悄悄地改變了。昨天，波特先生在院子裡的榆樹上掛了一個鞦韆；圖書室的窗簾被拉到兩旁，好讓窗外的光線透進屋子裡；一張法蘭奇畫的圖畫被釘在廚房的牆上；還有，今天早上，調音師來幫鋼琴調過音了。

麥克帶著法蘭奇下樓，走進圖書室。麥克看著法蘭奇笑得合不攏嘴的模樣，不禁感到非常欣慰，他知道法蘭奇可以在這裡安頓下來。但同時，他又想到自己將獨自離開這裡，不再有法蘭奇的陪伴，內心又沉重了起來。法蘭奇需要他，而他是不是同樣需要法蘭奇呢？

豪爾德先生和斯特布里奇太太坐在沙發上，她今天穿了一件藍色洋裝，讓她看起來更明豔動人，也更年輕。豪爾德先生看見他們進門，從沙發上站了起來。

「孩子們，眞高興見到你們。」豪爾德先生說。

斯特布里奇太太也對他們點點頭。「麥克、法蘭奇，進來吧，在我們進餐廳用餐前，先過來這裡坐一下。」

她示意要他們在沙發對面的兩張椅子上坐下。

豪爾德先生拿起一張報紙，指著上頭的報導標題：〈口琴比賽即將展開〉，報導的下方是一張霍克西樂團的照片。「你們記得上次那間樂器行的威爾金森先生跟我們提過口琴比賽的事嗎？尤妮打電話給我，跟我說她今天在報紙上看到這則消息，眞是讓我又驚又喜呢。」豪爾德先生說，「麥克，她覺得這個比賽可以讓你這個夏天有事情做，如果你有興趣參加的話。」

法蘭奇支支吾吾地說：「夫人……我是說，斯特布里奇太太，你說的是口琴樂團嗎？眞的嗎？麥克可以去試試看嗎？」

她點點頭。「波特先生認爲他很有天分。準備參賽會占去他從現在開始一直到……到九月爲止的時間。對了法蘭奇，你和麥克可以叫我尤妮阿姨。」

法蘭奇轉頭看著麥克。「我們可以叫她尤妮阿姨。」

麥克知道自己叫她「尤妮阿姨」的機會或許不多了，他也希望自己此刻可以表現出興奮的模樣，畢竟加入樂團聽起來是一趟很有意思的冒險。但這時候，他腦子裡只有「到九月爲止」這幾個字，那就是他該離開的時候了。

豪爾德先生拿著報紙。「我們來聽聽這個報導怎麼說吧。」他清了清喉嚨，然後唸出報紙上的文字。「六月起，有超過五千名以上的男孩和女孩加入口琴課程，準備在大賽裡一顯身手、互較高下。口琴大賽將在費城各大教堂、社區活動中心，以及基督教青年會等地舉辦。」

「超過五千個人啊！」麥克一聽下巴差點掉下來。他從來沒想過會有這麼多人參加比賽。

法蘭奇也吹了一聲口哨表示讚嘆。

豪爾德先生接著往下讀。「第一輪的比賽將在八月十日舉行。每位學生必須在評審團面前吹奏一首指定曲與一首自選曲，評審將會挑選出晉級準決賽的選手。」

「我應該參加哪裡的比賽？」麥克問。

「我看看。」豪爾德先生說，「這裡寫出了所有的比賽場地，看起來，最近的比賽地點應該是城裡的基督教青年會。」

「在那之後呢？」麥克微微前傾。

豪爾德先生繼續說道，「一個星期後，準決賽選手們將在浸信聖殿教會進行第二輪比賽，第二輪比賽的前二十名選手將到市政廳，在市長辦公室的私人禮賓廳裡一決勝負。亞伯特．霍克西和他赫赫有名的費城口琴樂團曾經在許多名流政要，如：查爾斯．林白①、羅馬尼亞皇后②等人面前演出。在決賽結束後的第二天，他們將在上述場地舉辦社區音樂會，這群音樂奇才肯定會帶給在場的聽眾們一場歡樂的聽覺饗宴，決賽選手與他們的家人將在這場音樂會中獲得優先保留席。」

「什麼是優先保留席？」法蘭奇問。

「就是最靠近舞台的最佳座位區。」斯特布里奇太太解釋。

豪爾德先生往下讀。「接下來，評審們需要幾天的時間開會討論決賽選手們的琴藝，待名次決定後，將以書面通知優勝者並致贈獎項，獎品包括樂器、本地商店禮券，還有最令人期待的大獎——受邀加入這個知名樂團的資格，如果他們願意的話。」

法蘭奇轉向麥克。「答應吧，拜託。如果你能進入決賽，我們就可以成爲音樂會的貴賓了。就算你沒成功，也沒什麼損失啊，我們只是沒辦法坐在最棒的位置上，不過還是可以看到他們表演。」他伸出手臂在空中畫了一道弧線。「霍克西的口琴奇才樂團。」法蘭奇舉起兩隻手，手指交叉，眼中閃爍著希望的光芒。

斯特布里奇太太與麥克四目相交，並對他點了點頭。

「好吧，法蘭奇，我參加就是了。」麥克說。

法蘭奇飛撲進麥克的懷裡。「萬歲！」

「第一輪的指定曲是哪一首？」斯特布里奇太太問。

豪爾德先生將報紙翻到另外一面。「《肯達基老家》。」

「那首曲子麥克很熟練，我們的口琴教學手冊裡頭有。」法蘭奇說。

「那麼自選曲呢？」斯特布里奇太太問。

「我可以吹布拉姆斯的《搖籃曲》，或者《美麗的美利堅》。」麥克說。

「《美麗的美利堅》很不錯。愛國歌曲會激發聽眾的情感。而且豪爾德先生告訴我，你和法蘭奇在孤兒院彈奏這一首曲子的時候，所有人都被你們感動了。」斯特布里奇太太說。

「廚房阿姨還拿她們擦碗盤的抹布擦眼淚呢。」豪爾德先生答腔。

「我不太知道如何用口琴吹奏這首曲子的某些段落。」麥克說。

「明天早上開始，我們先用鋼琴研究這首曲子，看看怎麼改編比較好。」斯特布里奇太太微笑

---

① Charles Lindbergh美國著名探險家、飛行員，一九二七年創下歷史上首次單人不著陸成功飛越大西洋的紀錄。

② 羅馬尼亞皇后瑪麗・亞歷珊卓・維多利亞（Marie Alexandra Victoria，一八七五－一九三八）為羅馬尼亞國王斐迪南一世的妻子，曾於一九二六年造訪美國。

著說，「我已經請波特先生幫忙了，他說他很榮幸能擔任你的老師。現在，麥克，我要告訴你一個祕訣。要在任何比賽中勝出，你的演奏一定要讓人無法忽視，不論曲子是簡單還是困難，你都要讓人一聽就無法忘懷。這需要靠練習，不過細節等之後再說吧。波特太太的烤雞香味讓我餓壞了，我們先去用餐吧？」她說完便從沙發上站了起來。

法蘭奇連忙跑到她身邊，像個小紳士般伸出手臂讓她挽著。

豪爾德先生對麥克眨了眨眼。「就像我跟你說過的，要懷抱著最好的希望。奇蹟總是不斷發生啊。」

但是麥克知道這不是奇蹟。

他和斯特布里奇太太已經達成協議，而協議的主導權握在她手上。

20

接下來的三個禮拜，每天早晨麥克都會和斯特布里奇太太一起坐在鋼琴前面練習，她幫他改編了《美麗的美利堅》。

她建議麥克，用口琴吹這首曲子的時候，一開始按照他先前演奏的方式，到了第二段，加進藍調的變奏，至於最後結尾的地方，則像他以前教法蘭奇的那樣，用簡單、自由的方式結束演奏。她說這樣的安排會讓人印象深刻、一聽難忘。

到了下午，麥克會和波特先生繼續練習口琴，尤其是藍調的部分。對於麥克來說，要體會內心深處的孤寂與憂愁，或者感受想要卻不可得的苦，這些都不是難事。如果藍調是要爲生命乞求些什麼，那麼麥克在《美麗的美利堅》第二段裡想表達的，就是他對家的渴望。

在第一輪比賽的前一天，麥克和往常一樣一早就下樓，到琴房裡找斯特布里奇太太。他在斯特布里奇太太身邊坐定後，從口袋裡拿出了口琴。

斯特布里奇太太伸出一隻手指頭擺了擺。「今天早上我們不再爲了比賽練琴，你已經準備得夠充分了，今天就好好享受音樂吧。」斯特布里奇太太笑著說。她一手對著鋼琴畫出一個「請」的手勢，另一手則拿著樂譜。「我的學生今天要彈布拉姆斯？還是貝多芬？」

麥克的臉一下子羞紅。她剛才眞的是說「我的學生」嗎？麥克知道這或許不代表任何意思，但他還是覺得……「貝多芬。」他回答。

斯特布里奇太太將樂譜放在鋼琴譜架上。「你聽過《給愛麗絲》嗎？」

他點點頭。「我曾經在一場演奏會上彈過，不過已經好久沒練習了，中間那一段我老是彈不好。」

她拍拍他的肩膀。「彈吧，想停就停。我會跟你一起彈。」

於是麥克彈起了《給愛麗絲》，全神貫注在這首曲子當中。斯特布里奇太太接手彈了中間的段落，最後再由麥克結尾。

「現在換你彈高音部，我彈低音部。」她說。

然後他們又從頭彈了一遍，麥克彈右手、斯特布里奇太太彈左手，只要他們的合奏出了差錯，她就會大笑，麥克也是。

結束後，麥克覺得意猶未盡，於是他說：「現在輪到您獨奏了。」

斯特布里奇太太的手指頭靈巧地飛過琴鍵，彈完之後，她將手臂環繞在麥克的肩膀上，給了他一個擁抱，並且開心地笑著。麥克很清楚，那是一個一時興起、下意識的動作。但就算只有這麼一會兒，他仍然很喜歡那種在羽翼下被呵護、知道有人看顧著自己的感覺。

21

第二天，麥克在基督教青年會舉辦的第一輪比賽順利晉級。

一星期後，他再度從浸信聖殿教會的準決賽中脫穎而出，取得決賽資格。

距離準決賽又過了一個星期後，麥克在市政廳的長廊上走向市長禮賓廳。他不敢相信自己竟然能走到這一步，也不敢相信這個夏天竟然就這麼過去了。

尤妮阿姨、豪爾德先生，還有和法蘭奇一路陪在他身旁，直到他們走到一扇門前，上面掛了個牌子寫著：「準備室，僅限決賽選手進入」。

「我們為什麼不能一起進去？」法蘭奇問。

「決賽的評選是不對外公開的，」尤妮阿姨說，「等比賽結束之後，我們就會見到麥克了。」

法蘭奇抬頭看著麥克。「祝你好運，麥克。」

麥克摸了摸法蘭奇的頭。「謝了，小子。」

豪爾德先生跟麥克握手，接著往後退了一步。「我會懷抱著最好的希望。」

尤妮阿姨將一隻手搭在麥克的肩膀上。「這些日子以來，我聽了你的演奏，很清楚你能做到什麼程度，我覺得你真的很棒，波特先生也十分以你為榮。」她微笑著說，「麥克，我之前就該跟你說的，那天你在圖書室裡拜託我的事……全都已經解決了。你了解嗎？」

「是的，夫人。謝謝您信守關於法蘭奇的承諾。」麥克說。

「不只是關於法蘭奇的承諾，這其中也包括了對你的承諾。」

「我知道。」他說。她的確做到了答應他的事，讓他今天能夠站在這裡。明天是音樂會，下星期他就會知道自己是否獲得樂團邀請，而這將決定他未來的命運會前往口琴樂團，或者是主教之家。

麥克看著尤妮阿姨、豪爾德先生和法蘭奇三個人手牽著手離去的身影，心中感到一陣酸楚。他趕緊深吸一口氣，強迫自己不要再去乞求那些自己不可能擁有的東西。現在，他得專心應付比賽才行。

這時，一個男孩子匆匆忙忙地跑過來對麥克說：「嘿，你就是那個紅頭髮的傢伙，大家都在談論你呢。我在準決賽的時候見過你，祝你今天好運。」

「謝謝，也祝你好運。」麥克說完把門打開，扶著門讓男孩先走，自己隨後跟著進去。

房間裡聚集著滿滿的決賽選手，四處傳來口琴和弦、音階，還有《肯達基老家》的旋律。一位披著「婦女服務團」字樣肩帶的志工在人群裡穿梭，向在場的選手發放今天的賽程表。男孩們拿到賽程表後開始交頭接耳。

「你是幾點上場？我覺得愈晚愈好，這樣評審比較能夠記得你的表現。」

「才不呢，愈晚愈不好，這樣要緊張很久。」

「我媽要我穿上最正式的衣服，還幫我打了個領結，她說這樣可以讓評審留下好印象。」

「那也要你的表演夠好才行吧。」

麥克低頭看了手上那張剛剛拿到的賽程表，他是最後一個出場的選手。

披著肩帶的女志工拍拍手，要大家注意。「我們即將開始進行比賽。等叫到你們的名字時，請進入隔壁的禮賓廳。評審團已經就座。等一下請先演奏指定曲，接著才是自選曲，演奏完畢後，請由禮賓廳另一側的門離開，親友會在大廳等候你們。評審們會在下星期一決定最後的優勝者，優勝者會接獲通知，比賽結果也將公告在下星期六的《費城詢問報》上。」

她低頭看了手中的筆記。「還有一件事。明天晚上將有一場音樂會。假使你們手邊有老舊的口琴想捐贈出來、投入募捐箱的，明天請將它們帶到音樂會現場。」

麥克找了位置坐下，拍拍胸前的口袋，裡頭放著他的口琴。現在，這把口琴就像是他的老朋友一樣。說來奇妙，多虧了這把口琴，才能讓他實現保護法蘭奇的計劃，也才讓他有那麼一小段的時間和尤妮阿姨更加親近，這都是這把小小的樂器的功勞。是什麼樣的奇蹟，讓麥克和這把口琴相遇呢？或許賣他這把口琴的威爾金森先生說對了，是這把口琴選中了他。

然後通往禮賓廳的門打開了，另外一位婦女服務團的志工對他們大家露出微笑，唸出第一位選手的名字。

整個房間頓時安靜下來。被叫到名字的男孩起身，穿過房門進入比賽場地。

留在房間裡的孩子們又繼續七嘴八舌地聊了起來。

「募捐箱是要做什麼的？」

「他們會收集二手的樂器，稍微修理之後再送去加州，給那邊身上沒有半毛錢的窮人家小孩。」

「霍克西一直在做這類善事。他心腸很好，常常幫助那些悲慘的人。」

「他特別偏愛孤兒。樂團裡有好多孤兒。如果你沒有爸媽，那你肯定進得了樂團。唉，我有爸媽還眞倒楣。」

「別這麼說！」麥克脫口而出，連他自己都嚇了一跳，但接著他口氣緩和地說：「你有一個完整的家庭，那才眞的是幸運呢。」

麥克坐在位置上等待，看著決賽選手一個個被點名進場。在叫到他的名字之前，麥克覺得自己差點緊張得暈過去。

22

麥克走進禮賓廳，這裡讓他想起了尤妮阿姨的圖書室。

前方有七位評審坐在一張長桌後面，每個人手上都拿著鉛筆和紙。婦女服務團的志工向麥克介紹了這七位評審：市立交響樂團指揮、社區合唱團指揮、《費城詢問報》音樂評論家、議員、劇院老闆、費城市長、以及亞伯特·N·霍克西。

霍克西身上穿著樂團的制服。他的身形矮胖，臉頰豐潤，一頭捲髮向後梳，看起來很有威嚴。

「你是麥克·弗蘭納里？」

「是的，先生。」

「很好，孩子，我們都很期待聽你演奏。祝你好運，你準備好就可以開始了。」

麥克拿起手中的口琴，開始吹起指定曲。他按照尤妮阿姨教他的方式，沒有加進任何的即興演奏，只是盡可能地表現出完美的技巧。吹完指定曲之後，他停了一會兒，看了所有評審一眼，再接著吹奏他的自選曲《美麗的美利堅》。

第一段，他吹的是優雅的慢板，就像搖籃曲一樣動人。到了第二段，他轉進藍調的版本，加入了顫音、和弦，還有壓音。要不了多久，麥克整個人便融入音樂之中，在藍調的旋律裡，他讓評審們聽見了他一路成長的歷程。他閉上雙眼，過去發生的一切歷歷在目：初到艾默若里道、和鼠哥駕著馬車一起進城、躺在宿舍床上盯著斑駁的天花板、站在外婆家的窗邊等待，還有媽媽唱歌給他和法蘭奇聽……

最後的第三段，他用他和法蘭奇熟悉的方式來表現，副歌的部分有如暴風雨般氣勢壯闊，直到「四海內皆手足」的時候才放慢下來，進入平靜單純、清亮甜美的結尾。

在他終於放下口琴、抬起頭來的時候，麥克發現所有評審目不轉睛地盯著他。麥克覺得不太自在，稍微挪動了一下身子。是他演奏得太差嗎？好幾位評審不約而同地清了清喉嚨，然後開始低頭在他們的評分板上書寫。

霍克西先生起身繞過桌子，上前握了麥克的手。「謝謝你，麥克，你的表演眞是令人印象深刻。等一下出去的時候記得領取明天晚上音樂會的門票，下個星期你就會收到比賽結果通知了。祝你好運，你是相當被看好的選手。」

麥克的臉又紅了，不過這次是因爲感到興奮。「謝謝您，先生。」

當他們回到家，波特先生和波特太太已經在廚房準備好一個蛋糕等著他們。

「我們來慶祝吧！」尤妮阿姨說。

「但是我們還不知道麥克是不是得到優勝了啊。」法蘭奇說。

「我還小的時候，」尤妮阿姨說，「每次我只要參加大型比賽，我父親總是堅持要在比賽結果公布前先吃蛋糕。他說不論結果如何，光是過程中所付出的努力就値得吃這個蛋糕了。」

豪爾德先生看著她，面露微笑。「如果付出努力的人可以得到蛋糕，那麼尤妮，這個蛋糕也是你應得的。」

她也回給豪爾德先生一個微笑。

豪爾德先生一副準備大塊朵頤的模樣。「孩子們，你們肯定會愛死這個蛋糕的，波特太太在中間夾了非常美味的巧克力醬呢。」

「沒錯。」波特先生說。

波特太太切了一塊蛋糕放在法蘭奇面前。

「哇！」他叫了出來。「要是麥克通過樂團的徵選呢？」

麥克不加思索地說：「那我就得再開始練習了，對不對，妮姨？」

法蘭奇咯咯笑了出來。「妮姨？」

他們全都笑成一團。

麥克覺得臉頰發燙，他不經意就這麼叫了出口。尤妮阿姨會介意嗎？麥克看了她一眼，她給了麥克一個微笑，並對他點點頭，彷彿一切就是該這麼自然。

無論他是否進得了樂團，他都很快就要離開這裡。麥克將自己的注意力放在眼前的蛋糕上，狠狠吃了一大口，這樣他才不會繼續胡思亂想。

他看著眼前的每個人。豪爾德先生伸出手，幫尤妮阿姨拍掉衣袖上的蛋糕屑；尤妮阿姨拿著餐巾，替法蘭奇抹去臉頰上的糖霜；法蘭奇對著麥克傻笑，露出他沾著巧克力醬的牙齒。

波特先生和波特太太則是被法蘭奇的模樣逗得樂不可支。

麥克把這一切景象牢牢記在心裡。這間廚房、這些笑聲，還有這個爲了努力與付出而準備的巧克力蛋糕，它的香氣與滋味。

他閉上雙眼，只求在心中捕捉這一刻，好讓自己一輩子記得曾經有個屬於他的地方。

23

星期天，當他們在爲下午的音樂會著裝打扮時，法蘭奇一連問了麥克好幾個問題。

「你覺得那些樂團的人會戴著他們的帽子上場嗎？帽子那麼高，他們是怎麼不讓帽子掉下來的？你覺得他們會演奏哪些曲子？你確定我們眞的可以坐在最前面的優先保留席嗎？」

「法蘭奇，你又來了。」麥克說，「上次你差點把波特太太問倒，這次可輪到我了。我現在只顧得了自己，沒辦法管那麼多。沒錯，我們會坐在最前面，還有記得，音樂會正在進行的時候不可以問我問題，你得表現出最好的音樂會禮儀。」

「我知道。不過，麥克，要是你獲勝了，你會加入樂團嗎？」

「我們已經討論過這個問題好幾十次了。如果我沒有贏得優勝，那也沒什麼損失，就跟你說的一樣。但要是我眞的贏了，我會愼重考慮要不要加入。」

「只要你不需要長時間離家巡迴表演的話，尤妮阿姨搞不好會答應讓你參加。」

麥克迴避法蘭奇的眼神。「是啊，她說不定會答應讓我去。但在下星期收到通知以前，誰也不知道結果會是怎樣。」

這時，波特太太走進來，手上拿了兩件漿好、燙過的白襯衫。「時間到了。小姐在樓下等著幫你們綁領結呢。豪爾德先生已經到了，波特先生也把車開到前院了。麥克，好好享受這場音樂會吧。你花了這麼多時間練習，今天該是你坐在貴賓席上好好欣賞一場演出的時候了。」

「謝謝你，波特太太。」

當一行人走向前院、正準備要上車時，尤妮阿姨伸手往頭上一摸。「啊，我忘了我的帽子。」

「我去拿。」麥克自告奮勇。

「謝謝。帽子就擺在圖書室的書桌上，是一頂毛氈帽。拿的時候小心帽子上的別針，不要被刺到了。」

麥克跑回屋子裡。他在尤妮阿姨的書桌上找到了那頂鐘罩形狀的毛帽，上頭別了一個珍珠別針。他小心翼翼地把它從成疊的文件上拿起來。

在帽子下方，有一封從高定律師辦公室寄來的信件，麥克忍不住瞄了信件上方的幾個紅色大字：

訴願獲准。

他繼續往下讀。

閣下請求撤銷麥克．弗蘭納里與法蘭克林．弗蘭納里的領養案已經獲准。本文件需經公證人簽名，並於一九三五年九月十五日前（含當日）送回法院歸檔方得生效。

她要撤銷對他們的領養！麥克覺得自己的肚子被人狠狠揍了一拳。

難道她欺騙了他？

他兩手扶著桌子，身體不住顫抖。

他怎麼一點都沒有看出來？他們不是協議好了嗎？她不是說所有一切問題都解決了嗎？那些在鋼琴旁邊的音樂課、那個蛋糕、那些溫暖的話語，又都算什麼呢？還有法蘭奇。她對待他的樣子，就好像她很在意他，也開始用心愛他一樣。

他怎麼會完全看走眼呢？

他真是個大笨蛋！這原本就是一場騙局。她騙了他們三個月，好替她的律師爭取足夠的時間。她從來就沒有想要留下他們任何一個人。

汽車的喇叭聲響了。

波特太太走進圖書室。「麥克，你最好快一點，大家都在等你。你還好嗎？怎麼臉色這麼蒼白？」

麥克一言不發地拿起帽子，匆匆走出圖書室，在他跑向汽車的路上，心臟不停地撲通撲通跳著。當麥克鑽進汽車後座、將帽子交給尤妮阿姨時，雖然表面上看不出來半點異狀，但腦子卻陷入一片空白。他剛才小心留意不被帽子上的別針刺到，但現在胸口卻感到陣陣刺痛。

車子沿著艾默若里道行駛。當他們行經公園的時候，麥克看著公園裡那張長椅，豪爾德先生曾經坐在那裡對他說，要懷抱著最好的希望。當時，他完全沒想過事情會演變成這樣，但事實上，那時就已經注定是這樣的結果了。他盯著窗外移動的景物，覺得頭昏腦脹。

「麥克？你怎麼這麼安靜？」豪爾德先生說。

豪爾德先生是不是也知道實情了？

「只是覺得很累。」麥克說完別過頭去，好讓自己看起來眞的很疲憊。他在心裡盤算著，就算他贏得口琴比賽，他也沒辦法加入樂團，因為法蘭奇會無處可去，最後被送進教養院；而要是他沒有贏得優勝，他和法蘭奇兩個人都會被送回主教之家，而同樣為了法蘭奇，麥克絕對不能讓這件事情發生。

他該怎麼辦呢？

一開始，他對於自己想到的點子感到相當荒謬可笑。

但隨著他們走進市政廳的劇院，和參加決賽的二十名選手與他們的家人一同坐在優先保留席時，他心中的念頭卻愈來愈強烈了。

劇院後方的門打開了。費城口琴樂團以優雅精準的步伐走過劇院中央的走道，他們身上的一切看起來氣勢非凡：藍色軍裝制服上的鈕釦閃閃發亮，還搭配著同色系的帽子和擦得亮晶晶的鞋子。樂團成員大步穿過觀眾身旁、步向舞台，左手握著的口琴隨著手臂的擺動而閃耀光芒。當他們走到劇院前方時，原來排成一列的男孩跨向左右站成整齊的兩列，從兩側的階梯登上舞台，並且在表演階梯上站好就定位。

亞伯特．N．霍克西先生走到舞台中央，儘管樂團還沒開始演奏，觀眾席上卻響起如雷的掌聲。然後，霍克西先生舉起手中的指揮棒，樂團便奏出了壯麗懾人的音色，就像交響樂團裡各種樂器同時在台上演出，整間劇院都因爲這首曲子而激昂起來，這是約翰．菲利普．蘇沙特別爲樂團所寫的進行曲。

就像大家說的，這些口琴奇才們眞的是太了不起、太有天分了。麥克一邊聽他們的演奏，一邊感到遺憾。他知道自己永遠不可能成爲其中的一員了。

隨著音樂的慷慨奮起，他心中的新計劃也逐漸壯大。

24

那天深夜，麥克換好衣服，然後將他和法蘭奇的衣物都裝進一個小行李箱裡。

他拿了幾本書、從主教之家帶來的細長金屬盒，還有他們兩人的口琴，然後他把自己那把塞進胸前的口袋裡。麥克看著法蘭奇，他在房間的另一頭睡得很安穩。他在這個地方這麼快樂，麥克實在不願意把他帶走，但是，他有其他選擇嗎？

他一直等到清晨四點三十分，好讓法蘭奇睡飽一點，畢竟接下來將會是漫長的一天，而他還不知道他們晚上要睡在哪裡。然後麥克輕輕搖了搖法蘭奇的肩膀，小聲說：「起床了。」

法蘭奇睜不開眼睛，含糊地說：「我還想睡。」

麥克把他從床上拉起來坐好。「法蘭奇，我知道現在還早，但是你得起床換衣服了。我們要離開。」

法蘭奇撐開沉重的眼皮，抬頭看著麥克。「離開？去哪裡？我們什麼時候要回來？」

「我們不會再回來了。我們要永遠離開這裡。」

法蘭奇揉揉眼睛，坐直身子。「爲什麼？我喜歡這裡，我不想走。」

「噓……小聲一點。我也喜歡這裡啊。」麥克小聲說，「但是那不重要了。聽我說，昨天晚上我們去音樂會之前，我在尤妮阿姨的桌上看到一份文件，她打算把我們兩個送回主教之家。」

法蘭奇搖搖頭。「不，她不會的……」

麥克伸出手臂摟著法蘭奇。「我沒有騙你。」

「但是……她現在很喜歡我們。」法蘭奇哽咽著說，「我感覺得出來，麥克。她是眞心喜歡我們的。」

麥克抱住法蘭奇。「我也是這麼想。但是那份律師寄來的文件上說她正在撤銷對我們的領養，這就表示她不想要我們。」

「我不想回去主教之家。」

「別擔心。我們不會回去主教之家，因爲我們兩個絕不分離，記得嗎？現在我們得離開這裡，不然尤妮阿姨會把我們送回去的。」麥克幫法蘭奇脫掉睡袍，拿衣服給他。「來吧，把衣服穿上。」

法蘭奇伸出兩隻手臂抱住麥克的脖子。「那波特先生、波特太太，還有豪爾德先生呢？」他忍不住開始哭泣。

麥克輕輕拍著法蘭奇，自己也哽咽著說：「我……我留了張字條，告訴他們我們離開了，還有這是我們有生以來所度過最棒的夏天。他們一定可以理解的。或許有一天我們會再回來這裡探望他們，不過現在，我們非走不可。你和我，我們絕不分離，記得嗎？」

法蘭奇挨著麥克的脖子點點頭。他一邊吸著鼻子，一邊從床上溜下來，開始換衣服。「我們……我們要去哪裡？」

「我們去搭火車。你一直想搭火車，對吧？」

法蘭奇點點頭，一雙眼睛睜得大大的，眼眶裡還含著淚水。

「坐火車去哪裡？」

「紐約市。」

法蘭奇遲疑了一下，然後聲音顫抖著說：「我們會去卡內基廳，還有吃烤牛肉跟冰淇淋嗎？」

「或許吧。」麥克說完走到窗戶旁邊。「直接走下樓的話太冒險了，不論是前門還是後門，光是打開門栓和關門就會發出很多聲響。」他指著緊鄰窗戶的那棵樹。「你覺得我爬得下去嗎？」

法蘭奇點點頭。「很簡單。」

麥克打開窗戶，看著這棵樹與樹下的小徑，胃部忍不住翻攪。他把他們的行李丟到樓下的草地上，然後轉身往房間內點點頭，示意法蘭奇可以過來了。

雖然百般不願意，但法蘭奇還是走到窗邊爬上去，兩腿跨坐在窗框上，回頭看了他們的房間一眼。「我喜歡我們的房間。」他伸手抓住一根突出來的大樹枝，開始往外爬。「這棵樹很結實。你先看我爬。」法蘭奇大步跨到另一根大樹枝上坐下，接著往主樹幹的方向挪動臀部。他站在靠近主樹幹的位置，一根接著一根樹枝地往下爬。

麥克強迫自己看著法蘭奇爬下去，法蘭奇往下爬到最靠近地面的那一根樹枝之後，先用身體和四肢環抱住整根樹枝，然後整個人上下翻轉，再把兩腿慢慢垂掛下來，最後跳到地面上。

接下來輪到麥克。他也看了房間最後一眼，喃喃說：「小子，我也喜歡我們的房間。」他將一條腿伸出窗台外，同時用手攀住頭上一根樹枝，像法蘭奇那樣大步跨到下方另一根樹枝上，然後坐下慢慢往主樹幹移動。當他好不容易抵達主樹幹，他閉上雙眼，緊緊抱著樹幹。

法蘭奇小聲從地面喊著：「不要往下看，你會頭暈的。只要伸腳踩向下一根樹枝就好了。」

麥克深吸一口氣，睜開眼睛，直盯著眼前的樹皮。他感覺心臟都快要跳出來了。他慢慢地探出一條腿，直到他覺得自己碰觸到了下一根樹枝。他的手臂扶著主樹幹往下移動，另一條腿也跟著往下探。這時，輕徐的微風擾動樹葉，麥克的腿一陣亂踢，他竟然找不到另一根可以著力的樹枝了。

麥克直覺往下看，這才發現自己站的位置比他以爲的還要高出許多，頓時感到頭暈目眩，身子一個不穩，連忙抓住旁邊的樹枝。就在這個時候，口袋裡的口琴滑了出來，不偏不倚地掉在一根分岔的小樹枝上。他覺得自己應該搆得著那把口琴，於是慢慢把身體扶正，探出上半身，拚命伸長手指，總算抓住了口琴，但就在這個時候，他的身體失去重心……

然後便從樹上摔了下來。

在他的身體掉到地面之前，微風穿過他手中的口琴，奏出一聲和弦。

麥克重重摔在地面上。

他躺在那裡，覺得有好長一段時間沒有辦法呼吸，只能盯著寂靜的黑夜。他的身體動彈不得，也無法言語，他只能等待，希望自己能再吸到下一口空氣。

在他的上方，榆樹多節的樹枝伸向天空，看起來就像女巫扭曲變形的手指頭。然而在混沌中，麥克看見飄動的樹葉間有許多微光閃爍著。

他的胸口一陣緊繃。

他看到法蘭奇。法蘭奇睜大眼睛，呼喊著他的名字，但那聲音似乎愈來愈遠，取而代之的是有人用大提琴拉著布拉姆斯《搖籃曲》的旋律。

然後，大提琴的旋律消失了……

他開始聽見清亮的鳥囀、穿梭在樹洞間的呢喃山風，還有在澗石上奔流的淙淙溪水。

第三部

❖

一九四二年十二月

美國

南加州

《往日時光》

詞：羅伯．勃恩斯

6　7 7　7　8 -8 7 -8
故　舊情　誼　怎 能 輕 忘

8 7 7　8　9 -10
時 刻 放　在　心 上

-10　9 8　8　7 -8 7 -8
故　舊情　誼　怎 能 輕 忘

8 7 -6 -6　6　7
且 惜 往 日　時　光

-10 9 8 8 7 -8　7 -8
且 惜往日 時 光，朋 友

-10 9 8 8 9 -10
且 惜往日時 光

-10　9　8 8 7 -8　7 -8
舉　杯 同 飲 友 誼　長　青

8 -8 7 -6 -6 6 7
且 惜往日時 光

1

在弗雷斯諾郡城郊有一處白色平房聚集的西班牙語區，名叫拉科洛尼亞，住在這裡的艾薇・瑪麗亞・洛佩茲（Ivy Maria Lopez）和媽媽走在往郵局方向的路上，她們正在等一封信。

媽媽一手扶著掛在脖子上的毛衣，另外一手拿著一個空的洗衣籃。

艾薇在後頭一邊漫步走著，一邊吹口琴。以她和媽媽之間的距離，媽媽應該已經聽不到她的口琴聲了，不過她還是刻意把琴音壓低。下星期她要和班上同學一起去上廣播節目，她還沒告訴爸爸和媽媽這個驚喜，她的老師黛嘉朵小姐要她在節目中表演一段獨奏。

「快一點，艾薇！」媽媽呼喊著她。「我們得在天黑之前把信和該收的衣服拿回家。」媽媽抬頭望著天空。「而且看起來快下雨了。」

艾薇加緊腳步跟上，跟著媽媽仰起脖子往上看，天空中烏雲密布，雲層又低又厚。她把口琴收進外套裡。這是他的羊毛外套，內裡有一個拉鍊暗袋，可以防止銅板從口袋裡掉出來。

「媽，人有沒有可能到歌曲裡去？」

「艾薇，你沒頭沒腦地說什麼啊？」

「我在吹口琴的時候，感覺就好像跟著這些音符去旅行，它們帶我到很遠很遠的地方。」

一輛卡車在遠處鳴了五聲喇叭。

媽媽喃喃說道：「噢，艾薇，我們沒有時間想這些。郵件已經送到了，我們得去等郵局等他們唱名。現在你去郵局，我去收衣服。」

「那我之後可以去找阿拉塞莉嗎？」艾薇問。「我跟她約好了。」

「你的作業寫完了嗎？如果爸爸知道你——」

艾薇搖搖頭。「黛嘉朵小姐說我們唯一的作業就是要爲下星期的表演勤加練習。」她展開雙臂，「黛嘉朵小姐的五年級學生將在『高露潔合家歡』節目中演出。」

媽媽笑了，只是笑得有點勉強。「是，我知道。」

「你覺得拉科洛尼亞的所有人都會聽這個廣播嗎？住在弗雷斯諾以外地區的人也會聽這個廣播嗎？你覺得電台會不會再找我們回去多表演幾次？」

媽媽皺起了眉頭。「艾薇，你怎麼有這麼多無關緊要的問題啊，難怪你爸爸總是說你心不在焉。你得正經一點才行。」艾薇從媽媽望向遠處郵局的眼神看得出來，媽媽現在只想著那封信，根本沒心思理會她。

但是媽媽說的話還是讓艾薇覺得很受傷。艾薇就是會忍不住想問問題，而且吹口琴才不是什麼無關緊要的事。她哥哥費南多唸中學的時候打籃球，爸爸、媽媽就不會說那是無關緊要的事，他們可是從沒錯過他任何一場球賽呢。

艾薇忍住心中那種受傷的感覺。她相信，等他們聽過她在廣播上的獨奏之後，一定會發現黛嘉朵小姐已經知道的事：艾薇擁有獨特的音樂天分。

「如果有我們家的信，記得先把信拿回家再去找阿拉塞莉。」

「我會的。」艾薇踮起腳尖，在媽媽的臉頰上親了一下。她看著媽媽走向社區曬衣場、將洗衣籃擱在腰上的背影，她發現自己和費南多長得還真像媽媽：高、瘦、大眼睛，還有一頭濃密的黑髮。爸爸剛好和媽媽完全相反：矮、胖、禿頭，一笑就成了個瞇瞇眼。艾薇摸了摸自己一邊的辮子。費南多現在理了頭髮，看起來會不會和爸爸比較相像了呢？

附近有人正在用吉他彈奏著《平安夜》，艾薇拿起口琴一邊走一邊吹奏和聲，道路兩旁的平房窗戶裡也透出了五彩斑斕的聖誕燈光。頭頂的烏雲仍籠罩天空，揚起的微風送來雨水浸潤土壤的氣味，伴隨著朦朧的聖誕燈光與柔和的樂聲，艾薇進入了想像中的世界。她閉上雙眼，感覺自己來到一個似曾相識的地方，她是一名穿著寶石長袍的流浪者，正跟隨著商隊在繁星閃爍的夜空下徐徐前行，穿越連綿不絕的沙漠。

萬暗中……光華射……

當樂曲結束時，艾薇抬頭看見她的鄰居，培瑞茲太太和她的媳婦剛才一直在聆聽她的吹奏，而且還對她讚許地點點頭。身邊的人總是會被她的口琴吸引，他們會把她的表演當一回事，欣賞她的天分。艾薇多麼希望當爸爸和媽媽聽見她在廣播節目中的獨奏時，也能有同樣的反應。

郵局裡滿滿的都是人。她穿過人群，好不容易擠到前方的櫃台，等著郵務員把信件從麻袋裡拿出來。郵局的牆上到處貼著募兵的海報：「歡迎加入陸軍護士團！」、「陸軍空降特種部隊勇往直前！」、「砲手就定位，海軍需要你！」、「衝鋒陷陣，海軍陸戰隊！」看來美國軍隊希望所有年滿十八歲的公民都做點什麼，雖然費南多並不需要這些海報說服他。

當郵務員開始唱名的時候，艾薇看見許多母親和年輕妻子睜大熱切的雙眼。「阿爾貝托・莫雷諾。瑪蒂娜・阿爾瓦拉多。瑪麗亞・佩妮雅。荷塞・赫南德茲。艾雷娜・古茲曼。維克特・洛佩茲……」

艾薇的心揪了一下。「在這裡！」她趕緊伸出手，拿回那個上頭寫著爸爸姓名的郵件，厚實的信封上貼著成排的三分錢郵票。她看了看信封上的寄件人地址，心裡一陣失望。這封信不是費南多寄來的。他們上回收到費南多的信已經是一個多月以前的事，每多過一天，爸和媽的心情就更緊繃了一些。

艾薇繼續等待，直到郵務員抖著麻袋說：「今天就這些了，各位。今天沒收到信的人別失望，或許明天信就到了。」

艾薇快步走回家裡，爸爸正坐在廚房的餐桌邊。他看見艾薇手上的信封時眼睛一亮。「有信嗎？」

艾薇把信放在桌上。「抱歉，爸，這封信不是費南多寄來的。」接著便轉身往門外走去。

「等一下。你急急忙忙地要上哪裡去？天都要黑了。」

她轉過身說：「我要去找阿拉塞莉。媽說我可以去的。」

「早點回來。」爸爸對艾薇揮揮手，拆開信封讀信。

艾薇還沒走到前門，就聽見爸爸喊著媽媽的名字。「露茲！露茲！」

媽媽趕緊從臥房走了出來。「什麼事啊，維克特？」

艾薇一隻手已經握在門把上，但她暫時停下了腳步。

「我表哥吉耶莫寄信來了。這是我們一直在等待的奇蹟啊！橘郡那裡有一座農場，離洛杉磯不遠。吉耶莫把一切都打點好了，這些是他寄來的文件。」

艾薇的心愈跳愈快，喃喃地說：「不。」

爸爸繼續說道：「農場的地主要找一個同時懂得農場管理和灌溉的人，這說的就是我啊！這裡有一封吉耶莫的老婆柏蒂娜寫給你的信。我看看，還有艾薇到新學校註冊的相關文件，和地主交代的所有事項。艾薇．瑪麗亞！有好消息！」

艾薇一點也聽不下去。

她把門打開，然後頭也不回地往外跑。

2

阿拉塞莉是到哪裡去了？

艾薇在胡椒樹下來來回回走著，她和阿拉塞莉每次都約在這裡見面。冬天的樹木光禿一片，冰冷的雨絲刺痛了艾薇的臉頰。她忍不住低喊著：「快點來啊……」

阿拉塞莉是艾薇在這裡交到第一個好朋友。艾薇搬過許多地方——巴頓威洛、莫德斯托、塞爾瑪、沙夫特，還有許多她已經記不住名字的城鎮，要交到知心朋友是一件非常困難的事。但當他們搬到弗雷斯諾之後，情況有所轉變。這是第一次，爸爸在同一個地方工作長達一年的時間。是完完整整的一年。

她和阿拉塞莉是同一個星期搬到拉科洛尼亞來的。雖然阿拉塞莉比艾薇高一個年級，但她們兩個長得十分相似——黑色的眼睫毛、棕色的長辮子，還有咧嘴笑的樣子，大家都以爲她們兩個是姊妹。而且她們很快就發現對方和自己有很多共同點：阿拉塞莉也幾乎住遍了加州中部，甚至還和艾薇待過同樣的城鎮，只是時間不同；她們都喜歡看書，喜歡玩拋石遊戲，也都可以連續交互跳繩一百下，毫無閃失。

艾薇用力吹了一下口琴，讓口琴發出一聲長長的哀鳴。

「艾薇！」

她四處張望。

阿拉塞莉匆忙跑向她，頭上戴著頂紫色毛線帽，帽子的下緣遮住了耳朵。阿拉塞莉親了親艾薇的臉頰，一隻手卻一直藏在身後。「抱歉，我遲到了，我得幫我媽媽買個東西。」

艾薇試著讓自己的聲音聽起來開心一點。「這是新帽子嗎？」

「我媽媽做的，而且……」阿拉塞莉笑著說，同時把藏在背後的那隻手拿出來。「我請她也幫你做了一頂一樣的。」

她手上拿著另外一頂完全相同的紫色毛線帽。

艾薇接過帽子，把它戴在頭上。「看起來怎麼樣？」

「跟我一樣！」阿拉塞莉咯咯笑著。「現在沒人分辨得出來我們誰是誰了。」

艾薇也跟著笑了。但難過的情緒頓時湧上心頭，她忍不住哭了起來。

「發生什麼事了？」

「我……我要離開這裡了。」

阿拉塞莉的臉色變得凝重、不敢置信。「不……什麼時候？你們要搬去哪裡？」

「很快吧，我想。我們要搬去洛杉磯附近。」艾薇低著頭。地上落葉的窸窣聲似乎是在向大樹告別，她用腳掃著這些離枝的流浪者。

阿拉塞莉給她一個擁抱。「別哭，沒關係的。我們永遠都會是好朋友。再說，即使你們沒有離開，我們也可能會離開。我爸說只要是想出人頭地的，遲早都會選擇離開拉科洛尼亞。」

艾薇抽著鼻子，試著對阿拉塞莉回以微笑。但為什麼他們非得是「早」而不是「遲」呢？

「我們說好了，每個禮拜都要寫信給對方。」阿拉塞莉說，「一星期寫兩次。三次！」然後她垂下眼睛。「你不會忘記我吧，對不對？」

艾薇搖搖頭。「絕對不會。」

豆大的雨滴從天空落下，濺起了地上的泥土。

「快跑！」阿拉塞莉大喊。

她們尖叫著衝進街角一處矮屋的屋簷下，這裡是她們分手時各自回家的地方。她們看著對方，手拉著手。但這一回，艾薇沒有辦法像以前那樣蹦蹦跳跳或是開心大笑。

阿拉塞莉上前在艾薇的臉頰上親了一下。「明天見！」說完便快步衝向對街的住處，打開門，站在門檻上，屋內的燈光在她身後照耀。

艾薇努力將這個畫面刻在自己的心上：她最要好的朋友，頭上戴著和她一模一樣的紫色毛線帽，正對她拚命揮手，用飛吻向她道別。她也回送阿拉塞莉好幾個飛吻，強迫自己不要去想這是離別的開始。

艾薇一路跑回家，任憑大雨不斷打在自己身上。

艾薇在傾盆大雨之中回到家，她啪一聲用力把門關上。

一下子從寒冷的雨天來到溫暖的屋內，艾薇覺得手腳發疼。她脫掉帽子和外套，聽見廚房傳來爸爸和媽媽交談的聲音。

「費南多怎麼辦？」媽媽說。

「我今天晚上就寫信給他。」爸爸說，「等這場戰爭結束，他就可以回到眞正的家。一間有廳有院的房子。終於啊！露茲，我們絕對不能錯過這個機會。抱歉，我們得再搬一次家了。」

艾薇皺著眉頭走進廚房。「什麼時候？」

媽媽用帶著歉意的眼神看著艾薇。「明天早上。」

艾薇整個人僵在原地。「明天早上？那……那我的朋友們和黛嘉朵小姐怎麼辦？」她一聽見這個噩耗，整個人便陷入沮喪的深淵，心中的祕密也沒有保守的必要了。「還有我們在廣播節目上的表演！我還要獨奏呢！我本來要給你們一個驚喜！」

爸爸兩手不斷摩娑著額頭。「艾薇，這對我們家來說是一輩子只有一次的機會，你以後想表演的話機會多得是啊，或許到了新學校以後也會有。」他對艾薇伸出雙手，彷彿在懇求她的諒解。

艾薇感覺眼睛一陣刺痛，強忍住眼眶裡的淚水。她很確定要是今天費南多在家裡，而他要參加籃球比賽的話，爸爸肯定會等比賽結束之後才離開。艾薇很想說出自己心裡的感受，但她終究還是忍住了。媽媽會覺得此刻費南多正離家在戰場上打仗，不應該拿他來相提並論；而爸爸是一家之主，只要他說搬家，他們就得搬。除非她有什麼不得已的理由，否則爸爸是不會改變心意的。

「我得要告訴黛嘉朵小姐我沒辦法表演獨奏了，她對我的期望很高，而且阿拉塞莉也認爲我們明天還會碰面。」

媽媽的眼神帶著遺憾，但語氣十分堅定。「這沒有辦法。吉耶莫和柏蒂娜也是在很突然的情況下必須離開農場。柏蒂娜的兄弟都在戰場上，可是她爸爸卻生病了，他們得搬去德州照顧柏蒂娜的家人，我們不能讓農場空在那邊沒人管理，這樣你應該了解事情的緊急性了吧。」

「你可以寫信給黛嘉朵小姐和阿拉塞莉，我們明天經過郵局的時候再把信寄出去。」

「但是寫信跟親自道別是不一樣的。」艾薇喃喃說：「阿拉塞莉是我最要好的朋友，而黛嘉朵小姐也是我最喜歡的老師，是我遇過最棒的老師。」

「我知道，」媽媽伸手摟著艾薇，「但是之後你還會再遇到其他老師和朋友啊，而且我們就要有一間屬於我們自己的房子了。我們可以種花，那裡還有洗衣機呢。你能想像嗎？我們再也不必抱著洗衣籃、走一大段路去洗衣服了。我已經接下柏蒂娜的工作，要幫附近一位鄰居洗衣服。這些都已經安排好了。」

「而我要管理六十畝的農場呢。」爸爸拿起信封。「我們的運氣眞好，吉耶莫推薦我接替他的位置。眞是太走運了。」

艾薇愣怔地看著爸爸。

「艾薇，這回我們很有可能在那裡定居下來了。這就是我們一直想要的啊。你可以去上一間新學校——更好的學校、有更棒的老師！而且那邊的天氣比這裡舒服多了。我向你保證，一切一定會更好的。」

「我原本要表演獨奏的啊！我爲了這次表演一直很努力練習。」

爸爸兩手一甩。「眼前的事情遠比你這個……這個一天到晚沉迷的小玩意兒重要多了。」

爸爸的話刺傷了艾薇的心。爲什麼爸爸這麼看不起她的口琴演奏呢？爲什麼爸爸不能改變心意呢？哪怕只有一次也好。艾薇盯著地板，緊咬嘴脣，不讓自己的眼淚流下來。

她好不容易才在拉科洛尼亞找到了歸屬感——阿拉塞莉、黛嘉朵小姐，還有街坊鄰居們，沒有人認爲她是個無聊或任性的孩子。現在所有事情都被掃到一邊去了，就像街頭的垃圾一樣。爲的又是什麼？這回搬家，難道就眞的會和前幾次不同嗎？

爸爸嘆了一口氣。「艾薇，那裡農場的樹木需要有人去照料，有間大房子空在那邊等我們，而且這是一個讓我們定居下來的好機會。你眞的希望我們在這裡再多待六天，只爲了讓你可以吹那兩分鐘的口琴獨奏？」

艾薇的思緒不斷打轉。她知道自己心裡眞正的答案，但她也想起答應過費南多的事：要當一個守護家人的英勇小戰士，在他離家的這段期間幫助爸媽。所以她是不是應該盡力讓爸媽開心，即便會讓自己不開心？

「不。」她小聲地說。

「我和媽媽要去跟我的老闆們談一些事，順便向他們道別。我們一小時後會回來打包行李。」爸爸拍拍艾薇的肩膀，然後就和媽媽一起出門了。

艾薇走進房間。費南多離家之前，艾薇和他一起共用這個房間，現在其中一張床上已經擺了幾個空箱子，而她的行李箱則被打開放在另一張床上。她忿忿地把衣服丟進行李箱裡。下個星期過完就是聖誕假期了，換成其他人的父母，一定會等到孩子們學期結束才離開。但爸爸沒有這麼做，他們立刻就得動身，一想到這裡，艾薇忍不住撲倒床上，任由淚水潰堤。

更好。爸爸老是在找更好的地方。這裡也曾經是他口中更好的地方。現在呢？這裡有比她之前住的那些地方更好嗎？

她知道在他們離開之後會發生什麼事。前幾天，他們搬家的消息會像塞拉諾辣椒油一樣，成爲大家口中的熱門話題，等過了幾個禮拜，艾薇．瑪麗亞．洛佩茲就會從大家的記憶裡慢慢褪去，彷彿她從來不曾住在這裡過……彷佛這一整年的歸屬都只是一場夢。

3

隔天一早，灰濛濛的天色還沒全亮，爸爸已經挺著圓滾滾的肚子擠進卡車的駕駛座準備出發。媽媽坐在中間的座位上，艾薇則緊挨著副駕駛座的窗戶。

爸爸先在郵局門口停了一下。

艾薇爬下卡車，將她寫給黛嘉朵小姐和阿拉塞莉的信投入郵筒。她一直強忍著淚水，但還是有幾滴眼淚不聽話流下來。在她走回卡車前，艾薇看了拉科洛尼亞最後一眼，大霧正籠罩著這個小村落。

爸爸將卡車緩緩駛向九十九號公路，他瞇起眼睛緊盯著卡車前方能見度有限的一小段道路。「一年前的十二月我們來到弗雷諾斯，那時候就是這樣的大霧，現在又是大霧，一切都沒有變。」

艾薇盯著前方。就算爸爸是在講天氣，但是他怎麼能這麼說呢？一切都不一樣了，包括艾薇自己。她甚至可以明確指出她的生活是從哪一天開始變得不同。

九月八號這一天就像以往的任何一個開學日一樣：有新老師、新教室，還有因爲緊張而引起的胃痛。

費南多堅持陪艾薇上學，他牽著她的手走在鄉間小路上，小路的一側是葡萄園，另一側是成排的杏仁樹。「我要讓所有人都看到你有哥哥當靠山。」費南多說，「另外，我還要告訴你一件事，你可以幫我保守祕密嗎？」

艾薇點點頭。「我喜歡聽祕密。」

「今天是個非常重要的日子。你知道爲什麼嗎？」

「因爲今天是你的生日，也是我升上五年級的第一天。」

「不只是這樣。你記不記得去年十二月、我們來到弗雷斯諾之後的第二天，發生了什麼事？」

「當然記得。珍珠港事變。」那是星期天的早上，他們一家人才剛走出聖母神蹟教堂，便看到一個男子慌慌張張地跑向他們，揮手大喊著說：日本在夏威夷投擲炸彈，對美國展開攻擊。爸爸趕緊帶著全家人回家。整個下午，他們都守在收音機旁邊，等待戰事的最新消息。

費南多握著艾薇的手。「你還記得第二天羅斯福總統宣布參戰，而我說我想去從軍嗎？」

她點點頭。費南多和爸爸每天晚上都在聽廣播、關心戰事。從那時候起，費南多就經常因爲戰況流露出時而熱切、時而沮喪的眼神，其中還燃燒著想要有所作爲的渴望。「記得。但是媽說戰爭很快就會結束的，你的年紀根本還來不及大到可以去……」說到這裡，艾薇突然了解費南多的意思。她停下來，抬頭看著費南多。今天是他的十八歲生日。「費南多？」

費南多在艾薇面前跪了下來，握住她的雙臂，兩眼直視著她。「我今天下午會跟兩個好朋友一起報名從軍，但是我需要你的幫忙。我不知道這大概要花上多久的時間，也不想讓爸媽替我擔心。如果他們問起我跑去哪裡，你可不可以告訴他們我送朋友去搭火車？這不是撒謊，我們的確要順路送朋友去火車站。你幫我跟他們說我會準時回來吃晚餐。你辦得到嗎？」

艾薇不喜歡這個祕密，這個祕密的滋味好苦澀。但她還是點了點頭。「你什麼時候會離家？」

「大概三個星期後吧，我猜。」他抱了抱艾薇，然後他們繼續往學校走。「我今天晚上會跟他們談談。所以在這之前，你什麼都先別說。」

在接下來的路上，艾薇一句話都沒說，心裡想著這件事對她的家庭帶來的影響。費南多和他的好朋友不是說過，他們認識幾個打算從軍的傢伙，後來因爲軍隊認爲這幾個人的條件不符合，於是拒絕他們入伍嗎？或許費南多也會遇到同樣的狀況也說不定。畢竟戰爭是男人，或者應該說是戰士的事，對於會戲弄她、拉她辮子、跟她玩捉迷藏的男孩子來說應該不太適合。費南多的個性安靜又溫柔，平日喜歡拆解和組裝東西，看它們到底是怎麼運作的。當他動手修理時，艾薇就是他的助手，負責幫他遞工具。他是工匠，不是戰士。艾薇相信軍隊很快就會發現費南多不適合上戰場。

話雖如此，這個祕密還是困擾了她一整天。

艾薇的新老師，黛嘉朵小姐，是一位圓臉、臉色紅潤、頂著一頭短捲髮的女士。不管黛嘉朵小姐在替同學安排座位、訂班規，還是上課，艾薇滿腦子都在擔心爸爸和媽媽對費南多從軍這件事情的反應。他們會生氣嗎？會失望嗎？還是會想盡辦法阻止他呢？

就在放學前的一小時，艾薇望著窗外，三隻松鼠正在教室旁的樹頭跳上跳下，而她的心裡想的卻仍然是費南多的事。這時黛嘉朵小姐拍了拍手，叫所有人坐在地板上。

黛嘉朵小姐搬出一個箱子，放在她的腿上。「我有個驚喜要告訴你們。本地的廣播電台爲了幫助這場戰事，要在我們學校舉辦一個募款活動。」她拿出一本集郵冊。「當我們收集足夠的軍事郵票、把這本集郵冊集滿之後，廣播電台就會邀請我們班到節目裡表演喔。」

所有人聽到這裡，眼睛都睜得大大的。

「你們可以在很多商店裡買到十分錢的軍事郵票。」黛嘉朵小姐說，「等這本集郵冊收集的郵票價值超過十八美元，我們可以拿它去換一張儲蓄債券。十年後，這張債券會有二十五美元的價值，到時候這筆錢就可以當作我們學校的經費。」

「那我們要唱什麼歌？」有人發問。

黛嘉朵小姐搖搖頭。「別的班會唱歌。不過我們班要來點特別的。」她把手伸進箱子裡，拿出了一把閃亮亮的口琴。「我收到一批捐贈的口琴。這些口琴經過整理就像全新的一樣，班上每個人都會拿到一把。我會教你們怎麼吹口琴，希望我們能夠一起創造出美妙的旋律。」

所有人開心地鼓掌。

接著，黛嘉朵小姐開始叫名字，讓他們一個個到前面的箱子裡挑選口琴。輪到艾薇的時候，她站在箱子旁邊往裡面看，在窗外灑進來的午後陽光照耀下，其中一把口琴顯得特別閃亮，琴蓋上的刻紋也和其他口琴略有不同，看起來似乎更深、更別緻。艾薇將手伸進箱子裡，拿起這把口琴。

回到座位上之後，艾薇仔細打量了手上的口琴，用她的手指頭輕輕滑過漆在口琴邊緣的紅色M字。其他的口琴上面也有字母嗎？這把口琴之前的主人他的名字是M開頭的嗎？

黛嘉朵小姐告訴他們如何對口琴吸氣和呼氣製造出不同的音高。她給了他們每人一本《輕鬆吹口琴》手冊，教他們跟著樂譜吹奏《小星星》，不一會兒，教室裡充斥著亂七八糟的噪音。黛嘉朵小姐拿起她的教鞭敲敲黑板，要大家安靜。「我們一起來試一次。」

艾薇專心地跟著歌詞上方的樂譜吹奏。從第一段旋律開始，她的口琴音色就比其他人漂亮……掛在天空放光明……它的音色如此清澈響亮，綿延如絲……好像許多小眼睛……她閉上雙眼，感覺自己彷彿在漆黑的夜空中飛翔，穿梭在閃耀光芒的水晶之間。同學們一個個停下來，專心聆聽她吹奏，最後只剩下艾薇仍然吹著口琴。當她張開雙眼，發現全班同學的目光都集中在她身上時，她也停了下來。

「艾薇，你有學過什麼樂器嗎？」黛嘉朵小姐問。

她難為情地搖了搖頭。

「你的口琴吹得眞好。你很有音樂天分。我可以想像，只要你願意，你有辦法學好任何一種樂器。」

老師的誇讚讓艾薇不由得臉紅。

然後黛嘉朵小姐轉頭對全班同學說：「我希望每個人都可以在家裡練習，同時開始存錢買軍事郵票。」

但是此刻艾薇耳朵裡只聽進了黛嘉朵小姐先前講的那句話：「你很有音樂天分。」黛嘉朵小姐或許不知道，她已經在艾薇心中種下了一顆即將萌芽的種子。媽媽有縫紉與園藝的天分，爸爸有灌溉和管理農場的天分，費南多有了解東西運轉原理和修復它們的天分，現在，艾薇發現自己的天分了。會不會，其實這個天分存在她身上已久，只是一直在等待被發掘出來而已？

放學後，艾薇很高興自己可以拿這把口琴給爸媽看，跟他們說全班要一起上廣播電台節目表演和集郵的事，這樣當她陪媽媽準備費南多的生日晚餐時，就不會一直想起哥哥要她保守的祕密。

等費南多回到家，他看起來似乎變得更高大成熟。他對著全家人宣布：「我去陸軍登記入伍了。我想要保衛我的國家，對抗德國、義大利和日本的侵略。這是我身爲美國人的責任。」

爸爸拍了拍費南多的背，臉上帶著驕傲與不捨的神情；媽媽則是開始哭泣，不管費南多再怎麼擁抱、安慰她，她就是沒辦法停止流淚。費南多只好拜託艾薇吹奏那首她今天學會的曲子，緩和一下氣氛。當艾薇吹起口琴，純淨悠揚的旋律再次吸引了所有人的目光，甚至連媽媽都停止了哭泣。

接下來的三個星期，費南多每天晚上都拜託艾薇吹口琴給他聽。

「艾薇，拜託。只要你吹口琴給我聽，我就付你一分錢，而且我保證不再拉你的辮子。」

艾薇當然很樂意，而且她進步的速度，連她自己都覺得相當不可思議。現在她已經不太需要看那本小冊子了。只要她一有空，她就會練習吹口琴，而當她吹得愈多，愈覺得內心充滿了自信與對自我的肯定，這是過去她從未有過的經驗。

那些夜晚充滿了美好的回憶。全家人圍坐在餐桌邊，費南多陶醉在音樂裡，跟著旋律唱和；爸爸和媽媽啜飲著咖啡，有時開心笑著，有時也跟著他們打拍子唱歌。所有人都很珍惜相聚相守的時刻。

在費南多預備前往軍隊進行基本訓練的前一天晚上，他把自己的外套拿給艾薇。「在我回家之前，這件外套給你穿。」

「但是費南多，現在外頭的氣溫是華氏八十度①耶。」

---

① 約攝氏二十七度。

費南多把外套披在她的肩膀上。「等冬天你被凍得半死的時候，你就會感謝我了。你還記得當半夜冷得要命，而你的被子又掉到地上時，你都會怎麼做？」

艾薇點點頭。「我會叫你。你總是會爬下床，幫我把被子蓋好。」

「是啊。但現在我沒辦法再幫你撿被子了，所以，我只好用我的外套保護你不會著涼。如果你睡覺時穿著這件外套，它肯定不會掉到地上。」

艾薇咯咯笑了。「我會穿的，但不會是在睡覺的時候。」

費南多伸手摟著她。「無論如何，我要你知道我一直在守護著你。不管我人在多麼遙遠的地方，我都要讓你覺得溫暖又安全。」

離別的愁緒籠罩在兩人的身上。

「你不在的時候，誰要負責修理東西呢？」她問。

「現在只有你可以做這個工作了。艾薇，我離開之後，你要當爸媽的英勇小戰士。」

「但是我不知道要怎麼修理東西，也沒有工具啊。」

「修理東西不一定要靠有形的工具。我離開之後，我們家就像破了個小洞，我希望你可以修補它。你很聰明，在學校裡好好表現，這樣爸媽除了擔心我在戰場上的狀況之外，就可以少煩惱一件事了。你在音樂上很有天分，就像是與生俱來的天賦，你也看到這幾個星期以來，你的口琴帶給我們多大的快樂。好好練習，比起過去任何時候，爸媽現在更需要這些小小的安慰。一直以來，你都很能為別人著想，爸媽需要這樣的力量支持他們，尤其是當我的信件來遲了，或者是我發生了什麼事的時候。所以你瞧，你也有你的工具呢。你能替我做這件事嗎？在我離家的這段期間，負起修理東西的責任，然後把這個家撐起來？」費南多伸出小指和艾薇立下約定。

艾薇也伸出小指。「但是，你不會發生什麼事的，對吧？」

「我儘量不讓它發生。」費南多打開另一隻手的手掌，掌心裡有一分錢。「在我離家之前，再吹一首曲子給我聽吧。」

她收下銅板，把它放進外套的拉鍊口袋裡，接著開始吹起《陸軍向前行》。

越過山、行過谷，無畏勇闖塵土路，槍彈火炮伴我上征途。

艾薇的腦中浮現費南多在一片幽暗森林中，慌張地穿越藤蔓荊棘的畫面。費南多看起來是那麼孤單害怕，遍尋不著出路，而一個黑影在他身後悄悄地跟隨著他。心中的恐懼讓艾薇的呼吸變得急促，不小心將口琴摔落地上。「你一定要小心啊，費南多。」艾薇將頭埋在費南多的臂彎裡說。

在基本訓練結束之後，和費南多一起從軍的弟兄們都休假回家了。他們理了平頭、手臂長出結實的肌肉、臉上也多了些風霜。他們一返家，就被家人用豐盛的家鄉味料理和溫暖的親情團團包圍。但是費南多沒有跟著他們一起回來，而是直接參加進階訓練。經過評估，軍方認為費南多非常適合到前線打仗。

從此之後，艾薇一家人就和許多家庭一樣，每天都在等待書信的日子中度過。

艾薇班上只花了三個月的時間就將集郵冊集滿，獲邀在「高露潔合家歡」節目中表演，他們將以口琴合奏一首《往日時光》。另外，黛嘉朵小姐也問艾薇是否能獨奏一首《美麗的美利堅》，艾薇聽了之後興奮地叫了出來，回家後立刻寫信告訴費南多這個好消息。

已經超過三小時了，他們的卡車仍然在九十九號公路上跟著前方車輛的紅色車尾燈徐徐前進，不見濃霧有散去的跡象。

爸爸將車子打到低速檔，卡車開始緩緩向上爬坡，引擎也發出低沉的吼聲。

「還要多久？」艾薇問。

「再幾個小時吧。首先，我們要越過這個山頭，穿過洛杉磯市區。我們待會先找個地方休息，活動一下筋骨。」

卡車繼續往上攀升，四周的霧漸漸散去，整個世界也明亮起來。

就在那神奇的一瞬間，彷彿有人掀開了罩在他們頭上的灰色布幕，蔚藍的天空出現在他們的眼前，微潤翠綠的崢嶸山脈在陽光下閃耀著光芒。

爸爸倒是說對了一件事。

這裡的天氣真的舒服多了。

4

「艾薇，你看，那間一定就是你的新學校了。」媽媽說。

傍晚時分，爸爸總算將卡車開下了公路，駛上另一條不斷往地平線延伸的道路。這條路一側是柳橙樹，另一側則是檸檬樹。爸爸將卡車開進一座小鎮時，刻意放慢了速度，並且在一棟白色灰泥的單層樓建築物前停了下來。這棟灰泥房子上有個牌子寫著：「林肯學校」。

校園的前方角落種了幾棵棕櫚樹，圍繞著校舍的草皮被修剪得整整齊齊，窗台下的花圃種滿了天竺葵，校舍前方的人行道兩側則是含苞待放的玫瑰花叢。

「比起來，這間學校更有綠意、也更漂亮，對吧？」爸爸搖下車窗，將手肘擱在車門上，陣陣柳橙的香味飄進車內。「不像在山谷裡，一到冬天就只剩下咖啡色和灰色，這裡是屬於陽光和百花的地方，就算在十二月也是如此。」

這點艾薇倒是相當認同。

她看到橫跨在兩扇教室窗戶上的海報寫著：「管弦樂團招收五、六年級生。一月起開始練習！」

「管弦樂團？」艾薇說。她從來沒讀過有管弦樂團的學校。管弦樂團這幾個字聽起來就跟這間學校一樣，似乎是一個既漂亮、管理又完善的單位。在她想像裡，大部分參加管弦樂團的學生都學過音樂，而且有自己的樂器。不過她在意的是：這裡有管弦樂團呢！

車子繼續往前開，艾薇卻仍然不停回頭望著學校操場。畫著四方格的柏油地、跳房子遊戲區、籃球框，後面的大片草皮上甚至架著棒球和足壘球的球網。

「你確定這裡眞的是我要唸的學校？」

爸爸伸手拍了拍放在儀表板上的大信封。「吉耶莫和柏蒂娜寄來的是『林肯學校』的文件，剛才我們看到的招牌不就是這麼寫的嗎？」他用手肘頂了艾薇一下笑著說。

艾薇也忍不住笑了。

車子又往前開了幾哩，轉進柳橙園中間一條長長的泥土路。「就在那裡！」

爸爸往前指向一處空地，在空地中央，一棟木造房子靜靜矗立。房子前方的門廊大概可以擺下兩張搖椅，不過車庫的雙扇大門似乎不太密合，還有房子本身和車庫都需要再重新粉刷。儘管如此，和他們在弗雷斯諾住的平房比起來，這間房子顯然大多了，也更適合他們居住。

他們走下卡車活動筋骨，接著便在屋子四周漫步。後院圍著一圈老舊歪斜的圍籬，陽光下兩根T字形的竿子對立而站，上頭拉了幾條曬衣繩。花圃裡種著鳶尾花，只是葉子已經枯黃了。

爸爸從大信封裡拿出一張手繪地圖開始研究。他抬起頭，手指著道路那一側成排的柳橙樹。「從果園這裡看過去，農場地主的屋子就在遠遠的另外一邊。」

「他有小孩嗎？」艾薇問。

「有一個年紀比費南多稍微大一點的男孩，他現在在海軍陸戰隊服役；還有兩個女孩年紀和你差不多，但是她們現在都不在這裡……」

艾薇覺得心跳加速。這裡有跟她年紀差不多的女孩！眞希望可以和她們成爲好朋友。她知道再也沒有人可以像阿拉塞莉和她那麼要好，但至少她可以有個伴。「那兩個女孩很快就會回來嗎？她們是去度假了嗎？我們會不會一起去上學？」

爸爸看了媽媽一眼，沒有回答艾薇的問題。他忙著卸下艾薇的行李，但是當他將行李遞給艾薇的時候，艾薇感覺到爸爸對她隱瞞了某些事情。究竟是什麼呢？

艾薇原本想繼續追問，但媽媽已經牽著她的手往屋子後方走去。兩人來到裝有紗窗的後門廊，角落裡擺著一台洗衣機，電線掛在機身旁邊；洗衣機的上方是一台衣物絞乾機，上下兩個大圓筒就像等著把濕衣服吃進肚子。媽媽笑著說：「我們再也不必在大臉盆裡刷衣服了。這樣的生活還眞是奢侈啊！」

接著，她們走進屋內，檢視每一個房間的狀況。

「我們需要的這裡都有了：桌椅、床，還有客廳的沙發。剩下的東西都在卡車上。這裡東西不多，但是很乾淨，感覺就像個家一樣。」媽媽說。

的確如此。艾薇注意到媽媽說話的語調輕快許多，或許搬到這兒可以讓媽媽開心一點，她也就不會時時掛念著費南多。她們穿過屋子，從這個房間走到那個房間，艾薇覺得自己的精神也跟著振奮了起來。

她們來到三個房間中最小的那一間，裡頭擺了張金屬床架的單人床和床墊，牆上綠色藤蔓和玫瑰色小碎花的壁紙已經褪色了。

「這是你的臥房。」媽媽說。

艾薇看著媽媽。「我自己的？」她一直都是和費南多共用一個房間。她曾經想像擁有一個屬於自己的房間，不用硬擠下兩張單人床，梳妝台不會塞滿費南多的籃球比賽獎牌，也不必兩個人共用抽屜和衣櫥。「但是媽，你不需要一間裁縫工作室嗎？」

媽媽笑著說：「在費南多回來前，我會先把縫紉機擺在他的房間裡。可以在屬於他的東西陪伴下工作，我覺得這樣很好。」

然後爸爸抱著一座有三個抽屜的小梳妝台出現了。他把梳妝台靠在牆邊，拍了拍艾薇的肩膀，在他回頭繼續卸貨之前，他對艾薇笑著說：「我不是告訴過你，一切一定會更好的嗎？」

艾薇在房間裡走來走去，然後她在床墊上蹦蹦跳跳，又打開衣櫥仔細檢查，最後走到窗邊看著屋外一排又一排的柳橙樹。她想起她的新學校，開始相信爸爸的話，尤其當她聽見媽媽在廚房裡哼著歌、爸爸在卸貨時也吹著口哨——過去這幾個月來，他們從沒這麼開心過——就連艾薇的心裡也感覺到一絲喜悅。她住過這麼多地方，但這是第一次她擁有屬於自己的房間。

艾薇從口袋裡拿出口琴，吹起輕快的旋律：

出航、出航，航向廣闊海洋……

在她的腦海裡，她來到一座屬於自己的小島，四周是蠟質樹葉形成的綠色大海，還有許多肚子圓滾滾的小金魚在其中跳躍。

5

艾薇開始動手整理自己的物品。她把衣服從行李箱裡拿出來，將費南多給她的外套掛在衣櫥裡，然後把口琴和教學小冊子一起放在梳妝台上。這時，前門傳來了一陣敲門聲。

會是農場地主的女兒回家來了嗎？

艾薇趕緊跑去開門，媽媽也跟在後面走了出來。

門外台階上站著一位太太和一個女孩，今天是星期四，但那位太太的打扮相當正式，看起來像是星期天要上教會似的。她頭上戴了頂船型帽，身上穿著毛呢大衣，手裡還抱了一疊黑色布料。而那個女孩的年紀應該和艾薇差不多，她穿著成套的藍色大衣和洋裝，頭髮整齊地梳往側邊，還夾了一個藍色的蝴蝶結。黑髮、白皙皮膚、深綠色的眼珠，讓這個小女孩看起來就像是玩具店櫥窗裡擺著的陶瓷娃娃。

在她們身後，一輛大型的別克轎車停在屋外的小路上，一名身材魁梧、留著黃棕色短髮的男子站在駕駛座的車門外。他兩手放在背後，手肘向外，兩腳分開，像個士兵直挺挺地站著。

「你好。」媽媽說。

「午安，我是喬伊絲．瓦爾德，」那位太太說，「這一位是我的女兒，蘇珊。請問你是……」她低頭看了一眼手上的文件，「……洛佩茲太太嗎？」

「是的，我是露茲．洛佩茲。」媽媽回答。

「柏蒂娜說你們很快就會到了。我們剛從鎮上要回家，正好看見你們的卡車，所以就停下來瞧瞧。她有寫信給你，跟你提到洗衣服的事嗎？」

「噢，有的，」媽媽說，「她說星期三去你家收衣服，把衣服帶回來洗；星期五的時候再把洗好的衣服送去你家，然後在你家幫忙把衣服燙好。」

「沒錯。你願意接下這份工作嗎？」瓦爾德太太問。

媽媽點點頭。「當然。請問你的地址是？」

「沿著這條路往下走，在布蘭查巷的轉角處有一棟高聳、綠屋頂的白色建築。我們的後院是相連的，不過我想你從前面的路上開車過來會比較方便一點。你願意幫忙實在太好了，柏蒂娜不在，我的生活變得一團亂。我有關節炎，根本沒有力氣拿熨斗燙衣服，家裡的髒衣服也早就堆積如山了。」

「如果需要的話，我可以在星期三之前先找時間過去收衣服。」

「可以嗎？」瓦爾德太太說，「那可眞是幫了我一個大忙呢。」

媽媽笑了。「當然，沒問題的。明天下午——」

艾薇清了清喉嚨。

媽媽伸手搭在艾薇的肩膀上。「這是我女兒，艾薇。我兒子費南多現在正在軍隊服役。」

艾薇注意到瓦爾德太太的表情變得緊繃。「我們會爲他的安全祈禱。」

「謝謝你。」媽媽說，「我有個問題想請教你。艾薇要就讀林肯學校五年級，我明天得先去學校繳一些文件，幫她辦理入學手續。請問你知道她要在哪裡搭校車嗎？」

「就在你們家門口這條小路的路口。」瓦爾德太太說，「蘇珊八點會上校車，你們家應該會是下一站。如果你明天能去學校幫她繳交文件的話，我猜她星期一應該可以開始上課。再過一個星期就是聖誕假期了，不過至少她可以先利用這段時間把自己安頓好。你們在來這裡的路上應該已經看到學校了吧。」

蘇珊站得離艾薇更近一點，她對艾薇笑著說：「我也讀五年級。以後我們天天都會見面。」

艾薇也回她一個微笑，點點頭。上學的第一天能看到熟悉的面孔，讓艾薇覺得安心許多。這是第一次她換新環境，費南多沒有在她身邊。

「我會在校車上幫你留一個位置。」蘇珊說。

瓦爾德太太將手上的那疊黑色布料交給媽媽。「這些是要給你們的。我先生是退役軍人，也是我們郡裡民間安全組織的主席。這些是要讓你們掛在窗戶上的遮光窗簾，所有人入夜後都要把遮光窗簾拉上。」

「這樣日本人就看不見美國西岸在哪裡，他們也就沒辦法轟炸我們了。」一旁的蘇珊補充，「只要有一點光透出來，他們的飛機就會知道加州的位置。」

艾薇緊握住媽媽的手。難道他們已經身處在危險之中了嗎？

蘇珊感覺到艾薇緊張起來。「噢，別擔心。我爸說我們絕對安全，只要大家都掛上這種窗簾。」

「如果你有興趣的話，」瓦爾德太太說，「星期天下午我都會在紅十字會當志工，我們會替軍隊製作包紮傷口用的繃帶和醫療用品。我們一直都很需要志工來幫忙。」

媽媽點點頭。「我非常樂意。」

瓦爾德太太往身後的車子瞄了一眼，放低聲音說：「你過來我們家的時候，歡迎你把艾薇也一起帶過來，這樣蘇珊就有伴了。」

蘇珊聽了眼睛一亮。「答應我，你明天要跟你媽媽一起來。」

艾薇點點頭。「好。」

瓦爾德太太又再回頭看了一眼。瓦爾德先生開始在車子旁邊來來回回走著。他爲什麼不一起過來呢？

瓦爾德太太牽起蘇珊的手。「我們該走了。」

艾薇看著她們走向停在前院的車子。

瓦爾德先生繞過車子前方，走到副駕駛座旁替他太太開了車門，然後再替蘇珊開了後座的車門。等她們兩個在車子裡坐定之後，瓦爾德先生把車門關上，接著兩手叉腰、皺著眉，對媽媽和艾薇隨便點了個頭。

等車子開走，艾薇說：「媽，瓦爾德先生看起來不是很友善。」

「是啊，」媽媽同意艾薇，「他看起來的確不太友善。不過我們不能只從外表來判斷。當一個人臉上帶著那樣的表情，背後通常隱藏著一些不爲人知的原因。」

艾薇看著車子愈駛愈遠。瓦爾德先生會藏著什麼不爲人知的祕密呢？

6

「我為什麼不能跟媽媽一起去學校？」隔天早上，艾薇跟著爸爸穿過柳橙園時不解地問。

「艾薇．瑪麗亞，這個話題已經結束了。」爸爸說。

「但是，為什麼我得跟你一起去地主的屋子那邊？你之前也說他們家的女兒不在啊。比起來，去學校跟我的新老師見面不是更重要嗎？」

「媽媽只是去學校幫你繳一些文件，確認你下星期一可以開始上學而已。老師和同學們都在上課，之後媽媽也還有別的事要辦，我們不知道她得花多少時間處理。再說，我想要你留下來，是因為我要跟你解釋一些事情……」

艾薇從費南多的外套裡拿出口琴來，開始吹起《我的國家屬於你》，在曲子快要吹完之前，她放下口琴問：「爸，你想我的新老師會不會像黛嘉朵小姐一樣迷人？黛嘉朵小姐就像城堡裡的女王，而我們是她的臣子，她每天都會打開寶箱賞我們一些珠寶……」

爸爸皺眉看著她。「艾薇，這種扮家家酒的遊戲你也該玩夠了吧，你都這麼大了。還有，你打斷了我的話，你剛才沒聽見我說我要跟你解釋一些事情嗎？現在先把你的玩具收起來。」

艾薇覺得爸爸的話中帶刺，但是她還是乖乖地把口琴收進口袋裡。「對不起，爸。你想跟我解釋什麼事情？」

爸爸繼續往前走，直到他們走出了柳橙園。接著，他伸手比向一間看起來幾乎已經荒廢的屋子，庭院裡的草皮因爲無人灌溉而變得枯黃，花圃裡的植栽更是早已枯萎。前門和所有窗戶都被釘上了木條，環繞門前與房屋一側的木造門廊和柵欄也積滿了灰塵。

「爸，這是怎麼一回事？」

「你還記得去年春天我們在弗雷斯諾的時候，有一天，學校裡所有的日本小孩全都不見了？」

艾薇點點頭。「黛嘉朵小姐說那些日本小孩得去住在一個特別的集中營裡，因爲我們正在和日本打仗。」教室裡的座位原本坐滿了人，但從那天開始，班級人數突然少了一半。

「這件事就發生在這個地主和他的家人身上。」爸爸說，「山本家是日本後裔，現在政府叫他們『美國的敵人』。在加州，像這樣被送進集中營的農場地主就有好幾百個，如果這些人沒有繼續按月支付帳單，他們就會失去一切，這就是爲什麼我會在這裡的原因。」

「你是要來這裡幫他們保住農場的？」艾薇問。

爸爸點點頭。「山本先生不在的時候，我會幫他管理這座農場。我會替他支付帳單，付我自己薪水，然後幫他維持農場的獲利。我們談好的條件是，等戰爭結束之後，他讓我繼續管理農場，並且把我們現在住的那棟房子和所在的土地過戶給我們。我們可以擁有它們。」爸爸說這句話的時候，語氣像是在禱告一般。

擁有。這個意思是他們可以在這裡定居，不必再離開，就算待超過一年以上也無所謂。而且這裡還有許多值得留下來的理由：林肯學校、管弦樂團、她自己的房間、迎接費南多歸來的宅院，或許還會有一些好朋友。

「山本先生的兒子肯尼會帶一些法律文件來給我簽，他再過幾個星期就會回來了。」爸爸說，「如果他喜歡我、覺得我把整個農場和房子都照顧得不錯，我們就會簽一份合約，這是一份同時背負著兩家希望的合約。我們家和他們家的未來緊緊繫在一起。」

「如果山本先生的兒子可以從集中營出來，爲什麼其他的家人不一起來呢？」

爸爸搖搖頭。「肯尼不在集中營。他在美國海軍陸戰隊擔任翻譯官，只能短暫離開軍隊幾天，幫他爸爸處理這些事情。」

「肯尼的爸媽和妹妹是美國的敵人，但他不是？」

爸爸又搖搖頭。「我不認爲他們有任何人是美國政府的敵人。山本家已經擁有這座農場四十年了，山本先生還曾經替美國打過第一次世界大戰。」

「那麼爲什麼要把他們送去集中營？」

「這是個好問題，艾薇，但好問題不見得會有好答案。」爸爸往後院走去。

艾薇跟在後面，腦子裡不斷冒出許多問題。「要是其他日本地主找不到像你這樣的人來幫他們管理農場，那會怎麼樣？」

「銀行就會以比市値低上許多的價格把這些農場賣掉。有很多人都等著要買這些農場，像我們的鄰居瓦爾德先生就是其中之一，他已經在這附近買了三塊地。他曾經向山本先生出價，但是被山本先生回絕了。」

難道……瓦爾德先生想買山本家的農場卻被拒絕，這就是瓦爾德先生不爲人知的祕密？他會不會因為山本家找了爸爸幫忙管理農場，而對他們感到憤怒？

艾薇和爸爸走到屋子旁邊，那裡曾經是一大片菜園，如今纏繞在金屬棚架上的番茄藤已經枯萎，過去結實纍纍的果實也腐爛了。在菜園後方，只有一扇窗的木造倉庫矗立在那兒。

爸爸從外套口袋裡掏出吉耶莫寄來的那封信，他把封口朝下，一大串鑰匙連同另外兩把獨立的鑰匙從裡面掉了出來，落在他的手心裡。「這是倉庫和房子的備份鑰匙。」為了打開倉庫的掛鎖，爸爸一連試了好幾把鑰匙，當他終於成功把鎖打開，門上的一個鉸鏈卻掉了下來。「我明天來把它修好。」爸爸說。

趁著爸爸忙著清點鏟子、耙、鋤頭等各種農用工具，艾薇在倉庫裡四處查看。她發現幾頂寬邊大草帽用釘子掛在牆上，一個木盒子裡裝著幾袋種子，但是讓艾薇心頭一緊的是一台兒童尺寸的手推車。手推車裡頭擺滿了小鏟子、小草帽，還有許多相疊的小陶盆，她想像著地主的兩個小女兒跟著她們的爸爸在菜園裡栽種幼苗，現在她們卻沒有機會看著這些幼苗長大了。

等爸爸清點完畢後，他將倉庫的門儘量關上，帶著艾薇走向主屋。當他們走到主屋的後門，艾薇不禁倒抽了一口氣，有人在後門上寫著：**日本鬼子！黃皮膚的敵人！**

「爸，這太可怕了！」

爸爸咬著牙說：「留下這些話的人眞是太可惡了。」

「爸，如果地主的兒子看到這些話，一定會覺得很受傷，更不可能開心的。我們應該要把這些字塗掉。」

「我很高興你能想到這點，這就是我們該做的事。我們也需要到屋子裡檢查一下，但是要將整間屋子巡上一遍得花上不少時間，或許媽媽下星期有空處理。」

「要檢查什麼？」

「如果屋子長時間沒人居住，最好偶爾檢查一下有沒有哪裡漏水、長老鼠窩，或是窗戶是否關緊，讓松鼠或小鳥之類的小動物跑進來。」爸爸對門上的文字搖搖頭。

艾薇伸手觸摸那些充滿憤怒的字眼。「爸，你覺得是誰做的？」

「很多人都有可能。我在報紙上看到有人放火燒了日本人的教堂，還有人拿石頭去砸日本人的洗衣店，只因爲這些建築物是登記在日本人名下。這座農場也是如此，大家都知道山本先生沒有把這座農場賣掉。」

艾薇擔心了起來。「爸，你會不會有危險？大家會因爲你在這座農場工作，就看你不順眼嗎？」

「我想應該不會。現在農務上的人力缺乏。你知道政府稱呼我們什麼嗎？」爸爸挺直身子。「糧食戰士。不光只是爲國家，我們也要爲在前線打仗的戰士們生產糧食。所以政府才希望所有家庭都開拓自己的戰時農場，這樣可以減輕農人們的負擔。在戰爭期間，每個美國人都是自己崗位上的戰士，政府甚至還讓集中營裡的日裔美國人在周圍的土地耕種呢。」

「但是爸，難道山本家他們不能在自己的土地上當糧食戰士嗎？」

爸爸嘆了一口氣，沒有回答艾薇的問題。他從信封裡拿出一張照片仔細端詳。

艾薇靠了過來，想看清楚那張照片。照片上是山本先生、山本太太，還有他們的三個孩子。他們站在一座教堂前面，山本先生戴著黑框眼鏡，山本太太穿著白色蕾絲衣領的洋裝，他們的兒子肯尼看起來已經比他的爸爸還高了，兩個小女孩則是留著直瀏海的學生頭，穿著洋裝與瑪莉珍皮鞋。

妹妹將頭側向姊姊，面露微笑，手上還緊抱著她心愛的洋娃娃。艾薇不確定「敵人」的長相，但她怎麼樣也沒辦法把這家人和敵人聯想在一起。

她指著照片上的洋娃娃。「你想他們會讓她把洋娃娃一起帶走嗎？」

爸爸點點頭。「或許吧。他們可以帶著輕便的手提行李，但是其他東西就得留下來。現在，我們的工作就是要幫他們守住留下來的這些東西，直到他們回來爲止。」

突然間，艾薇對於自己抱怨必須匆匆離開弗雷斯諾這件事有了些許罪惡感。山本家的女孩們只帶了手提行李就前往集中營，而她至少來到了這裡——一間或許他們日後可以擁有的房子。

艾薇跟著爸爸循著原路往回走，房子外圍有一處從地面一直搭到屋簷的木頭棚架，他們在那裡停下了腳步。這片木頭棚架釘滿了薄木板，木板上，綠色的爬藤張牙舞爪地向上蔓生，粗細不一的雜枝也從棚架旁竄了出來。

艾薇皺起眉頭。「爸，這裡需要修剪。」

爸爸打量了一下木頭棚架。「的確。但是山本先生在信上說讓它繼續長，長滿也沒關係。這個想法還挺特別的，不過我可以感覺得出來他很愛這座農場，所以我會按照他的意思去做。」

「爸，這些窗戶釘上了木條，讓這間房子看起來既難堪又悲傷。就好像一隻被狠狠羞辱過的狗。」

「是啊，」爸爸說，「這是一間悲傷的房子。」

他們沿著小路走向路口一個只有三面牆的木造建築，裡頭有張凳子斜靠在後方的牆上，前面那張桌子已經變形。

「這是公車站嗎？」艾薇問。

爸爸搖搖頭。「這是山本太太的攤位。她春天會在這裡賣柳橙，夏天賣蔬菜。」

艾薇趁爸爸四處檢查的時候，從口袋裡拿出了她的口琴，吹起《跳向我的甜心》。她回頭望向那棟房子，在她的腦海裡，她看見了另外一個時空的畫面：一棟剛上了新漆的房子，窗戶上掛著蕾絲窗簾，綠草如茵的草地上鋪著一張舊毯子，一家人正要開始野餐。山本家的女孩們手牽著手，和她們的洋娃娃圍成一個圓圈跳舞。跳、跳、蹦蹦跳跳，跳向我的甜心。她們不停地跳、不停地轉圈，直到她們頭暈了，便倒在草地上咯咯笑著。

艾薇放下口琴。她相信，山本家的女孩們會成爲她的好朋友……如果她們沒有被送走的話。

7

瓦爾德家看起來就像是童話故事裡的房子，在柳橙園裡顯得有點格格不入。

那是一間斜屋頂的白色建築，有兩層樓，門廊上圍著綠色的木柵欄，屋簷和窗戶都裝飾著繁複的雕花。它一絲不苟地座落在綠草如茵的庭院中，一旁的花圃種植著天竺葵。這裡和山本家完全不一樣，院子裡沒有枯葉、雜草，或是凋謝的花朵。前方的窗戶兩旁插著兩支白底紅邊的小旗子，旗子中央各有一顆星星，一顆藍色、一顆金色。

「媽，這間房子……好漂亮。」艾薇下車的時候說。她跟著媽媽一起來瓦爾德家收該洗的衣服。

「很美的房子，對吧？」媽媽說。

她們往房子的大門走去。艾薇小聲說：「萬一瓦爾德先生在家怎麼辦？」

「只要保持禮貌就好了。不是所有事情都跟它們的外表一樣。我相信他的內心並不像他的外表看起來那樣不友善。」

艾薇按了門鈴。

她們聽見門鈴聲響起，接著從屋子裡傳來一陣腳步聲。門打開了，蘇珊站在她們前面開心地笑著。她紮起辮子，身上穿著白色蕾絲領的上衣，外頭再罩了件綠色毛衣。艾薇用手摸了摸身上那件費南多的外套和連身工作服，她覺得自己似乎應該換件好一點的衣服。

「請進！」蘇珊說，「我媽媽要我告訴你們她馬上過來。她在車庫那裡。艾薇，你看我的頭髮，我跟你綁了一樣的辮子。」

艾薇跟著媽媽走進瓦爾德家的前廳，她儘量不讓自己對屋子裡富麗堂皇的裝潢露出目瞪口呆的模樣。客廳裡有座通往二樓的橡木階梯，左手邊是一間起居室，裡頭擺了一張酒紅色的古典長沙發，還有一棵幾乎頂到天花板的聖誕樹，樹上掛了許多玻璃飾品，頂端還有一個金髮天使。

艾薇從來沒見過這麼華麗的房子。她心想，蘇珊擁有一切——豪華的住處、漂亮的衣服，還有美麗的臉蛋。

「你想要參觀我的房間嗎？」她問艾薇。

艾薇抬頭徵詢媽媽的同意。

「我覺得你最好待在我身邊。」媽媽說。

「沒關係的，洛佩茲太太。柏蒂娜的女兒常常來我的房間玩，她只有五歲而已。」蘇珊說。

於是媽媽讓步了。「只能去幾分鐘。」

艾薇跟著蘇珊上樓走進她的臥房，那個房間足足是艾薇房間的三倍大，裡面擺著一個白色的斗櫃和梳妝台，搭配著成套的床頭櫃，還有鋪了白色絨布床罩的四柱床。旁邊一個衣櫃的門敞開著，露出裡面成排的洋裝。蘇珊的房間看起來就像西爾斯百貨公司型錄上的圖片一樣。以前艾薇和費南多會擠在一起看著這些圖片，幻想哪天他們有錢，就要把圖片裡的商品全都買下來。艾薇原本對於擁有自己的新臥房感到興奮，現在那種心情一下子冷卻下來。

蘇珊知道自己有多麼幸運嗎？艾薇想起早上才看過山本家的房子，也想起自己貼著褪色壁紙的小房間。比起來，蘇珊擁有這麼多，這一切似乎不太公平。

蘇珊指著艾薇外套口袋裡露出半截的口琴說：「你能吹首歌給我聽嗎？」

艾薇吞下嫉妒的感覺回答：「好啊。」然後她拿出口琴，吹起了《聖誕鈴聲》。

等艾薇吹完，蘇珊拍手說：「吹得眞好！」

「謝謝。在我們搬到這裡來之前，我本來已經準備要上廣播節目表演口琴獨奏了。」一股遺憾的感覺湧上了艾薇的心頭。

「哇，廣播節目！你應該要加入學校的管弦樂團，只要有興趣的五、六年級生都可以參加。下星期四放學後有一場新生說明會，正式的課程會在一月份假期結束後開始。我猜你一定很會吹長笛，我之後就是要學長笛。」

「我也希望能夠參加管弦樂團。但是我沒有長笛，也沒上過任何正式的課程。」

「你不需要有長笛，樂團總監丹尼爾斯先生會借你樂器，而且他會教你怎麼吹。我們會先上三個月的課程，然後再一起參加管弦樂團的練習。六月的時候會有一場音樂會。我知道這麼多，是因爲我哥哥他們之前在管弦樂團裡吹單簧管。」蘇珊笑著說，「假如你也加入管弦樂團的話，我們每個星期四下午放學後都可以在一起。」

黛嘉朵小姐說過，只要艾薇願意，她絕對可以學好任何一種樂器。艾薇很想試試看。「我會問問我爸媽。」

「如果他們同意的話，星期四下午說明會之後，我可以請媽媽順道載你回家，因爲我們會趕不上校車的時間。」蘇珊對著艾薇的口琴點點頭。「我從來沒吹過口琴，這很難嗎？」

「你有口琴的話，我可以教你怎麼吹。」

「我哥哥房間裡有。來吧。」蘇珊示意要艾薇跟著她。

她們沿著走廊走進一間更大間的臥房，裡頭所有的傢俱，包括兩張單人床、斗櫃、書桌，全都是松木製成的。兩個斗櫃上各擺了一張穿著軍服的士兵照片，其中一張上面掛了許多勳章。

蘇珊在書桌上層的抽屜裡翻找，一邊對著那兩張照片點點頭。「他們是我哥，唐諾和湯姆。湯姆在軍隊裡開坦克，唐諾……」蘇珊皺起眉頭，闔上最上層的抽屜，又打開下一層抽屜拿出一把口琴。「我就知道在這裡。」

艾薇笑了。「我家裡有一本手冊，裡面有教怎麼吹口琴，而且是從最基本的開始教起，我可以帶來借你……」

樓下傳來媽媽和瓦爾德太太交談的聲音。

「我該下樓了。」艾薇說。

「我們明天要不要約在柳橙園的交界處碰面？沿著你家後面那條小徑一直走就到了。那裡停著一輛老拖車。」蘇珊拿起手上的口琴。「你明天可以幫我上第一堂課。兩點鐘好嗎？」

艾薇點點頭。「好。」

「說好了喔。」蘇珊說。她聽起來似乎不相信艾薇。

「我答應你。」艾薇說完便匆忙下樓去了。

蘇珊跟在她身後，一直到艾薇和媽媽上了卡車、將車緩緩駛出蘇珊家的車道，蘇珊還不停對她們揮手。

「蘇珊看起來人很好。」媽媽說。

「媽，你眞該去看看蘇珊的房間，就跟公主的寢室一樣。她的衣櫃裡掛著滿滿的洋裝，我要是有她一半的洋裝就好了。她眞好命，擁有那麼多東西。」

「艾薇，我不喜歡你那種嫉妒的口氣。沒錯，她是擁有很多東西，不過也就如此而已。她擁有的是那些物質上的東西，除此之外，蘇珊只是像你一樣的小女孩，而且能認識住在附近、年紀相仿的女孩，對你來說也是件好事。」

「我不知道為什麼她很想跟我做朋友。她一定已經有很多朋友了。當然，她也不會變成我最要好的朋友，因為我還有阿拉塞莉。」

「或許她想要和你做朋友，是因為她需要朋友。」媽媽說，「還有，艾薇，你最要好的朋友當然可以不只有一位。」

「噢，不，媽。我心裡已經有阿拉塞莉了。」

媽媽笑著說：「你的心比你所想的還要大呢。」

艾薇回頭看著蘇珊和那棟窗戶上插著旗子的房子愈來愈小。「媽，那些旗子是做什麼用的？」

「旗子上的每顆星星都代表了一位士兵，所以這代表他們家的兩個兒子正在戰場上。」

「那我們家裡也該有一面星星旗。」艾薇說，「代表費南多。或許我們可以選金色星星的旗子，金色的星星比較漂亮。」

「艾薇．瑪麗亞，千萬不要再說這樣的話了。」媽媽一手握著方向盤，另一手在胸前比劃了一個十字。

「爲什麼？」艾薇問。

「因爲金色星星是紀念陣亡的戰士。」

8

星期六下午的陽光暖烘烘的，但艾薇還是把費南多的外套穿在身上，頭上戴著阿拉塞莉送給她的紫色毛帽。

昨天晚上，她在寫給他們的信上提到這棟房子、她自己的房間，還有山本家和瓦爾德家的事。當艾薇走到那條劃分地界的泥土路上，她看見對面兩排柳橙樹中間有一輛長型的木造拖車，蘇珊正坐在上面對她拚命揮手。

艾薇趕緊跑過去。「嗨。」她一邊打招呼，一邊爬上拖車、坐在蘇珊對面的椅子上。「這輛拖車是做什麼用的？」

「很久以前，我爺爺會讓馬兒拉著拖車在農場裡搬運東西，不過現在這只是我們玩耍的地方。這幾張椅子是我爸釘上去的。」

艾薇指著刻在拖車內側木條上的三個名字：

唐諾　湯姆　肯尼

「這是你哥哥們刻的嗎？」

蘇珊點點頭。「他們以前會把柳橙箱搬到這裡蓋堡壘。他們在柳橙園裡玩捉迷藏的時候也會把這裡當作基地。」

「誰是肯尼？」

「肯尼斯・山本。我們都叫他肯尼。」蘇珊站起來，指著遠方在農場另一頭的黃色房子。「你從這裡可以看到三間房子的屋頂：你們家、我們家，還有山本家。它們排成一個三角形。肯尼是唐諾這輩子最要好的朋友，是他要唐諾去加入海軍陸戰隊的。我爸對這件事很不高興，他自己是個道道地地的陸軍，也希望他的兒子們選擇陸軍。後來唐諾……唐諾在珍珠港事變的時候被炸彈炸死了。」

艾薇心頭一沉。她輕輕撫摸著木條上唐諾的名字說：「這就是爲什麼你們家的窗戶上會掛著金色星星的旗子？」

蘇珊點點頭。「我媽和其他幾位太太們用縫紉機縫了這些旗子，代表我們對他們的懷念。我媽也替你們家做了一面象徵你哥哥的旗子，我希望……我希望他還活著。」

艾薇打了個寒顫。雖然今天的天氣沒有很冷，而且她身上還穿著費南多的外套，但她卻覺得兩條手臂都泛起雞皮疙瘩。她知道費南多在戰場上的處境充滿危險，但是那些危險似乎離她很遙遠。「我也希望他能好好活著。」她深吸一口氣。「肯尼斯・山本也被炸彈炸傷了嗎？」

蘇珊把身子靠了過來。「沒有。我爸說他能逃過一劫一點都不令人意外，因爲他搞不好早就知道日軍會來轟炸了。他覺得應該要把肯尼跟其他日本人關在一起才對。他說，如果唐諾沒有聽信那個鬼子間諜的話，現在或許還活著。」

艾薇整個人僵住了。「間諜？」

蘇珊睜大了眼，點點頭。「我爸說，就他所知，肯尼只是假裝自己效忠美國，這樣他就可以得到一些資訊，再把這些資訊交給日本。他們全家人搞不好都是間諜。我爸覺得山本家的人一定藏著一些東西。如果這是眞的，而我爸也能夠提出證明的話，山本家的人就會被關進牢裡，他們的農場也會被銀行沒收。」

「他要怎麼證明？」

「把山本家從裡到外搜一遍啊。」

艾薇心裡有種複雜的感覺。她根本還不認識山本家的任何人，但是在去過他們那間悲傷的房子、看過他們荒蕪的庭院、知道他們家的人身在何處之後，她有了一種想要保護他們的心情。再說，山本家的人不是已經被送到某種算得上是「監牢」的地方了嗎？

艾薇坐直了身子。「我爸是不會替間諜工作的，所以我相信山本家的人不是間諜。我爸也不喜歡鬼子這樣的字眼。有人在山本家的房子上漆了這樣的字，但是我們會想辦法把它們塗掉。」

蘇珊繼續說：「我爸會知道這些事，是因爲他以前在陸軍情報單位工作，而且他現在在負責帶領民間安全組織。他們一天到晚都在開會。他說每個美國人都要留心各種可疑的活動，一有發現，就要立刻回報給警察單位，即便是小孩也不例外。這是我們的責任。你在山本家有發現什麼可疑的事物嗎？」

「怎麼樣算是可疑的事物？」

「我不知道，祕密文件吧。任何可以幫助鬼子——我的意思是日本軍——打贏這場戰爭的東西。」

艾薇聳聳肩。「我還沒去過那間房子裡面。我只看過倉庫，就是一些農務用具。」

「如果你要進去的話，一定要特別小心。他們為了不讓間諜的資料曝光，說不定會在房子裡設下陷阱或者安置炸彈，裡頭搞不好還有祕密通道呢。我爸說，他們什麼事情都幹得出來。」

艾薇搖搖頭，一臉不以為然。蘇珊真的相信自己所說的這些話嗎？

蘇珊聳聳肩。「這說不定是真的啊。」她微微垂下肩膀，咬著嘴脣說：「我以前都會和肯尼的妹妹凱倫和安妮一起玩。」她抬頭望向山本家的方向。「她們的媽媽是我的鋼琴老師。但是自從唐諾……這一切都結束了。」她的眼神轉向手中的口琴。「你可以教我怎麼吹口琴嗎？」

艾薇很高興她們不必再繼續和間諜有關的話題。她不想去擔心萬一山本家被關進牢裡，或銀行把他們的農場賣掉之後會發生什麼事。費南多就已經夠她煩的了。

她先帶著蘇珊看過一次《輕鬆吹口琴》的第一頁，就像黛嘉朵小姐教他們的一樣。她跟蘇珊解說了口琴的記譜法。「很簡單，口琴上有十個孔，從最低的音開始，每個孔會對應從一到十這十個數字。你看著這曲子的歌詞和上面的數字。一般的數字表示那個音要吹氣，如果數字前面有個減號，就表示那個音要吸氣。」接著艾薇教蘇珊吹《小星星》，再聽蘇珊自己吹一次。等蘇珊吹完後，艾薇說：「你學得很快。你對音樂還滿擅長的嘛。」

蘇珊對著艾薇苦笑。「我總算也有自己擅長的項目了。」她將身子往後一靠，抬頭望向天空。「我了解你的感覺。」艾薇也跟著做了同樣的動作。「我哥費南多做任何事情都很厲害。他可以拆解任何東西，然後再把它組裝回去，連縫紉機都難不倒他。現在他已經完成軍事訓練，馬上就要上戰場了。我爸媽一天到晚都在講這件事。」

「大家都在講這些事。」蘇珊說，「嘿，你爲什麼一直穿著這件外套，還有戴著這頂毛帽？」

「這是費南多的外套。他說在他打仗的期間，這件外套可以先借我穿。他要我知道他一會一直守護著我——你知道，就是讓我覺得溫暖又安全——即便他在很遙遠的地方。至於這頂毛帽，這是我最好的朋友阿拉塞莉送我的，她媽媽幫我們兩個人織了一模一樣的帽子。我們兩個長得很像，人家都以爲我們是姊妹。」艾薇滔滔不絕地說著，蘇珊也聽得津津有味，於是艾薇從黛嘉朵小姐、廣播電台的演出、與費南多的離別，一直講到她在閱讀課和數學課的學習表現上如何優秀。

「我以前在班上的成績也很好。」蘇珊說，「但現在我退步很多。我也不知道爲什麼。以前……我爸媽都會幫我複習功課。現在他們總是說他們太累……而且他們一直很悲傷。」

艾薇試著想像他們家失去了費南多，這個家會如何地四分五裂。如果最糟糕的事情發生了，她不確定自己是否能夠像她答應費南多的那樣，把整個家撐住。她光想到這件事，就覺得心裡好沉重。「我可以幫你複習功課。」

蘇珊坐了起來，用不可置信的眼神看著艾薇。

「可以嗎？」

「當然。」艾薇說，「我們的功課應該是一樣的，對吧？你甚至不必對任何人提起這件事。就當成是我們兩個之間的祕密。」

蘇珊的眼眶濕了，她擦擦眼睛。「謝謝你，艾薇。你知道嗎？我好高興你們家搬來，我一直沒有眞正的……朋友。」

艾薇坐到蘇珊身邊，用手摸著蘇珊的頭。很難相信像蘇珊這樣擁有一切的女孩竟然沒有朋友。

「爲什麼？」

「我沒辦法交朋友。我不能邀請朋友來我家，我也絕對不能去別人家裡，除非我媽也一起去。你能來我們家，是因爲你媽媽在替我們家工作。如果我爸問起爲什麼你會在我家，我媽會說洛佩茲太太出來工作的時候家裡沒有人可以陪你。我媽……她會幫我這麼說，所以沒問題的。」

艾薇覺得有點困惑。「但是我們現在一起在這裡玩，不是嗎？」

「我還是在離我家很近的地方活動啊。我都自己一個人在這裡玩。我媽說我爸太害怕再失去另外一個孩子，尤其現在湯姆正在歐洲戰場上打仗。我們已經失去唐諾，我實在不敢想像，萬一湯姆沒能安全地回家，我們家會發生什麼事。」蘇珊壓低聲音說，「到現在，我爸爸還是會爲了唐諾而掉眼淚。」

艾薇不知道該說什麼才好，整件事情太讓人傷心了。只是，她還是沒辦法想像老是綳著一張臉的瓦爾德先生會落淚。

蘇珊低頭看著手上的口琴，皺著眉說：「是電報。我們是從電報得知唐諾戰死的消息。」

艾薇坐起來，緊握住蘇珊的手。她們就這樣坐了好一會兒，陷入各自的思緒，四周一片寂靜，只有附近枝頭上的鳥兒啁啾聲。

直到從遠處傳來的一陣鈴聲打破了寂靜。

「是我媽，她在搖後面門廊上的鈴。我得回家了。」蘇珊爬下拖車。「星期一早上見。校車會先來接我。記得，我會幫你留一個位置，如果你希望我幫你留的話。」

艾薇點點頭。「好，拜託你了。」

蘇珊一邊往後退，嘴裡仍然一邊說著：「我們要不要以後每個星期六都在這裡見面？我下星期六不行，因爲我得去奶奶家過聖誕節，但等我回來之後就可以開始了。現在男孩們不在，這裡可以變成我們的基地。」

「好啊。」艾薇說。

「你發誓？」

艾薇笑著皺起額頭。「你爲什麼總是要我做出承諾啊？」

蘇珊聳聳肩。「我想……大概是因爲有時人們說你們會再見……後來卻再也見不到面了。」

艾薇看著刻在木條上的名字，她突然懂了。她用手指頭在胸前劃了個十字說：「我發誓。」

9

星期天，爸爸去修理山本家倉庫的門，艾薇則幫忙把山本家後門上的大字塗掉。她一邊上漆，一邊試著不要去想關於「間諜」的事。

爸爸說過，山本家的未來和他們家的未來緊緊相繫，所以一旦有人證明山本家的人是間諜，爸爸就會丟掉工作，而他們也必須再次搬家。而他們之後要搬去的地方，或許就不會有這麼晴朗宜人的天氣，更不用說還有加入管弦樂團，或是擁有一間房子這樣的機會了。

晚上，艾薇在準備明天上學要穿的衣服時，她的腦子裡不停跳出關於「間諜」的各種問題。間諜會穿什麼樣的衣服呢？他們會打扮得一身黑嗎？或者他們白天就跟一般人穿的沒兩樣，等半夜出任務的時候才換上間諜裝扮？黑色衣服可以當作間諜的證據嗎？

這一晚，艾薇睡得並不安穩，而且一大早就爬起來了。今天雖然是到新學校上學的第一天，但她並不像以往那麼緊張。至少這次她不需要擔心會在新學校裡迷路、找不到人一起吃午餐，或者下課時間沒有玩伴。蘇珊都會在。

媽媽陪著艾薇走到路口等校車。

等校車在她們面前停了下來，艾薇和媽媽親吻道別後上車。

已經在校車上的蘇珊看到艾薇立刻從座位上站起來，露出開心的微笑，揮手招呼艾薇過來。艾薇穿過走道，在蘇珊身旁的位置坐下。

「嗨。」蘇珊握住艾薇的手說，「你會緊張嗎？」

「是興奮，」艾薇說，「我很開心我們可以做伴。」

校車沿著鄉間小路行駛，把學生陸續載上車。一路上，艾薇和蘇珊討論著要如何把那輛老拖車從堡壘改造成她們的高級俱樂部。終於，校車在林肯學校的門口停了下來，一些學生從位置上起身準備下車，但艾薇也注意到，有些人還坐在座位上，似乎沒有要下車的意思。這時，蘇珊越過她擠到走道上，快步往車門的方向移動，艾薇見狀也跟著起身，跟在蘇珊後面。

到了前車門，校車司機讓蘇珊下車，卻伸出他的手臂擋在艾薇前面。「這位小姐，你要上哪兒去？」

蘇珊轉身看著艾薇，驚訝地瞪大眼睛，但隨即換上了恍然大悟的表情。

蘇珊轉頭對校車司機說：「噢，她只是想換到前排的座位，對吧，艾薇？」蘇珊側著頭向前排的座位點了點，暗示艾薇坐下。「放學回家的時候幫我留一個位置好嗎？校車會先到你的學校，所以你會比我早上車。」蘇珊很快地步下校車階梯，她回頭對艾薇揮揮手，眼神裡帶著些許擔憂。

你的學校？蘇珊到底在說什麼啊？

校車司機把車門關上。

「等一下！」艾薇喊了出來。她對司機說：「我是林肯學校五年級的學生。」

司機拿起一塊記事板，仔細看著上頭的資料。「你是艾薇．洛佩茲嗎？」

「是的。」

「這裡是林肯正校。你唸的是林肯附校，是美國化學校。那是下一站。」

美國化？那是什麼意思？艾薇本來就是美國人啊。司機將車子換檔起步，車身往前晃了一下。

艾薇一個踉蹌，跌坐在前排的椅子上。

當校車緩緩駛離的時候，一群林肯正校的男孩子站在階梯上，朝車子揮手唱著：「王老先生有塊地呀，咿呀咿呀唷。」

艾薇覺得胸口愈來愈緊，這一定是有哪裡搞錯了。她回頭看著其他留在車上的學生，他們似乎一點都不在意校車就這麼離開，坐在位置上彼此聊天笑鬧，彷彿什麼事情都沒發生過。

校車又開了幾哩路之後，司機把車停下來，打開車門。他喊著：「林肯附校到了！」

艾薇往車窗外看，在一片光禿禿的泥土地中，座落著一棟搭著鐵皮屋頂的矮胖建築物，四周沒有花圃，沒有天竺葵和玫瑰，沒有棕櫚樹。這裡是她的學校？看起來就像是擺放農用設備的倉庫。這時候艾薇終於注意到，校車上所有的學生，還有往校門口移動的人群，全都是一個模樣：咖啡色的眼珠、深色頭髮、橄欖色的皮膚——就跟她一樣。

一個男孩從車子後面走過來，在艾薇身邊停下腳步。他面帶笑容，對著車門做了個「請」的動作。

艾薇一言不發地從座位上起身，步下校車。

她站在走道上，眼睛盯著這個校園，學生和家長們不斷從她的身邊經過。

剛才那個男孩走到她身邊，對她說：「我叫伊格納西奧。今天是你到新學校的第一天嗎？你從哪裡轉來的？」

「弗雷斯諾。」艾薇說。她還是覺得一頭霧水。

「所以你不知道這裡有兩所林肯學校？」

她搖搖頭，眼睛直盯著地面。她感覺到自己的臉頰因爲困窘而漲紅。

「你幾年級？」

「五年級。」艾薇說。

「我六年級。你會喜歡你的老師卡梅洛小姐的。我去年就在她的班上。我的意思是，如果你是個好學生，你會喜歡她的。」

艾薇站直身子說：「我在其他學校，成績一向都是全班最好的。」

伊格納西奧也挺起胸膛。「我是附近三個郡裡最會跑步的人，同時也是全校紀錄保持者。我有一大堆獎牌。」

艾薇的雙手在胸前交叉。「我本來要上廣播節目表演的！」

伊格納西奧笑了出來。「走吧，廣播明星，讓我告訴你教室在哪裡。假如你還有問題的話，沒錯，這裡的環境就是你所看到的這麼糟。不過我們放學後可以參加林肯正校的體育或音樂課後活動。」

艾薇跟著男孩走進校園。「但是……我本來就是美國人，而且我也說英語啊。」

「我也是。」

「那麼……我們爲什麼要待在這裡？」

伊格納西奧聳聳肩，手指向建築物的最後方。「十六號教室。待會見。」

艾薇打量著她經過的每一間教室，直到走到自己的教室門口。卡梅洛小姐是位身形纖細的女士，頭上的黑髮梳成一個圓髻。她跟艾薇打了招呼之後，便將她安排在窗邊的一個座位上。

伊格納西奧說的對，卡梅洛小姐人很好，但是她不讓學生超前進度，所以一整個早上，無論哪一門科目，艾薇都是早早就完成課堂上的作業，接著就只能在桌上交疊著雙手，望著空蕩蕩的校園發呆。為什麼蘇珊沒有跟她提過兩個學校的事？她的樣子就好像她們兩個人會同班一樣。她還說她們兩個人每天都能見到面，難道她指的只有在校車上的那段時間？

艾薇獨自坐在戶外的餐桌上，看著眼前其他人所謂的遊樂場，那只是一塊用鍊條圍起來的雜草地，沒有畫著四方格的柏油地和跳房子，沒有草皮，也沒有棒球和足壘球的球網。在遊樂場後方有一座養雞場，雞隻在架高的雞籠裡不停地咯咯叫著，跳上跳下啄食食物，到處都是散落的雞毛。難怪林肯正校的那些男生會對他們唱《王老先生有塊地》了。

艾薇從口袋裡拿出口琴，希望吹奏口琴能讓她重新肯定自己。她吹了一個和弦，感覺心裡多了一點堅定、一點勇氣……直到風向改變，養雞場的味道隨風飄來，艾薇的胃一陣翻攪，她覺得自己快吐出來了。她只好把口琴收起來。

一整個下午，卡梅洛小姐都在替那些英語說得不夠好的同學複習，沉悶的氣氛幾乎讓艾薇睡著了。不過每次當她被卡梅洛小姐點名回答問題時，她都能說出正確的答案，而且在短短的幾分鐘之內就把作業完成。

放學前，卡梅洛小姐把艾薇叫到她的桌子前。「親愛的，你的英語說得非常好，我想你應該不需要每天下午都跟著大家一起複習。」

「是的，卡梅洛小姐。我在美國出生，我說的是標準的英語。」

「沒錯，我聽得出來。我想你應該到其他地方去。」

艾薇頓時覺得鬆了一口氣，迫切地說：「謝謝您，卡梅洛小姐。我知道一定是哪裡出了問題，我來錯地方了。」

卡梅洛小姐點點頭。「你願意每天下午都去三年級的班上協助那些小朋友嗎？艾拉琵絲柯小姐很需要一位翻譯。」

艾薇皺起眉頭。「翻譯？我以爲您是說要送我回林肯正校。」

「噢，當然不是，親愛的。那是絕對不可能的。我是要你幫忙教小朋友英語，請你擔任助教。你願意嗎？這裡對你來說太無聊了。明天午餐時間之後你就可以過去。」

艾薇感覺自己的臉頰一陣漲紅，她點點頭，回到自己的座位上。她可以感覺到憤怒的淚水幾乎湧出眼眶，但是她努力忍住了。

艾薇再次望向窗外，想著假使她在林肯正校，整個下午她可以做哪些事——那些她不再有機會嘗試的事。她不確定到底會是什麼，但她相信，那些事肯定會比當三年級小朋友的助教有趣得多。

放學後，艾薇走出教室，有人遞了「管弦樂團招生」的傳單給她，上頭寫著關於星期四說明會的資訊。她把這張傳單收進口袋裡。

在排隊等校車的時候，艾薇看見一個男孩騎著腳踏車從她面前經過，腳下的踏板踩得飛快。那個男孩穿著白襯衫，袖子向上捲起，爲了避免褲管被輪子捲進去，他在腳踝處用繩子將藍色褲管綁起來。男孩戴著一頂藍色帽子，上頭鑲著某種標誌，胸前還掛著一個皮質的書包。艾薇心想，如果她也可以騎著腳踏車上下學該有多好，這樣她就不需要坐校車、遭受那些羞辱，也不必再去聽林肯正校的學生們說什麼嘲笑她的話了。

艾薇上車之後，一個看起來就讀幼稚園的小女孩在她身旁的座位坐下。艾薇沒說什麼，甚至不打算替蘇珊留一個位置。接著校車開到了林肯正校，陸陸續續又上來了許多學生，每個人手裡也都拿著同樣的「管弦樂團招生」的傳單。艾薇看到蘇珊尋找她時流露出擔憂的眼神，但艾薇只是朝著坐在她身旁的小女孩點了點頭，然後聳聳肩。

回家的路上，艾薇兩眼一直盯著窗外。爲什麼從來沒有——不管是蘇珊、瓦爾德太太、柏蒂娜，還是吉耶莫——跟艾薇、媽媽或爸爸提過兩間學校的事呢？難道他們以爲在加州其他地區都是這麼做的嗎？難道他們不知道這是一種羞辱嗎？想到這裡，她又再一次默默地吞下了眼淚。

當艾薇穿過走道準備下車時，蘇珊對她說：「再見，艾薇。明天見。」

「再見。」艾薇刻意避開了蘇珊的目光，蘇珊臉上感到抱歉的表情讓她覺得很難堪。

她走下校車的階梯。聽見校車車門在她身後關上緩緩駛離，艾薇鬆了一口氣。

這時，艾薇看見媽媽站在小路上，張開了雙臂對她微笑，等著給她一個「歡迎回家」的擁抱。

艾薇再也壓抑不住心中的情緒，撲向媽媽的懷抱，潰堤大哭。

10

整個晚餐時間，艾薇只聽得爸爸激動地咆哮著，讓她覺得自己好像被洗衣機上那台絞衣機碾過了一樣。

「我們家族住在這片土地上已經超過一百年的時間了。當年我爺爺在這裡的農場工作時，整片土地都還是墨西哥的領土呢，哪裡來的加州！你，艾薇，就跟我和媽媽一樣，是個道地的美國人。在我們之前還有我們的爸媽，和我們爸媽的爸媽，願他們安息。露茲，你去學校幫艾薇註冊的時候，都沒有人跟你提起有兩間林肯學校的事嗎？」

「沒有。」媽媽說，「他們只是把我的文件收走，跟我說了聲謝謝，然後說艾薇可以從今天開始上學，校車會過來接她。柏蒂娜在信裡完全沒提到這件事，我問瓦爾德太太關於校車的問題時，她也沒有提起。這裡的每個人都把這件事視爲理所當然。」

「你的朋友也什麼都沒說？」爸爸看著艾薇問。

艾薇搖搖頭。

爸爸先是沉默了幾分鐘，然後再次爆發。「爲什麼這裡跟其他地方不一樣？在弗雷斯諾的時候，不管你是什麼血統——日本人、菲律賓人、墨西哥人、白人——所有小孩都會一起上學。難道我們現在是在另外一個加州？」

爸爸舀了滿滿一匙媽媽做的墨西哥肉丸湯，湯匙裡躺著一顆肉丸子，然後又接著說：「所以如果我們想參加他們的音樂和體育活動？可以，不過只能等放學後！但假如我們想跟他們一起去打仗？沒問題。我兒子現在正在爲我們的國家而戰！這是什麼道理？」爸爸唏哩呼嚕地喝著湯，嚼著肉丸子。「我會去找兩邊的校長談一談，然後幫你轉學。」

艾薇盯著自己的碗，一邊撥弄著碗裡的肉丸子。她心裡的聲音告訴她，就算爸爸出面，大概也使不上力。艾薇很高興爸爸願意爲她挺身而出，但同時她心裡也感到擔憂。爸爸打算去跟兩邊的校長大吵一架嗎？假使爸爸談成了，而她也轉學到林肯正校，又會怎麼樣呢？林肯正校的老師對待她的態度會像對待其他學生那樣嗎？林肯附校的其他家長不會抱怨、惹麻煩嗎？萬一爸爸失敗了呢？她會不會被那些唱著《王老先生有塊地》的男生們更用力嘲笑？林肯附校的學生們會不會說艾薇兩隻眼睛長在頭頂上，覺得我們配不上她？這些問題讓她頭都暈了。

「我明天早上就打電話給校長，跟他們約時間見面。」爸爸說，「在談判有結果前，你就先待在家裡，別去上學！」

她腦子裡突然冒出一個小小的聲音：管弦樂團。

艾薇慌張了起來。「爸，我不想錯過星期四的管弦樂團招生說明會。拜託你。」

「艾薇，這關係到你的教育問題，而不是那些無關緊要的課外活動。」

艾薇坐直身子。「這件事對我來說很重要。費南多叫我要繼續練習，他說我的演奏可以爲家裡帶來歡樂。」

媽媽一定是看見艾薇臉上堅決的神情，因爲她對爸爸說：「維克特，你可別製造問題。你要替艾薇想想。」

「我才不會製造問題，」爸爸說，「我要解決問題！」

𝄞

星期三傍晚，爸爸一回到家，就在客廳的椅子上癱坐了下來。艾薇和媽媽跟著走進客廳，在爸爸對面的沙發上坐下。

「怎麼了，爸？」艾薇問。

爸爸只是一臉頹喪地搖搖頭。

「維克特？」媽媽也跟著追問。

爸爸清了清喉嚨。「兩邊校長的說詞一模一樣。他們說這是『區域性政策』。他們都不認同這項政策，但也束手無策。」爸爸看著艾薇。「我很抱歉。」

艾薇從來沒看過爸爸這麼懊惱。她可以感覺得出來，爸爸認爲自己辜負了艾薇的期望。「爸，沒關係的。」

「不，不能說沒關係。假使這個狀況一直沒有改變，它就絕對有關係。」爸爸一臉茫然地看著媽媽。「林肯正校的校長跟我說，墨西哥裔的孩子會被隔離，主要是考量語言和健康兩個問題。」

「健康問題？」媽媽問。

「像是什麼問題，爸？我沒有生病啊。」艾薇說。

爸爸皺起眉頭。「那位校長盯著我的眼睛說，有許多墨西哥小孩很骯髒、不洗澡，那些孩子們有頭虱，會傳染疾病。」

「骯髒？這種說法太沒道理了！」媽媽說，「又不是只有墨西哥小孩會傳染疾病，所有小孩都會啊。」

爸爸的口氣中帶著挫折與憤怒。「露茲，已經沒辦法和他講道理了。我跟他說艾薇的英語說得非常標準，而且所有科目的成績都名列前茅，你知道他怎麼說嗎？他說就算這是眞的，他也不能同意讓艾薇轉到林肯正校，因爲這樣對其他墨西哥小孩來說不公平。他還說，如果艾薇沒有生病，我就不能把她留在家裡不讓她去學校上學，因爲那是違法的。他說違法！」

「那林肯附校的校長怎麼說呢？」艾薇問。

爸爸嘆了一口氣。「他也同意你不應該把每天下午的時間都花在擔任三年級老師的助教上。等這個假期結束之後，他們會給你一個六年級的跳級考試。他告訴我有許多來自橘郡各地的家長準備組織起來抗議這項政策，他們還邀請律師來擔任顧問，應該過不久就要召開會議了。」

「維克特，或許這裡不適合我們，或許我們應該回弗雷斯諾去。你能不能想辦法回去做以前的工作？」

艾薇目瞪口呆地看著媽媽，媽媽眞的願意爲了她放棄這裡的一切？

「媽，但是這間房子、你的花園，還有洗衣機……」

「但爲了這些，我們又得付出多少代價呢，艾薇？你甚至連一般的公立學校都進不了。就像爸爸說的，教育重於一切。」

爸爸從椅子上站起來，開始在客廳裡踱步。「這個做法可行。回去做以前的工作沒什麼問題。」爸爸抬頭看著窗外的柳橙園，但他並沒有點頭同意，反倒搖了搖頭，好像在表示他並不是那麼想放棄這裡的一切。

如果他們離開，爸爸就沒辦法實現一輩子只有一次的機會了。即便艾薇很想念阿拉塞莉和黛嘉朵小姐，她心裡也清楚知道，他們搬回弗雷斯諾等於是走回頭路。阿拉塞莉的爸爸說過，只要想出人頭地，遲早都會選擇離開拉科洛尼亞。艾薇不願意拿他們全家夢想已久的這一切來做賭注。再說，費南多已經把這個家託付給她了。

就在爸爸做出最後的決定之前，艾薇搶先一步說：「我覺得我們應該要留下來。我可以好好利用林肯附校的資源。我的老師人很好，所以我……我可以請求老師讓我把學習進度超前，或者就像你說的，去唸六年級。而且，我已經寫信告訴費南多關於新房子的一切，我跟他說他一定會愛上這裡的。我可以過著兩種生活：白天在林肯附校，放學後再去林肯正校。」

爸爸驚訝地看著艾薇，彷彿今天才認識她，之後他露出微笑，點點頭說：「說的沒錯，艾薇。留在這個對我們來說機會比較多的地方，是一個明智的選擇，而且我們也應該為了正確的事情而戰。我答應你，我一定會去參加那個會議，看看在這種情況下我們能做些什麼。」

「但是可能得等上很長一段時間。」媽媽將她的手搭在艾薇的手臂上說。

「是的，」爸爸說，「會花點時間。校方不會這麼快就改變立場的。」

艾薇了解爸媽的意思。就算事情有所改變，艾薇可能也來不及受益。即便這並不合理，但接下來的這兩年，她可能都得在林肯附校度過。這讓她想起山本家，他們同樣被放錯了位置，但他們所遭受到的屈辱卻超過她所受的十倍，甚至百倍。

「我懂。我明天可以去參加管弦樂團的招生說明會嗎？」

爸爸長嘆一口氣。「好吧，如果這件事情這麼重要的話。」

艾薇跑向爸爸，給了他一個擁抱。「它的確很重要啊，爸爸。有一天你會了解的。」

稍晚，艾薇躺在床上凝視著黑夜，再度思索起留下來是不是一個正確的決定。她不喜歡被排擠或被歧視的感覺，她期待自己能找到歸屬感，成爲一個大家看重的人。但即便她能加入林肯正校的管弦樂團，她也不會眞正屬於那個地方，像蘇珊或是其他人一樣。

儘管艾薇先前已經洗好澡了，但突然間，她覺得自己很髒；而即使她原本很健康，現在她也開始覺得人有些不太舒服了。她從來沒長過頭虱，但她伸手觸摸頭頂，卻覺得好像有很多小蟲子在頭上蠕動，啃咬她的頭皮。

滾燙的淚水流下她的臉頰。她溜下床，從衣櫃裡拿出費南多的外套穿上。這是費南多把這件外套借給她之後，她第一次穿著它睡覺。

如果連她自己都快要崩潰了，她又要怎麼樣維繫整個家呢？

11

星期四早上，艾薇一上校車，就看見蘇珊正用她的手臂護住身旁的空位。艾薇坐進那個位置。

「你還好嗎？你兩天沒來上學了。」

「我不太舒服。」艾薇說。這其實也不算撒謊。

「今天有管弦樂團的說明會。我媽有跟你母親說過她可以在說明會結束後順道載你回家。」

艾薇點點頭。「我媽跟我說了。」

「星期一放學的時候我沒能坐到你旁邊。我們可以幫別人留位置，校車司機同意我們這麼做。對了，你上學第一天還好嗎？」蘇珊看起來是發自內心地關心艾薇，但艾薇不知道爲什麼自己還是有種被背叛的感覺。

「還可以。」艾薇試著用愉快的口吻回答她。「我的老師人很好。不過我的程度比其他同學好很多，或許我會直接去上六年級的課。」

蘇珊抱怨說：「我們考了數學。我的成績爛透了。」

她一臉絕望，聽起來也很不知所措。

艾薇心裡對蘇珊又有了憐憫的感覺。

「如果你想要的話，我可以幫你複習功課。記得嗎？我說過我可以幫忙。」

校車在林肯正校前停了下來。

「那太棒了！」蘇珊說完給了艾薇一個擁抱，然後便走下校車。

當車子慢慢駛離，艾薇聽見外頭那些男孩唱著：「他在田邊養小豬……」

艾薇緊咬著嘴脣不讓眼淚掉下來，直到把自己的嘴脣咬到流血。

放學後，艾薇是唯一一個要在林肯正校下車、參加管弦樂團說明會的學生。為什麼沒有其他林肯附校的學生來參加呢？難道他們知道些什麼艾薇不知道的事嗎？

音樂教室有兩間普通教室那麼大，教室前方擺了幾張長桌，上頭展示了各式各樣擺在樂器盒裡的樂器：小號、長笛、小提琴，還有一支雙簧管和一把大提琴。側面牆邊有一架鋼琴，還有像是爵士鼓之類的樂器被布罩著。

丹尼爾先生的身材矮壯結實，蓄著灰色的鬍子和短髭，大約二十位學生坐在他的面前。

蘇珊坐在第一排，她對艾薇揮揮手，指向身旁的座位。艾薇走過去坐了下來。

丹尼爾先生合起雙手對大家說：「你們今天會坐在這裡，就代表著你們期待能在管弦樂團裡展開一段奇幻之旅。」

所有人都點點頭。

丹尼爾先生把相關的通知單和練習時間表發給大家。「你們的爸媽需要在這張同意書上簽名，還有，請大家要負責保管好這些珍貴樂器。政府已經下令禁止繼續製作新的樂器，因爲這些製造商必須投入戰爭物資的生產。不幸的是，我們不知道這場仗還要打多久。」

一個女孩子舉手發言。「我媽說明年搞不好連管弦樂團都會解散了，這是眞的嗎？」

丹尼爾先生清了清喉嚨。「有些家長質疑爲什麼學校在戰爭期間還要花錢聘請音樂老師。這個嘛，我認爲演奏樂器的機會是一份禮物，不論你是否要打開它，但每個人一生至少應該要收到一次這樣的禮物。對你們許多人來說，這或許會是你們這輩子唯一一次接觸音樂的體驗。如果眞是如此，我希望這會是一個盛大、壯麗的體驗。再說，每個人都需要音樂所帶來的美好與光明，尤其是當我們身處在這麼艱苦的時代。所以，我們這一年更應該要莊重地演奏，好爲這個黑暗的世界帶來一些光亮。如此一來，我們就有機會能說服反對音樂活動應該持續進行下去的聲音。我希望你們會認同我所說的話。」

艾薇已經開始喜歡丹尼爾先生了。

「現在，讓我們先來認識彼此吧。請坐在房間裡的各位輪流自我介紹，然後告訴我你想學什麼樂器，或者已經在學的樂器。」

艾薇仔細聽其他人分享他們對樂器的喜好，丹尼爾先生則忙著將學生們的發言記錄在記事板上。有些人學過鋼琴，一個男孩子學了四年的大提琴，還有另外一個男孩子在學打鼓。

等輪到艾薇，她開口說：「我的名字是艾薇．瑪麗亞．洛佩茲。」

這時候，從她身後傳來一陣小聲的「咿呀咿呀唷……」

接著就是一陣咯咯笑聲。

艾薇覺得自己的胃一陣翻攪。她低頭看著地板，心裡想著：難道這就是林肯附校其他的學生不願意參加管弦樂團的原因嗎？

丹尼爾先生舉起雙手拍了三下。「夠了！在這裡，我希望大家可以拿出參加音樂會的禮儀。這個意思是說，請你們尊重每一位音樂家。我歡迎在座的每一個人，也認為每一個人都需要受到尊重。艾薇，請你繼續。你的朋友蘇珊跟我說過你會從另外一間學校過來加入我們。她說你原本要上廣播節目表演獨奏，是真的嗎？」

蘇珊曾經跟丹尼爾先生提過她？艾薇點點頭。「我之前住在弗雷斯諾的時候，原本要跟班上的同學一起上節目。我不是很確定我對學習哪種樂器比較有興趣，或許是長笛吧。到目前為止，我只會吹口琴。」

現場爆出更多的笑聲，有些人則是低聲竊笑著說：「那根本算不上是樂器啊。」

丹尼爾先生兩手在胸前交叉。「說起來可能會讓你們有些人嚇一跳，有位叫做賴瑞·阿德勒的古典口琴音樂家，他經常與世界各地的交響樂團合作。我曾經在廣播當中聽過他吹奏《藍色狂想曲》，那真是令人讚嘆的演出啊。艾薇，你有把你的口琴帶來嗎？」

艾薇又點了點頭。

「可以請你為我們表演一小段嗎？」

艾薇從位置上站了起來，從口袋裡掏出了口琴。她環顧四周，有些學生正掩著嘴偷笑。萬一她沒有演奏好怎麼辦？這些人恐怕會笑得更大聲。

她先試吹了幾個和弦，當和弦響起時，她的腦海裡似乎也聽見黛嘉朵小姐和費南多的鼓勵，於是，她知道自己有權利站在這裡，就和其他林肯正校的學生一樣。

接著，她吹起了《當強尼凱旋歸來》。

當強尼再度凱旋歸來

萬歲！萬歲！

我們會熱烈歡喜迎接

萬歲！萬歲！

艾薇閉上雙眼，讓自己沉浸在這首曲子所醞釀的情緒裡頭。她知道思念離家已久的親人有多麼令人心痛，而現在，她要想像的是與親人重聚的歡欣與喜悅。於是，她先將第一段演奏得像是一首激昂又堅定的進行曲。到了第二段，她將曲子的速度放慢，帶進憂傷的氣氛。這間教室是爲了音樂課而設計，因此聲音在這裡有被增強的效果。艾薇往天花板的方向吹奏，讓樂聲可以向上揚起再反彈回來。

到了最後一段，她將內心深處蘊藏的勇氣與期盼都融入旋律中。當她吹完最後一個音符，全場一片靜默，只聽見有人稍稍移動腳步的聲音。艾薇已經做好面對大家嘲笑的心理準備，沒想到傳來的是眾人熱烈的掌聲。

「艾薇，謝謝你！」丹尼爾先生說，「這表演實在太精彩了，你的未來一定無可限量。而且我有個預感……」他對著艾薇擺動手指，笑著說：「你一定會愛上長笛的。」

艾薇對丹尼爾先生回以燦爛的笑容。

當她坐回自己的位置上，心中仍然因爲剛才的演奏而激動不已。她想著，如果費南多能聽見她的演奏該有多好，他肯定會願意爲這場音樂會多付幾分錢的！

「現在，如果沒有其他關於艾薇或者口琴的意見的話——我看似乎是沒有——我們就來談談練習時間。我星期一會教弦樂，星期二教打擊樂，星期三教小號，星期四教其他的管樂器。等你們放假回來，我就會把樂器發給你們。我們預計從一月十一日的那個星期開始認眞練習！」

艾薇坐在位置上聚精會神聆聽。丹尼爾先生剛才說的：奇幻之旅、美好與光明、開始認眞，爲她注入了滿滿的正面能量。

她和艾薇正在校門口的台階上等待瓦爾德太太來接她們。

艾薇用洋裝的褶邊擦亮手上的口琴。「謝謝你告訴丹尼爾先生我會從別的學校過來。你很貼心。」

「你今天眞的很棒。」蘇珊說。

蘇珊低聲說：「對不起，艾薇。我以爲你知道兩間學校的事。後來我發現你不知道，心裡覺得好難過。我媽跟你母親聊過之後，她也覺得這實在太糟糕了。她從來沒想過需要跟你母親提起這件事，她還說這對你們全家來說一定像是晴天霹靂一樣。」

「我以前從來沒有被隔離過。從來沒有。」

「他們在這裡就是這樣做的。」蘇珊說。

「但是菲律賓人可以上你們學校啊，日本人在被送去集中營之前也是，為什麼只有墨西哥人不可以？」

「我不知道。從我有記憶以來就是這樣子了。」

「人家都叫林肯附校是王老先生的學校。」

蘇珊低著頭說：「我知道。」

「我爸昨天去找校長談過了，但是……」艾薇覺得眼眶濕濕的。

「是啊，」蘇珊說，「每年都會有墨西哥裔的家庭試著要幫孩子轉學……」她愈說愈小聲。

艾薇只能苦笑。她知道接下來蘇珊想說什麼……但從來沒有人成功。

「我媽對這件事情感到非常沮喪，她說我們應該搬回弗雷斯諾去。」

蘇珊一聽立刻苦著一張臉。「你們不會真的要搬回去，對吧？」

艾薇看到蘇珊驚慌的眼神。「不會。我們要留下來繼續奮鬥。我也要留在管弦樂團裡。」

蘇珊鬆了一口氣。「太好了，我好高興你們留下來。」

「我也是。」艾薇說。

「明天我們就要去我奶奶家過聖誕假期了。」蘇珊說，「我爸在聖誕節後會馬上回來，但是我媽和我得等到新年元旦那天才回來。等我回來之後的第二天，我們就在拖車那裡見面好嗎？同一時間？」她帶著滿懷希望的眼神，舉起交叉的食指和中指。

蘇珊似乎擁有一切，唯獨缺少朋友，而她是如此渴望能成為艾薇的朋友。

或許艾薇對其他林肯正校的學生來說無關緊要，但她對蘇珊而言卻意義重大。她又怎麼能夠讓蘇珊失望呢？

艾薇點點頭。「我答應你。」

12

這個聖誕節少了費南多在家，艾薇總是覺得哪裡怪怪的。假使費南多在的話，他一定會堅持大家喝熱巧克力、吃餅乾，然後等過了午夜十二點之後再一起拆禮物。

艾薇和爸爸媽媽坐在沙發上，艾薇坐在中間。雖然費南多不在家，但他們還是照著費南多的規矩來過節。

爸爸舉起手中裝著熱巧克力的杯子。「聖誕快樂！」

媽媽和艾薇也舉起她們的杯子跟著說：「聖誕快樂！」

說完，媽媽伸手挪動了費南多的高中畢業照，先往左移，再往右推回來一點。「還有，敬費南多，」她說，「我們都很想你。」

「他一直在我們心裡。」爸爸說，「而且……我還準備了一個驚喜。」他從背後拿出兩個信封。

「有信？」艾薇問。

「今天早上到的。」爸爸說，「郵差來的時候，我剛好在前院。所以我就先把它們收起來，當成一個小小的驚喜。」

艾薇拿走寫著她名字的那封信。

媽媽將另一封信緊握在胸前。雖然光線有點昏暗，但艾薇還是可以看見媽媽在打開信封、展開信紙的時候，眼睛裡閃爍著淚珠。媽媽將信紙拿到桌燈下，大聲地將內容唸出來。

親愛的爸爸和媽媽，

對不起，我有好長一段時間沒有寫信給你們了。在接受進階訓練其間，我們不能寄信，只能收信，我想是因爲軍方不希望任何關於無線電的機密洩露出去。有一句話說：「口風不緊能沉船」，如果我們講話不夠謹愼，可能會讓同袍們陷於危險之中。我昨天接到爸爸的信了。一棟位於橋郡的房子！哇，眞不賴呢！這聽起來是個很理想的交易。等我退伍時，能夠回到一個永遠屬於我們的家，感覺一定很棒。我想要在那裡成家立業。我在軍隊的近況如下：我現在是一名合格的野戰無線電通訊兵，在我的單位裡，我是最快完成拆解無線電設備，並且安裝回去的士兵，而且在別人還收不到無線電訊號的時候，我就已經收到了。我的新外號叫做「火星」洛佩茲。我的弟兄們開玩笑說，要是我全神貫注在無線電通訊設備上，說不定我可以跟其他星球取得聯繫。

爸爸笑了出來。「『火星』洛佩茲，這名字還眞適合他！」

另外還有一個消息，我終於收到軍令了。我很快就要搭著空軍運輸機飛過去。

「飛過去……他要去哪裡？」艾薇問。

「他不能說。」爸爸說，「繼續唸，露茲。」

你們知道那種肚子大大的飛機嗎？我會在其中一架裡面。我還不確定哪一天會出發，只知道是這一、兩個禮拜。大家都說戰事應該很快就會結束了，連軍官們都這麼說。

媽媽從抬起頭來。「連軍官們都說戰事很快就會結束了。」爸爸露出微笑，緊緊握住媽媽的手。媽媽繼續往下讀。

軍隊每星期都會看新聞短片，我們看到全國上下每一個人都在爲這場戰事盡一份心力，不論他們做的是大事還是小事。我對於自己能夠參與其中而感到驕傲。

愛你們的兒子，費南多

「如果這場戰爭很快就會結束了，那麼下一個聖誕節我們就可以和他一起過了。」媽媽說。

爸爸清了清喉嚨。「沒錯。我也預期一切會隨著新的一年變得更好。再過兩個星期，山本先生的兒子就會來和我簽文件了；我也會去參加會議，看看艾薇的學校問題可以怎麼解決。等這場戰爭結束，我們就會有……」爸爸的嗓子突然沙啞起來，「屬於自己的房子，並且迎接費南多從戰場上歸來。沒錯，明年將會是充滿希望的一年。」

爸爸和媽媽緊靠在一起，又把費南多的信從頭到尾看了一遍。這時艾薇拆了自己的信，默默讀了起來。

親愛的艾薇，

我剛收到你的信。知道你沒辦法在廣播節目中表演，我也覺得很遺憾，希望等我回家的時候，你能再為我表演獨奏。聽起來，等戰爭結束後，會有很多好事降臨我們家呢。

每個軍隊都有自己的箴言：「愈是困境愈要勇敢」、「永遠盡我所能」、「無論平時戰時隨時待命」。我們這一隊的箴言是：「為捍衛眞理勇敢向前」。我們在家裡也應該這麼做。我相信你一定可以成為一個英勇的小戰士，繼續勇敢前進。

希望你還繼續吹口琴，我眞希望可以聽見你在音樂會上的口琴演出！Over。在無線電通訊的用語中，這代表我的話已經說完了，我正在等待通話的另一方回應，而那個另一方就是你！

愛你的費南多

附注：還記得你在弗雷斯諾收集了很多軍事郵票嗎？我們的士官長說，十分錢的軍事郵票可以購買五發子彈，而每一發子彈都可以阻擋一名納粹份子的攻擊。事實上，只要我們愈快阻擋他們的進攻，戰爭就會愈早結束，而我很快就可以回家了。

在信件最下方，費南多還附上了一分錢銅板。艾薇拿起信紙給爸媽看，笑著說：「是費南多給我的音樂會門票。」

過了午夜，艾薇親吻爸媽的臉頰道晚安，之後就把自己的信留給他們，回房間去了。

艾薇回房後走到窗邊，凝望著柳橙園裡的樹影。

她拿出口琴，爲費南多吹起了《共和國戰歌》，這首歌的歌詞就像是在讚揚他的驕傲、他的大愛，還有他無私奉獻的精神。

榮耀，榮耀，哈利路亞！
榮耀，榮耀，哈利路亞！
榮耀，榮耀，哈利路亞！
祂的眞理向前行。

「好，費南多，」她低聲說，「我會爲了捍衛眞理，勇敢向前。」

艾薇坐在床邊回信給費南多。她在信裡告訴他關於林肯正校和林肯附校的事，關於他們決定要繼續留在橘郡，而不會搬回弗雷斯諾的事，還有管弦樂團、丹尼爾斯先生，以及長笛課。她說希望所有問題都能夠順利解決，好讓他回家來的時候可以在這裡成家立業。她跟費南多保證，自己一定會當個英勇的小戰士，他可以放心把這個家交給她。

但艾薇信裡並沒有提到他們家接下來可能遇到的兩個阻礙：首先，肯尼·山本和爸爸必須簽訂文件。如果肯尼·山本回到農場時不滿意眼前所看到的一切，他很有可能不同意在文件上簽字。

這件事情艾薇可以幫上忙。

但另外一個阻礙，卻像手指上隱隱作痛的傷口一樣困擾著她。要是山本家是間諜的話，他們就得被關進牢裡，而他們家的農場也會被拍賣掉。這麼一來，艾薇一家又該何去何從呢？

蘇珊說，唯一能夠證明山本家不是間諜的方法，就是到他們的房子裡搜索。爸爸不是也說，他們應該找時間把整間房子巡視一遍嗎？如果艾薇跟著進去，確認房子裡頭沒有什麼可疑的事物，她就可以告訴蘇珊，請蘇珊再轉告她的爸爸。這麼一來，或許就不會再有人說山本家是間諜了。

但是，她要怎麼樣才能進去山本家的房子裡，又該在什麼時候採取行動呢？

13

聖誕節過後的第二天，艾薇總算等到一個絕佳的機會。

屋子外的花圃花草蔓生，媽媽和艾薇在花圃旁鋪了張毯子，兩個人並肩跪在毯子上，拿鏟子把多餘的鳶尾花連根鏟起。艾薇挖起一株株根部還連著土塊的植物，把它丟到一旁的麻布上堆成一座小山。「這些鳶尾花是什麼顏色？」

媽媽想了一下。「這要等到它們開花才會知道。我希望會是紫色花瓣，中間帶一點黃點的那種。那是我最喜歡的顏色。」

「你要怎麼處理我們挖起來的這些鳶尾花呢？」

「鳶尾花很容易移植。我會留一些下來種在我們的屋子旁邊，然後再送一些給瓦爾德太太。剩下的部分嘛，我還不確定要怎麼處理。」

「媽，我想拿一些鳶尾花種在地主的房子旁邊，那裡看起來好荒涼。」

「這真是個好主意，我剛才怎麼沒想到呢？或許等山本一家人回來的時候，這些鳶尾花就已經扎好根、開好花等著迎接他們呢。」

「我們可以先把這些花存放在山本家的倉庫裡，之後再找機會種。」然後艾薇裝作不經意地說：「噢，爸爸之前說過我們得找機會檢查山本家的房子。我們過去的時候可以順便做這件事。」

「對，我有答應爸爸我會處理，不過一直沒有機會過去。你爸爸今天下午要到鎮上買些日用品，或許我們可以趁這個時間去山本家看看。」媽媽從毯子上站起來，拍拍圍裙上的泥土。「我去拿山本家倉庫和房子的鑰匙。」

在她們要往柳橙園的方向出發前，媽媽從曬衣繩上抓了一把曬衣夾握在手上。「等一下可以把遮光窗簾夾起來，好讓外頭的光線透進屋子裡。山本家現在沒有電。」

艾薇的耳邊突然響起蘇珊的警告。*如果你要進去房子裡頭的話，一定要特別小心。他們爲了不讓間諜的資料曝光，說不定會在房子裡設下陷阱或者安置炸彈。*

艾薇不相信山本家會這麼做，她也打算想辦法證明山本家不是間諜。但即便如此，她是不是應該告訴媽媽蘇珊的警告，以免眞的發生意外？

當艾薇還在拿麻布包裹鳶尾花的植株時，媽媽已經穿過柳橙園，艾薇見狀趕緊加快腳步，跟著走進山本家的院子。等她追上的時候，媽媽已開好倉庫的門，往屋子的後門走去。艾薇把鳶尾花擱在倉庫裡髒兮兮的地板上，匆匆跟著轉往屋子。她決定告訴媽媽關於炸彈和陷阱的事，警告她得小心一點，但是她遲了一步。媽媽已經打開後門的門鎖、走進屋子，站在一間看起來很普通的廚房當中。這裡嗅不出半點間諜的氣味，艾薇鬆了一口氣。

「好，現在，」媽媽拿起曬衣夾將廚房窗戶上的遮光窗簾往兩旁夾起來，「我們需要檢查每個衣櫃和櫥櫃的內部。」

「看看有沒有老鼠大便、漏水、鳥巢，或是松鼠窩什麼的。爸爸跟我說過。」艾薇說。

媽媽將手插在腰上。「眞是悲傷，不是嗎？上一回肯尼．山本離家的時候，他的家人都還住在這裡。」她搖搖頭。「想想看，當他回來看到這一切，心裡會有多難過？」

廚房裡的餐桌上少了一籃水果顯得好淒涼，餐桌椅緊靠在餐桌旁邊。不知道山本先生和山本太太是不是各自坐在餐桌的一邊，讓三個小孩坐在中間。哪兩張椅子是凱倫和安妮的呢？

艾薇幫媽媽把客廳的窗簾往上夾起來，由於窗外被釘上了木板，只有些許的光線能透進屋子裡。客廳裡，所有傢俱都被堆到中央用布蓋上，外形看起來就像是一座從地板隆起的冰山。室內的空氣瀰漫著一種陳舊汙濁的氣味。

「如果這裡停電了，他們爲什麼還要裝遮光窗簾？」艾薇問。

「這些窗簾可能是他們被送走之前就已經裝好的，他們本來就是美國的好公民。而且這樣一來，就算有人從屋子外頭撬開窗戶上的木板，也沒辦法看見裡面的動靜。人們會對廢棄的屋子做出各式各樣奇怪的舉動，就像是認爲歡迎他們進去偷竊。」

媽媽將所有窗戶檢查了一遍便往臥房走去。第一間臥房裡，除了一張雙人床和床墊之外，其他傢俱幾乎已經搬空了。媽媽打開更衣室的門，裡面的衣桿上掛滿了大人的衣物，一架收音機擺在角落的地板上，四周整齊排放著幾個紙箱，上頭寫著：床單、枕頭套、桌巾，門邊還有幾雙工作鞋。這一定是山本先生和山本太太的房間。

媽媽把其中幾個箱子拉出來，仔細地檢查裡面的東西。

下一個房間和之前的房間差不多，更衣室的地板上同樣擺了好幾個箱子。不過層架上多了幾根棒球棒和幾顆洩了氣的球，可能是肯尼的。第三個房間裡有兩張床，一定是凱倫和安妮的房間。艾薇的腦海裡浮現了每天晚上，姊妹倆睡前在黑暗中笑鬧、分享祕密的畫面，妹妹的手上甚至還緊抱著她心愛的洋娃娃。

媽媽打開更衣室的門，不小心弄倒一個沒有蓋子的盒子，裡頭的照片散落一地。

「噢，弄得亂七八糟了！」

「媽，我來整理。」艾薇說。她對這些照片很好奇。

「謝謝。那我先去廚房檢查一下櫥櫃。」媽媽轉身走出房間，腳步聲漸漸消失在門外。

艾薇將照片一張張放回盒子裡。她看到一張山本家的姊妹在林肯學校管弦樂團裡，演出長笛二重奏的照片。原來她們也吹長笛！艾薇將照片翻到背面，上頭以漂亮工整的筆跡寫著她們的名字。另外一張照片是姊妹倆穿著一模一樣的洋裝，坐在鋼琴前面彈琴。此外，還有很多山本家的孩子嬰兒時期的照片。有一張小肯尼在拉小提琴，白色邊框上寫著「林肯春季音樂會」；有一張山本先生和山本太太抱著一個小嬰兒，站在屋子前方的台階上；還有一張肯尼、唐諾、湯姆三人搭著肩，手上拿著球棒和手套開心地笑著；最後是肯尼和唐諾穿著海軍陸戰隊的制服握手的照片。當肯尼知道他最要好的朋友在轟炸事件中身故的時候，內心一定非常哀痛。

每一張山本家的照片，都讓艾薇更加了解他們的生活，也讓她對於山本家所失去的一切感到悲傷。她將裝著照片的盒子放回更衣室裡。盒子的上蓋呢？她把掛在衣桿上的衣服推開，四處找尋盒蓋。

就在這個時候，艾薇看到更衣室後方有一扇門。為什麼更衣室裡頭會有門？艾薇腦子裡冒出了許多她想像出來的答案。這會不會是通往祕密通道的入口？這是不是蘇珊的爸爸一直希望找到的證據？山本家的人是不是隱瞞了什麼？

艾薇抬頭往上看，在門的上方有一個加了掛鎖的門閂。她把衣服往旁邊推，移開盒子，門的下方也有另一個上了鎖的門閂。

艾薇深吸一口氣。她推測，這裡可能是一間儲藏室。山本家可能把那些不想冒險擺在屋子裡、容易受損，或者比較珍貴的東西收到裡頭去了。日本人不是都有很漂亮的和服嗎？像那樣的物品應該就會被鎖起來。畢竟就像爸爸說的，他們能帶進集中營的東西只有手提行李，媽媽也說有人會進去廢棄的屋子裡偷東西。珍貴的物品的確要找個可以上鎖的地方藏起來。

艾薇突然感受到一陣沉重的壓力。她發現了隱藏在更衣室裡的門，這個祕密到底該不該跟爸爸和媽媽說呢？

就在這個時候，艾薇覺得自己聽見了一聲和弦，就好像有人對著口琴緩緩地吹了一口氣。她伸手摸了摸工作褲的口袋，口琴還在那裡。是口琴自己發出的聲音嗎？還是艾薇不自覺地嘆氣？或者就像爸爸說的，是她喜歡胡思亂想？

艾薇很快地忽略這些念頭。他們家和山本家的命運緊緊相繫。假使更衣室裡有什麼可疑的事物被發現了，他們兩家就會陷入危險。艾薇很可能是山本家以外唯一一個知道這裡有一扇暗門的人。她的口風夠緊，只要她不說，這個祕密不會有人知道。

這或許是讓他們全家人一同向前邁進的方法。

艾薇把桿上的衣服重新掛好，再把盒子擺回原位。

「艾薇……」媽媽呼喊著她，「離開房子的時候把窗簾放下來，後門關好。我先去把倉庫門鎖樣子。

上，等一下前面院子見。」

「好的，媽！」艾薇關上更衣室的門，走出山本家，表現得彷彿沒有發生過任何不尋常事情的樣子。

但是當她繞過那片雜亂的菜園時，她停下腳步，站在原地愣住了。

瓦爾德先生的別克汽車停在山本家車道外的馬路上。艾薇可以看見坐在駕駛座上的瓦爾德先生低著身子，正從副駕駛座的窗戶緊盯著山本家的房子，好像在那裡監視，或是等待。

艾薇覺得心頭一震。瓦爾德先生不可能知道她剛剛發現的那件事吧？還是他已經知道了？艾薇試著裝作若無其事，走過車道的時候還向瓦爾德先生揮了揮手。

不過瓦爾德先生沒有回應她。他只是踩了油門，然後加速離開。

14

第二天，艾薇下定決心解決可能會阻止他們家向前邁進的一大阻礙。

「我想要回去山本家一趟。」她對媽媽說。

艾薇一整個早上都在想，她該在什麼時候、用什麼理由跟媽媽說，媽媽才會同意她去山本家。當她們吃過午餐之後，媽媽穿上外套準備出門，她要去和紅十字會的志工太太們一起製作戰場上使用的繃帶。「我們不是昨天才去過？」

「是啊，不過我想要去種鳶尾花，替花圃鬆鬆土，看能不能在肯尼．山本回家之前把他們家的菜園整理好。我當過你的助手，知道該怎麼做。爸爸說，要是肯尼對他管理農場的成果感到很滿意的話，就會和他簽約。你也說如果肯尼回來看到自己的家變成這樣一定會很傷心。我還在想，等柳橙和蔬菜收成之後，我就可以在山本太太的攤子上叫賣，然後拿賺到的錢去買軍事郵票。或許蘇珊可以幫我一起賣。費南多說，只要我們愈快阻擋納粹的進攻，戰爭就會愈快結束。我可以告訴肯尼．山本我會拿這些郵票去換戰爭債券，等戰爭一結束，我就可以把債券交給他的爸爸。」

媽媽帶著欽佩的眼神看著艾薇。「這眞是既慷慨又聰明的點子。艾薇，自從我們搬到這裡以來，你愈來愈讓我感到驕傲了。你已經成爲一個成熟、負責，又腳踏實地的女孩。

「今天下午，爸爸會在房子北邊的柳橙園工作，有需要的話你可以在那裡找到他。後門旁邊的抽屜裡有倉庫的備用鑰匙。不要待得太晚，還有，記得帶上外套。」

艾薇覺得很興奮，同時也鬆了一口氣。她把倉庫鑰匙塞進褲子口袋裡，往山本家的方向跑去。她從倉庫裡拿了鏟子、小耙子，還有一小袋的種子。她先幫屋子前面的花圃除草，然後挖了一些小洞將鳶尾花放進去，只讓它們從土裡露出一點尖端，最後再把附近的泥土鋪平，鳶尾花可是要在這裡休眠好一陣子呢。

艾薇發現自己工作的時候，會不自覺地抬起頭來看著房子，心裡想著更衣室的事。她試著壓抑自己的好奇心。

接著她來到菜園裡，把金屬棚架先搬到一旁，將枯萎的番茄連根拔起，然後用鋤頭在菜園裡挖出兩道犁溝。在其中一道裡，她撒下了胡蘿蔔種子，另一道則撒了小圓蘿蔔的種子。至於菜園的其他地方，得等到天氣再暖和一點才能整理了。

然後艾薇往倉庫走去。她在窗戶下方擺了一排小陶盆，在裡面放進一些甜豆的種子，並且用小水罐灑了些水。

當艾薇走回前院時，她看見外面馬路上有個男孩騎著腳踏車經過，是那天她在學校等校車時看見的那個男孩。他緊握著把手，腳下的踏板踩得飛快，一路往前騎去。艾薇對他揮揮手，但是他並沒有回應。他要去哪裡？爲什麼總是如此來去匆匆？

艾薇很高興自己不必趕時間，她悠哉地打掃了前門廊，然後坐在台階上，對於自己今天所做的一切感到相當滿意。對艾薇來說，能夠坐在這棟沉睡的屋子腳邊、聞著翻新的泥土味、看著鳶尾花躺在新鋪的花圃上等待發芽，是一種無比的慰藉。

於是艾薇又拿出口琴，閉上眼睛吹起了《天使佳音》。當她演奏到副歌的時候，艾薇想像著在遙遠又古老的地方，有一群從沉睡中甦醒的天使們——紫色、但帶著一點黃色斑點的天使們——正準備破土而出，一起高聲唱著：榮耀……歸於上主。

這首曲子安慰了艾薇的心靈，也讓艾薇覺得一切將會愈來愈美好。

15

星期六，艾薇迫不及待要和蘇珊見面，想要告訴她這幾天來發生的一切——幾乎是一切。她太興奮了，以至於約定的時間還沒到，她就在拖車那裡等特。

艾薇坐在老拖車上，用口琴吹著《往日時光》，這本來是她要和全班同學一起在廣播節目裡表演的曲子。昨天晚上她從收音機裡聽到蓋伊．隆巴多[①]的樂團演奏這首歌，還搭配了人聲歌唱。她不記得完整的歌詞，只知道這首歌裡不斷問著同樣的問題：故舊情誼怎能輕忘？

從離開弗雷斯諾到現在過了三個禮拜，艾薇已經寫了四封信給阿拉塞莉，但她還沒有收到任何回信。媽媽說現在遇上假期，信件會遞送得比較慢。爸爸說，或許阿拉塞莉家也已經搬離拉科洛尼亞了。如果是這樣，她爲什麼沒有寄信通知艾薇她的新地址呢？還是說，阿拉塞莉已經忘記她了？

艾薇很高興蘇珊在這個時候打斷了她的思緒。蘇珊手上拿著一疊紙，從柳橙園的另一頭往拖車跑來，嘴裡一邊喊著艾薇的名字。她爬上了拖車，在艾薇身邊坐下。「新年快樂！」

---

①蓋伊．隆巴多（Guy Lombardo，一九〇二—一九七七）是加拿大與美國籍的流行樂團指揮，活躍於一九二四年至一九七七年間。

「你也是！」

她們互相擁抱，然後開始滔滔不絕地聊起她們收到了什麼聖誕禮物，以及如何度過這個假期。

艾薇告訴蘇珊，她整理了山本家的庭院，還有她在「戰時農場」種了些東西。「下週末，肯尼．山本就會回來了。要是他喜歡我爸爸，也對我爸所做的一切感到滿意的話，他們兩個人就會簽約。有了那份合約，我們就可以在這裡定居下來了。」

「你的意思是，要是肯尼．山本對你爸爸不滿意的話，你們家可能就得離開這裡？」

艾薇點點頭。「所以我才會努力試著把這裡整理得漂漂亮亮的。還有——」她咧著嘴笑，「我打算要在山本太太的攤子上賣柳橙和蔬菜，然後再拿賺到的錢去買戰爭債券。你要不要一起幫忙？這樣我們也可以替國家出一份力。」

「噢，我當然想，而且我一點都不希望你離開！但是我不確定我爸媽會不會答應讓我去……你知道，因爲那裡是山本家的地盤。」

「別擔心，」艾薇說，「你可以告訴你爸爸，我和我媽已經進去房子裡面檢查過了。我完全沒有看到任何可以幫助日本打贏這場戰爭的祕密文件或是其他東西。」她沒有說謊，但那個更衣室裡的暗門卻像是一塊疙瘩一樣卡在她心裡。

蘇珊咬著嘴脣陷入沉思。「如果是爲了戰爭和前線士兵的話……或許他們會答應。」她微笑著說。「那是屬於我們自己的攤子！不過首先……」她拿起手上的紙張，「練習題。我得先惡補數學，不然我媽絕對不會讓我去參加任何課外活動，包括管弦樂團。」

今天的天氣相當暖和。艾薇脫下費南多的外套鋪在拖車上，然後坐在上頭。她們靠在一起研究數學作業時，艾薇讓蘇珊戴著她那頂紫色毛帽。

等溫習完數學之後，艾薇拿出口琴吹起了《往日時光》。

「我眞希望自己知道這首曲子的含義。」她吹完之後說。

「我爸跟我說過，那是指『過往的時光』。他說這首曲子在講老朋友之間擁有的美好回憶。就算你和朋友分開很長、很長一段時間，甚至再也不會見面，但只要想起他們，你的心裡還是會充滿愛與美好的感覺。」

艾薇歪著頭心想。這眞的是瓦爾德先生說的話嗎？但是他似乎並不希望他們家的任何人這樣想起山本家。是戰爭無情地碾碎了他心中所有美好的回憶嗎？

遠方傳來了鈴聲。

蘇珊收拾好東西，把帽子還給艾薇，然後給了她一個擁抱。「我今天晚上會跟我爸媽提蔬果攤的事。我還會跟他們說，你已經檢查過屋子，確認山本家不是間諜，所以我們這麼做很安全。老天保佑他們會答應我。」

艾薇對她揮揮手。

在蘇珊的身影從樹林中消失前，她轉過身，在空中舉起手做了一個手指交叉的手勢。

艾薇也跟著做了同樣的動作。

16

「你覺得他會簽字嗎？」艾薇跟著爸爸在柳橙園裡爬上爬下地忙碌，一邊問道。

爸爸將不同顏色的布條綁在樹幹上做記號：黃色表示需要修剪、綠色表示有捲葉病需要治療、紅色表示需要整株移除。

「下星期的今天，也就是星期天，我們就會知道答案了。」爸爸說，「他只有三天的休假。他得先去亞利桑那州的集中營找他父親，然後再搭公車來跟我會面。他應該會在星期天一早抵達，待上幾個小時，等下午我再送他去坐車。」

接著爸爸和艾薇開著卡車到外圍的柳橙園。爸爸先花了點時間檢查灌溉果園用的抽水機、溝渠，還有水管。他從樹上摘了幾顆柳橙下來，剝開試吃了一些，剩下的分給艾薇嚐嚐，然後他低頭將果實的酸甜度與水分含量記錄下來。「大概再一個月就可以收成了。」

「然後我就可以來賣柳橙了！」艾薇滿心期待著蔬果攤能早日開張，也希望蘇珊的爸媽能答應讓她過來一起幫忙。她看著成片的果樹說：「到了收成的時候，誰會過來幫忙？」

「這的確是個問題。我會跟肯尼討論一下。我認識一個聖伯納迪諾的果農，或許可以向他調派一些人手。很多男人都上戰場去了，女人們也都到工廠裡工作，遇到農作物要收成的時候，根本沒有足夠的人可以幫忙。現在美國政府要從墨西哥引進勞工，因為我們國內已經沒什麼『壯丁』了。」

「但要是他們沒有把山本先生和他的日本員工送進集中營的話……」

「沒錯，艾薇，你的想法和我一樣。那我們就不必引進墨西哥勞工了。」

他們爬回卡車，一路顛簸地穿過果園來到路上。「爸，你可以載我到山本家，讓我替菜園澆水嗎？然後我要讓你看看我種的小圓蘿蔔，它們已經發芽了。」

爸爸在山本太太的攤位前轉彎，順著車道一路往下開。靠近房子的時候，他將身子往前挪，試圖透過沾滿塵土的擋風玻璃看清楚窗外的景象。

「怎麼了？」艾薇問。

爸爸將引擎熄火，拉住艾薇的手扶著她跨過座位。「我不是很確定。跟緊我。」

他們往房子的方向走了幾步，艾薇驚訝得屏住呼吸。

房子前面的花圃被蹂躪得亂七八糟。鳶尾花被連根拔起，到處都是飛濺的泥土，門廊上散落了一地的土塊和鳶尾花的殘株。艾薇用力地眨了眨眼，想確認眼前所看到的景象到底是不是真的。

她掙脫被爸爸握著的手，奔向房子旁邊的菜園。有人拿鏟子破壞她的戰時農場，剛發芽的小圓蘿蔔全都被弄碎丟棄在院子裡，她辛苦挖好的犁溝也被填平了。

艾薇幾乎說不出話來。「爸，我好不容易做的這些……」

爸爸走到她身後，把手搭在她的肩膀上。「艾薇．瑪麗亞，我也覺得很難過。」

她趕緊跑去查看倉庫的狀況。倉庫的窗戶被打破了，窗台上的小盆栽早已不見蹤影。爸爸打開倉庫的門鎖，只見屋內的地板上到處散落著陶盆和玻璃碎片。

艾薇覺得彷彿有人狠狠地揍了她的肚子一拳。她這陣子以來的心血，就這樣被毀掉了。

就在爸爸帶著她走回卡車時，她看見剛重新油漆過的後門被塗上幾個猩紅的大字：

日本鬼子間諜

滾遠一點別回來！

誰會做出這種事？是瓦爾德先生嗎？

「我不准你自己一個人到這裡來了。」爸爸說，「這是為了保護你的安全，艾薇．瑪麗亞。」

「但是……我得把這裡整理乾淨。肯尼就要回來了。」如果肯尼看見這種被人惡意破壞的景象，肯定不會答應和爸爸簽約。

「不，艾薇，不是今天。我們得等到肯尼．山本回來之前再處理，這樣一來，破壞的人就沒有時間再那麼做。」

「可是……那些盆栽……還有小圓蘿蔔……」

「我知道，」爸爸說，「我會跟他解釋這一切的。」

艾薇的心裡忍不住激動了起來。「爸，這些人到底是怎麼了？他們為什麼要這麼做？為什麼沒有人阻止他們？」

「他們的心靈受傷了。朋友不再是可以交心的朋友，鄰居也不再是可以信賴的鄰居。在戰爭期間，人們都想要找到可以責怪的對象，捍衛自己支持的立場。大家的心愈來愈狹窄了！」

「媽媽說我們的心比我們所想的還要大！」艾薇忍不住流下憤怒的淚水。

爸爸伸出手臂摟著她。「艾薇．瑪麗亞，你怎麼會一下子就變得這麼有智慧？那個成天胡思亂想、心不在焉的小女孩到哪裡去了？我有點想念她了。」他用力地抱了抱她的肩膀。「你能爲我吹一首口琴嗎？或許就吹那首你本來要上廣播節目表演的曲子？我說的是你原本要獨奏的那一首。」

爸爸說完把手伸進口袋掏出一把零錢，然後從裡頭翻找了一會兒，拿了一個一分錢的銅板給她。

艾薇收下一分錢，給爸爸一個擁抱。在他們走回卡車、開車回家的路上，艾薇一直沒辦法好好地呼吸，滿腔的悲憤幾乎讓她喘不過氣來，她只能吹奏出一首不成調的《美麗的美利堅》。

17

隔天晚上，洛佩茲家響起一陣敲門聲。艾薇前去應門，讓她驚訝的是，站在門口的人竟然是瓦爾德先生。

他清了清喉嚨。「我想跟洛佩茲先生談談。」

爸爸走到艾薇身後。「我們能幫上什麼忙嗎？」

「能不能借用你幾分鐘的時間，我們到外面談？」

於是爸爸拿起他的外套，並隨手把門帶上。

艾薇站在窗前看著屋外的兩人，希望能聽見他們的對話。爸爸靠在卡車上，兩手環抱在胸前；瓦爾德先生則是保持一貫的姿勢，兩手放在背後，手肘向外站著。

等瓦爾德先生走回車上，並且將車子駛離之後，爸爸也回到屋內，臉上眉頭深鎖。

「怎麼一回事，維克特？」媽媽問。

「瓦爾德先生說他看到有人蓄意破壞山本家的房子，而他有一個一勞永逸的辦法。他想等肯尼·山本回來的時候跟他見面，看能不能買下他們家的土地。他說，上一次他開給山本家的價錢太低，可能讓山本家覺得受到羞辱，現在他了解這一點了。我跟他說，山本先生已經寫明了，在任何情況下他都不打算出售土地，但是……」

「但是什麼？」艾薇問。

「瓦爾德先生說每個人心中都有一個價錢。他說得沒錯，艾薇。如果山本先生同意出售的話，他會考慮繼續僱用我來管理農場，但他不做任何保證。我說我會幫他安排見面的機會，因爲我沒有權利代表任何人拒絕，做決定的人是山本先生。另外，瓦爾德先生希望先去看看這些資產的狀況，包括房子、倉庫，還有車庫──在肯尼．山本回來之前。」

艾薇的臉一下子漲紅。萬一更衣室裡那扇暗門被他發現了怎麼辦？艾薇試著用鎮定的口吻問道：「爲什麼？」

「他說這樣他才知道怎麼開一個比較合理的價錢。他會帶他的律師一起來，好提供他一些意見。但是我感覺得出來，他想的不只是這樣而已。」

「我知道，爸。蘇珊跟我說過，瓦爾德先生認爲山本家的人是日本政府的間諜。」

「什麼？」媽媽說，「間諜？艾薇，這是什麼莫名其妙的說法？」

「我沒有亂說，媽。蘇珊說她爸爸認爲山本家藏著一些協助日本軍轟炸珍珠港的地圖和祕密文件。如果他們證實這件事情，山本家的人就會被送進牢裡，這麼一來，他們的農場就不保了，因爲銀行會把它賣給願意出價購買的人。」

媽媽看著爸爸。「維克特？」

爸爸用手磨擦著下巴。「有這個可能。假使山本先生不想賣地，那麼設法證明山本家是間諜的確是讓瓦爾德先生取得這片農場的另一個方法。他問我我是不是曾經去過屋裡，有沒有看到他們留下些什麼東西。我告訴他，你和艾薇已經將所有櫥櫃、門都打開檢查過了，除了他們家的私人用品之外，沒有看到什麼東西。」

「是這樣子沒錯，」媽媽說，「對吧，艾薇？」

艾薇點點頭，但她藏在心裡的祕密卻蠢蠢欲動。

「他說，儘管如此，他還是希望能夠先去看一下。因爲如果屋子裡有反美的事證，他就不會購買；這會讓這間屋子留下不好的名聲，以後想要轉手賣掉就很困難了。我想蘇珊告訴艾薇的那些事情沒有錯，瓦爾德先生的確想要找到一些可以舉發山本家的事證，好讓他得到他想要的。他帶律師來的目的無非是想要安排一個見證人。」

「維克特，你該不會是認眞的吧！吉耶莫已經替山本先生工作很多年了。眞有什麼不對勁的話，他一定會跟你說的——」

「露茲，我是認眞的。瓦爾德先生……我從他的眼神可以看出來，」爸爸說，「他相信只要他買下這塊地、把山本家趕出去，就可以保護這整個地區和他的家人。這是他個人的信念。」

「他認爲肯尼要爲他兒子的死負責。」艾薇說。

媽媽皺起眉頭。「什麼？怎麼會？瓦爾德太太跟我說他兒子是在珍珠港事變中被炸死的。」

「瓦爾德先生並不希望唐諾加入海軍陸戰隊，但他還是聽了肯尼的話去了，因爲他們是最要好的朋友。」艾薇說。

「他完全被自己誤導了。噢，那個可憐又可悲的傢伙。」媽媽說，「維克特，你打算要讓他進屋子裡看看嗎？」

「我還能怎麼說？假使我拒絕，萬一之後瓦爾德先生說服山本先生把農場賣給他，他肯定會找我算帳。你知道那是什麼意思嗎？意思是他絕對不可能會繼續僱用我，而我們又得搬家。」

「我不想搬家。」艾薇說。

「我們沒有人想搬。」媽媽說。

爸爸清清喉嚨說：「露茲，他希望你和艾薇也能在場，因為你們兩個之前已經先進去看過了。」

「他什麼時候要去？」媽媽問。

「星期五下午四點鐘。」

媽媽做了個深呼吸。「好，我們實際一點。根本沒什麼好擔心的，他們想看就看，反正對我們也不會有任何傷害。一旦他們發現屋裡沒什麼，事情就會告一段落。」

艾薇回到房間滿懷思緒地躺在床上。當他們檢查那間房子的時候，一定會發現藏在更衣室裡頭的那扇暗門，萬一那扇門後面真的藏了什麼反美的東西呢？

她該怎麼做才能確認這件事？

艾薇的腦子裡不斷閃過一個念頭。她知道這個念頭不對，因為這麼做不但違反了爸爸的規定，而且也很危險，但同時她也想起了自己曾經問費南多的一個問題。「你不在的時候，誰要負責修家裡的東西？」

他的回答是：「你。」

她揉揉額頭，知道自己該怎麼做了。今天是星期一，距離星期五下午還有一些時間，問題是她要什麼時候採取行動。

而接下來她腦海裡浮現的念頭更讓她覺得棘手。要是她眞的發現什麼可疑的事物，她又該怎麼辦呢？

18

星期三下午，艾薇放學回家，一進門發現家裡空蕩蕩的，她知道機會來了。媽媽留了一張字條：她會在瓦爾德家工作到五點鐘，爸爸和林肯附校的家長開會，晚餐前才會回來。

艾薇立刻跑到後門的廚房抽屜邊，祈禱著爸爸會把那一大串鑰匙留在家裡。還好，他沒有把鑰匙帶走。她趕緊把鑰匙收到費南多外套的口袋裡，然後衝出家門。她在果樹間奔跑著，每跑一步，口袋裡的鑰匙也隨著晃盪一下。

艾薇抵達山本家的後門左右張望，確認附近沒有半個人，然後便屏住呼吸，一個箭步閃進了山本家的屋子裡。

整間屋子空無一人，安靜得有點詭異，艾薇直接走到第三間臥房，拿曬衣夾把房間裡的窗簾夾高，好讓光線透進來。她可以感覺到自己在打開更衣室的門時，心臟撲通撲通地跳著。她把擺在更衣室地板上的箱子一個個往房間搬，等到剩下最後兩個箱子，她便把它們推到暗門邊、站了上去，好讓自己可以構到高處的門鎖。

她一連試了好幾把鑰匙，兩隻手因爲緊張而顫抖，終於，伴隨著一個喀噠聲，門鎖開了。

接著，她把最後兩個箱子推到更衣室外，替暗門前方清出了一條通道。在開啓暗門下方的門鎖時，她才試第一次就找到了正確的鑰匙。

艾薇的呼吸愈來愈急促。

她小心翼翼地把暗門打開。

充滿霉味的空氣與隱約閃動的黑影促使她往前一探究竟，她往前跨了一步，爲了適應昏暗的環境不住地眨眼。

現在她漸漸看清楚門裡大致的輪廓了，一開始她不太確定自己看到了什麼，於是多走了幾步，但慢慢地，她了解自己所看到的究竟是怎麼一回事。

房間最裡面的那道牆——最靠近屋外的那一道——被一張畫著大樹與櫻花的日式屏風完全覆蓋住，艾薇透過屏風的隙縫往裡看，她發現後面還有一扇雙開門。然而，眞正讓她感到震驚的是這扇門所通往的地方：是那一面的木頭棚架和綠色爬藤。難怪山本先生不希望爸爸把那些爬藤修剪掉，因爲只要一修剪，這扇門就會被人家發現了。

艾薇的手指快速地翻動著桌上的一疊紙張。這些就是幫助日本軍轟炸珍珠港的祕密文件嗎？成排的書吸引了她的目光。這會是把山本家送進監牢的證據嗎？

艾薇環顧著房間。他們到底是怎麼辦到的？他們是怎麼安排這一切的？除了山本家的人之外，一定還有其他人跟他們一起行動。他們是不是曾經在這裡舉行工作會議？或者是利用深夜在這裡傳遞什麼祕密消息？看起來是這樣沒錯。他們全都在密謀同一件罪行。

淚水刺痛了艾薇的眼睛。她覺得既難過又困惑。

瓦爾德先生是對的，山本家的確隱瞞了一些事情，而且事態嚴重。

她走出房間，把門鎖上，再把更衣室恢復成原來的樣子。

費南多說過，全國上下每一個人都在爲這場戰事盡一份心力，不論他們做的是大事還是小事。

「我也會盡我的一份心力。」艾薇對自己小聲地說。

星期五下午，她會帶爸爸、媽媽、瓦爾德先生，還有陪瓦爾德先生一起來的律師去看看……眞相。

這是她身爲美國人的責任。

19

星期五下午，瓦爾德先生站在山本家的前門廊，看起來一副準備好戰鬥的樣子。他抬頭挺胸，兩手在胸前環抱交叉，其中一隻手裡握著一把手電筒。他的律師站在他身旁，手裡提了個公事包。

當爸爸、媽媽、艾薇走上山本家門前的台階時，瓦爾德先生大步走向他們，對他們伸出那隻空著的手。「洛佩茲先生，這位是我的律師，鮑林先生。」

爸爸和兩位男士握了手。「這是我的太太露茲，還有和我的女兒艾薇。」

鮑林先生對她們點點頭。「感謝你們的配合，洛佩茲先生。我要先說明，由於你並不是屋主本人，在法律上你可以拒絕我們進入屋內的要求。我想先確認，你目前是這間屋子與這塊土地的管理者，今天你讓我們進入屋內只是爲了幫瓦爾德先生一個忙，這個說法是否正確？」

「是的。」爸爸說。他伸手比向被釘上木條的前門，「我們得從後門進去。」

瓦爾德先生對爸爸稍微點了個頭說：「請帶路吧。」

不一會兒，所有人便站在山本家的廚房裡。

媽媽走上前去，把所有窗簾都拉高、拿夾子夾起來。瓦爾德先生檢查廚房的模樣就像是對這間房子極有興趣的買家。他打開抽屜，拿手電筒照射櫥櫃內部和水槽下方，在牆壁上東敲西敲。

鮑林先生一直跟在他旁邊。

「就像你所看到的，」爸爸說，「所有東西都保持得非常好。」

瓦爾德先生什麼都沒說，逕自往客廳走去。他掀開罩在傢俱上的布，瞇著眼睛打量，接著他拿起牆角的掃帚，往天花板拍打，還不斷踏著木頭地板。當他走進第一間臥房，打開更衣室時，問道：「你們檢查過這些東西嗎？」

「我們沒有檢查盒子內部。我和艾薇只檢查了屋子裡有沒有被小動物破壞，或者有沒有漏水。」媽媽說，「還有確認這些窗戶是否關緊。」

「我必須請問你一件事，洛佩茲太太，」鮑林先生說，「我只是要做個紀錄，請問你是否有從這間屋子裡拿走任何東西？」

媽媽搖搖頭。「我絕對不會做這種事。」

鮑林先生轉頭看著艾薇。

「沒有，先生。我沒有從這間屋子裡拿走任何東西。」

「但是你們在這裡待了好一段時間，還在院子裡工作。」瓦爾德先生說。

艾薇點點頭。「沒錯。我們只是想讓肯尼．山本星期天回家時高興一點。」

瓦爾德先生放低身子，單腳跪在艾薇面前。「小女孩，你知道我們國家現在正和日本，還有日本人打仗嗎？」

「大家都知道，」艾薇說，「自從發生珍珠港事變之後就開始了。」

爸爸有些惱怒。「她當然知道。我們的兒子、她的哥哥，也正跟隨著美國陸軍在戰場上打仗。」

瓦爾德先生站了起來。「洛佩茲先生，你知道原本住在這裡的日本人被送去集中營隔離，是因為他們對我們的安全造成威脅嗎？」

「威脅？」爸爸說。

「山本家還住在這裡的時候，不時有日本人進出他們家。」瓦爾德先生說，「尤其是在珍珠港被轟炸之後。除了農夫以外，還有些日本人會拎著手提箱過來，他們家的燈有時到深夜都還亮著，甚至有卡車不分時段在這裡進出。」

「但這也不代表……」爸爸說。

「我們怎麼知道這裡沒有彈藥庫？現在是戰爭時期，我們應該小心謹慎一點。」瓦爾德先生說，「在珍珠港事變前，就有投效日本陣營的人幫助敵方觀察我們的領空。他們會把飛過頭頂的飛機模樣記錄下來，然後回報給日本政府。」

爸爸搖搖頭。「我不認為山本家……」

瓦爾德先生漲紅了臉。「我是受過專業情報訓練的人。假使你不讓我做進一步檢查，我就要向警方檢舉山本家是嫌疑犯。這是你想要的結果嗎？」

拉高的聲調讓艾薇感到焦慮，她緊緊靠在媽媽身邊。

鮑林先生將一隻手搭在瓦爾德先生的手臂上。「我們先冷靜一下。你要報案之前也得先找到證據才行。」

爸爸盯著瓦爾德先生和鮑林先生。「我不懂。我以爲你們進來檢查屋子內部是因爲你們有興趣出價買這間房子。」

瓦爾德先生抽著鼻子說：「我有兩個考量。第一，舉報威脅，確保我們所有人的安全；第二，把這間房子買下來，以免威脅再次發生。」

「洛佩茲先生，如果你願意好好配合，我們可以把這件事情盡快處理好。」鮑林先生說。

爸爸指指更衣室。

瓦爾德先生把更衣室裡的箱子全都拖到房間中央，一個個打開來檢查。

他咕噥著：「全都是餐盤、床單和毛巾。」

瓦爾德先生又抽著鼻子走到第二間臥房，重覆同樣的動作。當他發現箱子裡只有小孩子的衣物時，他又跪在艾薇面前說：「艾薇，告訴我，你和你媽媽進到屋子裡來的時候，有沒有看見什麼不尋常的東西？你在倉庫、車庫，或者是屋子裡，有沒有發現一些……奇怪的狀況？」

艾薇看著瓦爾德先生、鮑林先生，又看向媽媽、爸爸，她的心已經因爲把話悶在裡面而快要爆炸了。她深深吸了一口氣，試著讓自己看起來鎮定一點。

「艾薇？請你回答瓦爾德先生的問題。」爸爸說。

「您是指像是暗門那一類的嗎？」

「我就知道！」瓦爾德先生說。

爸爸站到艾薇面前。「艾薇！你在說什麼啊？現在可不是玩扮家家酒的時候！」

艾薇搖搖頭。「我沒有在玩扮家家酒，爸爸！媽，你記得嗎？我們在檢查房子的時候，有一個相片盒被打翻了，後來我自己一個人留在房間裡收拾，當我把盒子放回去的時候，我看到更衣室裡有一扇門，上頭還加了鎖。我可以帶你們去看。」

媽媽的臉色蒼白。「你怎麼沒有告訴我？」

「媽，對不起，我以爲那只是更衣室裡的一個儲藏室。」她實在不願意欺騙媽媽，幸好這一切就要結束了。

「我們去叫警察！」瓦爾德先生說。

鮑林先生舉起手制止。「我們應該先確認那不是一間儲藏室。」

「艾薇，帶我們去看。」爸爸伸出手對艾薇說。

她牽著爸爸的手走進第三間臥房。

媽媽把房間裡的窗簾拉高固定，好讓更多的光線從屋外透進來。

艾薇打開更衣室的門，撥開衣桿上的衣服，對其他人指著原本隱身在衣服後面的暗門。接著，她看著瓦爾德先生和鮑林先生把更衣室裡的箱子搬到房間中央，再把衣服往兩旁推開。

他們把更衣室清空之後，爸爸拿出一大串鑰匙，連試了幾次之後便把暗門的上下門鎖都打開了。

瓦爾德先生和鮑林先生拿著手電筒率先進入了暗門後的房間，艾薇和爸爸媽媽則跟在後面。手電筒的光照亮了這個小房間和裡頭的擺設。現在，一切都被光線照得清清楚楚的。

「噢！」媽媽倒抽一口氣。

「怎麼樣？」爸爸問。

艾薇心滿意足地看著瓦爾德先生焦急地搜尋著房間的每個角落，鮑林先生則是強忍著笑意。

她走到房間各處，將「手提箱」一個個打開。

在這個臥房大小的空間裡，竟然擺了三架鋼琴，而其中一架還是平台鋼琴。除此之外，還有其他各式各樣的樂器：四把大提琴、好幾支低音號、長笛、單簧管。艾薇至少打開了十二個小提琴盒，每一個盒子裡的小提琴和琴弓都被妥善地放在絲絨襯墊上。

爸爸在房間裡繞了一圈，很快就發現藏在日式屏風後面的那扇門，就像艾薇前天看到的一樣。「這裡有一扇雙開門。這扇門的外面被藤蔓覆蓋住了，所以從外頭根本看不見。現在一切都眞相大白了，對吧？」爸爸說，「這些人能帶進集中營裡的東西少得可憐，而山本先生是這附近少數還能保有私人土地的日本人。他這麼做，是在保管、保護他朋友們最珍貴的財產。你所看到那些進出這間屋子、帶著手提箱的人……」爸爸聳聳肩，「他們帶來的是自己心愛的樂器。他們都是音樂家……」他微笑看著艾薇，「就像我女兒一樣。」

「我想我們應該已經看夠了。」鮑林先生說著轉身準備離開。

「不，等一下！」瓦爾德先生大喊。他露出困惑的表情，兩手插在腰後。「鋼琴椅裡面呢？那些樂譜呢？搞不好藏了什麼密碼啊！」

鮑林先生一臉不以爲然地搖搖頭。

爸爸把每張鋼琴椅的椅面都打開，站在一旁。瓦爾德先生仔細地翻看著蕭邦、貝多芬，還有布拉姆斯的樂譜。

爸爸從第三張鋼琴椅裡拿出放在裡面的唯一一樣東西：一個閃耀著漆器光澤的扁平盒子，上頭還鑲嵌著精細的木頭紋樣。他把盒子放在桌面上。

瓦爾德先生湊了上來。

爸爸打開盒蓋。

擺在上方的是一封信。爸爸把信打開，讀起裡面的內容。

「爸，信上寫些什麼？」艾薇問。

爸爸把這封信轉過去給在場的所有人看，他用手指比著信紙的信頭。「這是美國總統的官印。這封信是要表揚山本先生的英勇表現。」他再指向盒子。「這些都是他在爲美國打一次世界大戰時所獲得的動章。」

鮑林先生清了清喉嚨，轉身對瓦爾德先生說：「我沒有看到任何政府文件、加州海岸線地圖，或者是飛機、船隻的圖片。這樣你滿意了嗎？」

瓦爾德先生頹然地掃視整個房間，看起來似乎有點不知所措。他深吸一口氣，稍微站直身子。「不怕一萬，只怕萬一。每個男人、女人、小孩都應該盡一份心力……」說到這裡，他突然哽咽了起來，眼眶泛淚。「我們已經死了好多男孩……好多男孩……還有我的男孩……」他悲從中來，身體不住顫抖。

艾薇走到他身旁。瓦爾德先生似乎不再那麼充滿敵意了，他看起來只是一位在戰場上失去兒子的父親。

她抬頭看著瓦爾德先生，握住他的手。

媽媽含著眼淚，也走到他的另一側，輕輕擁著他的肩膀。

就這樣，他們帶著瓦爾德先生離開了這間屋子。

20

爸爸再一次重新粉刷了山本家的後門。

媽媽在屋子裡整理昨天下午瓦爾德先生打開檢查的盒子、箱子，艾薇則拉著水管沖洗著屋子前面和門廊上的泥巴。

他們把鳶尾花重新種回去，把菜園耙平，也從倉庫的小陶盆裡救了一些種子回來。

在肯尼．山本回家之前，艾薇為這間房子所做的最後一件事，就是在一扇釘了木條的前窗掛上一面白底紅邊的小旗子，上面還繡著一顆藍色的星星。

第二天一早，廚房裡的烤箱傳出烤牛肉的香味，爐子上也燉著一鍋湯。

在爸爸前往公車站之前，他站在廚房裡，兩手插著腰說：「露茲，我看整個美國陸軍也沒辦法吃下這麼多的食物。」

媽媽揮手示意他趕快出門。「要是費南多回家的時候我們剛好不在，我也會希望其他士兵的母親能替他煮一頓好吃的。」

「但是肯尼．山本只會跟我們一起吃午餐啊。」爸爸搖搖頭。

媽媽看著爸爸。「我想替他多準備一些……讓他帶在路上吃。不過我用掉不少定額配給券了。」

爸爸對著艾薇眨眨眼，指著餐台上的蛋糕。「我們也得了不少好處，對吧？」

艾薇開心地點點頭。

肯尼進門的時候，身上穿著卡其色的制服，他將軍帽擱在門邊的桌上。他把頭髮剪成平頭，讓他的耳朵看起來特別大，和他的頭有點不成比例。肯尼說起話來輕柔有禮，他稱呼爸爸「先生」，媽媽是「夫人」。他比艾薇想像中來得嚴肅多了，雖然他只大費南多兩歲，但感覺上好像比費南多成熟不少。

剛開始，艾薇特在肯尼身邊時會有點不好意思，但後來她發現自己爲了聽清楚肯尼說的每一句話，坐得離他愈來愈近。肯尼聊到自己在夏威夷的那段日子，還有他如何被派往另一艘船艦上。

「我哥說他很快就要『飛過去』。他說他會在某架軍事運輸機裡，但是我們不知道他要去哪裡。」艾薇說。

「你能保守祕密嗎？」

艾薇笑著點點頭。「我喜歡祕密……有些時候啦。」

「『飛過去』通常指的是歐洲戰區。」肯尼說，「所以他可能會在義大利、法國，或德國。我也會被派到同一區去，不過是在艦艇上。」

當他們圍坐在餐桌邊，大部分時間是肯尼和爸爸兩個人在對話。一開始，他們聊了些最近農場裡發生的事，還有艾薇如何發現那間放滿樂器的房間、瓦爾德先生的近況。接著他們談起了戰事，談到戰火如何蔓延，還有這場戰爭大概還會持續多久。都是些嚴肅的話題。但是當爸爸起身去倒咖啡、媽媽洗碗盤的時候，肯尼伸手拉了艾薇的辮子，就像費南多之前經常對艾薇做的那樣。換成是費南多，艾薇早就大聲抱怨了，但這一回她沒有，反倒咯咯笑了。

吃過午餐之後，肯尼說：「我想去看看我們家的房子。你要跟我一起從柳橙園那裡走捷徑過去嗎，艾薇？你爸爸跟我說你精心安排了一些計劃。你可以帶我去看。」

爸爸低頭看看手錶。「半個小時後，我會把卡車開到房子前面，在那裡和你跟艾薇碰面。接著，我想大概就得送你去公車站搭車了。」

媽媽笑著說：「我會用吃剩的午餐幫你做些三明治，讓你帶在路上吃。」

肯尼站起來戴上帽子。「再會，洛佩茲太太。謝謝您爲我所做的一切。我希望很快就有機會見到費南多。」

媽媽眼眶一紅，張開手臂擁抱了肯尼。

對於這突如其來的擁抱，肯尼似乎有點驚訝，但他很快地回抱了媽媽。

來到屋外，當他們穿過柳橙園的時候，肯尼深吸了一口氣說：「很有趣的是，當你離開家以後，你會開始懷念一些事情。我懷念這些柳橙樹的香氣、我母親的料理，還有我兩個妹妹吵著該輪到誰先做某件事的模樣。我也懷念穿著平民衣服的日子，就像你身上這件外套一樣。這是你哥哥的外套嗎？」

「費南多說在他回家之前，這件外套可以給我穿……這樣我就會記得他一直在守護我，不管他在多麼遙遠的地方，他都會讓我覺得溫暖又安全。」

肯尼笑了。「艾薇，我很高興我們兩家人決定要一起度過這場戰爭帶給我們的難關。我覺得我們眞的很像。你爸爸跟我說你參加了學校的管弦樂團，你知道我以前也是管弦樂團的嗎？還有我妹妹也是。她們兩個都吹長笛。我們的老師是丹尼爾先生，我的樂器是──」

「小提琴！」艾薇說，「我知道。我在你家的照片裡看過。」

「你喜歡丹尼爾先生嗎？」

「他是我最喜歡的老師。」艾薇說，「我喜歡他說話的方式。他說我們應該莊重地演奏音樂。」

肯尼大笑。「那眞的很像是丹尼爾先生講的話。」

肯尼很健談。但在艾薇體會到這一點之前，她自己已經滔滔不絕地告訴肯尼許多事，包括她第一天在管弦樂團裡被那些男孩嘲笑，只因爲她是林肯附校的學生，以及丹尼爾先生如何出面擺平這件事；她提到自己吹奏了《當強尼凱旋歸來》，以及自己想選長笛作爲練習的樂器；還有，她希望自己能成爲林肯正校的學生。「有些家長不明白爲什麼學校在戰爭期間還要花錢聘請音樂老師。但是丹尼爾先生說，每個人都需要音樂爲我們帶來美好與光明，尤其是當我們身處在這麼艱苦的時代。」

肯尼點點頭。「丹尼爾先生說的對。你可以吹口琴給我聽嗎？我知道你會隨身帶著口琴。」他眨了眨眼。「你爸爸說你不管到哪裡都帶著口琴，而且你吹得好極了。」

爸爸眞的這麼說嗎？艾薇紅著臉，從口袋裡拿出口琴，但此時她猶豫了一下。

肯尼戳了戳艾薇逗弄她，就像費南多會做的一樣。「拜託，一首曲子就好了？你可不想我再拉你的辮子吧。」他作勢要拉艾薇的辮子，惹得艾薇又笑了。現在的肯尼看起來似乎沒有那麼成熟了，他就像是一位親切的鄰家大哥哥。

艾薇吹起了《往日時光》，她讓自己完全沉浸在這把口琴奇妙的音色之中，時間似乎在這片柳橙園裡靜止。她閉上眼睛，隨著音符徜徉在這首曲子裡。

她看見肯尼、唐諾、湯姆用木條箱在拖車上蓋堡壘，開心地玩著捉迷藏和鬼抓人；她看見蘇珊和山本太太在上鋼琴課。接著她的思緒飛回到弗雷斯諾，她看見自己和阿拉塞莉在玩拋石遊戲，她們毫無失誤地連續交互跳繩一百下；她還看見阿拉塞莉戴著那頂紫色毛帽站在門口，頻頻以飛吻向她道別。

最後一個音符，艾薇吹出了如短笛般的顫音。當她打開雙眼，她看見肯尼對她讚許地點頭。從肯尼忘我的眼神裡，艾薇知道，他也想起了那些美好的往日時光。

「艾薇，你的未來一定不可限量。等我下次回來的時候，你已經開始學長笛了。你要好好練習，這樣有一天我就能去參加你的音樂會，坐在觀眾席裡看著你在台上演出。」

艾薇笑了，肯尼的話溫暖了她的心。他讓艾薇覺得這一切在未來都可能實現，就像黛嘉朵小姐和丹尼爾先生給她的感覺一樣。她希望這個願望成眞，她要在肯尼的面前上台演奏，讓他爲她感到驕傲。雖然肯尼是別人的哥哥，但這個下午，他就好像專屬於艾薇的一樣。

他們穿過最後一排柳橙樹，走進山本家的庭院。艾薇帶肯尼去看了倉庫裡種的小秧苗和戰時農場，她還告訴肯尼她的「柳橙換戰爭債券」計劃。

「我喜歡這個計劃。」肯尼說。

爸爸已經在屋子前面等著了。當肯尼看見爸爸身旁那扇被木條釘死的前窗上掛著藍色星星的旗子，艾薇發現他的嘴脣顫抖著。肯尼大步走向爸爸，緊緊握住他的手說：「謝謝您所做的一切。我的父親也非常感謝您。」

接著，他們在卡車的引擎蓋上簽下了合約，兩個家庭的命運從此緊緊相繫。

在他們前往公車站的路上，車子經過林肯正校門口，爸爸告訴肯尼自己正在爲艾薇入學的權利而努力。

「我希望律師可以盡力而爲。」肯尼說。

「他很樂觀。一九三一年在聖地牙哥附近有一個案例，羅貝托·艾瓦雷茲對檸檬園校區，他們的狀況和我們相同，當地的家長組織起來，並且打贏了這場官司，不過目前只進行到下級法院的審理。我們的律師說他可以援用這個案件作爲判例。而且有愈多家長站出來，就可以讓愈多遇到類似情況的孩子們受益，所以我也會出來分享艾薇的故事。」

肯尼·山本點點頭。「這樣很好，先生。不論是在戰場上或在家裡，每個人都要爲他人而戰。」

爸爸的車在公車站前停了下來，他將引擎熄火。

肯尼轉頭對爸爸說：「洛佩茲先生，我一直在想是不是能夠寄點東西給我的家人，讓他們在集中營裡得到些安慰，或許是他們日後回家時也方便攜帶的東西。不知道您是否能打包我妹妹們的長笛幫我寄去？長笛就在您發現的那間儲藏室裡，上面有她們的名字。」

「當然好。」爸爸說。

肯尼看著艾薇，眨眨眼。「每個人都需要音樂爲我們帶來美好與光明，尤其是當我們身處在這麼艱苦的時代，對吧？」

艾薇笑著說：「那你呢？」

肯尼搖搖頭。「在戰場上，小提琴不是那麼方便攜帶。」

艾薇從口袋裡拿出口琴，放在手掌上。她的手指輕輕滑過閃亮的口琴蓋、細緻的刻花，還有神祕的M字，突然間，她興起一股想要幫助肯尼的衝動。就在肯尼跳下卡車之前，艾薇抓住肯尼的手，將口琴塞進他的手裡，並且將他的手指緊緊扣上。

肯尼低頭看著口琴，再看向艾薇。「你確定？」

艾薇點點頭。

「我答應你，總有一天，我會把它帶回來還給你的。」

肯尼把口琴放進胸前口袋，跳下卡車，關上車門，再往前走了幾步，好讓自己可以透過卡車前面的擋風玻璃看見艾薇和她父親。接著，他對兩人行了個舉手禮。

艾薇也舉手回禮，嘴裡喃喃說：「我知道你會的。」

21

「我完成了！你那邊呢？」艾薇喊著。

蘇珊從山本太太的攤子裡探出頭來，她正在畫招牌。她們整個早上都在忙著整理環境、打掃蜘蛛絲，然後一人負責畫一面壓克力招牌。她們打算在攤位的兩側各擺一面牌子，這樣往來的車輛都能看見她們的廣告。

六個星期前，爸爸和肯尼．山本簽下了合約，這讓一家人大大鬆了一口氣。爸爸和媽媽仍然堅信著戰爭很快就會結束，費南多的信總是成批寄來，有時候他們兩個星期都等不到一封信，但接下來可能會一次收到四封，每封信裡都充滿他對新家的疑問與期待。此外，艾薇終於收到阿拉塞莉寫來的信。她和她的家人搬到另一州去了。艾薇回信給她，但又遲遲沒有收到她的下一封信。艾薇有個感覺，她或許不會再收到阿拉塞莉的消息了。即便如此，艾薇相信，要是她們以後有機會再見面，她們一定能很快地重拾往日的友誼，就像是最要好的朋友一樣。

管弦樂團正式開始練習了，而丹尼爾先生的預言果然成眞——艾薇愛上了長笛。丹尼爾先生稱艾薇是他的明星弟子，他還說之前只有一位學生的表現能接近艾薇的程度，那就是凱倫．山本，這讓艾薇更迫不及待想要見到她。

艾薇跑到蘇珊身邊，看蘇珊畫的招牌。「畫得眞棒！」

天佑美國！
每袋柳橙十分錢或一張戰爭郵票
柳橙換戰爭債券！
即將登場

「你覺得我們什麼時候可以開賣？」蘇珊問。

「我爸說那些柳橙應該可以在三月一日之前採收，所以就是下個星期！等柳橙賣完之後，我們再來賣蔬菜。眞高興你爸爸答應讓你來幫忙。」

「他說我們爲戰事所盡的一切努力，都可以讓那些戰場的男孩們早點回家。他甚至要提供一些我們家菜園的蔬菜給我們賣呢。南瓜換戰爭債券！」蘇珊說。

「青豆換戰爭債券！」艾薇笑著說。

「蘆筍換……」

這時，艾薇看見那個騎著腳踏車的男孩從她們身旁經過。一如往常，男孩穿著白襯衫，袖子捲起，腳踝處用繩子綁緊藍色的褲管。他戴著同一頂鑲著某種標誌的藍色帽子，胸前掛著同樣的書包。

艾薇對他揮揮手，但男孩只是奮力踩著踏板，沒有理會。「他從來沒對我揮手。」艾薇對蘇珊抱怨著。

但蘇珊沒有答腔，臉色變得很難看。

「蘇珊，怎麼了？」

「那個男孩……」蘇珊看起來好像快昏過去似的。

艾薇把她帶到椅凳上坐下，自己也坐在旁邊。

「你認識他？」

「艾薇，每個人都認識他。」

蘇珊水汪汪的眼睛直盯著地上。「他在十字路口那裡轉彎了嗎？還是繼續直行？」

「我想他繼續直行了。這有什麼關係嗎？」艾薇問。

「你記得我跟你說過我們怎麼得知唐諾戰死的消息嗎？」

「記得。你們收到電報，對嗎？」

蘇珊點點頭。「是西聯電報公司的電報生幫我們送來消息……就是那個騎腳踏車的男孩。」蘇珊的雙手開始發抖。「他走哪條路？他往我家去了嗎？」

「不，」艾薇說，「他往我家去了。」

艾薇全身顫抖著，一把抓起原本丟在一旁的費南多的外套，腦子裡不斷有聲音嗡嗡作響。是附近有蜜蜂在飛嗎？然後她聽見了音樂，是《共和國戰歌》。

我的雙眼看見上帝降臨的榮耀；

艾薇起身走向山本家的車道，接著她開始奔跑。她跑進柳橙園，在樹林間橫衝直撞地穿梭，許多柳橙被她從樹上撞了下來。她的一顆心跟隨著腳步撲通狂跳，聽見蘇珊在她身後大喊：「艾薇！艾薇！」

祂踏碎憤怒葡萄藤爲開康莊大道；

艾薇跑得飛快，快到讓她自己覺得暈眩，然而音樂仍然不斷傳進她的耳朵裡。當她好不容易跑到果園的交界處，她不得不停下腳步，彎腰喘口氣。她伸手扶著一旁的柳橙樹。

祂揮舞威猛利劍放出命運的電光；

蘇珊追了上來，一把抱住艾薇的腰。

她扶著艾薇往前走出柳橙園，艾薇家的房子就在眼前。

那輛腳踏車停在艾薇家的門廊前，而男孩站在她家門邊。

祂的眞理正來到。

第四部

❖

一九五一年四月

美國

紐約州，紐約市

《那迷人的夜晚》

曲：理察・羅傑斯
詞：奧斯卡・漢默斯坦二世

7 -7 -8 7 7 -5
那 迷 人 的 夜 晚

7 -7 -8 7 7 8
你 將 與 他 相 遇

7 -7 -8 7 7 -9
你 將 與 他 相 遇

-9 -9 -9 -8 -6 6
在 茫 茫 人 海 中

6 -6 7 -6 6
但 你 將 知 道

6 -6 7 -6 -5
從 那 一 刻 起

-8 8 -9 9 -9 8
不 論 天 涯 海 角

-8 7 -6 6 -6
終 會 再 相 聚

1

這是命運交織的一晚。在這座被視爲音樂界最高殿堂、被光環籠罩的音樂廳裡，弗列德．舒密特正領著爸爸和甘特叔叔坐進貴賓席。

弗烈德的眼睛掃過一層層的包廂、特等席，以及頂樓的眺台，這些座位的立面不但雕刻了繁複的桂冠花紋，還上了金漆。聽說這場音樂會的票全數售完，但他還是很難想像音樂廳裡滿座的盛況。「你們不介意再多等一會兒嗎？」

爸爸帶著敬畏的眼神環視著劇院，手臂也跟著比劃。「我們要坐在這裡，好好欣賞這座莊嚴華麗的音樂廳。」

「是我們想要早點來的，」甘特叔叔說，「我們要在這裡等待夜幕展開，並且從一開始待到最後。能讓指揮本人領座實在是很光榮，你眞的走過了一段相當漫長的旅程，弗烈德。」

「是『我們』，叔叔。是我們一起走過的。畢竟，是誰教會我騎腳踏車和吹口琴的呢？」

甘特叔叔大笑，眨眨眼。「是我。你還記得這些，眞是貼心的好孩子。」

「誰又是我第一個、也是最出色的老師呢？」他伸手緊緊摟住爸爸的肩膀。

爸爸露出微笑。「謝謝你，兒子。」

甘特叔叔扯了扯自己的衣領，他今天打了條絲質領帶。平常穿慣工廠制服的他，今天穿上西裝反而覺得不太自在。「你知道我不太打領帶的，不過爲了來聽你的音樂會，稍微麻煩一點也值得。」

最近幾年，爸爸和甘特叔叔已經欣賞過好幾場弗烈德指揮的音樂會了。不過今晚別具意義，因爲這將是弗烈德登上最高殿堂的處女秀。弗烈德靠坐在爸爸座位的扶手上，對於眼前此刻，對於一路從特羅辛根、伯恩，再到紐約市，最後他終於站上卡內基音樂廳的舞台，指揮帝國愛樂的奇蹟之旅……弗烈德和爸爸、甘特叔叔一樣感觸良多。

柴可夫斯基也曾經站在這個舞台上，爲卡內基音樂廳的開幕之夜指揮自己的作品。柴可夫斯基！弗烈德簡直不敢相信，他就要站上同一個舞台了。

爸爸似乎猜中了他的心思。「有人說，在這裡演出過的音樂家都會爲這座音樂廳注入一點自己的靈魂。」

弗烈德點點頭。他也聽說這棟建築物擁有神奇的能量。問題是，他要如何駕馭這股能量呢？「你覺得柴可夫斯基當時像我一樣緊張嗎？」

爸爸對他擺動手指。「當然。而且我也會對他說同樣的話：『你有權利站在這座舞台上，就和下一個要上台的指揮一樣。只管抬頭挺胸地一步步往前走！』」

弗烈德拍拍爸爸的肩膀，笑著說：「我會記住的。」

舞台上，樂團團員的座椅已經被排成好幾個半圓形，一架平台鋼琴占據了舞台左側的位置。

爸爸把手放在弗烈德的手上。「真不敢相信我們會在這裡。在特羅辛根的一切，好像只是昨天發生的事。我只希望……」

「我知道，爸，」弗烈德輕聲說，「我也很想她。」

弗烈德知道爸爸仍然盼望著有天能再見到伊莉莎白。爸爸寫給伊莉莎白的信從未斷過，因爲爸爸希望她可以記得他的聲音。大戰期間，伊莉莎白奉獻自己護理的專業，甚至悉心照護著戰俘營裡的士兵；等到大戰結束後，她便留在東柏林的一間小兒科醫院裡工作。

弗烈德也寫信給她。尤其當他們得到移民美國的機會之後，弗烈德寫信請求伊莉莎白跟著他、爸爸，還有甘特叔叔一起到新世界追求新的生活。然而她拒絕了。她說她找到了自己的天職。但弗烈德仍然期待著，有一天他可以像自己幻想中那位勇敢的朋友——《糖果屋》裡的韓賽爾——一樣，帶著他的姊姊回到爸爸的身邊，這樣他們全家人就能夠團圓了。

弗烈德時常在想，如果那時伊莉莎白沒有送來那筆錢救出爸爸，不知道他們家會發生什麼事。爸爸說的沒錯，弗烈德搭上前往達豪的火車那一天，也就是決定他們命運的那一天，而那一切彷彿只是昨天、不是十八年前的往事。

𝄞

火車的蒸氣引擎開始運轉。

這時，弗烈德似乎聽見了柴可夫斯基《睡美人》的圓舞曲，他揚起手作勢指揮，這舉動惹惱了站在一旁的兩名軍官——艾菲爾和法柏。就在他們把弗烈德推下車，咒罵他是瘋子、要送他去吃牢飯的時候，窗外傳來了一聲長長的汽笛聲。

火車往前晃動了一下，接著便開始前進。艾菲爾和法柏趕緊把弗烈德推到一旁，慌慌張張地擠到車門邊跳下月台。火車在軌道上不斷加速，也把那兩人遠遠拋在弗烈德後頭。

甘特叔叔的推測是正確的。假期往來的人潮變多了，火車上相當擁擠，每個人都拎著大包小包，而且似乎都把心思放在聖誕佳節上，沒有什麼人留意一個正準備前往達豪拯救父親性命的小男孩。

達豪的指揮官在聽了弗烈德的陳述、檢查他帶去的餅乾盒之後，便欣然收下這份禮物，並且派人把爸爸帶出來。

當弗烈德看到爸爸的時候，儘量讓自己不要顯露出驚慌。才不過一個多月，爸爸原本強壯有力的模樣已經變得虛弱衰老，他跛著一條腿，整個人看起來呆滯遲鈍。

弗烈德扶著爸爸走出集中營。他們每走幾分鐘就休息一下，直到他們走到一處農場，弗烈德向主人借了一頭羊拉車，才載著爸爸到慕尼黑拜託甘特叔叔的醫生朋友幫忙。

又過了好幾個星期，爸爸的健康狀況才恢復到能繼續下一段旅行，接著他們便動身前往瑞士。爸爸對於自己在集中營裡發生的事隻字不提，他只是說和其他人的遭遇比起來，他的情況眞的算不了什麼，而且只要一想到自己可以活著離開集中營便不禁感傷落淚。因此時間一久，弗烈德也就不再追問了。

在抵達伯恩和甘特叔叔會合後，弗烈德和叔叔在瑞士的巧克力工廠裡工作，爸爸則繼續教大提琴。後來，弗烈德順利地進入了伯恩音樂學院。

事情總是環環相扣。

不知道爲什麼，面對今晚如此隆重盛大的場合，身處在這個全世界最負盛名的音樂廳裡，弗烈德的思緒卻不斷回到從前。他看著爸爸和甘特叔叔，他們可以平安、健康地陪在他的身邊，就像是一種奇蹟。雖然音樂會即將開始，但弗烈德腦海裡閃過的卻是他最快樂的童年回憶：每個星期五晚上在客廳裡的家庭音樂會。那時，伊莉莎白彈鋼琴、甘特叔叔拉手風琴、爸爸拉大提琴、弗烈德吹口琴，他們合奏的波卡舞曲伴隨著不時從玄關傳來的咕咕鐘報時聲，那是他心中最美好的畫面。

樂團團員開始進場了。

他們穿著黑色的禮服找到位置坐下，調整譜架並打開樂譜。管樂部吹了幾個音替樂器加溫，同時當作暖身；小提琴部的團員也紛紛開始調音。

弗烈德站起來。「我該走了。」他對爸爸和甘特叔叔微微一笑，轉身走向舞台邊的後台門。在他把門打開之前，弗烈德回頭看了觀眾席一眼，爸爸和甘特叔叔的身影在一大片紅絲絨座椅中顯得好渺小。爸爸端正地坐在座位上，研究手上的節目單。即使有一段距離，弗烈德還是可以感受到爸爸內心的那份驕傲。

工作人員拉開了音樂廳的大門，觀眾開始魚貫進入。

弗烈德躲進後台，走到側邊的房間倚牆站著。他閉上雙眼，讓自己的心思專注在今晚的音樂會──《舞台電影風情畫》。他露出微笑，音樂劇和電影的確深受美國人喜愛，弗烈德不否認自己也同樣喜歡。

弗烈德在心裡反覆溫習著今天晚上的曲目：上半場的演出將獻給喬治．蓋希文和艾拉．蓋希文。首先登場的是管弦樂版本的《波吉與貝絲》組曲，由羅伯特．羅素．班奈特改編自同名歌劇當中的主要歌曲；弗烈德很喜歡這個管弦樂、古典風格的編曲。接下來是《藍色狂想曲》，一位鋼琴獨奏家將會一同登台演出。中場休息之後，他要指揮《南太平洋》組曲，作詞及作曲者分別是漢默斯坦和羅傑斯。這是紐約目前最受歡迎的音樂劇，在百老匯的演出一票難求。今天晚上，男中音羅伯特・梅瑞爾將會演唱這齣音樂劇當中的選曲，最後以《那迷人的夜晚》作爲尾聲。有傳言說，羅伯特・梅瑞爾的朋友，也就是《南太平洋》的作曲者和作詞者——理察・羅傑斯和奧斯卡・漢默斯坦，今晚也將坐在觀眾席上欣賞這場音樂會。

弗烈德閉上雙眼，兩手比劃著第一首序曲的指揮動作。有那麼一會兒，他停下動作、張開眼睛環顧四周，才又繼續指揮。對他來說，那是一段已經深植在他的腦海裡的記憶，他忍不住想起自己曾經因爲指揮一個想像出來的管弦樂團，而在學校的長凳上被其他孩子霸凌。但是在這裡，每個人都專注讓各自的聲音合而爲一；他們和他說著同樣的語言，帶著他們用決心、奮鬥，以及對音樂的熱愛所寫下的故事，一路走到了今晚的舞台上。在這裡，他是安全的。

舞台監督對弗烈德點點頭。所有團員都已經就定位了。

樂團首席從位置上站起來，拿起他的小提琴拉了一個A音。舞台上，其他小提琴紛紛嗡嗡回應，大提琴和低音大提琴則發出溫柔的低鳴。一時之間，音樂廳裡充滿了團員們校對音高所發出的和弦聲。接著雙簧管的A音響起，其他管樂器也跟進調音。

弗烈德往樂團裡尋找那位新長笛手的身影。她在排練的時候看起來有些緊張，所以弗烈德花了點時間跟她聊聊。她是弗烈德在管弦樂團裡遇過最年輕的團員，但卻極有天分。她的演奏裡透露出一種熱切與堅定，弗烈德說不太上來那是什麼感覺，但同時卻又能夠心領神會。她想要擁抱音樂、放任自己沉浸其中的渴望，或多或少讓弗烈德想起了自己。

舞台上的聲音漸小，整個音樂廳陷入一片靜默。

當觀眾席上方的燈光逐漸暗去，席間傳出了零星的掌聲。

舞台監督對弗烈德打了個手勢。

雖然他一直希望能和臉上的胎記和平共處，甚至拒絕一些舞台監督要幫他上妝的提議，但弗烈德還是在後台躊躇了一會兒，最後遲疑地走上舞台。對他來說，任何一場在觀眾面前的演出都是一段未知的旅程。他在走上指揮台之前，都會先低聲對自己說一句祝福的禱詞，今晚也不例外。這句禱詞就是那一天弗烈德特別擦亮他的口琴、送它啓程前往新世界時所說的話──「一路順風」。

他大步走向舞台，熱烈的掌聲如浪潮般向他襲來。

弗烈德拿起指揮棒，舉起雙手，然後輕輕擺動手腕，往打擊樂部下了拍子。

四響長長的鐘聲揚起，就像通往另一個世界的墊腳石。弗烈德進入了這齣歌劇的故事裡，波吉的困境透過音樂感染了他的情緒，在他心裡產生共鳴：一個帶有殘疾的寂寞男人、一個自認可以主宰世界的惡霸、無所不在的邪惡、因爲失去所愛而做出的瘋狂行徑，還有看似難以克服的挑戰。

接著，弗烈德領著管弦樂團進入最膾炙人口的曲目──溫柔的《夏日時光》。他知道這首曲子會激發他更多的情感，腦海裡浮現了這首曲子的歌詞：噓……小寶貝，不要哭……

弗烈德覺得自己在音樂面前顯得好渺小，音樂是如此美麗、令人欣喜，卻又如此眞實。他讓自己沉浸其中，與整個管弦樂團合而爲一。

曾經，弗烈德站在工廠裡那把兩層樓高的A型梯上，指揮著一個想像中的交響樂團。從那時候開始，他便追求著將眾多聲音合而爲一的盛大壯闊，以及透過音樂訴說故事的娓娓動人。

在他的指揮下，管弦樂團的演奏逐漸增強，最後進入一個高潮的結尾。

當音樂停止，弗烈德屏住了呼吸，然後等待。

在樂曲的最後一個音符與觀眾的熱烈鼓掌之間總是會有一個短暫的片刻——那是一個優雅的延長記號——弗烈德特別珍惜這段時間。在那段空白之中，他只想著一個問題：觀眾們是否也用心聆聽他的音樂？

2

一輛計程車停在紐約市中心第五十七街與第七大道交叉口的街角，穿著晚禮服的麥克・弗蘭納里匆匆從音樂廳裡走出來，他已經在大廳裡等候好一陣子了。

計程車的後門打開，法蘭奇一跳下車就立刻衝向麥克，給了他一個大大的擁抱。「看看你！卡內基音樂廳呢！就跟當年我們說的一樣。裡頭的包廂都是金色的、座椅都是紅色的嗎？」

麥克笑著拍拍法蘭奇的背。「你會覺得自己好像站在一顆華麗的金蛋裡。而且沒錯，那些座椅的確就像外婆說的那樣。」麥克伸長手臂，兩手握住法蘭奇的肩膀，上下打量他身上的西裝。「你看起來挺不賴的嘛。怎麼樣，你這個法律系新鮮人應該混得不錯吧。」

「到目前爲止，我可是系上最優秀的學生呢。」法蘭奇神氣地說，「你猜怎麼樣？等一下音樂會結束之後，我們要去吃烤牛肉和冰淇淋。算是爲了一圓舊時的夢想，或者說……爲了慶祝新的里程碑。有人在俄羅斯茶室訂好位置了。」他朝計程車內點頭，開心地笑著。

豪爾德先生扶著尤妮阿姨從後座下車。她今天穿著一襲黑色長洋裝，搭配灰色狐狸毛披肩，看起來優雅極了。

「是我訂的位置。」她一邊說，一邊將麥克拉近擁抱。

「謝謝您，妮姨。」麥克在尤妮阿姨的臉頰上輕吻了一下。這個稱呼已經成為他對尤妮阿姨的暱稱，而她也認為這聽起來比正式的「尤妮阿姨」更適合她。

「波特先生和波特太太要我替他們送上祝福。」尤妮阿姨說。

「他們都好嗎？」麥克問。

「他們在大西洋城和女兒、外孫享受天倫之樂。雖然我很想念他們，但退休對他們來說的確是比較好的安排。」

豪爾德先生付完車資後，也走過來給麥克一個擁抱。「我們真的很以你為榮，麥克。排練還順利嗎？」

「還算順利。我很喜歡這次的指揮，弗烈德．舒密特。對了，他想找律師替他處理一些他爸爸和叔叔的文件。我剛才在後台的化妝室裡無意間聽到他提起這件事，就跟他推薦了您的律師事務所。他有興趣和您談談。等一下到後台，我再介紹他給您認識。」

「我很樂意，並且提供一些義務性的服務。」

法蘭奇湊了過來。「意思是為了公益目的而不收取任何費用的服務。」

麥克對法蘭奇翻了個白眼。「我知道。」又轉頭對豪爾德先生說：「這傢伙是不是讓人愈來愈受不了啊？」

「只有偶爾。」豪爾德先生張開雙臂摟住麥克和法蘭奇，把他們兩個人拉近身邊。「噢，我們能夠再次團聚在一起，真是太棒了！」

麥克帶他們進入音樂廳之後，便把他們交給了領座的工作人員。「我得去準備了。」他對著妮姨眨眨眼。「我等著吃烤牛肉和冰淇淋。」

「還有蛋糕！」妮姨笑著說。

麥克再次親了她的臉頰。「妮姨，如果沒有您，我今天絕對不可能站在這裡。」

妮姨將麥克的衣領拉平。「我們互相幫了對方一個大忙，不是嗎？不過我想，在我們的約定裡，我得到了最棒的那部分。兩個好男孩。」

麥克用力眨眼，深怕眼淚會不小心流下來。在外婆心裡，她早就知道這件事了：總有一天，對的人會找到他們。

法蘭奇靠了過來，舉起他的拳頭。「我和你，絕不分離。」

麥克也做了同樣的動作，兩個人的拳頭輕輕地互碰了一下。「沒錯，小子，我和你……」

麥克在他的休息室裡等待上場。

眞有意思，法蘭奇說的幾句話竟然讓他再次掉進兒時的記憶：外婆對他們描述的卡內基音樂廳、主教之家的地下室，還有他和法蘭奇打算逃跑的那一晚。

那是好多年前的事了。他誤會了尤妮阿姨，事實上，尤妮阿姨早就想把他們留在身邊了。

麥克誤解他在尤妮阿姨桌上看到的那份文件，中止領養的訴願的確已經獲准，核准文件也送達家裡。但除非尤妮阿姨在文件上簽字，否則文件不會生效，而尤妮阿姨並沒有打算簽字。自從那天，麥克在圖書室裡對她勇敢地說出了心裡話，麥克對法蘭奇的愛便有如一道光芒映照在她的心裡。後來，麥克帶著法蘭奇逃跑而從樹上摔了下來，多虧上天保佑，他甚至沒有受到什麼皮肉傷。

第二天，尤妮阿姨便慎重地把那份文件丟進壁爐裡燒掉了。

不久後，麥克、法蘭奇、波特先生和波特太太、妮姨，還有豪爾德先生——他們還是這麼稱呼他，即使他和妮姨結婚之後也是如此——全都搬到豪爾德先生位於街角的房子裡。最棒的事——而不是最糟糕的事——終於降臨在麥克和法蘭奇的身上。

後來麥克獲得加入霍克西樂團的邀請，他去參加了一年。波特先生開心得不得了，持續指導麥克吹奏口琴的技巧。但隨著麥克對鋼琴的興趣愈來愈濃厚，他開始考慮離開樂團。有一天，一位婦女服務團的代表對他們提出一項熱切的請求：她希望有人能將手邊的老舊樂器捐贈給貧窮人家的孩子們，這可是這些孩子們一生絕無僅有的機會。

麥克聽到之後感受到一股奇妙的衝動，彷彿他應該要將他的口琴送走，彷彿有人正在等待這把口琴。於是他把口琴交了出去，讓它展開另一段旅程。麥克希望它抵達另一個孩子的手中時，能讓他或她因爲感受到正面的力量而覺得世界不再那麼晦暗，同時也能透過口琴傳達內心的聲音，就像他一樣。

在法蘭奇的年紀大到可以加入費城口琴奇才樂團之前，這個樂團就已經因爲經費短缺而解散。但法蘭奇不以爲意，他早就把人生目標轉移到成爲一個牛仔上了。他還一度努力地收集羅森普瑞納公司出品的早餐玉米片盒蓋，好兌換以湯姆．米克斯①爲主角的系列漫畫。

中學畢業後，麥克獲得紐約茱莉亞音樂學院的入學許可。但就在他即將入學之前，美國政府將

① 湯姆．米克斯（Tom Mix，一八八〇—一九四〇）是美國第一位以扮演西部牛仔角色成名的電影明星。

徵兵年齡下調至十八歲，正式投入第二次世界大戰，於是麥克進入美國陸軍服役。退伍後，他終於得以進入茱莉亞音樂學院就讀，並且參加費城愛樂交響樂團的徵選。又過了幾年，麥克便獨自搬到紐約——那個他夢想已久、屬於他的城市。

有人在休息室外敲門。一個聲音從門後傳來：「弗蘭納里先生，五分鐘後上台。」

「謝謝！」麥克回應，隨後做了一個深呼吸。

他往舞台走去，舞台監督見到他時說道：「距離鋼琴獨奏還有三分鐘。」

麥克聽著《波吉與貝絲》進入最後的樂句，隨之響起的是觀眾如雷的掌聲。

弗烈德．舒密特走下舞台，進入側邊的小房間，麥克正站在那裡等候。「準備好了嗎？」弗烈德笑著問。

麥克點點頭。「準備好了。」

弗烈德等樂團重新排好隊形、團員們將下一首曲目的樂譜翻好，他才再度走上舞台。麥克跟在他身後出場，走到鋼琴旁坐下。

弗烈德拿起指揮棒。

接著，麥克聽見單簧管的滑奏揭開了《藍色狂想曲》的序幕，然後小號、弦樂部，還有其他樂器的聲音紛紛在他周圍展開。他伸展手指，將手指擺在琴鍵上，就像當年在外婆的客廳裡，還有在艾默若里道的琴房裡所做的一樣。他從來沒有辦法抗拒彈琴和演出的吸引力，今晚，他同樣感受到自己內心的渴望。

麥克等著漸強的樂句出現，然後開始演奏。

他在演奏的時候，腦海裡不禁思索著當年蓋希文是如何在搖晃、吵雜的火車上寫下這首曲子當中大部分的片段。蓋希文在噪音之中聽見了旋律，他覺得那就像是美國人的群像：有各種不同的膚色，有人貧、有人富，有人低調、有人招搖，這裡就像是人的大融爐。

麥克想起了外婆家的社區，女孩們在人行道上玩跳繩、男孩們在大馬路上丟球、來往的汽車貨車猛按喇叭、媽媽們則從窗戶探出頭來呼喊著她們的孩子。在進入尾聲之前有一個緩慢而溫柔的音程，這時，他聽見媽媽跟著他彈奏的音樂哼唱，還看見外婆打開了窗戶，好讓鄰居們聽見他優美的琴音。

音樂飄送過中央公園、越過城鎮、悄聲穿過橋梁、在舞廳裡跳著華爾滋……它不斷地流動著。大蘋果。屬於他的城市。這是他夢想能來到的地方，也是外婆深愛、一直希望能帶他來看看的地方。他眞的在舞台上演出了嗎？

麥克的雙手像錘子和鉚釘槍一般在鍵盤上奮力敲擊出旋律，有如這座城市往空中爬去的天際線愈來愈激昂。他的演奏跟著樂句持續進行，但他的心思卻不斷地回到某些時刻，展開一段段的旅程：從艾倫鎭、費城，再到主教之家，他和法蘭奇彼此做了絕不分離的約定；從主教之家到艾默若里道，他學會要懷抱著最好的希望，還有不論生活讓人覺得如何悲傷，總還是要有著「或許一切很快就會漸入佳境」的期盼；從霍克西費城口琴樂團、美國陸軍、茱莉亞音樂學院、再到卡內基音樂廳的鋼琴椅上，或許——他這麼希望著——會有一個片刻，觀眾的心和全世界都會因爲他靜止下來。

指揮帶領著樂團襯托他的演奏，這一回，他們共同贏得了現場觀眾的起立喝采。

麥克從鋼琴椅上起身，深吸一口氣後鞠躬。全場的掌聲緊緊包圍著他。在陣陣的叫好聲中，他聽見法蘭奇大聲喊著：「好啊！太棒了！」

3

中場休息時間，艾薇在後台的化妝室對著鏡子裡的自己微笑，現在她總算鬆了一口氣。幾分鐘前，她才與這個管弦樂團一起完成了人生第一場音樂會的上半場。如果費南多能在這裡陪著她走進音樂廳，就像陪著她走進任何一間新學校一樣，或許她今天晚上不會覺得如此緊張。

音樂會開始之前，艾薇不知道已經整理自己的洋裝多少次了，她對自己的髮型也拿不定主意，最後她決定將一頭柔順的長直髮梳到背後，再以黑色緞帶在脖子後方打上一個蝴蝶結，這樣她的長髮就不會干擾演出。雖然艾薇目前只是樂團的第四長笛手，但她卻是整個交響樂團裡最年輕的團員，每位團員都對她非常友善、提供她很多協助，就連指揮也對她照顧有加。

艾薇真希望今晚爸爸和媽媽能在現場欣賞她的第一場音樂會，但從加州搭火車到紐約來要花上不少時間，加上爸爸得看管農場走不開。至於媽媽，費南多現在正需要她幫忙。雖然他們沒辦法出席，但都送上了鮮花和無比的愛。

雖然爸爸發現了艾薇在長笛吹奏上的天分，但費南多還是花了一番脣舌才說服他讓艾薇成為一個職業音樂家。爸爸擔心艾薇沒辦法靠吹長笛養活自己，但費南多一直支持著艾薇。他說家裡能培養出一位音樂家是非常光榮的事，而且每當艾薇演奏的時候，總是能帶給人們快樂，還能讓大家短暫地忘卻生活裡的煩惱和不愉快。費南多對爸爸說，這個世界如果少了音樂，將會變得非常悲慘。當他躺在戰地裡，不知道自己下一刻是生是死，或者能不能再見到家人的時候，他眞希望自己能夠聽到美妙的管弦樂──要他拿任何東西交換都願意。

多年前的那一天，騎腳踏車的男孩站在艾薇家門口，替他們送來了電報。費南多在一次軍事行動中受傷了。他爲了在地雷區救出一名同袍，在爆炸中失去了兩隻手指頭。因爲他的英勇事蹟，費南多從陸軍光榮退伍。

之後費南多回到了橘郡。就像他說的，他在那裡成家立業了。他和林肯附校三年級的老師伊爾瑪．艾拉琵絲柯結婚，而由於家長們的努力不懈，林肯附校也在一九四五年與林肯正校完成合併。如今，費南多和伊爾瑪的第一個孩子很快就要出生了。艾薇想起她在橘郡的家人和朋友，還有他們各自走向的人生道路，臉上不禁露出了微笑。

艾薇因爲洛杉磯愛樂的交流計劃而來到紐約的帝國愛樂。她最要好的朋友蘇珊後來成爲一位法務祕書，至於蘇珊的哥哥湯姆，是三個家庭中，唯一自戰場上毫髮無傷歸來的男孩，現在正在替他的父親管理農場。山本一家人也重返家園，恢復往日的生活；他們還是像戰前那樣，用滿滿的愛照顧他們的農場。凱倫和安妮後來果然和艾薇成了好朋友，還有，感謝老天，肯尼也在這場戰爭中保住了性命……說起來，應該算是大難不死。

肯尼現在正在休假，接下來他將要跟著軍隊前往南韓，今晚他也坐在觀眾席中。多年前，艾薇曾經答應過肯尼，要邀請他欣賞她的音樂會，不過他們誰都沒料到那場音樂會竟然會是在這裡，紐約市的卡內基音樂廳。

上半場的時候，艾薇太過緊張，完全沒有心思尋找肯尼的身影，現在她再次走回舞台，在位置上坐定，趁著燈光暗下來之前，艾薇往觀眾席搜尋，穿著藍色制服的肯尼很容易認出來，他正低頭研究手上的節目單。當他抬起頭，正好與艾薇四目相交，並給了艾薇一個開心的微笑。

艾薇的臉頰泛紅。當她想到肯尼為她和她的家人所做的一切，心頭揚起一陣暖意。肯尼在戰爭結束後，按照之前的約定將土地和房屋過戶給了艾薇家，並且替艾薇找了很棒的長笛老師，他甚至幫費南多安排了電氣技師的工作。

艾薇拿起她的新長笛，這是肯尼不久前送她的禮物。她原本覺得這份禮物太貴重了，但肯尼卻堅稱是自己早就該送給她的。肯尼的理由是，第一，他曾經在公車站承諾艾薇，有一天一定會把口琴帶回來還給她，但後來他並沒有。肯尼把口琴留在身邊，連同他的紫心勳章一起收藏在盒子裡，裡頭還有他爸爸在一次世界大戰服役時獲頒的其他勳章。第二，艾薇救了他一命。其實這個說法並不是很精確，但艾薇猜想，如果那天她沒有把口琴交給肯尼，或許他就沒有辦法活到今天了。

每個人都認為那是一個奇蹟。有些人說那是神的旨意，也有些人說那是巧合中的巧合，他眞的是命不該絕。連那些一開始認為肯尼不過是運氣好的人，在聽了他的故事之後都嘖嘖稱奇，紛紛來找他握手，希望自己也能沾染一些好運。

艾薇已經聽過那個故事好多遍了，她幾乎可以倒背如流。但說也奇怪，這個故事她怎麼聽都不會覺得厭煩。

自從那天艾薇把口琴放在肯尼的手裡，肯尼便把它當成是自己的護身符。其他士兵可能會隨身帶著兔子腳或者是其他的宗教信物，而他總是把口琴放在左胸的口袋裡，就像脖子上必須佩帶的識別牌一樣，這把口琴儼然成爲肯尼制服的一部分。

後來，肯尼的部隊在一片茂密叢林裡進行巡察任務時遭到敵軍突襲，子彈在他耳邊咻咻掃過，他感覺到腿部一陣刺痛，鮮血沿著他的小腿一直往下流進靴子裡。肯尼不知道自己是什麼時候倒下的，他只知道自己在倒地之前緊緊摀住了胸口。他抬頭望向頭上的松樹，只見整個世界變成一片白茫，然後陷入黑暗。

等他醒來的時候，肯尼發現自己置身在一間老舊倉庫裡，這裡被德軍改造成專門收容戰俘的集中營醫院，而他的腿傷遠比他想像的嚴重許多。在他意識不清的這段時間裡，他感覺有三名年輕女子陪伴在他身邊，當肯尼發高燒的時候，她們拿毛巾替他擦拭額頭；在肯尼神智比較清楚的時候，他看見她們三個人把他的床單拉平、坐在他的床邊，帶著期盼的眼神守護著他。他聽見她們小聲地說：「活下去。你一定要活下去。」

當肯尼的身體愈來愈衰弱，她們從一本古老的書中唸了好幾個故事給他聽，那些故事裡有城堡、棄嬰、女巫、一個特別的男孩、一對孤兒，還有一個奔跑穿過柳橙園的女孩。就在肯尼的狀況最糟糕、看起來似乎已經沒有希望的時候，她們三個人唱歌一起給他聽。

她們的歌聲是如此迷人又空靈，肯尼心中因此充滿了無比的喜悅與堅定的意志。她們似乎是在用歌聲鼓舞肯尼努力活下去，她們懇求著肯尼，彷彿肯尼的生命就是她們的生命。

一天晚上，肯尼的病情出現了轉機。他的高燒退了，同時也因爲感到飢餓而甦醒。月光從敞開的窗戶外流瀉進來，照在床邊的地板上，也映出鐵窗欄杆的影子。肯尼對陪在他身邊不曾離開的三個女孩露出微笑，她們也以微笑回應，接著三人點點頭，牽著手，就在肯尼還來不及開口說話之前，她們便在房裡旋轉，沒入了黑夜，消失在另一個時空裡。

第二天清晨，肯尼向照顧他的德國護士伊莉莎白問起那三個女孩子，他想親自向她們道謝。她們去哪裡了？她們是志工嗎？她們會再回來嗎？

伊莉莎白很堅定地告訴肯尼，他沒有任何訪客。她說他服用的藥物可能會引起幻覺，士兵在醫院裡經常見到各種奇奇怪怪的事物。他之前不也說他見到了遠在家鄉的媽媽和兩個妹妹嗎？或許那三個女孩子的出現只是肯尼的夢境。伊莉莎白拍拍肯尼的手，她說一切都是肯尼自己想像出來的，並且要他多聊聊自己在美國的家人。

於是肯尼開始跟伊莉莎白聊起自己學過小提琴，而他兩個妹妹學的是長笛；他還提到他們家隱藏在更衣室後的那間儲藏室，他爸爸在那裡藏了三架鋼琴和其他幾十件樂器。

伊莉莎白告訴肯尼，她爸爸曾經在柏林愛樂裡拉大提琴，而她的弟弟是一個非常棒的音樂家——他本來可以參加德國音樂學院的甄試，只可惜大環境改變了。肯尼笑了。他覺得伊莉莎白如此以自己的弟弟爲榮，這個舉動讓他感到十分溫馨。

肯尼在戰俘醫院裡停留的這段期間儼然成了當地的名人。許多戰俘——大多數是法國人和美國人——甚至連德軍守衛，都來到他的床邊想要看看那個救了他一命的護身符。

肯尼也總是答應他們的請求。他會把口琴放在手掌心，讓所有人一探究竟。不論他拿出來展示多少次，肯尼自己仍舊對這把已經變形的口琴，竟然能爲他擋掉那顆向他心臟直射而來的子彈感到難以置信。

艾薇翻好下半場曲目的樂譜。雖然她也喜歡《波吉與貝絲》組曲和《藍色狂想曲》，但接下來要登場的可是羅傑斯和漢默斯坦的《南太平洋》呢！她一整個晚上都在期待著這組曲目的演出。她之前看過這齣音樂劇兩次，一次是在一年前她剛搬到紐約市的時候，另外一次則是昨天晚上她和肯尼一起去的。

指揮弗烈德・舒密特走上舞台，跟在他身後的是鋼琴家麥克・弗蘭納里，他將在下半場的最後一首曲子裡表演鋼琴獨奏。接著出場的是大都會歌劇院的男中音羅伯特・梅瑞爾，他同樣身穿黑色燕尾服，向台下的觀眾一鞠躬之後便坐在離指揮不遠的座椅上。此時觀眾席響起了期待的掌聲。

《南太平洋》的序曲悠然響起，艾薇覺得這首曲子似乎在對她重新訴說整個故事，要帶領她再度展開劇中的旅程。《南太平洋》談的是關於「歧視」與「不公平」的故事，是一齣勇於呈現社會議題的舞台劇。一個女人愛上了一個男人，但男人與前妻育有一雙混血子女，女人內心掙扎著要如何接納男人的家庭；另一名士兵愛上了當地的原住民女孩，但他擔心若與她結婚，自己是否能承受家鄉親友們的流言蜚語與異樣眼光。故事在「人性的偏執」與「戰爭」中進行，這樣的主題對艾薇來說再熟悉不過了。

在序曲之後，緊接著登場的是由羅伯特・梅瑞爾所演唱的《我的女孩回來了》、《比春天更青春》、《你該受教》，還有《這曾經幾乎是我的》。他每演唱完一首歌，觀眾的情緒就沸騰一次。這間音樂廳果然有一種神奇的能量。

然後，弗烈德・舒密特再度拿起他的指揮棒，羅伯特・梅瑞爾也神態自若地準備演唱下一首曲子。當指揮棒一落下，麥克・弗蘭納里便開始彈奏由他自己改編的《那迷人的夜晚》鋼琴版，作為最後這首終曲的前奏。首先，琴聲緩慢的節奏宛如一首溫柔的搖籃曲，接著像是暴風雨般逐漸增強，最後又再度回到平靜柔和的曲風，慢慢進入尾聲。

接著，指揮帶領管弦樂團加入演奏。

羅伯特．梅瑞爾開始演唱《那迷人的夜晚》。

艾薇吹著長笛，自己也沉浸在這首曲子中，那是愛的宣言，溫柔又令人心碎，艾薇不自覺濕了眼眶。

那迷人的夜晚，
當你尋得眞愛，
當她對你呼喚，
在茫茫人海中，
就奔向她吧！
擁她入懷中，
莫徒留遺憾，
恨餘生獨夢。

艾薇覺得自己似乎被一股魔力觸動。她看著其他團員，大家很顯然也都有同樣的感受。

誰能想清楚？
誰能說明白？
難呀難，智者，
從不給答案。

今晚，音樂廳裡閃耀著迷人的光輝，每個人的心靈彼此交流，彷彿艾薇和指揮、鋼琴家、所有樂團團員，還有在場的每一位觀眾合而爲一。他們以相同的韻律呼吸，感受著彼此內心的力量與夢想，美好與光明的感覺充盈了他們的身心，在同一片星空下一起綻放光亮……

……而且，也被同一條命運的絲線緊緊相繫。

終曲

後來奧圖和瑪蒂德結了婚，這已經是他在黑森林裡迷路、在梨子園裡被發現又過了十年後的事了。自始至終，瑪蒂德對奧圖所說的一切深信不疑。

又過了許多年，終於他們生了一個女兒，名叫安娜莉絲，她的腿部先天畸型，一輩子都將不良於行，當地的醫生甚至建議奧圖和瑪蒂德將她送去育幼院，讓她和其他孤兒一起生活。夫妻倆當然沒辦法接受這樣的提議，於是他們到處拜訪名醫，尋求各種藥方，很快地，奧圖便負債累累，甚至到了傾家蕩產的地步。

奧圖不得不賣掉鄉下的小屋，帶著全家人搬到鎮上的公寓裡，並且在一間製作樂器的店裡找了份調音師的差事。幾年下來，他練就了一身調出完美音高的功夫，客人都上門指名要他服務。然而奧圖的天分與名聲卻招來老闆的嫉妒，將他解僱。奧圖丟了工作，眼看家中還有等著治病的女兒、一直跟著他過苦日子的妻子，心中沮喪不已。他經常在街頭徘徊，從深夜一路擔憂到天明。

一天早上，他在一間店舖的玻璃櫥窗上看到一張公告，特羅辛根的知名口琴工廠正在找尋能製作高品質口琴的師傅，有興趣的人可以在指定日期將樣品送到工廠參加評選。奧圖心想，他的機會來了嗎？他有能力辦到嗎？他非得試試看不可。

從那天開始，奧圖不分晝夜地在廚房餐桌上工作：以砂紙打磨梨木製成的吹孔板，在金屬座板上壓印，然後再依照他最愛的那把口琴──也就是多年前阿一、阿二、阿三一同吹奏並交到他手上的那把──細細地調校音色與音高。

一個星期後，奧圖將製作完成的口琴用小毛巾包裹好，放進自己的口袋，然後便拉著馬車前往工廠的所在地特羅辛根。當奧圖抵達工廠的時候，他發現已經有許多來自附近的師傅帶著口琴在門口排隊了。奧圖緊張地心想：他怎麼可能從這麼多厲害的師傅裡脫穎而出呢？

口琴工廠的老闆相當挑剔，眼看著大部分的口琴樣品都被打了回票，師傅們一個個被請了回去，奧圖的一顆心不斷地往下沉。他不只一次看到走出來的口琴師傅，因爲作品沒辦法達到要求，伸手抹去失望的淚水。他已經做好會無功而返的心理準備了。

然而，當老闆檢查並試吹了奧圖帶來的口琴，他不僅對這把口琴的音色和品質大感驚訝，甚至還下了一筆特別的訂單。「我需要十三把口琴，我要給我的部門經理們一人一把，讓他們也能欣賞到這麼漂亮的口琴音色。如果你在這個月之內能交貨，而且每一把口琴的品質都像今天這把一樣好的話，我就替你在你們鎮上開一間店。」

奧圖開心得不得了！果眞如此，他不只可以還債，還能把小屋買回來，而且最重要的是，他和瑪蒂德就可以好好照顧他們的小公主安娜莉絲了。奧圖開心地駕著馬車回家，下定決心非達成目標不可。

就在奧圖即將交貨的前一晚，他坐在餐桌前，組裝最後一把口琴。夜深了，屋子裡一片靜悄悄的。他的妻子睡了，漂亮的寶貝女兒也躺在他旁邊的小床上安然入眠，就連小狗都蜷在奧圖的腳邊打斛。當奧圖將最後一把口琴擦亮後，他突然感到非常疲倦，趴在桌上沉沉睡去，那把口琴也掉在地上。

第二天一大早，奧圖正準備出發前往工廠交貨時，他發現自己怎麼也找不著昨天晚上完成的第十三把口琴，於是他呼喊太太過來一起幫忙找。

他們幾乎把家裡都翻遍了，一會兒後，奧圖的太太站在他面前，手上拿著一把被咬壞變形的口琴。「狗兒幹的好事……」

奧圖頓時陷入了絕望。「我得交出十三把口琴才行。我已經沒有時間再重新做一把了。」奧圖一邊來回踱步、一邊發愁，直到他瞥見了那把他拿來調校外觀與音色的口琴，也就是阿一、阿二、阿三吹過的口琴。奧圖眞的捨得與它分開嗎？

奧圖拿起那把口琴，放在手心裡端詳。他想像著在樹林裡的三姊妹，每當太陽昇起時就會迫不及待地翻開書本，看看書中是不是又寫進了屬於她們的新故事。就在這一刻，奧圖看見窗外的晨曦，彷彿在回應他腦海中的回憶，手中的口琴也被照得閃閃發光。

他抬頭看著他的妻子，還有她懷裡抱著的女兒。

安娜莉絲掙脫了媽媽的懷抱，一拐一拐地走向奧圖。「爸爸，你可以吹一首歌給我聽嗎？拜託。」

奧圖的心裡洋溢著對家人的愛，想到一家人即將展開的大好未來，內心充滿了感激。

於是他拿起口琴，爲安娜莉絲吹了最後一首歌曲。在悠揚的旋律之中，奧圖聽見了在深林裡縈繞的清亮鳥囀、在澗石上奔流的淙淙溪水、還有在樹洞間穿梭的呢喃山風。他想起眼前的家人、那些未曾謀面但需要這把口琴的人，還有那個終究會因爲這把口琴而保住一命的幸運兒。

他也想著阿一、阿二、阿三會在某個時空裡，與她們的母親、弟弟團聚。現在，他終於相信她們曾經告訴他的一切都是眞的。她們三姊妹、奧圖、所有將在未來吹奏這把口琴的人都會被這條命運的絲線繫在一起。

奧圖知道時候到了。

他拿起口琴，用一支小筆刷在口琴一側的梨木上畫下一個小小的紅色M字，代表了「使者」。

𝄞

就在肯尼．山本戰勝死神、並順利活下來的那一刻，女巫的詛咒被破解了，所有的疑慮也被歡欣鼓舞的心情一掃而空。

三姊妹發現她們和產婆正在森林深處的小屋裡，所有物品，包括桌子、茶杯等，全都再次出現；除了壞心的女巫之外。她們再也沒見到她。

在產婆的帶領下，三姊妹如同展翅高飛的小鳥逃出了黑森林。她們輪流拿著那本終於被寫完的書——《奧圖使者的第十三把口琴》。

從此，艾拉貝拉、羅絲薇塔、維荷蜜娜和深愛她們的家人一同生活在一座安全又舒適的城堡中，也都有了自己的名字。

她們過得幸福又開心，因此經常歌唱，美麗的和聲總是讓王國裡的人們不由得佇足欣賞，所有人都對她們的天分讚嘆不已。

每個夜晚，她們都會躺在床上期待著未知的明天可能帶來的歡樂，但同時她們深深了解生命中充滿了許多的不確定，於是她們會一同唸起那段祝福的話語：

至黑夜見孤星、聞鐘鳴，前途豁然自分明。

少年天下系列 029

口琴使者

作　　者｜潘・慕諾茲・里安（Pam Muñoz Ryan）
譯　　者｜林育如

責任編輯｜李幼婷
封面設計｜劉經瑋
內頁設計｜極翔企業有限公司
行銷企劃｜陳雅婷

發行人｜殷允芃
創辦人兼執行長｜何琦瑜
總經理｜袁慧芬
副總經理｜林彥傑
總監｜林欣靜
版權專員｜何晨瑋、黃微真

出版者｜親子天下股份有限公司
地址｜台北市 104 建國北路一段 96 號 4 樓
電話｜（02）2509-2800　傳真｜（02）2509-2462
網址｜ www.parenting.com.tw
讀者服務專線｜（02）2662-0332　週一～週五：09:00~17:30
讀者服務傳真｜（02）2662-6048
客服信箱｜ bill@service.cw.com.tw
法律顧問｜台英國際商務法律事務所・羅明通律師
製版印刷｜中原造像股份有限公司
總經銷｜大和圖書有限公司　電話：（02）8990-2588

出版日期｜ 2016 年 2 月第一版第一次印行
2020 年 9 月第一版第七次印行
定　　價｜ 380 元
書　　號｜ BKKNF029P
I S B N ｜ 978-986-92486-9-3（平裝）

訂購服務

親子天下 Shopping ｜ shopping.parenting.com.tw
海外・大量訂購｜ parenting@service.cw.com.tw
書香花園｜台北市建國北路二段 6 巷 11 號　電話（02）2506-1635
劃撥帳號｜ 50331356 親子天下股份有限公司

國家圖書館出版品預行編目資料

口琴使者 / 潘・慕諾茲・里安（Pam Muñoz Ryan）文 ; 林育如譯. -- 第一版. -- 臺北市：親子天下, 2016.01
416面 ; 14.8×21公分. --（少年天下系列 ; 29）
譯自 : Echo
ISBN 978-986-92486-9-3（平裝）
874.57　　104027179